W0393071

LUZIFER

VERLAG

CHRIS RYAN EXTREME

VERRÄTER

Deutsche Erstausgabe

Titel der Originalausgabe: EXTREME: NIGHT STRIKE

Cover & Umschlaggestaltung: Michael Schubert
Übersetzung: Peter Mehler

ISBN: 978-3-95835-269-8

Printed in Germany

Bibliografische Information der Deutschen Nationalbibliothek:
Die Deutsche Nationalbibliothek verzeichnet diese Publikation in der Deutschen Nationalbibliografie; detaillierte bibliografische Daten sind im Internet über http://dnb.d-nb.de abrufbar.

Mein Dank gilt meiner Agentin Barbara Levy, Verleger Mark Booth, Charlotte Hardman, Eleni Lawrence und dem restlichen Team bei Coronet.

Kapitel 1

Knightsbridge, London, Großbritannien, 17:38 Uhr

Sein Name war Hauser und er eilte den Korridor so schnell hinunter, wie es sein kaputtes rechtes Bein erlaubte. Die metallene Werkzeugkiste, die er bei sich trug, war schwer und verschlimmerte sein Humpeln noch. Vor der letzten Tür auf der rechten Seite blieb er stehen. Ein gelbes Schild besagte: »WARNUNG! ZUTRITT NUR FÜR AUTORISIERTES PERSONAL!« Er fischte einen Schlüsselanhänger aus seiner mit Farbe befleckten Hose und ging solange die Schlüssel durch, bis er den richtigen fand. Seine Hand zitterte. Er schaute über seine rechte Schulter zu den Aufzügen zehn Yards den Korridor hinauf. Zufrieden, da die Luft rein schien, steckte der den Schlüssel ins Loch und drehte ihn. Es gab eine Reihe von Klicks, als sich die Zylinder im Schloss bewegten, und dann ein befriedigendes *Klack*, als sich das Schloss öffnete.

Hauser betrat den Raum. Es war ein vier Quadratmeter großer Dschungel aus Aktenschränken, Pappkartons und Industrieregalen mit einem großen, abgedunkelten Fenster, das auf die Straße hinunter zeigte. Hauser humpelte zum Fenster. Mit jedem Schritt schoss ein stechender Schmerz in seinem Bein hinauf, so als hätte jemand Glasscherben an sein Schienbein geklebt. Vor dem Fenster hielt er an und legte die schwarze gerollte Plane ab, die er unter dem linken Arm trug. Dann stellte er die Werkzeugkiste neben die Plane und beobachtete das Treiben vor dem Fenster. Er befand sich im vierten Stockwerk eines Bürogebäudes, welches direkt an das Lanesborough Hotel an der Hyde Park Corner grenzte. Die derzeitigen Mieter waren irgendeine Marketing Agentur, die, wie er wusste, mit der Miete weit im Rückstand waren. Sie würden bald umziehen müssen. Eine Schande. Aus dieser Höhe hatte Hauser eine gute Aussicht. Die Gehwege waren vollgepackt mit Pendlern und Touristen, die entweder aus der U-Bahn-Station an der Hyde Park Corner herausströmten oder hinein. Etwas weiter entfernt war das verblichene Grün des namensgebenden Parks selbst zu sehen.

Ja. Das war wirklich eine tolle Aussicht. Ganz besonders dann, wenn man vorhatte, jemanden zu erschießen. Hauser trug einen bis dahin vakuumverpackten Ganzkörper-Maleranzug. An dem Overall gab es eine Kapuze. Außerdem trug er OP-Handschuhe. Der Anzug und die Handschuhe würden dafür sorgen, dass er seine DNA nicht am Tatort hinterließ, und ihn zudem vor Rückständen wie Schießpulver schützen. Hauser kniete sich hin. Langsam, weil jede schnelle Bewegung schmerzhafte Stromstöße durch sein rechtes Bein jagte, öffnete er die Werkzeugkiste. Sie war verrostet und schwergängig, und er musste das verdammte Ding mit beiden Händen aufstemmen. Schließlich klappte sie auseinander. Auf jeder Seite befanden sich jeweils drei Fächer, und jedes davon enthielt Werkzeuge. Hauser ließ seine Finger darüber gleiten. Da waren ein Gummihammer, Reißnägel, Spachtelmasse, ein Bolzenschneider, ein Paar Saugnäpfe, ein großer Ring mit unterschiedlichen Inbusschlüsseln und eine Wasserwaage.

In dem großen Fach auf dem Boden der Werkzeugkiste befanden sich noch zwei weitere Gegenstände. Der eine war ein Diamantschneider. Der andere war ein nichtssagendes schwarzes Rohr, fünfundzwanzig Zentimeter lang, mit einem Durchmesser von neun Zentimetern. Aus Karbonfasern gefertigt wog es nur dreihundert Gramm, kaum mehr als ein Tennisschläger. An der Unterseite befand sich ein Verschluss. Hauser drückte darauf, worauf ein Pistolengriff heraussprang und das Rohr in ein kurzläufiges Gewehr verwandelte.

Hauser lud die Waffe durch. Das Ganze hatte nicht länger als vier Sekunden gedauert. Vier Sekunden, um ein Gewehr mit selektivem Feuermodus und einer Reichweite von dreihundert Yards schussbereit zu machen.

Er legte das Gewehr ab und nahm den Diamantschneider aus der Werkzeugkiste. Nun deutlich schneller zog er den Glasschneider an den Rändern des Fensters entlang, bis er ein viereckiges Stück Glas so groß wie ein Vierzig-Zoll-Fernseher ausgeschnitten hatte. Dann holte er die Saugnäpfe hervor und presste jeweils einen in jeder Hand an die Ränder des ausgeschnittenen Fensters. Das Glas lies sich leicht herauslösen. Hauser legte es mit den Saugnäpfen auf den Boden. Dann nahm er die Plane, den Hammer und die Reißnägel zur Hand und befestigte eine Seite der Plane an der Decke. Den Rest ließ er über die Öffnung hängen. Von der Straße aus gesehen würde die Plane den Anschein von reflektierendem Glas erwecken. Wenn jemand zu dem Fenster hinaufsähe, würde er gar nichts erkennen.

In der Hocke, mit dem linken Knie auf dem Boden, stemmte sich Hauser den Kolben fest in die Y-förmige Vertiefung, wo seine Schulter in seine Brust mündete. Sein Zeigefinger ruhte auf dem Abzug, dann übte er etwas Druck aus. Er spulte die Abläufe ab, wie er es schon tausende Male getan hatte.

Einatmen. Ausatmen.

Das Ziel im Fokus behalten.

Die Schulter angespannt. Die linke Hand unterstützt die rechte.

Die Frau in seinem Visier bedeutete ihm nichts. Sie war einfach nur die erste Person, auf die er zielte. Sie saß auf einer Bank und aß ein Sandwich. Das Zielfernrohr war so präzise, dass Hauser die Marke erkennen konnte. Pret a Manger.

Er betätigte den Abzug.

In der einen Sekunde aß sie noch ihr Sandwich und hielt sich in der nächsten ihre Eingeweide.

Das Unterschall-Randfeuer-Geschoss Kaliber .22 hatte ein Loch in ihren Bauch gerissen, groß genug, dass ein Mittelfinger darin Platz fand.

Dann zielte er noch weitere sieben Mal auf Bäuche. Anders als Kopfschüsse brachten Schüsse in den Bauch einen Menschen nicht um, und Hauser hatte strikte Weisung, niemanden umzubringen. Nur verletzen. In schneller Folge feuerte er die Schüsse ab. Zwei Sekunden zwischen jedem Schuss. Jedes Mal gab die Mündung ein pfeifendes Geräusch von sich, und der Lauf zuckte nach oben.

Leute fielen zu Boden.

Die Menge war nach den ersten beiden Schüssen verunsichert. Der eingebaute Schalldämpfer verhinderte, dass sich die Schüsse wie das donnernde *Ka-Rack* einer Kugel anhörten. Aber als das dritte Ziel zusammenbrach, wusste jeder, dass etwas Furchtbares vor sich ging. Panik brach los, alle versuchten, sich in Sicherheit zu bringen.

Vierundzwanzig Sekunden. So lange hatte Hauser gebraucht, um acht Zivilisten auf dem Gehsteig niederzustrecken, wo sie in ihrem eigenen Blut lagen und Wunden umklammerten. Die Opfer waren auf seltsame Weise stumm. Niemand wagte es, sich ihnen zu nähern. Jeder klar denkende Mensch würde erst ein sicheres Anzeichen abwarten, dass die Schüsse aufgehört hatten.

Hauser trat von dem Fenster zurück. Er war zuversichtlich, dass ihn niemand gesehen hatte. Der Schalldämpfer hatte neunzig Prozent des Geräuschs geschluckt, was es schwierig machte, überhaupt genau zu sagen, ob es sich um Gewehrschüsse gehandelt hatte, geschweige denn ihren Ursprungsort ausfindig zu machen. Ein Windstoß wehte herein. Die Plane flatterte. Hauser klappte schnell die Waffe zusammen und verstaute sie wieder in der Werkzeugkiste. Den Overall würde er rasch entsorgen, in einer nahegelegenen öffentlichen Toilette, zusammen mit einem angezündeten Streichholz und etwas feuchtem Toilettenpapier, um den Rauchmelder zu täuschen. Er verließ den Raum.

In der Ferne waren Polizeisirenen zu hören. Und nun auch Schreie aus der Menge, als hätten die Sirenen ihnen die Erlaubnis dafür erteilt.

Kapitel 2

Hereford, Großbritannien, am nächsten Tag, 22:33 Uhr

Er kippte es mit drei großen Schlucken hinunter, was die Bardame den Kopf schütteln ließ und die drei kauzigen Alkoholiker am anderen Ende der Bar dazu veranlasste, mit einem Nicken das neueste Mitglied ihres Klubs willkommen zu heißen. Joe Gardner leerte sein London Pride und schob der Bardame das schaumige Glas entgegen.

»Noch eins«, sagte er.

Die Barfrau schnappte sich sein leeres Glas und stellte es unter die Zapfanlage. Goldfarbenes Bier floss aus dem Hahn und setzte sich zu einem dunklen Bronzestrich ab. Sie stellte das Glas mit einer dicken Schaumkrone vor ihm ab.

»Cheers, Kate.« Gardner hob sein Glas für einen Toast, aber sie drehte ihm bereits wieder den Rücken zu. »Du hast was vergessen.«

Kate seufzte. »Und das wäre?«

»Deine Telefonnummer.«

»Eine Schelle ist das Einzige, was du von mir kriegst.« Ein angewiderter Gesichtsausdruck zog sich über die rechte Seite ihres Gesichts. Gardner bezweifelte, dass ihre linke Seite sehr viel freundlicher aussah. »Das ist das letzte Glas, bis du deine Rechnung bezahlst.«

»Jetzt mach mal halblang«, grunzte Gardner und wühlte in den Taschen seiner Jeans nach Kleingeld.

Dann sagte eine Stimme zu seiner Linken: »Das geht auf mich.«

Aus dem Augenwinkel erhaschte Gardner einen Blick auf eine Hand mit geröteten Knöcheln, die der Bardame zwei taufrische

Zwanzig-Pfund-Noten zuschoben. Sie musterte argwöhnisch den Kopf der Queen, bevor sie die Scheine akzeptierte.

»Danke. Das sollte reichen.«

»Gern geschehen«, sagte die Stimme. »Schließlich müssen wir für unsere Leute da sein.«

Die Stimme war heiser, und der Atem des Mannes wehte über Gardners Gesicht und stieg ihm übel in die Nase. Es war der rauchige, medizinische Geruch nach billigem Whisky.

»Hab ich dich nicht mal in der Glotze gesehen?« Gardner drehte sich nicht um. »Doch, klar«, fuhr die Stimme fort. »Du bist der Kerl vom Regiment. Der am Parliament Square war. Warst an dem Tag der große Held.«

Die Stimme nippte an ihrem Whisky. Eis klapperte gegen das Glas. »Du siehst scheiße aus, Mann«, sagte die Stimme. »Was ist passiert?«

Gardner nahm einen Schluck aus seinem Glas – und schwieg.

»Nein, warte. Ich kann mir vorstellen, was passiert ist. Ich meine, sieh dich doch nur mal an, verdammt. Du bist ein Witz. Du bist ein richtig dämliches Arschloch.«

Gardner stellte sein Bier auf der Bar ab. Kate war verschwunden. Er drehte sich langsam zu seinen neuen besten Freund um.

»Stimmt genau. Ein komplett dämliches Arschloch.«

Der Typ sah genauso hässlich aus, wie er sich anhörte. Rote Wangen hingen wie Sandsäcke unter zwei Knopfaugen, in einem Kopf, der von einer Meckifrisur eingerahmt wurde. Er wog irgendwas um die hundert Kilo, die Hälfte davon Muskeln, der Rest Fett, das in einem früheren Leben mal Muskelmasse gewesen war. Das Glas vor ihm war halb voll mit Whisky und Eis. Sein glasiger Blick verriet Gardner, dass es nicht der erste Drink des Typen an diesem Abend war, und auch nicht sein zehnter.

»Ich will keinen Ärger«, sagte Gardner leise.

»Aber trotzdem hast du welchen an der Backe. Es gibt echt nichts Tragischeres als einen abgefuckten alten Blade.« Der Mann starrte auf den prismenförmigen Boden seines Trinkglases. »Weißt du was? Jemand sollte dich am besten gleich hier von deinem miesen Schicksal erlösen.«

Gardner versuchte, sich auf den Mann zu konzentrieren, und sah ihn doppelt. Das konnte einem Mann passieren, der sechzehn Gläser Pride und ein paar Kurze aus dem oberen Regal intus hatte. Leise klopfte der Regen gegen die Fenster des Pubs. Der Kerl beugte sich nah an Gardner heran und flüsterte ihm ins linke Ohr: »Ich hingegen bin ein 3 Para. Fallschirmjäger. Ein echter Soldat. Ein echter Mann.« Er winkte der Bardame zu. »Stimmt doch, Kate, oder?« Sie lächelte ihn kokett an. Dann drehte sich der Kerl wieder zu Gardner. »Und jetzt tu' mir einen Gefallen und zieh Leine.«

Ein selbstgerechtes breites Grinsen gab es als Abschiedsgeschenk dazu.

Gardner trank hastig aus und machte sich auf den Weg zum Ausgang.

Draußen auf dem verlassenen Parkplatz peitschte der Regen als schräge Eispfeile hinab. Gardner zog seine Nylon-Windjacke zu, um sich vor Kälte und Feuchtigkeit zu schützen. Der Rose-in-June-Pub lag am Stadtrand von Hereford, und die niedrigen Mieten hier waren wohl der einzige Grund, warum er noch nicht schließen musste. Gardner machte sich auf den Weg durch die Seitenstraßen, die sich in Richtung des Hauptsitzes des Regiments schlängelten. Er umrundete das Wohngebiet, das früher einmal das alte Regiments-Camp auf der Sterling Lane war. Jetzt gehörte alles der Stadt. Der Regen wurde stärker und prasselte auf die leere Straße, die die Wohnanlage säumte. Gardner konnte nur zwei oder drei Yards weit sehen. Ein unbarmherziger Wind peitschte durch die Straße und in sein Gesicht. Gardner schloss die Augen. Vom rhythmischen Trommeln des Regens gedämpft hörte er Stimmen.

Als er die Augen wieder öffnete, traf ihn eine Faust im Gesicht.

Kapitel 3

23:01 Uhr

Die Faust traf Gardner hart und unvorbereitet, wie der Rückstoß eines Jets. Er fiel nach hinten um und schlug sich den Kopf an der Bordsteinkante. Ein stechender Schmerz bohrte sich in seinen Schädel, und er brauchte einen Moment, um sich wieder aufzurappeln. *Du liegst auf dem Rücken. Deine Wange brennt, wegen eines verdammten Schlags. Und Para sieht auf dich hinunter.*

Paras Hände hingen zusammengeballt und wie Kugelhanteln an den Seiten hinab. Er zog die Nase hoch und spuckte Gardner an. Der Schleim flog wie ein Diskus in einem leichten Bogen durch den Regen und landete mit einem Ploppen auf seinem Hals.

»Steh auf, Arschloch.« Durch den strömenden Regen war die Stimme des Paras kaum auszumachen.

Gardner wischte sich mit dem Handrücken die Rotze ab.

»Ich sagte, steh verdammt noch mal auf.«

Gardner bemerkte zwei weitere Kerle bei Para, jeweils einer an jeder Seite. Der Typ links von ihm war kahlrasiert, mit schwarzen dumpfen Augen und der bulligen Statur, die man nur bekam, wenn man sich halbseidene bulgarische Steroide einwarf. Er trug einen grauen Kapuzenpulli und dunkle Kampfhosen. Gardner sah, dass er einen batteriebetriebenen Hobel umklammerte. Der Kerl zu Paras Rechten war zwei Yards groß. Eine reflektierende gelbe Jacke hing wie ein Zelt über seinem dürren Körper. Er lächelte und offenbarte eine Reihe kaffeegelber Zähne. Er hielt einen Vorschlaghammer. Regentropfen stoben von der Spitze des schwarzen Hammerkopfes.

»Kannst dich meinetwegen einen Blade schimpfen«, sagte Para. »Aber du bist trotzdem nur ein dämliches Arschloch.«

Kapuze und die Zahnfee lachten, als wäre Para der Ricky Gervais zu Zeiten, als dieser noch witzig war.

Gardner begann, sich selbst vom Gehweg zu kratzen. Es goss in Strömen. Die Typen hatten ihn jetzt eingekreist. Unsicher kam er auf die Beine.

Zahnfee umklammerte mit beiden Händen den Vorschlaghammer. Er stellte die Beine auseinander, wie in einer Golfer-Pose, und hob den Hammer über seine Schultern. Gardner wusste, dass er sich wegducken sollte, aber der Alkohol hatte ihn benommen gemacht. Dümmlich sah er zu, wie der Hammer auf ihn niederging.

Direkt auf seinen Solarplexus. *Fffump!*

Eine Million unterschiedlicher Schmerzen flammten in seinem Brustkorb auf. Er hörte, wie etwas darin brach. Hörte es erst, dann spürte er es. Sein Brustkorb kreischte. Er sackte zusammen und japste nach Luft. Seine Brust schien zu explodieren. Er blickte auf und sah die Zahnfee triumphierend über sich stehen.

»Was für ein Witz«, sagte er.

Die Zahnfee schwang wieder den Hammer, aber Kapuze, der auch etwas von der Action abgekommen wollte, drängte dazwischen. Er warf den Hobel an und zielte damit auf Gardners Stirn. Gardner schaffte es, sich auf die Knie aufzurappeln. Er besaß zwar nicht die Energie, sich hinzustellen, aber er würde sich nicht einfach nur wehrlos hinlegen. *Die erste Grundregel im Gefecht*, rief er sich ins Gedächtnis. *Versuche immer, auf den Beinen zu bleiben.*

Der Hobel summte wütend. Gardner war jetzt gewarnt, sein Körper wurde mit Endorphinen und Adrenalin überschwemmt. In einer undeutlichen Bewegung wich er nach links und dem Hobel aus. Der Schwung trieb Kapuze voran, sein Unterarm berührte Gardners Gesicht, der Hobel fräste ins Leere.

Dann öffnete Gardner seine linke Faust und trieb die offene Handfläche in Kapuzes Brust, nahm dem Drecksack die Luft. Kapuze heulte auf und ging zu Boden. Der Hobel flog ihm aus den Händen und Gardner wollte danach greifen, aber die Zahnfee war über ihm und ließ den Vorschlaghammer erneut in einer kreisförmigen Bewegung hinabsausen. Gardner täuschte an, ließ seine Schulter sinken und Zahnfees Angriff ging ins Leere. Aus den Augenwinkeln sah Gardner, dass der Para etwas aus seiner Jacke fischte. Gardner presste seine Finger fest zusammen und stieß seine Knöchel in Zahnfees Kehle. Er spürte, wie die Knochen das weiche Knorpelgewebe der Luftröhre eindellten. Der Vorschlaghammer fiel klappernd auf den Gehsteig.

Para hielt jetzt ein Messer in der Hand. Gardner erkannte die charakteristische schmale Spitze eines Gerber Compact.

»Scheiß drauf, du Arschloch«, sagte Para. »Komm schon.«

Para stürzte sich auf Gardner, das Gerber zielte auf seinen Hals. Gardner holte mit dem rechten Arm aus, knickte den Kopf in die gleiche Richtung ab und stieß das Messer weg. Dann landete er einen Aufwärtshaken in Paras Gesicht.

Gardner holte zum entscheidenden Schlag aus. Er griff sich den Hobel und schlug damit seitlich gegen das Gesicht des Mannes. Para stöhnte, während er blindlings nach dem Gerber tastete.

Zu spät.

Gardner riss Paras rechten Arm herum. Er stemmte sein rechtes Knie gegen den Ellbogen des Typen und hielt so dessen Unterarm gefangen. Dann drückte er den Knopf, um den Hobel zu starten. Das Werkzeug surrte über den unablässigen Regen hinweg, als er es über die Oberfläche von Paras Unterarm zog. Die Klinge schälte Streifen von Fleisch ab. Ein rosaroter Schwall schoss seitlich aus dem Gerät. Gardner schob den Hobel weiter an Paras Arm hinauf. Die Schreie wurden animalisch. Die Haut unter dem Hobel war komplett zerfetzt, eine klebrige Masse von Venen, die sich um weißliche Knochen herumwickelten. Es sah nicht mehr wie ein Arm aus, eher wie etwas, über das sich ein Rudel Bullterrier hergemacht hatte.

Zufrieden mit dem Ergebnis ließ Gardner den Schalter los und legte den Hobel zur Seite. Er klapperte auf dem Boden herum, stotterte, heulte und erstarb.

Der Regen glich jetzt einem Murmeln.

»Mein Arm«, wimmerte Para. »Mein gottverdammter Arm!«

»Wenn ich dich das nächste Mal sehe, ist dein Gesicht dran.«

Gardners Stimme klang so schneidend wie geschliffenes Glas.

»Haben wir uns verstanden?«

Gardner wartete nicht auf eine Antwort. Er drehte den drei Drecksäcken, die ziemlich fertig waren, den Rücken zu und lief die Straße hinunter, vorbei an der Baustelle. Er war an einem Wendepunkt in seinem Leben angekommen. In letzter Zeit war er in eine Menge Auseinandersetzungen geraten. Und ganz tief drin fürchtete er zugeben zu müssen, dass Kämpfen das einzige war, wofür er taugte. Das Problem war nur, dass er nicht mehr im Einsatz war. Aufgrund seiner Verletzung durfte er nur noch Gewehre putzen und HESCO-Blöcke in Hereford herumkutschieren, und dieser Job passte so gut zu ihm wie ein Anzug, der zwei Nummern zu klein war.

Ein paar Yards vor dem Baugelände blinkte sein Handy auf. Ein klappriges altes Nokia. Gardner hätte sich ein iPhone leisten können, aber nur in seinen Träumen. Die Nummer auf dem Display sagte ihm nichts. Irgendetwas mit 0207 am Anfang. Eine Londoner Nummer. Er drückte auf die Taste mit dem Telefonhörer.

»Spreche ich mit Mr. Joseph Gardner?«

Die Stimme war weiblich und geschäftsmäßig. Die Art von Tonfall, die man bei Flughafendurchsagen hörte.

Gardner, der sich das Telefon dichter an sein Ohr presste, fragte: »Wer ist da?«

»Hier spricht Nancy Reiner, von Talisman International.«

Gardner rieb sich die Stirn und versuchte, das benebelte Gefühl vom Alkohol hinter seinen Augen loszuwerden. Der Name kam ihm irgendwie bekannt vor.

»Sicherheitsberatungen?«, fuhr die Frau fort. »Sie hatten uns eine Bewerbung zukommen lassen vor … lassen Sie mich nachsehen … « – Gardner hörte das Rascheln von Papier – »… vor zwei Wochen.«

Das rüttelte ihn wach. Verdammt, na klar doch. Er erinnerte sich, dass er sich auf eine Stelle beworben hatte. Außerdem erinnerte er sich wieder, dass er so gut wie keine Hoffnung hatte, sie zu bekommen. Talisman waren recht neu im Zirkus der Sicherheitsunternehmen. Er hatte nichts von ihnen gehört und war davon ausgegangen, dass es wieder die leidige Viel-Glück-anderswo-Geschichte war.

»Wir würden Sie gern zu einem Vorstellungsgespräch einladen.«

Gardner verschlug es die Sprache.

»Mr. Gardner?«

»Ja?«

»Wie wäre es morgen? 13 Uhr, bei uns im Büro?«

Das wäre noch besser als gut. Das wäre verdammt großartig.

Er sagte einfach nur: »Okay.«

»Ausgezeichnet. Dann sehen wir uns morgen Mittag.«

Klick.

Gardner lauschte der toten Leitung. Plötzlich lichtete sich der Nebel des Suffs hinter seinen Augen. Er steckte das Handy ein, stopfte sich die Hände in die Jackentaschen und beschleunigte seine Schritte.

Vielleicht würde er ja doch nicht für den Rest seines beschissenen Lebens Kies in Hereford herumfahren müssen.

Kapitel 4

London, Großbritannien, 12:57 Uhr

Als der Zug der First Great Western Linie in Paddington einfuhr, riss die Durchsage für die Fahrgäste Gardner aus seinem Schlummer. »Endstation.« Die Türen piepten und öffneten sich, und Gardner begab sich zur U-Bahn. In der Bahnhofshalle wimmelte es von bewaffneten Polizeipatrouillen, die sich ihre Heckler-&-Koch-MP5K-Maschinenpistolen vor die Brust geschnallt hatten. Gardner genehmigte sich ein schiefes Lächeln. Diese Bullen hätten sich nicht mal den Weg aus einer feuchten Klorolle freischießen können, stolzierten aber herum wie Rambo persönlich. Er bezahlte sechs Pfund für eine Tageskarte und erwischte die Bakerloo Linie in Richtung Elephant und Castle. Zwölf Minuten später spuckte ihn die Tube an der Charing Cross wieder aus.

Das Leben hatte es nicht allzu gut mit Gardner gemeint, seit er den MI6-Agenten Leo Land daran gehindert hatte, einen Konflikt zwischen Israel und dem Iran anzuzetteln. Land war öffentlich bloßgestellt worden und der Krieg konnte mit knapper Not verhindert werden, aber die Medien werteten es nicht als seinen Verdienst. Nicht, dass er das gewollt hätte. Aimée Milana, die Journalistin, die er beschützt hatte, starb vor den Augen der weltweiten Presse auf dem Parliament Square durch die Kugel eines Scharfschützen. Das 7.62x51mm NATO-Geschoss drang in ihr linkes Auge ein, bohrte sich durch ihr Gehirn und trat an der linken Schulter wieder aus. Aimée war sofort tot, und ihr Tod machte sie gleichzeitig zur Märtyrerin und zur unerschrockenen Ermittlerin, die diesen Plan aufgedeckt hatte. Gardner hatte sie nicht geliebt, aber sie bedeutete ihm genug, um ihr den Ruhm nach ihrem Tod zu gönnen.

Er verließ die U-Bahn und betrat die chaotische Umarmung von Charing Cross. Noch mehr Bullen. Die Menschenmengen erschienen ihm kleiner, als er sie von seinem letzten Besuch in Erinnerung hatte. Nach der Schießerei an der Knightsbridge war die Anspannung groß. Ausgaben der *Metro* bedeckten den Boden, mit Schuhabdrücken und Vogelscheiße bedeckt. Er erhaschte einen Blick auf die Hälfte einer Headline. »HORROR« stand da in Großbuchstaben neben dem pixeligen Bild einer Überwachungskamera, das eine blutüberströmte Frau zeigte. Er hielt sich links und beobachtete aus den Augenwinkeln die Wolken, die sich wie überfüllte Mehlsäcke am Himmel stapelten.

Gardner beschleunigte seine Schritte und versuchte, sich in dem billigen Anzug, den er trug, halbwegs wohlzufühlen. Er eilte die Whitehall hinunter, vorbei an den beeindruckenden klassischen Gebäuden, den alten Pubs und den Souvenirläden. Hinter dem Hauptquartier der Household Cavalry bog er nach links auf die Horse Guards Avenue ab und tippte sich vor dem Denkmal zu Ehren der Gurkha am Verteidigungsministerium leicht und anerkennend an die Stirn. Dann noch einmal nach links, und er fand sich am Whitehill Court wieder. Nach zwanzig Yards die Straße hinunter fand er den Ort, nach dem er suchte.

Verglichen mit dem Pomp drumherum wirkte das Gebäude sehr verhalten. Es war ein dreistöckiges Bauwerk mit einer stuckverzierten Fassade und einer Eichentür, in deren Oberlicht aus dunklem Glas in säuberlich gravierten Goldbuchstaben der Firmenname zu lesen war: Talisman International. Das ›International‹ hatte man zu ›Int'l‹ abgekürzt. Gardner trat an die Gegensprechanlage rechts der Tür und drückte auf den Summer.

»Ja?«, plärrte eine Frauenstimme.

»Joe Gardner. Ich bin wegen eines Bewerbungsgesprächs hier.«

Statisches Knacken drang aus dem Lautsprecher. Gardner kratzte sich über seinen frisch gestutzten Bart und rückte seine Krawatte zurecht.

»Kommen Sie bitte herein.«

Mit einem diskreten Klicken entriegelte sich die Tür. Gardner drehte den Türknauf aus Messing und betrat den Empfangsbereich. Die Frau, die mit ihm durch die Gegensprechanlage gesprochen hatte, empfing ihn mit ernster Miene. Sie war auf enttäuschende Art alt und fett. Er meldete sich an und bekam eine Besucherplakette ausgehändigt.

Mit dem rumpelnden Aufzug fuhr er in den ersten Stock. Als er hinaustrat, wurde er überrascht. Dieses Stockwerk sah so gar nicht nach dem Herrenklub-Dekor an der Rezeption aus. Die dunkel gerahmten Porträts und der muffige Geruch von altem Geld waren verschwunden. Stattdessen befand er sich in einem weiß gekachelten Flur mit mattierten Glastüren. Der Geruch von frisch geschlagenem Kiefernholz hing in der Luft. Vor der Tür zum Bewerbungsraum hielt er kurz inne und wischte sich über die Augenbrauen.

Gardner hatte Terroristen gegenübergestanden und war von afrikanischen Warlords niedergeschossen worden, aber Bewerbungsgespräche jagten ihm eine Höllenangst ein. *Scheiß drauf*, dachte er. *Bringen wir es hinter uns.* Er öffnete die Tür und betrat ein langes und breites Konferenzzimmer. Ein weißer Walnussholztisch stand vor ihm. Einige Cisco-Telefone standen aufgereiht auf dem Tisch, zusammen mit einem Projektor, und an einer Wand des Zimmers war eine weiße Leinwand heruntergezogen worden.

Drei Personen saßen am hinteren Ende des Tisches.

Ganz links saß eine Frau. Schlanker Körperbau, kleine Brüste, Anfang Dreißig. Ihr braunes Haar war schlicht nach hinten zusammengebunden, und sie trug ein unauffälliges Kostüm. An ihrem Ringfinger sah er einen diskreten Ehering, was Gardner deprimierte.

Der Kerl auf der rechten Seite war beinahe so dünn wie die Braut. Er saß steif in seinem Sessel und kritzelte etwas auf einen Notizblock. Konservativer blauer Anzug, weißes Hemd, graue Krawatte. Sein Gesicht war glatt und sauber rasiert, seine Fingernägel makellos gepflegt. Er sah nicht so aus, als hätte er schon jemals Gewichte gestemmt, geschweige denn eine Nacht allein im Dschungel verbracht.

Dann musterte Gardner die Person in der Mitte, und musste zweimal hinsehen. Er blinzelte. Seine Augen betrogen ihn nicht. Der Mann saß mit ausgebreiteten Händen da und warf Gardner einen selbstgefälligen, spöttischen Blick zu.

»Hallo, Joe«, sagte er.

Eine lange Pause folgte, in der sich ein unsichtbares Seil um Gardners Brust zuschnürte.

»Das ist Nancy Rayner«, sagte der Mann und deutete nach rechts. »Und das ist Danny, mein persönlicher Assistent«, fügte er hinzu und nickte in Richtung des Unternehmertrottels zu seiner Linken.

Aber Gardner konnte seinen Blick nicht von dem Mann in der Mitte abwenden.

»Sie beide kennen sich?«, fragte Rayner, deren Augen zwischen Gardner und dem Mann, der neben ihr saß, hin und her zuckten.

»Das tun wir«, flüsterte Gardner. »Hallo, John.«

Kapitel 5

13:34 Uhr

Für einen toten Mann sah John Bald ziemlich gut aus. Er trug ein olivgrünes Ralph-Lauren-Poloshirt, Stonewash-Jeans und braune Timberlands. Die Muskeln an seinen Unterarmen wölbten sich hervor wie zwei verknotete Gartenschläuche, die jeden Moment zu platzen drohten. Eine TAG Heuer Aquaracer-Armbanduhr schimmerte an seinem Handgelenk.

»Du bist nicht hier«, sagte Gardner. »Du bist verdammt noch mal tot.«

Bald lehnte sich zurück und lachte hinauf an die Decke. Es war ein grundehrliches, selbstsicheres Lachen und gab Gardner das Gefühl, als wäre er etwas, dass Bald von seinem Schuh kratzen würde.

»Und jetzt bin ich wieder da«, sagte Bald. »Halleluja! Das ist ein Wunder, Joe – oder nicht?«

Gardner trat näher. Tiefe, dicke Narben hatten sich wie Stacheldraht in Balds Wangen gegraben. Seine Stirn war von rosafarbenen Einschnitten gezeichnet. Narbengewebe. Plötzlich prasselten die Erinnerungen auf Gardner ein. Das Dorf Brezovan. Das Presevo-Tal in Serbien. Hilflos hatte er mit ansehen müssen, wie die Schergen der Russenmafia Bald mit Blei vollpumpten. Die Kugeln hatten furchtbare Wunden gerissen, waren wie Donnerschläge durch Balds Körper gedrungen und hatten Fleischklumpen herausgerissen. Und Gardner hatte nichts dagegen tun können.

»Aber ich habe dich mit eigenen Augen gesehen. Du hattest mehr Löcher in dir als ein verdammtes Sieb.«

»Ich hatte Glück«, sagte Bald. »Ich war für Stunden bewusstlos. Lag einfach in dieser beschissenen fauligen Grube. Zum Sterben zurückgelassen. Dann kam ich wieder zu mir. Es war dunkel, aber irgendwie schaffte ich es, mich bis in die nächste Stadt zu schleppen. Nur Gott weiß, wie ich es soweit schaffen konnte. Ein Bauer fand mich und fuhr mich ins Krankenhaus. Ich erinnere mich noch an grelles Licht und an einen Arzt, der mir erzählte, dass ich es nicht schaffen würde.«

Balds Augen funkelten wie blanker Stahl.

»Ich brauchte sechs Monate, um mich wieder zu erholen«, sagte er, den Kopf mittlerweile gesenkt. »Ich war so schwach, dass ich kaum den Löffel zum Mund heben konnte.«

Gardner versuchte zu verstehen, was Bald ihm da erzählte. Wieder flammte dieser Schmerz in seinem Brustkorb auf. Er legte sich eine Hand auf die Brust und hielt den Atem an.

»Geht's dir gut?« Bald wirkte ernsthaft besorgt.

»Alles bestens«, sagte Gardner viel zu eilig.

»Warum setzt du dich nicht hin?«

Gardner ließ sich auf einem Stuhl nieder und ließ sich von dem Assistenten ein Glas kaltes Wasser reichen. Rayner blätterte jetzt durch einen ansehnlichen Stapel Blätter vor ihr. Dannys dünne Lippen waren wie versiegelt. Mit ihm schien etwas nicht zu stimmen, dachte sich Gardner. Er kannte John Bald besser als sonst jemand. Und Bald würde niemals einen Kerl als seinen persönlichen Assistenten einstellen. Er würde sich in jedem Fall für eine verdammt heiße Blondine entscheiden.

»Dann sollten wir zum Geschäftlichen kommen, oder?«, sagte Bald. »Immerhin sind wir ja deswegen hier.«

Gardner nickte und warf Bald ein Lächeln zu. »Klar«, sagte er. »Freut mich, dass du noch am Leben bist, Kumpel.«

»Mich auch, Joe.« Bald presste die Kiefer aufeinander, als würde er Asphalt kauen. »Es ist verdammt gut, dich wiederzusehen. Es gibt nicht mehr viele alte Blades wie uns auf der Welt, stimmt's? Du bist so etwas wie meine Familie.«

Gardner lächelte und spürte, wie ihm eine bleischwere Last von den Schultern fiel. *Niemand kennt mich besser als John*, dachte er. John war ein verlogener, diebischer Bastard, aber er war auch ein alter Kumpel. Was sollte also schon schief gehen?

»Danke für die Einladung«, sagte Gardner und versuchte weiterhin sein allerbestes Lächeln. »Ich weiß wirklich zu schätzen, dass du mir diese Chance gibst, John.«

»Nicht der Rede wert«, entgegnete Bald und wischte das Kompliment mit einer Geste großzügig beiseite. Rayner legte ein Blatt Papier vor ihn hin. Bald nahm ein Minzdragee aus einer teuer aussehenden kleinen Metalldose und warf es sich in den Mund. Gardner erhaschte einen Blick auf das Schreiben und erkannte es als seinen Lebenslauf wieder, den er Rayner zusammen mit seiner Bewerbung als E-Mail gesendet hatte.

»Sehr beeindruckende Referenzen«, sagte Bald und hob seine buschigen Augenbrauen. »Ich meine, wirklich verdammt beeindruckend. Hier steht, dass man dir im zweiten Batallion der Fallschirmjäger die Military Medal verliehen hat, dass du dich mit Dreiundzwanzig als Kandidat für den SAS beworben und die Prüfung im ersten Anlauf bestanden hast.«

»Ja, das stimmt«, sagte Gardner. Sein Lächeln begann an den Rändern brüchig zu werden, denn er fragte sich, worauf Bald hinaus wollte. Er kannte den ganzen Mist doch bereits.

Bald sagte: »Du bist auf der langen Distanz zweiter geworden. Wer war der Erste?«

»Das warst du.«

Bald schlug sich mit der Hand an die Stirn.

»Meine Fresse, stimmt ja. Ich vergesse das immer wieder.« Rayner unterdrückte ein lautes Lachen, während sich Bald wieder dem Lebenslauf zuwandte. »Eine Stationierungszeit im Kosovo, verdeckter Einsatz mit der SRR in Nordirland, zwei Kampfeinsätze im Irak als Teil der Task Force Black, dann Kampfeinsätze in Afghanistan. Und dann – oh, was ist das?«

Er tippte auf einen Punkt am Ende der Seite.

»Hier steht, du hättest in Afghanistan Verletzungen im Kampf erlitten.«

Gardner versuchte immer noch, das Lächeln aufrecht zu erhalten. Bald starrte ihn über seine knollige Nase hinweg an. Seine Stimme wurde lauter, der schottische Akzent deutlicher. »Ich weiß das natürlich auch. Ich war da. Ich war derjenige, der dir dein verdammtes Leben gerettet hat.«

»Und dafür werde ich dir immer dankbar …«

»Allerdings hast du deine Hand dabei verloren«, schnitt Bald ihm das Wort ab.

Instinktiv bedeckte Gardner mit der Rechten seine künstliche linke Hand. Bald schob den Lebenslauf zu Rayner zurück und schüttelte den Kopf.

»Nein. Tut mir leid, Joe. Aber diese Kampfverletzung, deine kaputte Hand, wie immer du das nennen willst – ich kann dich für diesen Job nicht berücksichtigen. Wir suchen jemanden, der diese Gelegenheit … nun … wirklich mit beiden Händen ergreifen kann.«

Rayner lachte, dieses Mal lauthals, sie konnte es nicht zurückhalten. Gardner spürte, wie er die Fassung verlor. Er hieb sein Glas auf den Tisch.

»Die Hand ist kein Problem«, sagte Gardner. »Komm schon, Kumpel.«

Bald schüttelte den Kopf. »Tut mir leid, *Kumpel.*«

»Aber niemand sonst hat die Erfahrung, die ich habe. Das weißt du. Komm schon, John. Gib mir eine verdammte Chance und ich lass dich nicht hängen.«

Bald schürzte die Lippen. »Das ist ja alles schön und gut. Aber wir brauchen jemanden, der untertauchen kann.«

Gardner runzelte die Stirn. »Wie meinst du das?«

»Ich kann nicht zu sehr ins Detail gehen, Joe. Aber unser Kunde befürchtet, dass eine terroristische Schläferzelle direkt aus dem Innersten seiner Organisation heraus operiert.« Er warf Danny einen zögernden Blick zu. »Wir suchen jemand Unauffälligen. Und deine Hand? Na ja, die sticht ungefähr so heraus wie ein Araber auf einer Schwulenparade.«

Gardners Kiefermuskulatur begann zu zucken. Es hatte ihn sechs Monate gekostet, um seinen Fuß in die Tür der Sicherheitsfirmen zu bekommen. Die meisten von ihnen besaßen mehr Leute als verfügbare Jobs, ganz besonders jetzt, wo die Einsätze in Afghanistan und im Irak langsam verebbten. Und die Möglichkeiten anderswo beschränkten sich darauf, saudische Prinzessinnen zu bewachen oder afrikanische Diamantenminen zu beschützen. Und der MI6 hatte ihn ohne großes Federlesen hinausgeworfen.

Unterm Strich hieß das: Dieses Bewerbungsgespräch bedeutete für Gardner das Ende der Fahnenstange. Letzte Chance. Und John Bald, sein Kumpel, von dem er geglaubt hatte, dass er in diesem Höllenloch von Dorf im Balkan ums Leben gekommen war, pisste gerade auf seine Träume.

»Ich kann das, John«, sagte Gardner.

»Mit diesem Ding da?« Bald deutete mit seinem Kopf auf die Prothese. »Das glaube ich nicht.«

Danny entschuldigte sich und verließ das Zimmer. Gardner sah zu, wie er hinaus ging, dann drehte er sich zu Bald zurück.

»Tu mir das nicht an.« Seine Stimme hallte von den Wänden wider. »Wir haben Seite an Seite gekämpft, verdammt noch mal. Ich bitte dich nicht um einen Gefallen, ich bitte dich um eine ehrliche Chance. Ich weiß …«

»Tut mir leid, Joe.« Bald hielt Gardners Blick stand. Der Ausdruck in seinen Augen war reine, ungefilterte Gleichgültigkeit. Für Gardner war dies das Schlimmste daran. Sein alter Kumpel hasste ihn nicht. Er hielt ihn einfach nur für einen schlechten Witz. »Wenn du mich jetzt entschuldigen würdest, ich muss mich um meine Geschäfte kümmern.«

Selbstsicher schritt Bald zur Tür. Er legte eine Hand auf Gardners Schulter.

»Mach dir nichts draus, Kumpel. Es gibt ja immer noch das örtliche Jobcenter.«

Mit diesen Worten verließ Bald den Konferenzraum. Rayner folgte ihm. Gardner war allein, mit nichts weiter als einem flüchtigen Eindruck von Protz und einem Leben, das gerade schnurstracks im Klo hinunter gespült wurde. Der Notizblock, auf dem Danny etwas geschrieben hatte, lag auf dem Tisch. Gardner reckte den Hals, um einen Blick auf das oberste Blatt zu werfen. Es war voller Kritzeleien. Der Mistkerl hatte ihm gar nicht erst zugehört.

Er war umsonst hierher gefahren.

Gardner fühlte sich erniedrigt. Er trug keine Uhr bei sich, seine Breitling-SAS-Uhr hatte er versetzt, um Kreditkartenrechnungen zu begleichen. Aber die stylishe antike Uhr an der Wand gegenüber verriet ihm, dass es kurz nach zwei Uhr war.

Er brauchte ein Bier.

Gardner verpisste sich aus den Büros der Talisman und ging mit schweren Schritten zurück in Richtung *Strand*. Es war schlicht aussichtslos, eine Kneipe zu finden, die weniger als vier Mäuse für ein Bier verlangte, also kaufte sich Gardner an einem Eckladen für einen Zehner zwölf Dosen billiges Lager und marschierte weiter zur U-Bahn. Neben der U-Bahn-Station Temple mit ihren wahllos verteilten grauen Ladenfassaden befand sich ein kleiner Park. Südlich davon grenzte der Victoria-Damm an. Auf der anderen Seite führte die Arundel Street zur Strand hinauf, östlich des Somerset House und des Savoys. Gardner ließ sich auf einer Bank nieder und begann, sich volllaufen zu lassen. Er verlor das Zeitgefühl. Irgendwann verblasste der torfmoorfarbene Himmel zu einem Mix aus violett- und orangefarbenen Wolken, als die Nacht über London hereinbrach. Vor ein paar Stunden noch war der Park voller extrem wichtiger Leute gewesen. Nun war er verlassen.

Gardner trank weiter.

Als er die elfte Dose importierter Tschechenpisse öffnete, war es schon nach zehn, und er das letzte Arschloch im Park. Er kippte sich noch etwas Lager die Kehle hinunter. Dann dachte er noch einmal über Danny nach, den persönlichen Assistenten. Nein, einen Kerl als Sekretärin anzustellen, sah dem alten Sportsfreund ganz und gar nicht ähnlich.

Gardner leerte sein zwölftes Bier und war überrascht, als er danach in die leere schwarze Plastiktüte griff. Die Tüte flatterte in einer Brise davon. Das Tumbleweed der Städte. Die Welt hatte aufgehört, aus geraden Linien und deutlichen Kanten zu bestehen. Jetzt sah alles verschwommen und undeutlich aus, wie in einem Traum. Gardner suchte in seinen Taschen nach Kleingeld. Dreiundsiebzig Pennys. Noch nicht mal genug für eine verdammte Dose Bier. Er stand auf, schob sich die Klöten zurecht und machte sich auf den Weg zur Temple-Station. Er sah auf die Uhr an der Station und stellte fest, dass es zu spät war, um den letzten Zug zurück nach Hereford zu erwischen. Doch dann sah er Bald selbstbewusst im Lichtschein der Straßenlaternen die Arundel Street herunterkommen.

Gardner legte seine Pläne auf Eis.

Kapitel 6

22:12 Uhr

Bald war nicht allein. Er hielt eine Frau im Arm. Hohe Wangenknochen und schmale Lippen, die wie mit Angelhaken in den Mundwinkeln zu einem verschlagenen Lächeln hochgezogen waren. Osteuropäerin, schätzte Gardner. Ihre Augen waren groß, rund wie Murmeln, und lindgrün. Sie trug einen kurzen schwarzen Rock über ihren Laufstegbeinen und eine weiße Bluse, die Gardner einen flüchtigen Vorgeschmack auf ihre Titten bot, als die beiden näherkamen. Riesig, und mit einiger Sicherheit falsch, aber wen interessierte das schon. Sie war die Art von Packung, für die sich Gardner die Augenlider ausgerissen hätte, um mit ihr eine Nacht zu verbringen. Sie erinnerte ihn schmerzlich daran, dass es ein Jahr her war, seit er es das letzte Mal mit jemandem getrieben hatte.

Die Frau hatte ihren Arm um Bald gelegt. Sie waren so von sich in Anspruch genommen, dass sie Gardner gar nicht bemerkten. Als sie nur noch einige Yards von ihm trennten, zog er sich in die dunklen Winkel eines anonymen Bürogebäudes am Ende der Arundel-Street zurück. Bald und die Frau zogen zum Victoria-Damm weiter.

Eine leise Stimme in Gardners Kopf riet ihm, den beiden zu folgen.

Gardner zählte bis zehn und dann trat er auf die Arundel-Street. Bald und die Frau näherten sich nun dem Damm, wo der Straßenverkehr vorbei heulte. Rote und weiße Autolichter, die wie Neonlibellen vorüber zischten. Gardner beobachtete, wie das Pärchen an der Straßenecke anhielt. Die Frau stellte sich in ihren Schuhen mit hohen Absätzen auf die Zehenspitzen und flüsterte etwas in Balds Ohr. Gardner glaubte schon, dass er aufgeflogen war. Aber dann ließ Bald seine Hand von ihrer Wange bis ganz hinunter zu der Wölbung ihres Hintern wandern. Mit der anderen Hand rief er ein schwarzes Taxi heran. Dann griff Bald in seine Geldbörse und händigte der Frau eine blaue Keycard von der Art aus, wie man sie in teuren Hotels bekam. Das Taxi fuhr heran. Bald hielt die Hecktür auf, Miss Osteuropa 2011 gab ihm einen letzten Kuss, bevor sie einstieg und sich das Taxi wieder in den nächtlichen Verkehr einordnete.

Bald, der jetzt allein war, setzte sich wieder in Bewegung, westlich entlang des Damms, auf die Waterloo Bridge zu. Gardner folgte ihm. Er hielt einen Sicherheitsabstand von vierzig Yards. Auf neun Uhr wand sich die Themse entlang wie ein See aus gelierten Aalen.

Je weiter Gardner den Damm entlang lief, umso lichter wurde der Verkehr. Nach vierhundert Yards überquerte Bald die Waterloo Bridge, und Gardner fragte sich, wohin sein alter Kumpel auf dem Weg sein mochte. Noch mal dreihundert Yards und sie befanden sich hinter der Villiers Street. Bald eilte nun die Stufen hinauf, die auf die Dammbrücke führten, immer zwei auf einmal. Er lief mit großen Schritten, und Gardner hatte Mühe, ihm zu folgen. Er konnte es sich nicht leisten, noch weiter zurückzufallen. Als er die Fußgängerbrücke erreichte, schwitzte er bereits stark. Das London-Eye hing skelettartig und unbewegt über dem südlichen Teil der Themse. Der Gehweg war ausgestorben. In Fünfzig-Yards-Intervallen säumten Stützpfeiler die Brücken, die weit oben über dem Gehweg Stahlseile mit sich führten. Fünfzehn Yards unter sich konnte er das müde Plätschern des Flusses hören.

Jetzt gibt es nur noch dich und John, sagte die Stimme in Gardners Kopf.

Zeit für eine Abreibung.

Gardner rannte los. Aus zwanzig Yards wurden zehn, und plötzlich war Gardner direkt hinter Bald und kämpfte gegen den Drang an, ihm einen Schlag auf den Hinterkopf zu versetzen.

»He«, sagte Gardner. »Wir müssen uns verdammt noch mal unterhalten.«

Bald blieb ruckartig stehen. Er drehte sich nicht um. Ganz so, als hätte er bereits die ganze Zeit über gewusst, dass Gardner ihn verfolgte. Stattdessen ließ er Kopf und seine Schultern sinken und fragte müde: »Was ist los, Joe?«

»Das Bewerbungsgespräch war ein Haufen Scheiße. Du hattest nie vor, mir den Job zu geben, und vielen Dank auch, dass ich mir den Weg umsonst machen durfte.«

Jetzt drehte Bald sich um. Seine Hände behielt er in den Taschen seiner Jeans. Gardner war so wütend wie nie zuvor. Er konnte die Wut förmlich in der Kehle spüren. Sechs Yards trennten sie voneinander. Dann trat Bald ein paar Schritte näher an Gardner heran.

»Du bist besoffen, Joe. Geh nach Hause.«

Aber Gardner wich nicht von der Stelle. »Ich bin so nüchtern wie eh und je.«

Ihn wunderte, wie stark er lallte.

»Du stinkst aus dem Maul, als hätte eine Ratte hinein gepisst.«

»Wir waren Kameraden«, sagte Gardner und schüttelte den Kopf in der vagen Hoffnung, ihn davon frei zu bekommen. »So behandelt man nicht mal einen Hund.«

Bald baute sich direkt vor Gardner auf. Die beiden Männer standen sich nun so nah gegenüber, dass Gardner jede einzelne Narbe auf Balds Gesicht ausmachen konnte.

»Kameraden?«, fragte Bald ungläubig. »Wir haben an dem Tag aufgehört, Kameraden zu sein, als du mich zum Sterben zurückgelassen hast. Und jetzt sei ein guter Junge und verschwinde zurück nach Hereford.«

Gardner antwortete mit der Faust und holte zu einem rechten Aufwärtshaken aus. Aber Bald reagierte blitzschnell. Er riss die linke Hand nach oben und wehrte den Schlag ab. Dann stieß er seine rechte Hand nach vorn und versuchte, Gardners verletzliche künstliche Hand in die Finger zu bekommen.

Gardners Blut kochte. Bald stand mit dem Rücken zum Geländer, die Fäuste auf Brusthöhe, und wartete auf einen weiteren Schlag. Aber Gardner wusste, dass die Überraschung der Schlüssel war, um jeden Kampf zu gewinnen. Er stieß den Kopf nach vorn, bereit, Bald die Stirn an den Kopf zu rammen. Ein Glasgow-Kiss, wie man das auch nannte.

Doch Bald war überraschend wendig. Er trat schnell einen Schritt zur Seite und ließ Gardner ins Leere laufen. Nun war Gardner aus dem Gleichgewicht geraten und der Schwung trieb ihn nach vorn. Balds riesige Hand umklammerte sein Genick und holte ihn von den Füßen. Gardner wurde nach oben gehoben und über das Geländer geworfen. Die Welt um ihn begann sich unkontrolliert zu drehen. Er spürte, dass sein Herz wie verrückt schlug, und es ihm die Luft aus der Lunge drückte. Um ihn herum gab es nur noch die scheinbar endlose Themse, in deren glänzende Schwärze er stürzte.

Kapitel 7

22:41 Uhr

Bald spähte über das eiskalte Stahlgeländer auf das Wasser hinunter. Die Nacht war nach einem milden Tag überraschend kühl geworden. Der Rand jeder Welle schimmerte kalt und weißlich wie die Spitze eines Messers. Eine Ansammlung von weißem Schaum markierte die Stelle, wo Gardners Körper die Wasseroberfläche durchbrochen hatte. Für einen kurzen Moment dachte Bald darüber nach, den Notruf zu verständigen. Dann erinnerte er sich daran, wie Gardner ihn damals zurückgelassen hatte. Nein, dachte er bei sich. Wenn Gardner in der Themse ertrank, waren sie quitt.

»Fick dich, du blöder Wichser«, rief Bald dem sich bereits verflüchtigenden Schaum hinterher.

Und er lief weiter.

Während sich links von ihm die klobige Silhouette des Southbank Centre abzeichnete, verließ er die Brücke und betrat die Belvedere Road. Zügig lief er nach Süden, zur Waterloo Station, vorbei an einer Schar Studenten, die sich in einer ihm fremden Sprache unterhielten. Als er die Portland-Steintreppe unter dem Victory Arch hinauf hastete, war Joe Gardner für ihn bereits Geschichte, und Bald freute sich auf ein schnelles Bier in der Station, bevor er sich ins Waterloo Novotel aufmachen würde, wo bereits eine russische Blondine namens Lena nackt im Bett auf ihn wartete. Gott, was freute er sich darauf, sich über ihren Arsch hermachen zu können.

»Sie wollen schon gehen?«

Die Stimme kam von vier Uhr. Bald blieb auf der obersten Stufe stehen und drehte sich zu dem Kerl um. Der lehnte an der hohen

Mauer neben der Bronzeplakette, die den 626 Männern der Southern Railway gedachte, die ihr Leben im Krieg von 1939 bis 1945 gegeben hatten. Der Mann zog an einer Zigarette.

»Cave«, sagte Bald. »Was zur Hölle wollen Sie?«

»Tss, tss, tss.« Der Mann nahm einen weiteren Zug und schnippte die Kippe dann die Stufen hinunter. »Blöde Angewohnheit«, sagte er. »Ich hab mich auf fünf am Tag einschränken können, aber weiter schaffe ich es nicht. Zu viel Stress. Schön, Sie zu sehen, John. Auch wenn ich es begrüßen würde, wenn Sie mich Danny nennen. Cave klingt so beschissen förmlich.«

Und wenn ich Sie einfach Arschloch nenne?, dachte Bald bei sich.

Danny Cave begutachtete seine manikürten Fingernägel. In einem anderen Leben wäre er Grundstücksmakler gewesen, der Atelierwohnung in Camden verhökerte. »Das war ein netter Schachzug – mich bei dem Bewerbungsgespräch als Ihren Sekretär auszugeben«, sagte er. »Ich glaube, unser Freund Joe hat Ihnen das sogar abgenommen.«

»Ja, vielleicht.« Bald wischte sich den Schweiß von seinem stacheligen Kopf. »Ich konnte dem Burschen ja schlecht erzählen, dass irgendein Wichser von der Firma in seinem Bewerbungsgespräch sitzen würde. Der hätte schneller dichtgemacht als ein Arschloch bei einer Gefängnisrevolte.«

»Zum Glück kann ich einen Witz besser vertragen als mein Vorgänger.« Cave strich sich einen imaginären Fussel von seinem Jackett und fuhr fort: »Die Sache ist die, John. Ich bin nicht nur wegen eines netten Plauschs hierher gekommen.«

Bald machte kein überraschtes Gesicht, denn er war nicht überrascht. Die Firma führte keine belanglosen Gespräche. Alles was sie sagten, alles was sie taten, war kalkuliert und immer nur zur Hälfte oder einem Viertel wahr.

»Ich wollte mit Ihnen über den Job reden«, sagte Cave.

»Ich habe noch nicht den richtigen Mann dafür gefunden.«

»Oh, aber ich.«

Cave glitt die Stufen nach oben, bis er neben Bald stand. Er legte eine knochige Hand auf Balds Schulter und nickte zur Straße unter ihnen, wo gerade ein Lexus GS einbog. Bald gefielen die verchromte Karosse und die tief getönten Windschutzscheiben. Der Fuhrpark des MoD war von den Etatkürzungen offenbar nicht betroffen gewesen. *Typisch*, dachte Bald. Es ging in Ordnung, den einfachen Soldaten schrottreifes Equipment aufzuhalsen, aber wehe, es entzog jemand den Schreibtischtätern die teuren Firmenwagen oder die Spesenkonten.

Ein Fahrer stieg aus und öffnete die hintere Beifahrertür.

»Soll ich Sie mitnehmen?«, fragte Cave.

»Nein, danke.«

»Unsinn, Mann. Steigen Sie ein. Wir können unsere kleine Unterhaltung unterwegs weiterführen.«

Bald seufzte. Seitdem er auf der gepunkteten Linie bei Talisman International unterschrieben hatte, hatte Bald Cave auf Abstand gehalten. Aber nun hatte die Firma bei Ihnen angeklopft, und wenn Cave reden wollte, dann hatte man gefälligst zuzuhören.

Bald schüttelte Caves Hand ab. »Bringen wir's hinter uns.«

Sie liefen die Stufen hinunter und Bald stieg in den Lexus. Vor noch gar nicht allzu langer Zeit war er rank und schlank gewesen, mit einem Taillenumfang von vielleicht fünfundsiebzig Zentimetern, doch mittlerweile verrieten die zehn Zentimeter, die dazu gekommen waren, seine üppigen Mittagsmahlzeiten. Er fühlte sich lahm, schwerfällig. Sie schlängelten sich aus der Station und fuhren in Richtung Westen auf der Waterloo Road entlang, bevor sie östlich in Richtung des Bahnhofs Elephant & Castle abbogen. Aus der stahlgrauen Skyline ragten zwei Hochhäuser, die wie ausgestreckte Mittelfinger der Welt scheinbar ein trotziges »Fuck You« zuriefen.

»Also, verraten Sie mir eines«, sagte Bald. »Wie hat es ein gewöhnlicher Arsch wie Sie in die Firma geschafft?«

Cave rieb sich über seinen sorgfältig gepflegten Dreitagebart und sagte: »Was ein besoffener schottischer Schwanz wie Sie nicht versteht, ist, dass Leute wie ich in Whitehall zur Zeit schwer angesagt sind. Diese alten Sesselfurzer mit ihrem schnieken Tonfall und ihren beschissenen Prinzipien, die Leo Lands dieser Welt – deren Zeit ist vorüber. Die Welt ändert sich, John. Und die Firma ebenso.«

»Ach was, ich glaube nicht, dass sich etwas ändern wird. Jemanden wie Sie ans Ruder zu lassen ist nur Schönfärberei. Alles andere bleibt, wie es war.«

»Hören Sie, überspringen wir einfach den Schwachsinn«, sagte Cave. Er hörte sich mehr wie ein Gangsterkumpel an als jemand von einer Privatschule. »Ich will Sie bei dem Job dabei haben.«

Bald lachte. »Das bin ich doch bereits.«

»Nein, ich möchte, dass Sie ihn *persönlich* erledigen.«

Die Worte trafen Bald ins Mark. In all den Monaten seit seiner Reha, während all den quälenden Bewegungs- und Dehnungsübungen, mit denen er gewissenhaft seine Beine wieder zum Funktionieren gebracht hatte, war es ihm nie in den Sinn gekommen, wieder aktiv in den Dienst zu treten. Balds Pläne für die Zukunft beinhalteten Bier und Golfspielen an der Algarve sowie gelegentliche Jet-Ski-Fahrten.

»Ich bin im Ruhestand.«

Cave hob protestierend die Hand. »Denken Sie darüber nach, John. Sie sind der perfekte Mann für den Job. Sie haben Erfahrung darin, verdeckt zu arbeiten. Herrgott, das passt hervorragend.«

»Vergessen Sie's«, antwortete Bald. »Diese Tage liegen hinter mir.«

Cave verstummte eine Weile. Als sie an der Old Kent Road vorbeiglitten, zogen grellbunte Supermärkte, eingepfercht zwischen blinden Häuserreihen aus der Nachkriegszeit vorüber. Auf den kaugummiverklebten Straßen trieben sich arabische Frauen in schwarzen und weißen Burkas herum. Ein paar Besoffene schlurften ebenfalls vorbei und hielten sich ihre Hosen voller Pisseflecken fest. Er erinnerte sich wieder, warum er London hasste und trotz des Jobs bei Talisman nicht hierher gezogen war. Er war in Dundee aufgewachsen – oder Scumdee für die einheimischen, aber jedes Wochenende war er in die Cairngorms geflüchtet, wo er Laufen, Skifahren und Angeln gelernt hatte. Und dort, in den unerbittlichen schottischen Highlands, hatte John Bald die Fähigkeiten erworben, die er eines Tages brauchte, um ein Blade zu werden.

London konnte ihm gestohlen bleiben.

»Soll ich Ihnen ein kleines Geheimnis verraten? Es gibt da ein, zwei Dinge bei diesem Job, die Sie noch nicht wissen«, sagte Cave, während er aus dem Fenster starrte. »Informationen, die strengster Geheimhaltung unterliegen.«

Das weckte Balds Neugier. Die Informationen zu dem Einsatz waren bisher nur häppchenweise gekommen, aber wie bei allem, was die Firma tat, verrieten sie einem nur so viel, wie man wissen musste, oder was sie einen wissen lassen wollten. Bald hatte sich verpflichtet, die Informationen mit Gardner zu teilen, denn Cave wusste nicht, dass er John nur deshalb aus Hereford einbestellt hatte, um ihn zu verscheißern. Cave hatte angenommen, dass Gardner ein weiterer Kandidat für den Job war, und nicht nur ein trauriges Arschloch, an dem Bald sich rächen wollte.

»Zum Beispiel?«, fragte Bald.

Cave schlug die Beine übereinander. »Was würden Sie sagen, wenn ich Ihnen verrate, dass es sich bei dem Auftraggeber um einen Unternehmer handelt, der im innovativsten Bereich der Rüstungsindustrie tätig ist?«

»Ich würde sagen, das ist verdammt interessant. Und weiter?«

Sie hatten New Cross hinter sich gelassen und fuhren nun auf der A20 den Lewisham Way hinunter. Bald fragte: »Wo verdammt noch mal bringen Sie mich hin?«

Cave starrte stur geradeaus und tat so, als hätte er ihn nicht gehört. »Die Firma heißt Lance-Elsing. Sie bewegen sich unter dem

Radar und entwickeln jene Art von neuen Technologien, bei denen es Ihr kleines betrunkenes Hirn sprengen würde.«

»Und wenn die beschissene Orangenkekse herstellen würden, es kümmert mich nicht«, sagte Bald. »Ich werde es nicht machen.«

Cave starrte ihn finster an.

»Sie vergessen, mit wem Sie hier reden, John-Boy. Sie tun genau das, was ich Ihnen sage. Wenn ich Ihnen sage, dass Sie in die Hände klatschen sollen, dann klatschen Sie gefälligst. Wenn ich Ihnen sage, Sie sollen springen, dann stürzen Sie sich von der nächsten Klippe.« Er wendete sich wieder ab. »Und wenn Sie den Job nicht machen, werden Millionen Menschen leiden.«

»Wie meinen Sie das?«

Cave sah ihn wieder an.

»Wenn der Schläfer mit seiner Mission Erfolg hat, verwandeln sie die westliche Welt in drei Tagen zu Staub.«

Kapitel 8

23:59 Uhr

Cave kramte seinen Blackberry Torch hervor und begann, E-Mails zu tippen und Untergebene am Telefon herumzukommandieren. Bald sah, wie die Lichter Londons am Horizont verblassten, als der Fahrer auf die M20 abbog. Die Landschaft war zu einem Becken aus dichten Schatten geworden, so als wäre schwarzer Schnee vom Himmel gefallen, der die Felder und Bäume bedeckte. Sie fuhren am Ashford International Airport vorbei, der Lexus zeigte die Achtzig an, und Bald fürchtete, dass die Dinge nicht besonders gut für ihn ausgehen würden.

»In den letzten drei Monaten standen wir in engem Kontakt zum CIA«, sagte Cave, nachdem er ein Telefonat beendet hatte. »Für gewöhnlich würde die Agency nicht mal ihr Pausenbrot mit uns teilen, geschweige denn Einsatzinformationen. Aber in diesem Fall blieb ihnen keine andere Wahl. Sie wissen, dass die Bosse des Schläfers einen Angriff auf England planen.«

»Für wen arbeitet der Schläfer?«, fragte Bald.

»Raten Sie doch mal.«

»Die Taliban? Al-Qaida?«

Cave schnitt eine Grimasse, als hätte er soeben ein Glas Pisse getrunken. »Wachen Sie auf, John. Die Taliban haben sich in Afghanistan festgefressen. Und was die al-Qaida angeht – diese Witzfiguren sind schon länger irrelevant, als es das Weiße Haus zugeben mag. Wir sprechen hier von einer Schläferzelle, die seit vielen Jahren aufgebaut wird. Wahrscheinlich seit sie die Universität besuchten. Ein derartiger Grad an Planung und Weitsicht ist den von Ihnen genannten Gruppen völlig fremd.«

»Wer dann?«

»Sie nennen sich selbst Lashkar-e-Taiba. Das sind die sadistischen Bastarde, auf deren Konto der Terrorangriff von Mumbai geht.«

Ein paar Meilen südlich von Ashford bog der Fahrer von der M20 auf die Bad Munstereifel-Road ab. Cave fuhr fort: »Bin Laden umzubringen, hat nichts gebracht. Da hatte al-Qaida schon längst seine Zugkraft verloren. Das ist uns allen natürlich klar. Wir können es nur nicht öffentlich zugeben. Der wichtige Punkt an Bin Ladens Tod aber war, dass er sich in Pakistan verkrochen hatte, direkt vor der Tür einer der größten Militärbasen in diesem elenden Land. Aus Pakistan wird die nächste Generation von Terrororganisationen kommen, und Lashkar-e-Taiba kleckern nicht, sondern klotzen. Sie verfügen über die finanziellen Mittel, und sie schrecken nicht davor zurück, zu töten. Und da Bin Laden nun aus dem Weg geräumt wurde, halten sie ihren großen Moment für gekommen.«

»Freut mich für die Jungs«, sagte Bald und rieb sich die Schläfen.

Cave runzelte die Stirn. »Sie klingen nicht sonderlich besorgt, was diese ganze Sache angeht.«

Bald schloss die Augen. Er konnte spüren, wie der Druck zunahm. Das unsichtbare Band um seinen Kopf zog sich fester zu. Er sah auf seine Handflächen hinunter. *Nicht das noch, nicht jetzt*, dachte er bei sich. »Die Arschgeigen bei der Agency sind schon große Jungs«, sagte er. »Ich bin sicher, dass die sich allein um einen Schläfer kümmern können.«

»Das ist aber genau der Punkt.« Gereizt rutschte Cave in seinem Sitz herum. »Sie können es nicht. Das wissen Sie genau, verdammt noch mal. Sie haben die Rekrutierung für diesen Job geleitet.«

Bald schwieg.

»Ich habe gesehen, wie Sie sich in diesen Bewerbungsgesprächen verhalten haben, und davon abgesehen sind Sie natürlich der verdammt beste Kämpfer, den wir haben, John-Boy. Und ich sage Ihnen, wie das laufen wird. Sie werden nach Amerika gehen und den Schläfer umlegen. Wir fliegen Sie rein und versorgen Sie mit allem, was Sie brauchen. Aber …«

Cave ließ den Halbsatz unvollendet in der Luft hängen, während er sich wieder seinem Torch zuwandte. Ein eingehender Anruf blinkte auf dem Display. Cave lächelte Bald müde an. »Sie wissen, wie das läuft. Wenn wir das Ding vor die Wand fahren, werden wir jegliche Kenntnisse über diese Operation abstreiten. Das Gleiche gilt für die Agency.«

Nichts Neues, dachte Bald. Die Standardvorgehensweise der Firma war im Prinzip eine Aneinanderreihung der vielen verschiedenen hinterhältigen und originellen Arten, mit denen sie einem den Arsch aufreißen konnten. Bald rieb sich die Augen, aber das Flirren wollte nicht verschwinden. Sein iPhone trillerte in seiner Jeanstasche. Er kramte es hervor. Lena rief an. Er tippte auf die ›Ablehnen‹-Taste. *Ich sollte nicht hier sein*, dachte er. *Ich sollte in einem Hotel sein und den heißesten russischen Arsch bumsen, den die Welt je gesehen hat.* Seine Gedanken spulten die ganze Scheiße ab, die ihm seit Serbien passiert waren. Die Frauen. Der Job. Das verdammte Geld. Das Riesenhaus in Guildford. Lena. Cave musste nicht ganz dicht sein, wenn er tatsächlich glaubte, dass er es riskieren würde, wieder in den aktiven Dienst zu treten.

Und er dachte an seine Migräne. Den Job anzunehmen wäre nicht einfach nur ein Risiko. Es wäre ein verfluchtes Desaster. Deshalb hatte er sich von vornherein nicht selbst für den Auftrag interessiert. Er dachte daran, Cave an seinen Gedanken teilhaben zu lassen, aber der Mann vom MI6 war damit beschäftigt, in sein Torch zu quasseln.

»Ja … Nein … Ja. Natürlich.«

Sie näherten sich schnell der Küste von Kent. Der Landstrich war flacher geworden. Cave beendete sein Telefonat.

Bald war nicht darauf vorbereitet, sich das länger anzutun. Er wollte aussteigen. Er klopfte gegen die Kopfstütze des Fahrers und sagte: »Halten Sie den Wagen an.«

Cave schnaubte, halb amüsiert, halb genervt. »Wollen Sie gar nicht hören, was ich Ihnen anzubieten habe?«

»Stecken Sie es sich sonst wohin. Ich habe einen guten Job. Ein verdammt gutes Leben. Ich brauche diesen Mist nicht. Suchen Sie sich einen anderen Dummen dafür.«

Das war's. Bald ließ sich in seinen Sitz sinken und kramte in der Hosentasche seiner Jeans herum. Er zog eine kleine Plastikdose hervor, schraubte den Deckel ab und kippte sich drei Tabletten in den Mund.

»Ah, jetzt sind wir wohl bei den kleinen bunten Pillen gelandet, was, John-Boy?«

»Diese elenden Kopfschmerzen …«

Cave riss Bald die Dose aus der Hand und las laut das Wort ›Sarotex‹ vor. Dann warf er sie zurück in seinen Schoss. »Um Himmels willen. Sind Sie jetzt auf Antidepressiva?«

»Die sind gegen meine Kopfschmerzen«, sagte Bald.

»Das Zeug verschreiben sie den Jungs, die mit PTSD aus Afghanistan zurückkommen.« Cave verstummte für einen Moment. Bald starrte geradeaus, konnte aber spüren, dass der Wichser neben ihm Löcher in ihn starrte. »Lance-Elsing sind bereit, 5 Millionen Dollar für den Job auszuspucken.«

»Der Firma dürfte es deutlich mehr wert sein«, sagte Bald.

»Vielleicht sollten Sie sich darauf konzentrieren, sich zusammenzureißen. Diesen Job dürfen Sie nicht vermasseln.«

»Ich sagte doch schon: Suchen Sie sich jemand anderen dafür.«

»Es gibt niemand anderen dafür.«

Bald massierte sich die Stirn. Er betete, dass das Amitriptylin schnellstmöglich wirkte. Bald war ein harter Kerl, hatte Mumm und Eier, aber wenn die Migräne zuschlug, wollte er nichts lieber, als sich eine Kugel zwischen die Augen zu jagen.

»Fünf Millionen«, wiederholte Cave. »Damit dürften Sie ausgesorgt haben. Sie können sich davon eine Hütte in den Alpen kaufen, Whiskey trinken und Kebabs essen, oder was Sie sonst so tun.«

Bald schwieg.

Cave senkte die Stimme. Seine Augen lächelten. »Aber eines sollten Sie wissen. Wenn Sie gehen, werde ich ein Telefonat führen. Mehr braucht es nicht. Ein Telefonat, und Ihr Leben wird zu einem Albtraum.«

Balds Mund fühlte sich auf einmal sehr trocken an.

»Sie erinnern sich noch an Rio, oder, John?«, fuhr Cave fort. »Ich bin sicher, die brasilianischen Behörden würden sich gern mit Ihnen unterhalten wollen. Über die Cops, die Sie umgebracht haben, und die Drogen, die Sie aus dem Land schmuggelten.«

Cave sah Bald an. Sein Verhalten hatte sich geändert. Seine Stimme klang nun drohend.

»Wenn Sie nicht mit uns kooperieren wollen, setze ich Sie in den nächsten Flieger nach Brasilien. Die Polizei wird Ihnen stählerne Manschetten anlegen, noch bevor Sie ihren Fuß auf das Rollfeld setzen können. Die stecken Sie in ein Gefängnis, wo die einheimischen Gangs Sie so in den Arsch ficken werden, dass Ihnen die Schwänze im Hals kitzeln.«

Bald schmeckte Gallensaft in seinem Mund. Bitter und schwer. Er schluckte ihn wieder hinunter, atmete tief die gefilterte Wagenluft ein und starrte Cave an. »Wenn ich diesen einen Job erledige, sind wir quitt?«

Cave grinste Bald breit an. »Guter Mann.«

Ein Straßenschild zeigte an, dass sie sich fünf Meilen nördlich von New Romney befanden. Die Wolken am Himmel hatten sich verzogen. An ihrer Stelle zog ein tiefer Nebel von der See herein und überzog die Felder und Bäume mit Nässe.

»Wir sind fast da.«

»Fast wo?«, fragte Bald.

»Lydd Airport.«

Der Nebel wurde dichter. Eingeklemmt zwischen schiefen Zaunpfählen gingen zu beiden Seiten der Straße Deiche ab, die in der Ferne spitz zuliefen.

Bald konnte einen Blick auf das Navigationssystem im Armaturenbrett werfen. Sie rasten in südlicher Richtung die Swamp Road hinunter. Laut GPS waren es noch anderthalb Meilen bis zu ihrem Zielort. Die Swamp Road mündete in der Dennes Lane und verlief dann nur noch als Landstraße weiter. Sie war verdammt holprig, und bei ihrem Tempo rumpelte und schepperte der Wagen hin und her. Balds Magen schlug Purzelbäume. Ihm fiel wieder ein, was Dave Hands zu sagen pflegte. Hands war immer ein Mistkerl gewesen, aber was Whitehall anging, traf er den Nagel auf den Kopf. *Egal wie clever du bist oder zu sein glaubst*, hatte er zu John gesagt, *die Firma kriegt dich trotzdem am Arsch. Aber sie ficken dich so zärtlich, dass du es noch nicht einmal merkst.*

Cave blickte wieder auf sein Torch. Ohne Bald anzusehen, sagte er: »Ein Gulfstream-Privatjet wartet auf Sie. Die bringt Sie nach Mexiko City. Von dort aus müssen Sie es allein über die Grenze schaffen.«

»Wieso Mexiko?«, fragte Bald.

»Wir können Sie nicht direkt in die Staaten einfliegen lassen. Selbst mit Hilfe der Agency gibt es keine Möglichkeit, Sie hineinzuschmuggeln, ohne dass man Ihren Namen und Ihre Fingerabdrücke aufnimmt.«

Bald schüttelte energisch den Kopf. »Auf gar keinen Fall. Ich kann nicht einfach in einen Flieger steigen und mich hier vom Acker machen. Ich hab noch Dinge zu erledigen.« Lenas Arsch blitzte vor seinem geistigen Auge auf.

Cave zuckte mit den Achseln. »Pech für Sie, John-Boy. Der Schläfer will in drei Tagen zuschlagen. Deshalb bleibt uns ein Zeitfenster von zweiundsiebzig Stunden, um ihn aufzuhalten.«

Cave unterbrach sich und sah auf die Uhr. Er trug eine 18-karätige goldene Cartier, und Bald fragte sich, wie viel dieser Mistkerl wohl im Monat scheffeln würde.

»Ich habe Treffen …«

»Nein, ich fürchte, die haben Sie nicht«, sagte Cave. »Seit Mitternacht gelten Sie offiziell als vermisst. Man vermutet, dass Sie zusammen mit einer anderen traurigen Ex-Regimentssoldatengeschichte, Joseph James Gardner, von der Embankment Bridge gestürzt sind. Die Medienberichte werden darauf hindeuten, dass sie beide betrunken waren. Sie werden es als tragisches Ende zweier glorreicher Militärkarrieren hinstellen.«

Bald spürte, wie er zu glühen begann.

»Machen Sie sich nicht die Mühe, den Unschuldigen zu spielen«, sagte Cave. »Ich habe gesehen, was auf der Brücke passiert ist. Ich habe Sie die ganze Zeit über beobachtet.«

Die Hitze kroch an Balds Hals hinab. Kleine Funken sengten jedes einzelne Haar auf seinen Unterarmen an. »Aber warum haben Sie mich nicht aufgehalten, wenn Sie mich gesehen haben?«

»Ein Problem weniger, um das man sich kümmern müsste. Gardner bedeutete nur Ärger. Sie haben uns da einen Gefallen getan.«

Bald rann der Schweiß den Nacken hinab. Der Lexus blies frostige Luft in den Wagen, der den Schweiß unangenehm kühlte. Sie befanden sich jetzt östlich von Lydd. Die Medikamente schlugen an. Ein leichter Nebel senkte sich hinter Balds Augen herab und machte ihn benommen. Das Pochen in seinen Händen und seiner Brust ließ nach. Er spähte zum Fenster hinaus. Es war beinahe ein Uhr nachts. Der Mond leuchtete hell und überzog einen einzelnen Flugzeughangar und ein halbes Dutzend Gebäude mit stickiger Helligkeit. Lydd Airport.

Das Rollfeld war erleuchtet. Alles andere lag im Dunkeln. Es war nicht schwer, die Gulfstream zu bemerken, die am hinteren Ende der Landebahn wartete. Dunstschleier waberten geisterhaft über das Gelände des Flughafens. *Sieh noch mal genau hin*, sagte eine Stimme in Balds Kopf. *Für eine Weile könnte es das letzte Mal sein, dass du England siehst.*

Der Fahrer bremste den Lexus auf ein schnelles Schritttempo herunter. Die Scheinwerfer strichen über den Rumpf der Gulfstream.

»Alles bereit, John. Und Sie?«

»Was glauben Sie wohl?«

Cave zog die rechte Wange zu einem schiefen Lächeln nach oben. »Kopf hoch, Mann. Vielleicht genießen Sie es ja sogar.«

Der Lexus blieb fünfzig Yards von der Gulfstream entfernt am Rand des Rollfelds stehen. Der Jet sah nicht übel aus, das musste Bald ihnen lassen.

»Sie stehen vor einer G450«, sagte Cave. »Der beste Langstrecken-Businessjet, den man für Geld kaufen kann. Für Sie eigentlich zu gut.«

Der Fahrer stieg aus, lief zu Caves Seite hinüber und öffnete ihm die Tür. Bald musste allein aussteigen. Der Geruch von Diesel und Salz stieg ihm in die Nase. Er genehmigte sich ein grimmiges Lächeln. *Wenigstens schickt dich die Firma mit Stil in den Tod.* Dann überprüfte er die Umgebung und ließ das Grübeln sein. Andere Fahrzeuge oder Menschen waren nicht zu sehen. Und das brachte Bald auf eine Idee, als Cave ihn zu der Gulfstream führte.

Der Jet nahm nun ihr gesamtes Sichtfeld ein. Bald konnte die typischen ovalen Fenster und den stylishen kursiven Schriftzug am Heck des Flugzeugs erkennen.

»Nun machen Sie schon«, sagte Cave zu Bald. »Hopp, hopp.«

Doch Bald rannte von der Gulfstream davon.

»Was zur Hölle machen Sie da?«, schrie Cave ihm nach.

»Ich verschwinde.«

Bald beschleunigte sein Tempo und hielt auf die Schwärze zu, die das Rollfeld umgab. Er hatte keine Ahnung, wie er heute Nacht wieder nach London zurückkommen würde. So weit hatte er nicht gedacht. Alles, was er wusste, war, dass er so weit wie möglich von Cave und der Firma wegkommen wollte. Nein, er würde nicht alles sausen lassen, was er besaß. Nicht mal für fünf Millionen Pfund.

»Sie können nicht abhauen!«, rief Cave ihm nach.

Und ob ich das kann, Kumpel, dachte Bald.

Er lief noch ein paar Schritte weiter, doch dann ließ ihn ein kalter Kreis in seinem Genick erstarren.

Eine ihm unbekannte Stimme sagte: »Noch ein Schritt und ich lege Sie um.«

Während Bald noch darüber nachdachte, wer ihm zum Teufel eine Waffe gegen den Hals hielt, schälten sich ein halbes Dutzend Schemen aus dem Dunkel und betraten das grelle Licht der Rollbahn. Sie alle trugen die gleichen grauen Anzüge mit weißen Hemden und schwarzen Krawatten. Und sie waren auch gleich bewaffnet. Jeder von ihnen trug eine Sig Sauer P229 Halbautomatik bei sich.

Die Laufburschen der Firma, wurde Bald klar. Er hörte das Klackern von Schuhen auf dem Asphalt. Auf sechs Uhr blieben sie stehen.

»Dachten Sie wirklich, dass es so leicht wäre?« Cave klang belustigt. »John, es bleibt dabei, dass Sie diesen Job machen werden. Und jetzt steigen Sie in das verdammte Flugzeug. Wir sind schon hinter dem Zeitplan.«

Bald wusste, dass es zwecklos war, davonzurennen. Die Laufburschen würden ihn niedermähen, noch bevor er in Sicherheit war. Er drehte sich um und folgte Cave widerwillig zu der Gulfstream. Als er das obere Ende der Treppe erreichte, war Bald außer Puste. Er trat durch die Eintrittsluke und fand sich in der Hauptkabine wieder. Der Geruch von frischem Leder, walnussartig und texturiert, traf ihn. Und er roch noch etwas anderes, etwas Widerliches. Er konnte es nicht einordnen. Er sah sich in der Kabine um. Zu seiner Linken, an Steuerbord, befand sich die Bordkombüse nebst Lagerraum, vollgestopft mit Bestecken und Tellern, ein Wasserfilterungssystem und einer Kaffeemaschine.

Dann sah Bald nach rechts, in den Hauptraum der Kabine, und sog die Luft ein.

Kapitel 9

01:00 Uhr

In der Kabine gab es zwölf Sitze. Oder zumindest war die Kabine ursprünglich auf zwölf Sitze ausgelegt gewesen. Jetzt waren davon nur noch vier übrig. Das waren die vier, die sich in der Nähe einer zweiten Küche an Achtern und den Toiletten befanden. Lampen in der Decke der Kabine beleuchteten den Bereich dunkleren Teppichs und die Schraubenlöcher im Boden, wo man die anderen acht Sitze entfernt hatte.

An deren Stelle befanden sich ein paar Dinge, die man nicht in einer Werbebroschüre für die Gulfstream finden würde. Am Boden waren Sicherungshalterungen befestigt worden. Neben den Ketten lag ein Haufen schwarzer Kapuzen, und in der hinteren Kombüse stapelten sich Polizeischlagstöcke und Krokodilklammern. Bald bemerkte außerdem auch ein Stromkabel, dass sich aus dem hinteren Teil hervorschlängelte.

»Entschuldigen Sie die Unordnung«, sagte Cave. »Wir mussten uns den Vogel von der Agency borgen. Kürzungen und so.«

»Was soll der ganze Scheißdreck hier?«

Cave räusperte sich und antwortete: »Die Agency benutzt sie für unverhoffte Zwischenlandungen. Normalerweise landen sie in Taschkent oder in Warschau, aber die Dringlichkeit der Mission zwang uns, die erstbeste Maschine zu nehmen, die verfügbar war. Sie hatten noch nicht hinter sich sauber gemacht.«

»Außergewöhnliche Inneneinrichtung«, sagte Bald.

»Ja«, knurrte Cave. »Sie nennen dieses kleine Baby den Guantánamo Express.«

Bald hatte genug Verhöre geführt und auch den einen oder anderen Bastard gefoltert. Aber in dieser Kabine lief es ihm trotzdem kalt den Rücken herunter.

Cave griff in seine Tasche und übergab Bald ein klobiges schwarzes Mobiltelefon mit einfachem Tastenfeld, das so schwer wie ein Ziegel anmutete.

»Ein Wegwerf-Telefon. Wir nennen die Teile ›Burner‹. Prepaid. Die Nummer ist auf niemanden registriert, also lässt sie sich unmöglich auf Sie oder jemand anderen zurückverfolgen.« Dann holte er noch eine ungebrauchte kleine Dose hervor. »Darin befinden sich fünfzig SIM-Karten. Achten Sie darauf, dass Sie nach jedem Anruf die SIM-Karte wechseln und die alte vernichten. Auf die Art kann man weder Ihren Anruf verfolgen, noch Ihre Position mittels Triangulation ausfindig machen.«

Bald tippte auf den Tasten herum. Das Burner-Telefon war prähistorisch, aber andererseits brauchte Bald auch kein Telefon, auf dem man Angry Birds spielen konnte.

»Ich nehme Ihr Telefon, Ihre Brieftasche und Ihre Schlüssel an mich«, sagte Cave. Als er Balds Zögern bemerkte, fügte er noch rasch hinzu: »Keine Sorge. Die kriegen Sie zurück, sobald die Mission ausgeführt wurde.«

Bald leerte seine Taschen, und Cave zauberte eine Ziplock-Tüte hervor, in der er das iPhone, die Brieftasche und den Schlüsselring versiegelte. Es erinnerte Bald daran, in einer Polizeizelle eingebuchtet zu werden.

»Zwei Dinge noch«, sagte Cave. Bald fiel es schwer, sich zu konzentrieren. Der Alkohol und die Medikamente hatten ihn müde gemacht. Er konnte nur mit Mühe seine beschissenen Augenlider offenhalten. »Nummer Eins – wir unterhalten uns nur über Code. Ich schätze, Sie kennen diese Prozedur noch aus Ihrer Zeit beim Regiment.«

Bald nickte zornig. »*Birthday Cake - Geburtstagstorte* ist ein Beispiel, das sie uns in Herford beigebracht haben. Der CIA benutzt es als Codewort für eine Bombe. Wann immer jemand in Amerika telefoniert und *Geburtstagstorte* sagt, gehen bei der National Security Agency die roten Warnlichter an.«

»Korrekt«, sagte Cave. »Wir wissen, dass die NSA jede Konversation überwacht und jede E-Mail und Textnachricht liest, von jedem, der in den Vereinigten Staaten in irgendeiner Form kommuniziert. Aber es gibt eine Möglichkeit, das zu umgehen.«

»Wie?«

»Wir kommunizieren über Hotmail.«

»Aber sagten Sie nicht, dass die NSA die E-Mails überwacht?«

»Nur, was Sie durch den Äther schicken. Aber wir schicken uns keine E-Mails. Wir korrespondieren über Entwürfe. Ich schreibe Ihnen eine E-Mail und speichere sie als Entwurf. Sie öffnen den Entwurf, lesen ihn, löschen ihn, und dann schreiben Sie wiederum Ihre Antwort und speichern sie als Entwurf. Wir beide checken täglich unseren Account. Wenn ich einen Entwurf gespeichert hatte und sehe, dass er gelöscht wurde, weiß ich, dass Sie ihn gelesen haben.«

»Und die NSA kann nicht sehen, was wir schreiben?«

»Nein. Das ist hundertprozentig sicher.«

Cave sah erneut auf die Uhr und gab zu verstehen, dass die Unterhaltung beendet war.

»Sie werden in Mexiko City kurz nach sieben Uhr morgens landen. Jemand wird Sie dort in Empfang nehmen. Suchen Sie nicht nach ihr – sie wird Sie finden. Sie wird Sie mit einem Pass, Bargeld und einer Route über die Grenze versorgen. Sobald wir den Schläfer identifizieren konnten, werden Sie ihn ausschalten. Lassen Sie es wie einen Unfall aussehen. Je unauffälliger die Umstände sind, umso geringer die Chance, dass man Sie schnappt.«

Cave kehrte Bald den Rücken zu und bewegte sich zum Ausgang des Flugzeugs. Aus einer unscheinbaren Nische an der Steuerbordseite erschien eine Stewardess. Ihre Titten beulten die enge Bluse aus, die sie trug, und die oberen beiden Knöpfe waren offen. Bald stellte sich vor, wie er eine Hand hineinsteckte und eine ihrer Titten umfasste. Er musste an Lena denken und seine Eier waren nun schon so geschwollen wie zwei blaue Bowlingkugeln.

»So wie's aussieht, haben Sie zumindest eine Sache hingekriegt«, rief Bald Cave hinterher. »Die Bordunterhaltung.«

Die Stewardess lächelte dünn und strich sich ein paar glänzende Haarsträhnen hinters Ohr. Bald hielt sie für eine Thai, und das machte ihn nur noch geiler. In der letzten Zeit hatte er ein Faible für asiatische Frauen entwickelt.

»Was zu trinken?«, fragte sie.

»Rum mit Cola«, sagte Bald und sah sie an.

Sie nickte und verschwand in der Küche.

Cave hielt inne, drehte sich um und sah noch einmal in das Flugzeug hinein. »Noch eine Sache, John-Boy. Ich bin sicher, dass ich es nicht erst buchstabieren muss.«

»Und das wäre?«

Die Motoren des Jets heulten auf, dann ging das Geräusch in ein Brummen über. Cave musste brüllen, um über das Motorengeräusch hinweg gehört zu werden. »Die Stewardess ist für Sie tabu. Sie arbeitet für die Agency.«

Dann sauste er die Treppe hinunter. Seine Herrenschuhe klapperten auf den Metallstufen. Er eilte zu dem Lexus, während seine Jacke und seine Krawatte wild hinter ihm her flatterten.

Die Stewardess schloss die Tür.

Bald war eingeschlossen.

Kapitel 10

Mexiko Stadt, Mexiko, 07:37 Uhr

Der Grenzbeamte mit dem Schnäuzer roch den Alkohol in Balds Atem und nickte anerkennend. *Mexiko,* dachte Bald. *Außer Schottland wahrscheinlich das einzige Land auf der Welt, wo man meine Trinkgewohnheiten zu würdigen weiß.* Der Beamte stempelte Balds Pass ab – der ihn als James Grant, geboren in Belfast auswies – winkte ihn hindurch und zeigte ihm den Weg zum nächsten Duty-free-Shop, wo er sich mit Tequila eindecken konnte. Bald widerstand der Versuchung, sich eine Flasche José Cuervo zu kaufen. Nach dem Flug war er ziemlich betrunken. Die *Nur-ansehen-nicht-anfassen*-Stewardess hatte ihn mit einem ständigen Strom von Heinekens versorgt, und als die Dosen ausgingen, war er zu den Flaschen übergegangen. Brandy, Bourbon, Wodka. Es gab nicht viel, das Bald während des elfstündigen Flugs nicht in sich hineingeschüttet hatte.

Er folgte dem Schild mit der Aufschrift ›*Llegadas*‹, das er mit seinen spärlichen Spanischkenntnissen als ›Ankünfte‹ übersetzte. Bald kam kaum darüber hinweg, wie überrascht er von dem Flughafen war. Die meisten Flughäfen in Zentral- oder Südamerika neigten dazu, baufällig und eng zu sein, aber der Mexico City International war sauber, weiträumig und modern.

Das war das Erste, was Bald auffiel. Das zweite war das Aufgebot an Cops. Beamte der Policia Federal, dem militärischen Ableger der mexikanischen Polizei, standen an jedem Ausgang Wache und patrouillierten in Dreier- oder Vierergruppen durch die Terminals. Sie trugen schwarze und blaue Uniformen mit Schutzhelmen, Knie-

und Ellenbogenschützern, schwere Gürtel und taktische Westen mit Druckknöpfen. Jeder von ihnen war mit einem AR-15 Sturmgewehr bewaffnet. Ein paar von ihnen führten Deutsche Schäferhunde an einer Leine mit sich.

Bald schob sich durch die Menschenmenge der Wartehalle und wagte sich hinaus ins Freie. Morgendlicher Smog. Er blinzelte zum Himmel hinauf, und die Hitze überschwemmte ihn. Sie fühlte sich schmierig und schwül an, und er kam sich vor, als würde er Liegestütze in einer Sauna machen. Er trottete zum Parkplatz und fand den Taxistand, wo eine Flotte von VW Pointers und Hyundai Atos um ihr Geschäft auf der dreispurigen Straße wetteiferten. Bald sah keine Warteschlange, nur ein paar pummelige Leute, von denen die meisten gut fünfzehn Zentimeter kleiner waren als er. Dann drängte sich eine vierköpfige Familie an ihm vorbei und in ein Taxi. Eine Hand drückte seinen Oberarm, und eine weibliche Stimme flüsterte ihm ins Ohr: »Sehen Sie mich nicht an. Verhalten Sie sich so, als würden Sie mich nicht kennen. Husten Sie zweimal, wenn Sie verstanden haben.«

Bald tat, wie ihm geheißen. In der Scheibe der Beifahrertür eines geparkten Chevrolet C2 erhaschte er einen kurzen Blick auf die Spiegelung der Frau. Sie hatte schwarze, lockige Haare, und der Duft eines teuren Parfüms umwehte ihren Hals. Ihre Haut glänzte kupfern. Sie war also die Kontaktperson der Firma vor Ort. Von der Sorte hatten sie an jedem Ort der Welt eine. Jemand, der das Land und die Gepflogenheiten kannte. Einen ›Mark One Eyeball‹, wie das Regiment diese Leute nannte. Meistens waren die Kontaktleute quasi-pensionierte Beamtenschwachköpfe, die sich nachmittags mit Gin und Tonic besoffen und ihre Abende mit rassistischen Witzen verbrachten. Die Frau hinter ihm konnte von dieser Beschreibung nicht weiter entfernt sein.

»Sie sind John, richtig?« Ihr Akzent war nasal, förmlich aber irgendwie charmant.

Bald hustete wieder zweimal.

»Hier entlang«, sagte sie.

Die Frau lief schnurstracks zum Kurzzeitparkplatz. Bald folgte ihr mit vier Yards Abstand. Nach nur einem Blick auf sie lief ihm das Wasser im Mund zusammen. Sie hatte einen Weltklassearsch, die Art von Hintern, die man in Internet-Foren fand. Wahrscheinlich der großartigste Hintern, den Bald je gesehen hatte. Hübsch verpackt in einer engen abgeriebenen Jeans schwang er vor ihm sanft wie ein Pendel hin und her. Eine Gruppe Taxifahrer stand rauchend vor einem Wagen und spielte Karten auf dem Dach. Als sie vorbeiging, unterbrachen sie ihr Spiel und zogen sie mit den Augen aus. Bald folgte ihr, wie sie sich ihren Weg durch das Labyrinth aus Wagen bahnte, bis sie an einem silbernen Nissan Sentra anhielt. Bald lächelte in sich hinein. In Europa konnte ein MI6-Agent vielleicht mit einem protzigen Wagen davonkommen. In Mexiko hingegen wollte man nicht auffallen. Tat man es doch, machte man sich damit nur zur Zielscheibe für Kidnapper. Aus dem Blickwinkel betrachtet war der Nissan eine gute Wahl. Die Frau sprang hinein, langte hinüber und öffnete die Beifahrertür.

»Steigen Sie ein«, sagte sie leise.

Bald quetschte sich auf den Vordersitz. Die Frau warf den Wagen an und verließ den Parkplatz. Der Flughafen lag ungewöhnlich dicht am Stadtzentrum, und nach ein paar hundert Yards wurde bereits das Heulen der Flugzeuge vom Verkehrslärm und den Straßenhändlern verschluckt. Palmen und schmucklose Appartementbauten rauschten an ihnen vorbei, nur hin und wieder von riesigen Werbetafeln unterbrochen, die für mexikanische Mobiltelefone oder Coca-Cola warben. Bald erinnerte sich daran, dass er mal irgendwo gelesen hatte, dass in Mexiko mehr Coke als irgendwo sonst auf der Welt konsumiert wurde.

Schnell wurde er der Kulisse überdrüssig. Er drehte seinen Kopf zu der Frau und sagte: »Wissen Sie, es gibt einfachere Arten, einen Kerl abzuschleppen.«

»Sind Sie das erste Mal in Mexiko City?«, antwortete sie.

»Das zweite Mal. Vor vier Jahren war ich hier mit dem Regiment stationiert. Wir trainierten die Cops vor Ort für den Nahkampf, für das Stürmen von Gebäuden – der ganze Kram. Damals wurden sie von den Drogenkartellen so richtig in die Mangel genommen.«

»Daran hat sich nicht viel geändert.« Sie scheuchte mit der Hand eine alte Frau davon, die an jedem Wagen hielt und billigen Schmuck verkaufte. »Das ganze Land ist gefangen in einem Krieg zwischen den Kartellen aus dem Golf, Zapoteca und Sinaloa. In den letzten zehn Jahren haben Vierzigtausend ihr Leben verloren, und die Zahl steigt jeden Tag weiter an. Seien Sie froh, dass Sie nur auf der Durchreise sind. Ich lebe hier jetzt schon seit dreieinhalb Jahren.«

Die Straßen wurden schmaler, je weiter sie in die Stadt hineinfuhren. Die Bürgersteige waren mit Müll verziert.

»Wie heißen Sie«, fragte Bald.

»Das brauchen Sie nicht zu wissen.«

»Kommen Sie schon. Fair ist fair. Schließlich kennen Sie meinen Namen.«

Sie rollte mit den Augen. »Mein Gott, werden Sie erwachsen.« Für einen Moment hing ein unangenehmes Schweigen zwischen ihnen. Bald saß da und fragte sich, warum die Kontaktperson nur so humorlos sein musste. Dann fragte sie: »Sind Sie Schotte?«

»Aus Dundee«, antwortete Bald.

Die Frau rutschte in ihrem Sitz herum. »Kann nicht sagen, dass ich schon mal da gewesen bin.«

»Macht nichts«, sagte Bald. »Es sei denn, Sie stehen auf Kneipenschlägereien.«

Die Frau lachte höflich, aber ihre Anspannung ließ etwas nach. »Ich heiße Antonia. Daniel hat mir Ihre Akte gegeben«, sagte sie, und Bald entging nicht, dass sie Cave beim Vornamen nannte. »Ich weiß alles über Sie.«

»Prima«, sagte Bald und sank noch tiefer in seinen Sitz. »Tja, über Sie weiß ich einen alten Scheiß.« Er bemerkte, wie ihre Mundwinkel zuckten, als er fluchte. Bald schätze, dass sie eine feine Erziehung genossen hatte, aber so richtig konnte er sie nicht einordnen. Sie sprach mit vornehmem englischen Akzent, aber ihre Haut sah aus wie die einer Mexikanerin. Er bohrte weiter: »Was ist Ihre Tarnung hier?«

»Ich arbeite für die britische Botschaft.«

»Und davor?«

»Ich bin direkt nach der Uni in die Firma eingetreten. Habe meinen Abschluss in Philosophie, Politikwissenschaften und Wirtschaftslehre mit Auszeichnung gemacht.«

»Shit«, sagte Bald. »Sie sind also eine von denen.«

Antonia warf Bald einen Blick zu, der sich auch durch Blei hätte bohren können. »Wie bitte?«

»Wie viele Sprachen sprechen Sie?«

»Vier. Fünf, wenn Sie meine bescheidenen Kenntnisse in Mandarin mitzählen wollen.«

Bald nickte, als hätte sie die richtige Antwort gegeben. »Und wo sind Sie aufgewachsen?«

»Harpenden, in Hertfordshire.«

»Und womit hat Ihr alter Herr seine Brötchen verdient?«

»Daddy war Professor für Verteidigungsstudien am King's College in London. Er war ein sehr wichtiger Mann.«

»Genau«, grunzte Bald. »Genau wie ich sagte. Eine von denen.«

»Von *denen*?«

»Eine von den vornehmen Fotzen, die mit einem silbernen Löffel im Arsch durchs Leben rauschen.« Er dachte, er würde sie ein wenig herausfordern. »Ich wette, Sie mussten sich in Ihrem Leben noch nie etwas erarbeiten.«

Antonia wurde rot und verfiel in ein frostiges Schweigen, während ihr Wagen um den Zócalo Square herumkroch, dem pulsierenden Herzstück von Mexiko City. Bald kannte den Platz noch von seinem ersten Aufenthalt hier. Den Platz selbst, so groß wie zwei Fußballfelder, die riesigen barocken Gebäude, die ihn umschlossen, und die Protestanten, die hier kampierten, umringt von schießwütigen Cops. Schließlich antwortete Antonia so professionell und kalt wie nur möglich: »Daniel sagte, dass Sie heute Nacht über die Grenze müssen, und zwar illegal.«

Bald nickte. »Wie schwer wird das sein?«

»Täglich versuchen es Tausende.« Antonia drückte auf die Hupe. Die Fußgänger schienen ewig zu brauchen, um die Straße zu überqueren. »Aber nur eine Handvoll von ihnen schafft es hinüber.«

»Und die anderen?«

»Wenn sie Glück haben, werden sie geschnappt.«

»Und wenn sie Pech haben?«

»Werden sie erschossen.«

»Man fragt sich, warum sie es dann überhaupt erst versuchen. Das Leben hier scheint nicht so übel zu sein.« Bald musterte die Menschenmassen. Die Frauen waren nicht gerade der Kracher. Die Hälfte von ihnen ließ sich wohlwollend als birnenförmig beschreiben. Viele der Männer trugen Shirts von Manchester United, mit dem Wort ›Chicarito‹ auf dem Rücken. Das Gesicht jenes Fußballers strahlte einen auch von mehreren Werbetafeln aus an.

»Früher kam man leicht hinüber«, sagte Antonia. »Aber jetzt gibt es diese Redneck-Banden an den Grenzen. Sie kennen die Sorte sicher. Die gehen nachts auf Patrouille und schießen auf jeden, der versucht, ins Land zu kommen. Das ist Mord, aber die US-Regierung sieht in der Sache gern weg.«

»Wieso?«

»Illegale Einwanderung ist gerade ein heißes Eisen in Amerika. Hier unten wollen die Leute nur ein besseres Leben haben und etwas Geld nach Hause schicken.«

»Seltsam.«

»Was?«

»Das Sie auf der einen Seite so piekfein sind, dass es einem fast peinlich ist, und Ihnen trotzdem der Pöbel leidtut. Woher kommt das?«

»Vielleicht daher, dass ich mich zu oft mit schottischen Soldaten mit Komplexen abgeben musste.«

»Autsch«, quiekte Bald.

»Aber glauben Sie mir, die Rednecks bringen Sie um, wenn sie Sie dabei erwischen, wie Sie die Linie überqueren.«

Sie ließen den Zócalo Square hinter sich und fuhren die Avenue 5 de Mayo hinab. Kinder, kaum älter als fünf Jahre, verhökerten Zigaretten und Nachos.

»Es gibt da einen Mann, in einer Stadt etwa hundert Meilen nördlich von hier. Sein Name ist Nelson.«

»Wer ist das?«

»Das ist der Typ, der Sie über die Grenze schmuggeln wird.«

Bald zog eine kleine Flasche Jim Beam hervor, die er in der Gulfstream hatte mitgehen lassen. Er schraubte die Kappe ab und ließ sich den Bourbon in den Mund laufen. Er schmeckte nach Honig, und hölzern. Bald wischte sich mit dem Handrücken den Mund ab und ignorierte Antonias ungläubigen Blick.

»Wann treffen wir Mr. Nelson?«, fragte Bald.

»Um drei Uhr heute Nachmittag.«

»Großartig. Das heißt, wir haben noch Zeit für einen Drink.«

Sie hatten die schäbige Durchgangsstraße passiert und bewegten sich nun nach Süden, nach Ayuntamiento. Eine stickige, trostlose Gegend. Am Straßenrand befanden sich heruntergekommene Häuser, bei denen nicht selten die Seitenwände fehlten, so wie bei Puppenhäusern, wo die aufklappbare Fassade offen stand. Bald konnte direkt in die Häuser blicken und sah einer dicklichen Frau beim Saubermachen zu. Alte Männer kämpften sich müde die Betontreppen hinauf.

Zwanzig Yards von dem Nissan entfernt, auf der anderen Straßenseite, erspähte Bald eine Bar.

»Fahren Sie hier ran«, sagte er.

Antonia sah hinüber, dann verzog sie ihr Gesicht. »Was ist das denn?«

Bald prustete los. »Sie leben seit drei verdammten Jahren in Mexiko City und wissen nicht, was eine *Pulquería* ist? Gott, was machen Sie hier so, wenn Sie Spaß haben wollen?«

Antonia zuckte mit den Achseln. »Ich bin nicht zimperlich. Und auch nicht vornehm. Aber ich habe Geschmack – der Ihnen ganz offensichtlich fehlt.«

Guter Gott, dachte Bald. Die Tusse war so prüde, dass eine Grundschullehrerin dagegen wie Frankie Boyle aussah.

»Begleiten Sie mich auf einen Drink«, sagte er und schnallte sich ab. »Wer weiß, vielleicht mögen Sie es ja ein wenig rauer.«

Eine gefühlte Ewigkeit lang dachte sie darüber nach. Dann sagte sie: »Aber nur einen.«

Sie stiegen aus dem Wagen. Es stank nach Mais und Körperausdünstungen. Ein streunender Hund pisste enthusiastisch an ein rostiges Metallgeländer. Plötzlich trat ein Bettler Bald in den Weg. Der Typ hatte ein Gesicht wie aus verrottendem Hackfleisch und einen Stumpf anstelle des rechten Arms. Er sah aus wie die lahme spanische Ausführung von Joe Gardner und machte ein paar Geräusche. Mit einem simplen »Verzieh dich« scheuchte Bald ihn davon.

Er führte Antonia durch die Schwingtüren der *Pulquería*. Er starrte auf ihren Hintern und stellte sich vor, wie er sie in ihrem Schlafzimmer rammelte, während ihre Eltern am Esstisch saßen, Lachs aßen und Weißwein tranken. Ihr alter Herr versuchte sein Bestes, ihre ekstatischen Schreie zu überhören, während Bald seine geliebte Tochter in den Arsch fickte.

Aber dann riss Bald etwas aus seinen Tagträumen. Der Bettler war etwa dreißig Yards weiter die Straße hinab stehengeblieben. Drückte sich dort herum. Und starrte zu ihm zurück.

Kapitel 11

08:38 Uhr

In der Bar hatte es mindestens eine Million Grad, und es stank schlimmer als in den Umkleiden von Balds Fitnessstudio. Irgendeine beschissene einheimische Musik dudelte vor sich hin. Jede Menge Banjos und Geplärre. Leuchtend bunte Malereien überzogen die Wände wie Graffiti. Beinahe rechnete Bald damit, dass sich das Dutzend Einheimischer an der Bar gleichzeitig zu ihm umdrehte und die Waffen zog, wie im Western. Aber das taten sie nicht. Sie rauchten unablässig ihre Marlboro Reds, ließen sich mehr Pulque bringen und kümmerten sich um ihren eigenen Dreck.

Bald hielt auf einen Tisch in der Nähe der Bar zu. Er bedeutete dem schläfrigen Barkeeper, dass er ihm zwei Gläser Pulque bringen sollte, und zog sich einen Stuhl heran. Antonia blieb hinter ihrem stehen, so als wartete sie darauf, dass Bald ihr den Stuhl anbot. Aber so war er nicht programmiert. Er überließ es ihr, sich zu setzen.

»Ich hätte gern eine Diät-Cola«, sagte sie.

»Zu spät«, antwortete Bald. »Ich hab schon bestellt.«

Der Barkeeper stellte zwei Gläser Pulque vor ihnen ab. Die Flüssigkeit war cremig und sah wie Hundesperma aus. Bald kippte sich ihn mit einem Schluck hinunter. Er schmeckte würzig, brannte in der Kehle und lief ihm wie Batteriesäure in den Magen. Er wischte sich mit dem Handrücken über den Mund. Antonia rührte ihren Drink nicht an. Sie starrte darauf, als würde es sich dabei tatsächlich um Hundesperma handeln.

»Na los. Trinken Sie aus.«

»Ich bin nicht durstig.«

Bald zuckte mit den Schultern und fragte: »Was hat Cave Ihnen über mich erzählt? Außer, dass ich im Bett eine Legende bin.«

Antonia schob ihren Drink von sich fort. »Er sagte, dass Sie bei den Special Forces waren. Einer der besten, und einer der schlimmsten. Dass die anderen Kerle Sie respektierten, aber einen Bogen um Sie machten, weil man Ihnen nicht über den Weg trauen konnte. Er sagte außerdem, dass Sie ein verbitterter Säufer sind, der in der Vergangenheit lebt, und ich ein Auge auf Sie haben soll, falls …«

Vier dickliche Mexikaner an der Bar mussten laut über irgendetwas lachen. Antonia sah über ihre Schulter zu ihnen hinüber.

»Falls was?«, hakte Bald nach.

»Daniel meinte, Sie wären ein leicht reizbarer Schotte«, sagte Antonia, als würde sie es von einem Teleprompter ablesen, »der zu Gewaltausbrüchen neigt, seiner Wut häufig mit seinen Fäusten Nachdruck verleiht und ernsthaft kokainabhängig ist.«

»Bis auf das *verbittert* stimmt alles.«

Antonia lachte nicht. Sie lächelte auch nicht. Ihre Lippen blieben so unbewegt und gerade, dass man mit ihnen Fahrbahnmarkierungen hätte malen können. Bald dachte das Gleiche, was er über jede andere englische Schnalle auch dachte: Dass sie gleich viel heißer aussah, wenn sie nicht gerade ein Gesicht machte, als wäre die ganze Welt gegen sie.

»Sie halten sich für einen witzigen Typen.«

»Ach was«, sagte Bald.

»Sie wissen bestimmt, dass Humor der erste Verteidigungsmechanismus von Menschen ist, die an akuter posttraumatischer Belastungsstörung leiden.«

»Und Sie wissen bestimmt, dass dieses Psychogelaber der erste Verteidigungsmechanismus von Leuten ist, die noch nie eine Waffe abfeuern mussten.«

Plötzlich wurde ihm bewusst, wie todmüde er eigentlich war. Mexiko City lag sechs Stunden hinter der Londoner Zeit. Zuhause war es beinahe fünfzehn Uhr, was bedeutete, dass Bald seit mehr als dreißig Stunden auf den Beinen war. Auf dem Flug hatte er kein Auge zugemacht. Er war viel zu sehr damit beschäftigt gewesen, die Gratisgetränke zu vernichten und die Stewardess anzugaffen. Jetzt hatte ihn der Jetlag aber erwischt. Er brauchte etwas, um seinen Blutkreislauf in Schwung zu bringen. Er deutete mit den Augen auf den noch nicht angerührten Pulque vor Antonia und fragte: »Trinken Sie den noch?«

»Ich denke, ich passe.«

Bald kippte Antonias Drink hinunter und bestellte sich zwei weitere.

»Daniel macht einen Riesenfehler«, sagte Antonia. »Sie sind nicht in der nötigen Verfassung für diesen Job.«

»Trotzdem hält er mich für die einzige Hoffnung, die wir haben.«

»Dann sind wir geliefert.«

Der Barkeeper kam mit den Drinks und stellte beide vor Bald ab, der sie nacheinander leerte. Er gab dem Barkeeper ein Zeichen – *Lass sie weiter kommen* – und sagte dann zu Antonia: »Sie sind einfach nur angepisst, weil ich ein Schotte aus einer Arbeiterstadt bin. Weil ich keinen feinen Akzent und keine tolle Schulausbildung genossen habe. Und ich wette, wäre ich der verdammte James Bond, würden Sie sich in Nullkommanichts Ihr Höschen vom Leib reißen.«

Antonia schnaubte verächtlich. »Nicht mal in Ihren Träumen«, sagte sie. »Sehen Sie den Tatsachen ins Auge, John. Wir gehören unterschiedlichen Spezies an.«

Der nächste Schwung an Drinks flog heran, aber etwas anderes hatte Balds Aufmerksamkeit erregt. Über Antonias Schulter hinweg musterte er einen Typen, der gerade die Bar betreten hatte. In seiner fleckigen Jeans, den Sandalen und der abgetragenen Jacke sah er wie ein Penner aus. Er trug eine abgedunkelte Brille. In den Händen hielt er ein ramponiertes Kassettenradio aus den Achtzigern, das von Klebeband zusammengehalten wurde. Ein Mikrofon war angesteckt und aus den Lautsprechern quäkte irgendein alter Sinatra-Song. Dann fing der Typ an, mitzusingen. Seine Stimme hörte sich an wie ein sterbender Hund. Die Stammgäste an der Bar riefen laut dazwischen, aber der Mann weigerte sich, zu verschwinden.

Antonia sagte: »Es gibt da noch ein paar Dinge, um die ich mich kümmern muss. Kommen Sie um Punkt zehn Uhr zum Sheraton.«

Bald prostete Antonias Hintern zu, als sie aufstand. Der Barkeeper schob unter dem Beifall der Gäste Sinatra aus dem Saloon hinaus. Bald kippte den Pulque hinunter.

»Was ist im Sheraton?«, fragte er.

»Unser Paket wartet dort auf Sie.«

»Was für ein Paket?«

»Das ist eine Überraschung.«

»Prima. Ich liebe Überraschungen.«

Kapitel 12

09:59 Uhr

Genau eine Stunde und zwölf Pulques später wankte Bald auf die Straße hinaus. Grelles Sonnenlicht, heiß und intensiv wie brennender Schwefel, begrüßte ihn. Er kniff die Augen zusammen und versuchte, sich zurechtzufinden. Er war auf der Ayuntamiento nach Süden, also musste er bei der nächstbesten Gelegenheit nach links abbiegen, nach Norden, um auf die Hauptstraße nach Juárez zu kommen. Er war sich darüber im Klaren, dass er vollkommen im Eimer war. Jeder seiner Schritte war vorsichtig und bedurfte seiner ganzen Konzentration. Er starrte auf die wenigen Zentimeter Gehsteig vor seinen Füßen und grübelte darüber nach, wie er wieder nüchtern werden konnte, bevor er sich mit Antonia traf, als jemand gegen seine Schulter rempelte.

Der Typ hob entschuldigend die Hände. Er war ein spindeldürrer Mistkerl, dessen Augen über der Nase zusammenstanden, als würde er auf eine unsichtbare Kette starren, die vor ihm herum baumelte. Er versuchte, eine Entschuldigung zu murmeln, aber da er keine Zähne mehr hatte, drangen nur undeutliche, undefinierbare Laute hervor. Bald sah ihm nach, wie er weiter die Straße hinunter taumelte. *Wieso gab es in Mexiko City nur so verdammt viele Penner*, fragte er sich.

Während er Schielauge noch hinterher sah, bemerkte er Sinatra aus der Bar. Der Typ stand fünfzehn Yards entfernt und lungerte auf der anderen Straßenseite an einem Laternenmast herum. Sechs oder sieben Yards hinter ihm stand die spanische Version von Gardner. Beide starrten Bald an.

Quatsch, dachte Bald. *Das kann nicht sein.* Er schüttelte den Kopf und lief weiter.

Acht Minuten später erreichte er das Sheraton Centro Histórico und schob sich durch die gläserne Drehtür. Er warf noch einmal einen Blick über die Schulter und sah, wie das Obdachlosen-Trio hinter ihm her humpelte. Wie Zombies, die von den verdammten Toten auferstanden waren. Bald musste innerlich lachen, als er sich ausmalte, wie die elenden Penner es schaffen wollten, an den Sicherheitskräften des Hotels vorbeizukommen. Er reckte Sinatra den Mittelfinger entgegen und betrat das Foyer.

Antonia wartete bereits auf ihn, und ging Nachrichten auf ihrem iPhone durch. Sie sperrte den Bildschirm und sagte: »Sie sind spät dran.«

»Und Ihr Boss ist ein Arschloch, aber was will man machen.«

Sie führte Bald durch das Restaurant und ließ ihren Blick über die Leute beim Frühstück schweifen, überflog den bekannten Mix aus lethargischen Geschäftsreisenden und aufgeschwemmten Touristen, wie man ihn in jedem Fünfsternehotel überall auf der Welt antraf. Ihr Blick blieb an einem Mann an einem Tisch am anderen Ende haften. Der Mann sah adrett aus, braune Haare mit einem Seitenscheitel, trug Slipper, eine weiße Leinenhose und ein pinkfarbenes Hemd mit hochgekrempelten Ärmeln. Alles an ihm wies ihn als gebürtigen Engländer aus. Er trank den restlichen Schaum von seinem Cappuccino, nahm seine Jacke von der Stuhllehne und lief in Richtung Ausgang. Als er Bald und Antonia passierte, sah er sie ausdruckslos an.

»Ein Freund von Ihnen?«, fragte Bald und deutete ihm mit einem Kopfnicken hinterher.

»Ein Kollege«, antwortete Antonia.

Sie schlängelte sich zu dem Tisch hindurch. Bald ließ sich auf einen Stuhl fallen, von dem aus er einen unverstellten Blick über das Restaurant sowie das Foyer und den Hoteleingang hatte. In Restaurants wählte er immer den Tisch, der ihn alle anderen Gäste überblicken ließ. Aus dem gleichen Grund, wie er auch stets den einen Sitz ganz hinten im Flugzeug nahm oder nachts eine Pistole unter seinem Kopfkissen versteckte. Den Frauen, die sich unwohl fühlten bei dem Gedanken, das Bett mit einer geladenen P229 teilen zu müssen, sagte er immer, dass das die Macht der Gewohnheit sei.

Bald bemerkte, dass der Mann im weißen Anzug einen braunen Umschlag auf dem Tisch hatte liegen lassen. Er sah auf die Straße hinaus und suchte nach einem Hinweis auf die drei Zombies. Nichts.

In für Bald perfektem Spanisch bestellte sich Antonia bei der Kellnerin einen fettarmen Kaffee Latte. Er fragte nach einem dreifachen Espresso, mit einem fetten schottischen Akzent, bei dem die hübsche Latino-Kellnerin die Stirn runzelte. Schließlich musste Antonia für ihn bestellen. Bald verschränkte die Beine unter dem Tisch und stieß gegen etwas.

Er sah hinunter und entdeckte eine schwarze Sporttasche, die zwischen seinen und Antonias Füßen stand. »Noch eine Überraschung?«

»Für später«, antwortete Antonia.

»Ich hätte jetzt eine Überraschung für Sie, wenn Sie mögen«, sagte Bald schmierig.

»Sie brauchen Hilfe.«

»Ich denke, wenn Sie etwas lockerer werden würden, könnte es Ihnen vielleicht sogar gefallen«, sagte er. »Sie haben nur ein so scheues und reiches Leben geführt, dass Sie vor der echten Welt Angst haben.«

»Nein. Ich fühle mich nur nicht von besoffenen alten Schotten angezogen.«

Antonia war noch immer verschlossen, und Bald bekam den Eindruck, dass etwas Neues sie unwohl fühlen ließ. Er kam nicht umhin, sich zu fragen, ob man die drei Zombies dafür bezahlt hatte, ihm zu folgen, und Antonia vielleicht etwas darüber wusste. Er überlegte, sie danach zu fragen, entschied sich aber dagegen. Immerhin gehörte sie zur Firma. Und soweit es Bald betraf, konnte man niemandem aus der Firma vertrauen.

»Wir sollten hier nicht lange bleiben«, sagte Antonia.

Bald tat so, als wäre er enttäuscht. »Aber ich dachte, wir wollten uns ein Zimmer nehmen?«

Antonia senkte leicht die Stirn und sah ihn über die Ränder ihrer Sonnenbrille hinweg unverwandt an. »Sie haben keine Chance.«

»Ich mag die Herausforderung.«

Sie starrte ihn noch immer an, aber ihr Lächeln hatte sich in irgendeiner Höhle verkrochen. »Ich bin lesbisch.«

»Damit sind wir schon zwei.«

»Und ich wildere nicht am anderen Ufer.«

»Das sehen wir noch.«

Die Kellnerin brachte den Kaffee. Ein Mann hatte sich an den Tisch neben ihnen gesetzt und verschlang eine Fajita. Zum Frühstück. *Meine Fresse*, dachte Bald. Alles, was die Mexikaner in sich hineinstopften, schien aus Mais gemischt mit irgendetwas aus Fleisch zu bestehen. Er beschloss, dass es auch für ihn Zeit war, zu frühstücken. Er zog eine weitere kleine Flasche hervor, die er sich in der Gulfstream eingesteckt hatte – dieses Mal einen Chivas Regal – und goss ihn in seinen dreifachen Espresso.

»Wie schaffen Sie es, am Leben zu bleiben?«

»Ich bin Schotte.«

Bald kostete seinen Alk-Kaffee. Damit hätte man einen Monster Truck antreiben können, einmal quer durch die Wüste von Nevada. Er beruhigte sich damit, dass seine innere Uhr noch nach Londoner Zeit tickte und das also im Prinzip eher ein Nachmittags-Schlückchen war.

Jemand hatte den Ton des Flachbildfernsehers laut gedreht, der hinter der Bar des Restaurants hing. Ein nationaler Nachrichtensender lief. Man musste das hiesige Kauderwelsch nicht sprechen, um zu verstehen, worum es in den Schlagzeilen ging. Die Bilder sagten alles. In einer Grube in der Nähe von Acapulco hatte man achtzehn kopflose Leichen gefunden. Ihre Hände waren mit Kabelbindern gefesselt und die Leichenstarre hatte die Körper bereits aufgebläht. Eine weitere Mordserie im Zusammenhang mit dem Drogensumpf.

Antonia nahm den Blick vom Fernsehschirm. Sie glitt von ihrem Stuhl und warf drei Fünfzig-Peso-Scheine auf den Tisch.

»Gehen wir«, sagte sie. »Nelson wird nicht auf uns warten.«

»Wo treffen wir ihn?«

»In der kleinen Stadt nördlich von hier, die ich erwähnte«, sagte Antonia und sah wieder auf ihr iPhone. »San Hernando. Das war ursprünglich mal ein Bergbauzentrum, aber jetzt gehört es dem Golf-Kartell. Reicht das fürs Erste? Gut. Dann beeilen Sie sich. Und vergessen Sie nicht das Paket.«

Bald klemmte sich den Umschlag unter den Arm und schwang sich die Sporttasche über die Schulter. Sie war überraschend schwer. Er fragte sich, was zur Hölle darin sein mochte. Zusammen verließen sie das Sheraton. Ein grauhaariger Hotelpage fuhr mit Antonias Nissan vor. Bald stieg vorn ein und verstaute die Tasche zwischen seinen Beinen, während Antonia dem Hotelangestellten eine Tausend-Peso-Note in die Hand drückte, was etwa 100 Dollar entsprach. Der alte Glückspilz winkte ihr mit dem Geld hinterher und rief: *»Gracias, chica.«*

Antonia ließ den Sentra in den beständig fließenden Verkehr auf der Juárez schießen, in die entgegengesetzte Richtung zum Sheraton. Nach einhundert Yards bog sie nach Norden auf die Eje Central Lázaro Cárdenas. Für zwei Meilen blieben sie auf der Straße, dann bog Antonia nach links ab, und dann wieder die erste nach rechts auf die Avenue Insurgentes Norte. Die Straßen waren gesäumt von heruntergekommenen Internetcafés und baufälligen Cantinas. Einheimische verhökerten auf den Straßen irgendwelchen Plunder, spielten Akkordeon oder führten billige Zaubertricks vor.

Bald riss den Umschlag auf und schüttete sich dessen Inhalt in den Schoß. Ein Meer aus Dokumenten fiel heraus. Ein paar Seiten waren vergilbt und zerknittert, bei anderen handelte es sich um schwarz-weiße Fotokopien. Das oberste Dokument erregte Balds Aufmerksamkeit. Es handelte sich um einen Hintergrundbericht über einen Mitarbeiter der Lance-Elsing Incorporated. Ein Foto, das an der oberen rechten Ecke festgeklammert war, zeigte einen Mann Ende zwanzig oder Anfang dreißig mit einer dick umrandeten Brille. »Sein Name ist Shy Laxman«, sagte Antonia, ohne die Augen von der Straße zu nehmen. »Er ist der Schläfer.«

Bald blätterte durch den Bericht, der gut zwei Zentimeter dick war. Das Leben eines Mannes, eingedampft auf zwei Zentimetern. Es gab eine Fotokopie seines Abschlusszeugnisses, nach dem Shylam K. Laxman an der Harvard Universität sein Diplom in Kommunikationstechnik gemacht hatte. Ein mit Schreibmaschine geschriebener Brief informierte Laxmann darüber, dass man ihn mit einer besonderen Erwähnung in der Dean's List aufgrund seiner herausragenden akademischen Leistungen geehrt hatte.

»Er war gerade mal siebzehn, als er an der Harvard aufgenommen wurde«, sagte Antonia.

»Ja? Tja, als ich siebzehn war, hab ich eine Ausbildung in einer Autowerkstatt in Dundee angefangen.«

Antonia ließ den Nissan über eine rote Ampel schießen. Autohupen ertönten.

Ein Magister in Chemieingenieurswesen an der Northeastern University in Boston, und einen Doktortitel in Künstlicher Intelligenz vom MIT. Der Kerl konnte mehr Buchstaben nach seinem Namen aufreihen, als manch andere in ihrem gesamten Namen überhaupt hatten, dachte Bald.

Antonia unterbrach seine Studien. »Als Shy Laxman die Universität verließ, war er vierundzwanzig und hatte die Reputation als einer der hellsten Köpfe auf seinem Gebiet. Die Firmen überschlugen sich beinahe, um ihn einzustellen.«

»Und er entschied sich für diese Lance-Elsing-Typen?«

»Firmen aus dem Verteidigungssektor haben ein Ass im Ärmel. Sie haben Zugang zur allerneuesten Technik, Zeug, von dem niemand auch nur eine Ahnung hat. Technik, gegen die ein Atom-U-Boot wie ein Relikt aus dem Mittelalter wirkt.«

»Also ist das eine große Firma?«

Antonia schüttelte den Kopf. »Klein. Die haben ihren Sitz in Clearwater, an der Westküste Floridas. Neunundzwanzig Mitarbeiter in einer kleinen Fabrik auf einem Industriegelände.«

Bald blätterte nun durch eine Kopie von Laxmanns Arbeitsvertrag. Er umfasste vierunddreißig Seiten. »Meine Güte, das Ding ist länger als die Verschwiegenheitserklärung, die wir beim Regiment unterzeichnen mussten.«

Sie fuhren jetzt durch eine Gegend, die die klassischen Anzeichen nagender Armut zeigte. Baufällige Wohnblocks? Check. Alte Männer mit ledriger Haut, die Mülltonnen durchwühlten? Check. Alte Frauen, die Kleinkinder auf dem Rücken trugen und um Kleingeld bettelten? Check. Check, Check, Check.

»Wenn Sie sich die Unterschrift und das Datum ansehen«, sagte Antonia, die überaus schnell durch den Slum fegte, »werden Sie feststellen, dass Laxman vor vier Jahren bei Lance-Elsing angefangen hat. Zum selben Zeitpunkt schloss der Kongress mit Lance-Elsing einen Vertrag über 240 Millionen Dollar ab, um die nächste Generation militärischer Waffen zu entwickeln. Die Aufgabe lautete, ein Waffensystem zu entwickeln, mit dem das US-Militär sein oberstes Ziel bis 2050 erreichen würde.«

»Und das wäre?«

»Eine Verlustquote im Kampfeinsatz von null Prozent.«

Bald war wenig beeindruckt. »Ich sage Ihnen was, meine Liebe. Was immer die Wissenschaftler da am Köcheln haben, ist nichts weiter als ein Haufen Mist. Das Oberkommando hat uns damals allen möglichen Unsinn in Hereford testen lassen. Laser, die Panzer schmelzen sollten. Panzerwesten, die angeblich unzerstörbar waren.

Am Ende läuft es immer auf das Gleiche hinaus: Kriege gewinnt man mit Männern, Kugeln und Geschick. Jeder, der etwas anderes behauptet, hat noch keinen geführt.«

»Das hier ist etwas anderes«, sagte Antonia.

»Ach ja? Was genau entwickelt sie denn da?«

»Alles, was ich weiß ist, dass Lance-Elsing an einem streng geheimen Projekt arbeiten und Laxman sehr stark darin involviert ist. Und wenn er die Technologie außer Landes schmuggelt, könnte das übel enden.«

Bald ließ die Unterlagen in seinen Schoss fallen.

»Das ist ja alles schön und gut«, sagte er. »Aber das interessiert mich alles nicht. Sehen Sie, alles, was ich tun werde, ist, mich ins Land zu mogeln, den Wichser umlegen und wieder abzuhauen.«

Antonia schürzte ihre Lippen. Ihre hübschen Augenbrauen trafen sich beinahe in der Mitte. *Irgendetwas stimmt nicht*, dachte Bald.

»Was ist los?«, fragte er.

»Daniel hat Ihnen noch nicht alles erzählt, oder?«, fragte sie.

Kapitel 13

11:39 Uhr

Die Avenue Insurgentes Norte mündete in der Mexico 85. Diese fünfspurige Autobahn pflügte sich durch hohes Gras und lehmiges Erdreich. Hinter ihnen verschwanden die Straße und das zusammengepferchte Chaos von Mexiko City zu einer geisterhaften Silhouette. Bald bekam davon aber nur wenig mit. Er war stinksauer, weil Danny Cave ihm nicht die Wahrheit gesagt hatte.

»Was will dieser Wichser noch von mir?«, fragte er.

Antonia konzentrierte sich absichtlich besonders stark auf die Straße vor ihr. »Daniels will, dass Sie Laxman beschatten, bevor Sie ihn aus dem Verkehr ziehen.« Sie räusperte sich. »Um ein paar Informationen zu erhalten.«

»Wieso?«

Jetzt sah sie ihn an. Tat etwas mit ihren Augen, das ihn an seine Ex-Frau erinnerte. Der Blick schien zu sagen: *Sind sie wirklich so betrunken und bescheuert?*

»Spionage«, sagte sie. »Daniels will wissen, welche Verbindungen Laxman hat. Mit wem er zusammenarbeitet. Wenn die Terroristen versuchen, amerikanische Technologie abzuziehen, werden sie das in britischen Firmen womöglich ebenfalls versuchen. Je mehr Insider-Informationen wir von Ihnen bekommen, umso größer stehen unsere Chancen, weitere Schläferzellen in Großbritannien ausheben zu können.«

Bald spürte, wie sich seine Muskeln am Hals verhärteten. Die Anspannung im Nissan sprengte das Thermometer. Wut stieg in ihm auf. Aber Wut hatte Bald in der Vergangenheit wenig eingebracht, und er versuchte, sie zu unterdrücken. Er widmete sich wieder der ersten Seite der Akte und untersuchte das Foto genauer.

»Laxman ist Pakistani?«

»Gebürtiger Inder«, sagte Antonia. »Seine Eltern kamen aus Delhi nach Boston, als er drei Jahre alt war.«

»Und jetzt ist er ein braver amerikanischer Junge?«

»Er hat die amerikanische Staatsbürgerschaft, falls Sie das meinen.«

Ein Straßenschild verkündete, dass sie Tizayuca erreicht hatten. Bald hatte Landkarten der Gegend um Mexiko City herum studiert und wusste, dass diese Stadt etwa dreißig Meilen nordöstlich von Mexiko City lag. Sie waren noch immer über eine Stunde von San Hernando entfernt.

Bald legte sich die Akte wieder in den Schoss. Plötzlich schien ihm alles zu entgleiten. Seine Atmung geriet außer Kontrolle. Er spürte einen sengenden Schmerz, so als würde jemand Heftklammern in seinen Schädel tackern. Er suchte in seiner Tasche nach dem Amitriptylin.

Das Döschen war nicht da.

Er schloss die Augen. Versuchte, die Migräne zu unterdrücken. »Und Sie sind sich sicher, was diesen Typen angeht?«

Antonia warf ihm einen neugierigen Blick zu. »Soll das heißen, Sie haben Zweifel?«

»Vielleicht ist er eine schwuchtelige Brillenschlange.« Bald sah sich sein Bild noch einmal an. »Aber seine Geschichte … klingt einfach nicht glaubhaft, Mädchen. Ich bin mir nicht so sicher, dass er ein verdammter Terrorist sein soll.«

»Wieso denken Sie das?«

»Es braucht Jahre, um sich einen Schläfer heranzuziehen. Zuerst mal müssen Sie die richtige Person dafür finden. Das richtige psychologische Profil, den richtigen Charakter, ein verdammt guter Lügner, clever, loyal, und imstande, über Jahre hinweg ohne Kontakt allein zu arbeiten. Das sind verdammt viele Kriterien, die man erfüllen muss. Terroristische Vereinigungen sind nicht gerade berühmt für ihre Geduld oder ihre Weitsicht. Danny meinte, die Lashkar-e-Taiba seien organisierter. Eine neue Generation. Aber Laxman ist Inder, nicht wahr?«

»Mm-mhm.«

»Indien und Pakistan sind nicht gerade beste Freunde. Warum zum Teufel sollte er für sie die Drecksarbeit erledigen?«

»Vielleicht ist er insgeheim ein Sympathisant. Vielleicht hat man ihn bestochen. Oder vielleicht tut er es aus demselben Grund wie Sie. Aus fünf Millionen Gründen, um genau zu sein.«

»Ich mache das nicht wegen des Geldes.«

»Natürlich nicht.«

Bald ging nicht weiter darauf ein. Seine Bemühungen, die Schmerzen in seinem Kopf loszuwerden, waren nutzlos. Wahrscheinlich hatte er seine Medikamente in der Gulfstream liegen lassen. In seinem Rausch musste ihm die Dose aus seiner Tasche gefallen und in die Ritze seines Sitzes gerollt sein. Keine Medikamente und kein Alkohol. Bald würde den Kampf verlieren. Sein Kopf dröhnte. Seitdem die Kopfschmerzen begonnen hatten – eine Woche, nachdem er nach England zurückgekehrt war – redete er sich ein, dass er damit umgehen konnte. Die Schmerzen waren beinahe lähmend, aber so lange er hinter einem Schreibtisch saß oder Golf spielte, kümmerten sie ihn nicht weiter. Aber jetzt war er wieder im Einsatz, bohrte sich eine Stimme in sein Gehirn wie ein Eispickel. Was würde passieren, wenn er mitten in einem Feuergefecht einen Migräneanfall bekäme? Was dann?

Ich muss mich irgendwie betäuben, dachte er, hob die Sporttasche, die zwischen seinen Füßen stand, zu sich hinauf, zog den Reißverschluss auf und warf einen flüchtigen Blick hinein.

»Leck mich am Arsch«, sagte er.

Die Tasche wog so gut wie nichts und war beinahe leer, bis auf ein einzelnes Bündel amerikanischer Dollars, von denen ihn Benjamin Franklins schmieriges Lächeln angrinste. Bald wühlte etwas tiefer in der Tasche herum und fand einen Packen britischer Pässe, die von einem Gummiband zusammengehalten wurden. Wie ein Geschenk von einem geheimen Geheimdienst-Weihnachtsmann.

»Acht britische Pässe, alle Eigentum Ihrer Majestät, mit gefälschten biometrischen Daten, sowie 7.200 Dollar in sauberen Scheinen«, erklärte Antonia. »Das sollte Ihre Ausgaben abdecken. Obwohl es mich wundern würde, wenn Sie es nicht komplett für Southern Comfort auf den Kopf hauen.«

Da war noch etwas in der Tasche. Bald fischte es heraus.

»Was ist das denn?«

Er hielt einen gedrungenen Smith&Wesson-637-Revolver in der Hand. Dieser war keine zwanzig Zentimeter lang und wog kaum mehr als 450 Gramm. So weit, so gut. Aber Bald war angepisst, denn der Griff war pinkfarben. Der Revolver war eine von den Waffen, die man für Frauen entwickelt hatte, und die problemlos in eine Handtasche passten. Dem Gewicht nach zu urteilen war er nicht geladen, aber Bald ließ trotzdem den rostfreien Stahlzylinder herausschnappen, um sicherzugehen. In der Tasche befand sich auch noch eine Schachtel mit .38er Specials.

»Das ist die einzige Waffe, die ich auf die Schnelle besorgen konnte.«

»Verdammt, wenn ich damit auf irgendeinen Wichser ziele, ist es wahrscheinlicher, dass er sich totlacht, als an einer Schusswunde zu sterben.«

Die Straße wand sich durch eine Bergkette und fiel stetig durch das schroffe Gelände Hidalgos ab. Sie schlängelte sich durch einen Talkessel, dessen Berghänge mit einem ausgedehnten Dschungel aus Kiefern und Eichen bewachsen waren.

»Sie trinken, um etwas loszuwerden, oder?«, fragte Antonia.

Bald lehnte seinen Kopf gegen die Kopfstütze an seinem Sitz. »Wir haben also noch etwas gemeinsam.«

»Und das wäre?«

»Sie sehen nicht einfach nur gut aus.«

Antonia schwieg für eine ganze Weile. Dann platzte sie mit einer Frage heraus. »Was hat es mit Ihren Kopfschmerzen auf sich?«

»Die hab ich, seitdem ich in Belgrad zusammengeschossen wurde«, sagte Bald. Auf dem Armaturenbrett stand eine Wasserflasche. Er nahm einen tiefen Schluck daraus. »Eine von den verdammten Kugeln ist in meinem Schädel herumgetanzt. Hat mir die Großhirnrinde durchschlagen und ist an der linken Schulter wieder rausgekommen.«

Er zog den Kragen seines Poloshirts herunter und deutete auf eine weißliche Stelle auf seiner Haut, oberhalb seines Schulterblattes. »Die Ärzte meinten, meine motorischen Fähigkeiten seien intakt, aber der Schaden am Cortex wäre permanent.«

»Welche Art von Schaden?«

»Gedächtnisverlust, Kopfschmerzen, Halluzinationen, Paranoia. Das Übliche.«

»Haben Sie deswegen auch Ihr Tourette?«

»Manche Typen aus dem Regiment fluchen noch zehnmal schlimmer als ich.«

»Weiß Danny von der Migräne?«

Bald zuckte mit den Schultern. »Würde es ihn einen Dreck kümmern?«

Bald trank das restliche Mineralwasser aus, kurbelte sein Fenster herunter und warf die leere Flasche auf die Straße. Er scherte sich nicht um Recycling, genauso wenig, wie er sich um Joghurts, Zumba-Fitness oder Apfelwein scherte. Soweit es ihn anging, war die Welt sowieso schon im Arsch, ganz egal, wie groß oder klein sein CO2-Fußabdruck war.

Sie fuhren auf der Mexico 105 tiefer nach Hidalgo hinein. Wie Pockennarben standen triste armselige Hütten und heruntergekommene alte Pick-ups in der Landschaft. Bald sah keine Menschen, nur müde Hühner, die in der Erde pickten.

Er sah auf seine Aquaracer. Es war 13:58 Uhr. Achtzehn Stunden, seit er in Lydd abgeflogen war. Noch vierundfünfzig Stunden vor ihm. Wenn er an der Grenze angekommen war und sich von dort durch Texas auf den Weg in den Osten Floridas machte, würden ihm weniger als achtundvierzig Stunden bleiben, um Laxman zu observieren und Cave Bericht zu erstatten. Und ihn dann umzulegen.

Außerdem dachte er über die fünf Millionen nach. Egal, was er Antonia erzählt hatte – natürlich interessierte ihn das Geld. Geld würde einen nicht glücklich machen, hieß es. Bald war der Ansicht, dass nur bettelarme Idioten so einen Quatsch glauben konnten. Er hatte erlebt, wie Kumpel aus seinem Regiment ihre privaten Militärfirmen für zehn Millionen und mehr an die großen Rüstungskonzerne verscherbelt hatten. Jetzt verprassten sie ihr Geld in Abu Dhabi und Kalifornien, und Bald wollte endlich etwas vom Kuchen abbekommen. Verdammt, wenn diese Mission vorüber war, würde er seine Aquaracer verkaufen und sich eine Porsche Design Indicator P6910 leisten. Die hatte er im *Forbes*-Magazin gesehen. Hergestellt aus Titanium, und mit Rotgold verziert. Kostenpunkt 225.000 Dollar. Mit Autos hatte er nicht viel am Hut. Er sah keinen Sinn darin, achtzig Riesen für ein Auto auszugeben, nur um dabei zuzusehen, wie die Kiste in dem Moment, wo man sie aus dem Ausstellungsraum fuhr, zwanzigtausend Dollar an Wert verlor. Uhren hingegen stiegen im Wert.

Er konnte sich vorstellen, dass sie gut an seinem Handgelenk aussehen würde. Damit würde er Weiber wie Antonia überall wie ein Magnet anziehen. Die würden sich anstellen müssen, um ihm einen zu blasen.

»Scheiße«, sagte Antonia und hieb mit ihren Handflächen gegen das Lenkrad. Bald sah sie an und fragte sich, was los war. Ihre Pupillen waren so groß wie Pokerchips, und sie starrte in den Rückspiegel. Bald folgte ihrem Blick und sah, dass ein weißer Dodge Charger das Bild im Spiegel ausfüllte.

Der Motor dröhnte. Er raste mit vollem Tempo auf sie zu.

Kapitel 14

14:02 Uhr

Der Dodge war zwanzig Yards weit entfernt und kam schnell näher. Bald sah, wie er im Rückspiegel immer größer wurde. »Keine Nummernschilder. Getönte Scheiben.«

»In Mexiko bedeutet das Narco-Cops«, sagte Antonia.

Aber Bald dachte an die Zombies aus Mexiko City zurück. Er fragte sich, ob sie irgendwie mit seiner Vergangenheit zusammenhingen, als er in Brasilien Drogen schmuggelte und Cops erschoss. Vielleicht holte ihn das jetzt wieder ein. Aber er entschied, diese Vermutung nicht mit Antonia zu teilen.

Sie rasten an einem verbeulten Schild vorbei. *Bienvenido a San Hernando. Población 7569.* stand darauf zu lesen. Die Stadt war ein kaum sichtbarer, scheinbar wahllos dahin gewürfelter Flecken vor dem Hintergrund rötlicher Berge am Horizont. *Wir haben immer noch vier Meilen vor uns*, dachte Bald. *Und keine weitere verdammte Menschenseele auf der Straße. Die perfekte Gelegenheit, um ein paar Gringos als Geiseln zu nehmen.*

Jetzt trennten den Charger nur noch zehn Yards von ihrer Stoßstange. Sie mussten schneller werden, dachte Bald, und zwar sofort. »Legen Sie einen Zahn zu«, sagte er.

Antonia nickte hastig und trat das Gaspedal durch. Das Chassis des Nissan begann zu vibrieren. Der Tacho zeigte achtzig Meilen pro Stunde an, und der Motor begann, ein seltsames, ratterndes Geräusch von sich zu geben.

Da waren sie also, am Arsch der Welt, Mexiko, mit einem Auto der Drogenfahndung, dass sich schnell näherte. Und obwohl Antonia den Nissan bis aufs Äußerste antrieb, blieb der Dodge mit zehn Yards Abstand an ihnen hängen, wie ein übler Geruch.

»Drücken Sie auf die Tube«, forderte Bald Antonia auf. Sie trat das Gaspedal bis zum Boden durch. Die Tachonadel kletterte auf 140 km/h, und kämpfte dann mit der 150. Schließlich verweilte sie zitternd auf der 155, und das Chassis um sie herum ratterte so laut, dass Bald es in seinem Kopf dröhnen hörte. Der Motor des Sentra gab alles. Aber Bald wusste, dass das nicht reichen würde. Der Charger holte immer noch auf. Jetzt trennten ihn weniger als zehn Yards von ihnen.

Bald wusste auch, dass der Charger über ein Biest von einem Motor verfügte. Damit brachte man es auf über 160 Meilen pro Stunde. Der Wagen tat genau, was sein Name versprach. Er *stürmte* heran. Der Nissan Sentra war hingegen eine lahme Ente. In einem Wettrennen würden sie verlieren.

Der Charger fuhr jetzt beinahe parallel zu ihnen und röhrte zornig. Bald verlagerte seine Position, um näher an Antonia heranzurücken. *Ich muss ein Auge auf unsere Verfolger werfen,* dachte er. *Und herausfinden, mit wie vielen Mistkerlen ich es zu tun habe.*

Jetzt, wo beide Fahrzeuge nebeneinander fuhren, war die Tönung der Fensterscheiben des Chargers durchsichtig genug, dass Bald in den düsteren Innenraum spähen konnte. Er konnte zwei steingraue Umrisse ausmachen, die auf den beiden Vordersitzen saßen. Die Rücksitze schienen leer zu sein.

Bald zog den Reißverschluss der Sporttasche auf und holte die Smith&Wesson zusammen mit der Schachtel Munition heraus. Antonia sah zu ihm hinüber und fragte: »Was tun Sie da?«

Er legte sich die Munitionsschachtel in den Schoß und drückte auf den Entriegelungshebel an der Seite der Waffe. Dann drückte er mit dem rechten Daumen die Trommel heraus. Er nahm eine Patrone aus der Schachtel und lud sie in die erste Kammer. Die .38er Specials waren die treuen Gefährten unter den Patronen. Smith&Wesson produzierte die Specials seit 1898, und sie waren in beinahe jedem Krieg verwendet worden, der seitdem geführt wurde. Antonia mochte eine fragwürdige Wahl bei ihrer Pistole getroffen haben, aber das wurde damit wettgemacht, dass die Waffe, die sie ihm gegeben hatte, auf derart verlässliche und tödliche Kugeln setzte. Diese Revolver bestachen durch eine wundervolle Einfachheit. Wenige bewegliche Teile, keine ausgefallenen Sicherungs- oder Lademechanismen. Man musste nur die Patronen hineinstecken, den Abzug drücken, und *Peng*.

Bald lud die fünfte und letzte Kammer, dann ließ er den Zylinder zurückschnappen. Antonia starrte ihn mit derart weit aufgerissenen Augen an, dass sie beinahe aus ihren Höhlen fielen.

»Das ist Ihre brillante Idee? Auf Cops zu schießen?«

»Haben Sie eine bessere?«

»Die werden jeden Bundespolizisten hinter uns herschicken ...«

»Ich werde bereits über der Grenze sein, bevor mich diese Wichser erwischen.«

»Und was ist mit mir?«

Der Charger überholte den Nissan. Bald strich mit der Hand über den Kolben der 637er. Die Waffe hatte nur einen Spannabzug. Man konnte also nicht einfach den Hahn spannen und dann abdrücken, sondern lud die Waffe, während man den Abzug drückte. Was bedeutete, dass die längere Bewegung des Abzugs und der Rückstoß den Schuss etwas weniger zielgenauer machen würden.

Und bei einem Schusswechsel zählte jeder Zentimeter.

Antonia nahm den Fuß vom Gas.

»Was zum Teufel machen Sie da?«, schrie Bald.

Dann sah er ihn auch.

Ein Honda Civic Type R blockierte vor ihnen die Straße.

Kapitel 15

San Hernando, Bundesstaat Hidalgo, 14:20 Uhr

Der Honda Civic Type R befand sich dreißig Yards vor ihnen. Bald schätzte den Wagen ab, so wie er alles in dieser Welt als Gefahr abschätzte. Keine Nummernschilder. Getönte Scheiben. Das drohende Bild des Dodge Chargers hinter ihnen.

»Klassisches Kidnapping-Manöver«, sagte Antonia.

»Sie glauben, dass diese Kerle das sind? Kidnapper?«

»So was passiert tausend Mal pro Jahr in diesem Land. Wenn Sie reich sind und keinen Personenschutz haben, dann sind Sie vogelfrei. Das ist definitiv ein Kidnapping-Versuch.«

Und was machst du jetzt, John?, wollte die Stimme in Balds Hinterkopf wissen. Es war die Stimme des Zweifels. Jene Stimme, die er seit seiner Rückkehr aus Belgrad mit Alkohol zu betäuben versuchte. Die Stimme, die ihm einredete, dass er sein Händchen für den Job verloren hatte.

Die beiden trennten nur noch zwanzig Yards von dem Civic. Der Charger war hinter ihren Nissan zurückgefallen und wurde langsamer. Bald schloss die Augen, dann öffnete er sie wieder. Noch fünfzehn Yards. Seine Hände scharrten über den Zylinder der 637er. Er atmete tief ein und sagte: »Stoppen Sie den Wagen.«

»Aber ...«

»Tun Sie es einfach.«

Antonia fuhr an den Straßenrand. Zehn Yards vor dem Civic kamen sie zum Stehen. Zwanzig Yards von ihnen entfernt, auf drei Uhr, sah Bald eine kleine Farm. Ein bescheidenes Anwesen. Ein paar schmucklose Betonhäuser mit Wellblechdächern und einem Maisfeld, das von hölzernen Pfählen und Maschendraht eingefasst war. Ein paar magere Ziegen waren an einem Pflock festgemacht. Ein Junge und ein Mädchen spielten im Dreck. Der Junge hatte einen Springball. Das Mädchen eine Art Reifen. Der Charger hielt zehn Yards hinter ihrem Nissan.

Die Motoren erstarben. Die Kühler zischten. Der Asphalt flimmerte in der Hitze.

Ein hellhäutiger Beamter in der allgemeinen Drogenfahnder-Uniform – bestehend aus einem weißen, gebügelten Hemd, Ray-Ban-Aviators und Kampfstiefeln – stieg aus dem Charger. Der Kerl war so bleich, dass er glatt als Albino hätte durchgehen können. Aber Bleichgesicht war nicht allein. Ein zweiter Mann stieg aus der Beifahrerseite aus. Er war untersetzt und gebräunt, trug blaue Hosen, ein blaues Hemd, und eine blaue Baseballkappe. Bleichgesicht und sein Kumpel waren beide mit MP5Ks bewaffnet, die gleichen Waffen, die auch die Polizeibeamten am Flughafen getragen hatten.

Bleichgesicht näherte sich dem Nissan von links, auf Antonias Seite. Dickie kam zu Balds Seite herum. Antonias Blick wanderte von den Cops zu Bald und wieder zurück.

»Was sollen wir tun?«, fragte sie.

»Bleiben Sie verdammt noch mal ruhig sitzen.« In Gedanken spielte Bald ihre Optionen durch. Aber das war nicht so einfach. Die Migräne bohrte sich durch seinen Hinterkopf.

»Die werden uns umbringen«, sagte Antonia. Tränen stiegen ihr in die Augen.

Bald packte sie bei den Schultern und sah sie durchdringend an. »Das werden sie nicht«, sagte er sanft, aber bestimmt. Das tat er nicht aus Sympathie. Noch nicht einmal, weil es der Wahrheit entsprach. Er tat es, weil eine Braut kurz vor einem verdammten Nervenzusammenbruch das Letzte war, was er im Moment gebrauchen konnte. »Hören Sie mir zu. Tun Sie genau, was ich Ihnen sage. Wenn Sie das tun, werden wir überleben. Haben Sie mich verstanden?«

Antonia schluckte ihre Tränen hinunter, als wären sie bittere Medizin, und nickte.

»Gut«, sagte Bald.

Bleichgesicht und Dickie näherten sich dem Nissan. Aus dem Civic vor ihnen war noch niemand ausgestiegen. Es war anzunehmen, dass zumindest zwei Kerle in dem Civic als Verstärkung von Bleichgesicht und Dickie saßen. Also wenigstens vier Gegner. Fünf Kugeln im Revolver. Dazu weitere fünfunddreißig Kugeln in der Schachtel, aber es würde mindestens sieben oder acht Sekunden dauern, um den Revolver nachzuladen, und in der Hitze eines Schusswechsels würde er diese Zeit nicht haben.

Bald beobachtete Bleichgesicht im Rückspiegel. Jetzt war er bis auf vier Yards heran. Bald steckte sich die 637er vorn in seine Jeans und richtete sich in seinem Sitz auf. Dehnte seine Halsmuskeln, indem er den Kopf nach links und rechts neigte.

Bleichgesicht nahm seine Aviators ab. Seine Augen hatten die Farbe von Bleichmittel, und seine Lippen waren so schmal, dass sie wie chirurgische Schnitte aussahen. Er blieb vor Antonias Fenster stehen und klopfte gegen die Scheibe. Antonia tat nichts. Nachdrücklich klopfte er noch einmal. Dann beugte er sich etwas nach unten, damit sein Gesicht das Fenster ausfüllte.

Dickie blieb neben Balds Tür stehen. Fleischwülste wölbten sich über seinen Augen und zwängten sie zu dünnen schwarzen Schlitzen zusammen.

»Lassen Sie das Fenster herunter«, wies Bald Antonia an, die vage auf einen Punkt irgendwo vor ihnen starrte. Er versuchte, sich so gefasst und normal wie nur möglich anzuhören, um sie einigermaßen zu beruhigen. Die Fähigkeit, cool zu blieben, war bei einem Feuergefecht die halbe Miete.

Antonia drückte auf den Fensterheber an ihrer Armlehne. Die Scheibe fuhr hinunter, und die geballte Hässlichkeit beugte sich zu ihr herein. Die rechte Seite vom Kiefer des Cops war geschwollen und mit Blasen besetzt.

»Steigen Sie aus«, bellte Bleichgesicht. Speichel regnete auf Antonias Arm.

Bald nickte ihr zu. »Tun Sie, was der Mann sagt.«

Antonia zog langsam den Türgriff zurück und begann, aus dem Wagen zu steigen. Bleichgesicht packte sie am Handgelenk, zerrte sie aus dem Wagen und auf den Boden. Sie kam nicht dazu, sich wieder aufzurappeln. Bleichgesicht stemmte ihr seinen Fuß ins Genick und zwang sie, mit dem Gesicht nach unten liegen zu bleiben, während er ihr mit Kabelbindern die Hände auf dem Rücken zusammenband. Sie wehrte sich, rollte sich hin und her und schrie um Hilfe. Aber die Schreie verhallten ungehört zwischen den Bergen, und Bald stellte sich vor, wie die Familie auf der Farm gerade in ihrem Wohnzimmer saß und betete.

»Miststück! Verdammt, hör mit dem Strampeln auf!« Die knochentrockene Art, wie er *verdammt* sagte, verriet Bald, dass der Kerl ungefähr so mexikanisch wie Angusrindfleisch aus Aberdeen war. Er versuchte, den Akzent einzuordnen. Amerikaner. Irgendwo aus dem tiefen Süden.

Bleichgesicht presste mit seinem Schuh Antonias Gesicht auf die Erde und ließ sie Dreck fressen. Dann rollte er sie auf den Rücken und konnte es sich nicht verkneifen, ihr dabei an die Titten zu gehen. *Krankes Arschloch*, dachte Bald bei sich.

Dann zog Bleichgesicht sie grob auf die Füße und schob sie auf den Charger zu. Sie würgte, ihr Gesicht war mit heißem Staub überzogen. Ein Klopfen an seiner Fensterscheibe riss Bald aus seinen Beobachtungen. Er drehte sich um und starrte in den Lauf der MP5K, keine zwanzig Zentimeter vor ihm.

»Sie. Auch aufmachen«, drang Dickies gebrochenes Englisch durch die beschichtete Glasscheibe.

Bald rührte sich nicht.

»Öffnen Sie die verdammte Tür.«

Bald atmete dreimal hintereinander tief durch, versorgte seine roten Blutkörperchen mit so viel Sauerstoff wie möglich, und pumpte die Muskeln in seinen Schultern und seiner Brust auf. Er ließ das Fenster herunter.

»Raus aus dem Wagen, *Gringo*!«, schrie Dickie.

Ein dritter Mann stieg aus der Fahrerseite des Civic aus. Er sah aus wie ein Indianer. Ungefähr so breit wie hoch. Sein zurückgekämmtes Haar hatte die Farbe von Coca-Cola. Auch er trug eine MP5K. Hinter ihm war Antonia wenige Schritte vor dem Charger über ein paar Steine gestolpert. Bleichgesicht half ihr auf und betatschte als Gegenleistung erneut ihre Titten.

Dickie auf drei Uhr, dachte Bald. Bleichgesicht zehn Yards auf sechs. Der dritte Kerl zwölf Yards auf zwölf Uhr.

Fünf Schuss.

Mach das Beste draus.

Er ließ seinen rechten Arm aus dem Fenster herausschnellen, packte Dickie am offenen Kragen seines verschwitzten Hemds und zog ihn zu sich heran. Gleichzeitig zog er mit der Linken die 637er aus seiner Jeans und richtete sie auf Dickies faltigen Hals. Bevor der Cop reagieren konnte, drückte Bald den Abzug vollständig durch. Ein Druck von fast 300 Gramm spannte den Hahn, ließ ihn zurückschnellen und katapultierte die Kugel aus ihrer Messingummantelung. Die Kugel schoss durch den Lauf und durchbohrte den Hautlappen direkt unter Dickies Kinn. Sein kürbisförmiger Kopf sackte leblos auf den Rahmen des offenen Fensters hinab. Blut quoll aus seinem Schädel und verklebte den Innenraum des Nissan.

Bald trat die Tür auf und stieß dabei Dickies Leiche nach hinten um. Er warf sich aus dem Wagen und ging hinter der Wagentür, die im rechten Winkel zum Chassis offen stand, in Deckung. Die Tür bot nur wenig Schutz gegen Kugeln, und die MP5Ks waren mit 9mm-Vollmantelgeschossen geladen, die alles durchschlagen konnten und die Metallverkleidung damit nutzlos machten. Aber eine beschissene Deckung war immer noch besser als ins Gras zu beißen.

Bleichgesicht schleppte Antonia hinter den Kofferraum des Charger, aber Bald konnte nicht zu ihr. Nicht, bevor er sich zuerst um die anderen Gegner gekümmert hatte.

Der Fahrer des Civic hielt seine MP5K beidhändig umklammert, seine rechte Hand am Abzug, die linke Hand an der Unterseite des Laufs, zur Stabilisierung. Er hob die Waffe und richtete sie auf Bald. Der Laserzielsucher der Maschinenpistole glitt über den Nissan. Bald konnte den kleinen roten Punkt auf der Windschutzscheibe sehen.

Drei laute Schüsse peitschten durch die Luft. Die Windschutzscheibe splitterte an zwei Stellen. Die dritte Kugel prallte von der Motorhaube ab.

Bald lehnte sich rechts an der Autotür vorbei aus seiner Deckung und zielte auf den Fahrer, der seine eigene Deckung völlig vernachlässigt hatte. Er nahm den Kopf des Typen ins Visier, genau über dem Korn seines Revolvers. Er entspannte seine Schultern. Blendete den Rest der Welt aus.

Der Revolver bellte los. Mündungsfeuer schoß aus dem Lauf. Durch den Körper des Fahrers ging ein Zucken. Die erste Kugel schlug ihm ins Knie. Er war nur zwölf Yards entfernt, aber Bald hatte nicht gut genug gezielt. Er geriet nicht in Panik deswegen, sondern zielte einfach erneut und drückte ab. Dieses Mal traf er ins Schwarze. Die .38er Special schlug ein zwei-Zentimeter-breites Loch in seine Brust. Der Fahrer ließ erst seine MP5K fallen, dann fiel er selbst um.

Noch zwei Kugeln übrig.

Bald raffte sich auf und hielt auf den Civic zu. Warf einen weiteren Blick zurück. Bleichgesicht zog Antonia auf das Maisfeld zu. Der dumpfe Schlag einer Autotür lenkte Balds Aufmerksamkeit aber wieder auf den Civic. Der vierte Kerl war aus der Beifahrerseite ausgestiegen und versuchte fieberhaft, seine Pistole aus dem Holster zu bekommen. Eine Glock 17 Halbautomatik. Eine gute Waffe. Bald hob die 638er auf Schulterhöhe. Als der Mann die Glock hervorgezogen hatte, gab Bald seinen vierten Schuss ab. Die Kugel riss den Oberkörper des Mannes beinahe in zwei Hälften. Rotes Zeug spritze auf die Erde. Er prallte gegen die Motorhaube des Civic und versuchte, seine Eingeweide in seinen zerrissenen Körper zurückzustopfen. Es würde keine zwei Minuten brauchen, dachte Bald, bevor dieser Wichser sich seinen zwei Kumpeln auf der Reise auf die andere Seite anschließen würde.

Dann schnitt ein Schrei wie eine Rasierklinge durch die Luft.

»Hilfe!«

Kapitel 16

14:44 Uhr

Bleichgesicht kämpfte sich durch das Maisfeld auf das Farmhaus zu. Einen Arm hatte er fest um Antonias Hüfte gelegt, mit der anderen Hand presste er die Mündung seiner MP5K an ihre Schläfe. Bald folgte ihnen. Der Boden unter ihren Füßen war so ausgedörrt wie uralte Ruinen. Jeder Maisstängel ragte über zwei Yards weit auf, und diese Höhe, zusammen mit dem Umstand, dass sich das trockene Laub wie eine alte Haut von den Pflanzen schälte, schränkte ihr Sichtfeld auf wenige Yards ein. Bald musste sich auf sein Gehör verlassen, um Bleichgesichts Position ausfindig zu machen. Antonia schrie nicht mehr, aber das Rascheln der Blätter und das Schlurfen ihrer Schritte auf dem harten Erdreich verrieten ihm, dass sich Bleichgesicht irgendwo auf zehn Uhr befinden musste. Bald lenkte seine Schritte in diese Richtung, die 637er umklammert und von Rachegefühlen angetrieben.

Sengend heißes Sonnenlicht fiel durch die Maisstauden. Die Hitze und die Anstrengung machten Bald benommen. Durch eine Lücke zwischen den Stängeln hindurch sah er, wie ein paar Maispflanzen hin und her schwangen. Ansonsten herrschte Totenstille. Bald stürmte auf die raschelnden Stauden zu, mit brennenden Oberschenkeln und einem stechenden Schmerz in der rechten Seite. Mit den Unterarmen schob er die Stängel beiseite, brach einige davon ab. Immer wieder musste er blinzeln, wenn Maisblätter seine Augen streiften. Maiskörner knirschten unter seinen Füßen. Er holte zu Bleichgesicht auf. Das Stechen arbeitete sich in seinem Oberkörper nach oben. Er blendete den Schmerz aus, so wie er es gelernt hatte. Er erreichte das Ende des Maisfeldes. Dahinter lag ein flaches Stück Land, das sich bis zum Farmhaus erstreckte.

Dann explodierte die Migräne in seinem Kopf.

Der Schmerz. So verdammt stark. Bullet-Ant-Schmerz nannte er das. Im Dschungel von Belize war er einmal von *Paraponera*-Gewehrkugelameisen in den Knöchel gebissen worden. Ein einzelner Biss von diesen kleinen Mistviechern verursachte einen vierundzwanzig Stunden andauernden unerträglichen Schmerz. Aber das war nichts verglichen mit dem brennenden, hämmernden Schmerz, den Bald jetzt verspürte. Er sank auf die Knie, die 637er fiel klappernd vor ihm auf den Boden. Er konnte sich nicht bewegen. Die Sonne strich ihm über das Genick und seinen Hinterkopf und ließ das Blut darin kochen. Der summende Lärm in seinem Schädel kehrte zurück.

Dann ließen die Schmerzen wieder etwas nach. Er wusste, dass die Migräne zurückkehren würde. Das tat sie immer. Aber er hatte ein kleines Zeitfenster gewonnen, in dem er agieren konnte. Er stellte fest, dass er in Embryonalstellung zusammengerollt auf dem Boden lag und jeder Knochen in seinem Körper ihm sagte, dass er bleiben sollte, wo er war, und den Schmerz aussitzen. Doch der Elitesoldat in ihm war anderer Meinung. Das war jene Stimme, die ihn in seinen härtesten Tagen bei der Auswahl für das Regiment und im Einsatz angetrieben hatte. *Hoch mit dir und hör verdammt noch mal auf, dich selbst zu bemitleiden*, sagte sie ihm.

Bald presste eine seiner Hände flach auf den Boden und stellte den Ellbogen nach außen, als würde er gleich mit einarmigen Liegestützen beginnen. Dann tat er das Gleiche mit der anderen Hand und stemmte sich dagegen. Und noch etwas mehr, so lange, bis er sich selbst vom Boden hochgedrückt hatte. Er schaffte es auf die Knie, sammelte die 637er auf und taumelte auf die Stelle zu, wo er den Mais sich hatte bewegen sehen.

Er trat aus dem Feld und erblickte Bleichgesicht zwanzig Yards voraus, der Antonia zu dem eindeutig bewohnten der beiden erbärmlichen Bauwerke zerrte. Sie trennten noch drei Yards von der hinteren Veranda, die im Schatten lag. Bleichgesicht war gut. Er blieb stets vor Antonia, benutzte sie als Schild, und gab Bald kein klares Ziel. Bald wollte gerade hinter ihnen her eilen, als er das Heulen von Polizeisirenen hörte. Er riss den Kopf zur Straße herum und konnte vier unterschiedliche Sirenen ausmachen. Das bedeutete mindestens acht weitere Cops. Vielleicht sogar sechzehn.

Bleichgesicht drang in das Farmhaus ein und zog Antonia hinter sich her. Eine andere Frau schrie auf, ein Mann brüllte etwas.

Die Sirenen wurden lauter und zerrissen die Stille. Bald konnte sie durch das Maisfeld hindurch nicht sehen, aber die Fahrzeuge mussten nun sehr nah sein. Er hatte sich vierzig Yards von der Straße entfernt. Wenn er Bleichgesicht jetzt in das Farmhaus verfolgte, würden ihn dessen Kumpels dort schneller festnageln als man ein Bier zapfen konnte. Oder er konnte sich einfach aus dem Staub machen, mit dem Civic dieses Rattenloch hinter sich lassen und mit seiner Mission fortfahren.

So sehr er Antonia auch mochte, aber für sie gab es keine 5 Millionen Dollar Belohnung. Und außerdem hätte er sie sowieso nicht bumsen können, egal wie sehr er das auch wollte. Sie war sich zu fein für ihn.

Bald ließ die Smith&Wesson sinken. Er kehrte den Schreien den Rücken zu und rannte zu dem Civic. Er hatte keine Ahnung, was sie mit Antonia anstellen würden, deshalb entschied sich Bald, nicht weiter darüber nachzudenken und hielt auch nicht an.

Er erreichte die Straße. Blutpfützen hatten sich im Staub ausgebreitet. Der Geruch von Blei und Patronenhülsen brannte in seiner Nase. Er kniete sich neben einen der Bastarde, die er umgelegt hatte. Der atmete immer noch, doch Bald konnte hören, wie das Blut in dessen Lunge gurgelte, als würde er mit einem Strohhalm den Boden von einem Milchshake absaugen.

»*Mátame*«, presste der Mann hervor. »Töten Sie mich.«

Bald fischte die Autoschlüssel aus der Tasche des Idioten und ließ ihn wimmernd im Dreck zurück. Dann sprintete er zu dem Nissan und schnappte sich die Sporttasche. Mittlerweile konnte er am Horizont die Fahrzeuge mit den Sirenen auch sehen. Ihre Lichter flackerten hin und her. Weniger als hundert Yards entfernt. Bald rannte zu dem Civic, warf die Sporttasche auf den Beifahrersitz und startete den Motor. Der Civic konnte in weniger als sieben Sekunden auf 100 km/h beschleunigen. Und mehr brauchte es nicht, um die Leichen hinter sich zu kleinen Kakerlaken schrumpfen und die Polizeiwagen in der Ferne verblassen zu lassen. Bald jagte den Civic bis auf 110 Meilen pro Stunde hinauf. Fünf Meilen später, als er gerade San Hernando erreichte, ging sein Burner-Telefon los.

Cave rief an.

Kapitel 17

15:12 Uhr

San Hernando war gerade in vollem Siesta-Modus. Bald passierte marode Villen, die Pink, Türkis und Rot bemalt waren. Alte Autoreifen stapelten sich in verwilderten Vorgärten, in denen das Unkraut wucherte. Streunende Hunde bevölkerten die Straßen, leckten an Bonbonpapieren und dampfenden Abwasserpfützen.

Bald ließ das Telefon ein paarmal klingeln, bevor er auf den ›Annehmen‹-Button tippte. Er mochte den Gedanken, dass dieser Wichser Cave an seinem polierten Eichentisch saß und ihn nicht erreichen konnte.

»John.«

»Danny, altes Haus«, antwortete Bald.

»Hören Sie auf, mich zu verscheißern, Sie schottischer Mistkerl. Ich habe gerade ein Notsignal von Antonia empfangen. Was zur Hölle geht da unten vor?«

»Sie ist eine Falle gelaufen. Ich konnte nichts dagegen tun.«

Für eine Sekunde brach die Verbindung unter wütendem Knacksen ein.

»Sie war eine der besten Führungsoffiziere, die wir hatten. Verdammte Scheiße«, rief Cave.

»Ich habe versucht, sie zu retten«, sagte Bald, »aber …«

»Wo sind Sie jetzt?«, fuhr Cave dazwischen.

»In San Hernando. Wo finde ich diesen Nelson-Typen?«

»Begeben Sie sich zur San-Bernando-Kirche. Er wartet dort auf Sie.«

Die Nicholas Guerra mündete in die Xicotencatl und dann in die Emiliano Zapata. Aber abgesehen von den Straßennamen konnte Bald keinen Unterschied feststellen. An jeder Straße fanden sich die gleichen traurigen Häuser aus Betonsteinen mit abgedunkelten Fenstern und rostigen, von der Sonne verbogenen Maschendrahtzäunen davor. Zottelige, schmierige Wiesel tummelten sich im Müll. Jede Straße hatte ihren eigenen Kanal aus Abfällen. Der Gestank war unerträglich. Verdammt, dachte Bald. Nach zehn Minuten in diesem Höllenloch konnte er verstehen, warum jeder so verzweifelt versuchte, sein Glück in Amerika zu finden. Für irgendein reiches Arschloch in Kalifornien den Tellerwäscher zu geben war immer noch besser als das hier.

Er sah auf die Uhr. 15:30 Uhr. Noch einundfünfzig Stunden, um den Schläfer zu töten.

»Da ist noch etwas anderes«, fuhr Cave fort.

Bald sah auf seine Jeans hinunter, die blutverschmiert waren. Auch auf seinen Armen befanden sich Blutspritzer, und er konnte spüren, wie es an seinem Hals zu verkrusten begann. Er hatte gerade das unendlich große Bedürfnis, sich zu waschen.

Cave sprach nicht weiter.

»Ich höre zu«, sagte Bald.

»Die Agency will dabei sein.«

»Ich dachte, die wollen sich dabei nicht die Hände schmutzig machen?«, sagte Bald.

»Dabei bleibt es auch. Sie sind immer noch derjenige, der Laxman aus dem Verkehr ziehen soll. Aber sie wollen jemanden vor Ort haben, der die Sache überwacht. Damit nichts schiefgeht.« Cave machte eine kleine Pause, dann fuhr er fort. »Aber bevor Sie mir gleich wieder die Ohren volljammern, hören Sie zu. Ihr Name ist Rachel Kravets. Sie ist eine der besten Agentinnen, die die Agency zu bieten hat.«

»Großartig«, sagte Bald tonlos.

Cave ignorierte den Kommentar und sprach weiter. »Sie war mal Miss Florida. Hat sich letztes Jahr sogar für die Wahl zur Miss World beworben. Sie werden sich mit ihr in Clearwater treffen. Sie verfügt über ein paar ergänzende Informationen über Laxman, die für Sie vielleicht von Nutzen sein könnten. Tun Sie mir einen Gefallen und checken Sie Ihre E-Mails, wenn Sie die Chance dazu haben.«

Dann legte Cave auf.

Na großartig, dachte Bald.

Etwas Seltsames war mit ihm passiert, seit er in diesem Kaff in Osteuropa von den Toten wiederauferstanden war. Und zwar nicht nur die Migräne, sondern etwas, das ihm fast noch mehr Sorgen bereitete. In manchen Situationen fing er an, Dinge zu sehen, die gar nicht da waren. Er weigerte sich, das Halluzinationen zu nennen, denn nur Verrückte hatten so etwas. Und egal, welcher abgedrehte Scheiß in seinem Kopf vor sich ging, aber verrückt war er nicht, da war sich Bald sicher. Das waren eher so eine Art Echos. Echos der Gewalt, die er erlebt hatte. Als es das erste Mal passierte, vor sechs Monaten, saß er in einer Bar in Pimlico und genoss sein Bier zusammen mit einer russischen Granate, die er aufgetan hatte, als er plötzlich ein seltsames Surren in den Ohren verspürte. Er hob den Kopf und sah, dass es ihr die Hälfte ihres Kopfes abgerissen hatte. Hirnmasse schwamm in ihrem Long Island Eistee. Ein anderes Mal saß er hinten in einem Taxi, das ihn durch die Stadt fuhr, und der Fahrer drehte den Kopf nach hinten, um zu fragen, wo er ihn absetzen soll. Sein Unterkiefer hing nur noch an ein paar dünnen Muskelsträngen und aus seinem Oberkiefer tropfte Blut.

Diese Echos dauerten ein paar Sekunden oder ein paar Minuten, dann waren sie wieder verschwunden.

Er hatte das noch niemandem erzählt. Er glaubte nicht, dass er das konnte. Er war ein Blade, und Blades sprachen nicht über ihre Probleme. Als Blade redete man über die Vorzüge von .45er ACP-Munition oder lachte über Erlebnisse wie jenes, als der Offiziersanwärter Paul Mundy eine Stripperin verschreckte, weil er seinen Schwanz in Pferdelänge herausholte und ihr sagte, sie soll ihren Job gefälligst zu Ende bringen.

Er bemerkte eine in sich zusammenfallende Kirche im spanischen Kolonialstil. Nördlich von ihr lagen karge Felder und Berge aus Müll und Metall. Im Süden befanden sich ein paar verlassene Häuser, die so aussahen, als hätte man sie schon seit einiger Zeit dem Unkraut überlassen. Das musste die San-Bernardo-Kirche sein.

Bald warf sich die Sporttasche über die Schulter und näherte sich den Kirchentüren. Sie waren aus Erlenholz, über vier Yards hoch. Bald zog an dem schwarzen eisernen Türöffner. Die Tür war schwer und er musste sich ins Zeug legen, um sie aufzubekommen.

Von außen mochte die Kirche schäbig wirken, aber das Innere mit seinen weißen Säulen, welche die sternenförmig angeordneten Gänge unterteilten, machte einen gepflegten Eindruck. Die einzigen Anwesenden waren ein uraltes Pärchen, die nebeneinander auf der hintersten Bank auf der linken Seite saßen. Leise flüsterten sie Gebete an die vergoldete Statue der Jungfrau Maria, welche die Kanzel zierte.

Bald wanderte das Kirchenschiff entlang, wandte sich dann nach rechts, wo sich die Gänge kreuzten, und betrat das Querschiff. Er fand sich in einem sechs Yards breiten quadratischen Raum wieder, in dem ihn eine reich verzierte Jesusstatue begrüßte. Ein Mann betete auf Knien die Statue an. Dann stand er auf. Sein Kopf war rasiert. Er war nicht direkt fett, aber groß und breit in jeder Hinsicht: großer Kopf, breite Schultern, große Hände. Er trug ein schwarzes Ornat, von seinem Hals baumelten ein halbes Dutzend goldener Ketten, und darunter konnte man den weißen Kragen eines Geistlichen sehen.

»Ich bin Nelson«, sagte er leise, als er sich umdrehte, um Bald zu begrüßen. »Sie müssen John sein. Ich habe Sie erwartet.«

Der Priester war fünfzehn Zentimeter größer als jeder Mexikaner, den Bald bisher gesehen hatte, und bestimmt auch fünfzehn Zentimeter breiter. Auf seiner Stirn sammelte sich Schweiß, und er sah aus wie Marlon Brando, nachdem der in die Breite gegangen war. Der Mann streckte Bald eine nikotinfleckige Hand entgegen und fragte mit einer Stimme, die so belegt war, dass man damit Straßen hätte teeren können: »Glauben Sie an unseren Erlöser Jesus Christus?«

»Ich glaube an unseren Erlöser Colt Commando«, sagte Bald. »Darüber hinaus bin ich für alles zu haben.«

»Vielleicht kann ich Ihnen den wahren Weg zeigen.«

»Die Route über die Grenze würde mir schon reichen.«

Nelson sah Bald mit einem Blick an, mit dem sich reiche Wichser Bilder in Kunstgalerien ansahen. Er wirkte besorgt. »Sie sind eine gepeinigte Seele, mein Sohn.«

»Ich bin nicht Ihr verdammter Sohn.«

»Ich sehe Gewalt in Ihnen. Und seelische Wunden. Sie suchen nach innerem Frieden. Lassen Sie mich Ihnen helfen.«

»Sagen Sie das zu allen von den kleinen Knaben?«

Nelson lächelte Bald an und gab zu verstehen, dass ihn die spitzen Bemerkungen nicht ärgerten. Mit seinen dicken Fingern wischte er sich den Schweiß von der Stirn.

»Wir müssen jetzt gehen«, sagte er.

Er eilte aus dem Querschiff und den Gang zurück, der zum Ausgang der Kirche führte, und bedeutete Bald, dass er ihm folgen soll. Trotz seines Umfangs war der Kerl flink. »Der Transporter wartet auf dem Markt, drei Querstraßen nördlich von hier. Alle anderen warten schon auf Sie«, sagte er.

»Alle anderen?«

Nelson kicherte dämonisch. Auf einmal machte sich Bald Sorgen, dass Antonia den verflucht falschen Mann angeheuert hatte. Dieser Typ war ein Scharlatan.

»Es gibt noch andere *Migranten*, die hinüber wollen«, sagte Nelson, der Bald über die Schulter hinweg einen Blick zuwarf. Mit seinen goldberingten Händen machte er irgendwelche Zeichen, die der Schotte aber nicht verstand. »Sie sind nicht der einzige, der heute versuchen will, sein Glück in Amerika zu machen, mein Sohn.«

Draußen angekommen eilten sie um die Kirche herum und betraten den Friedhof an der Rückseite. Nelson verlangsamte plötzlich seine Schritte und seine Füße verursachten ein schweres trappelndes Geräusch auf dem trockenen Erdboden. Sie schritten an kunstvoll verzierten Gräbern und Grabsteinen vorüber.

»Eine Frau sollte Sie hierher begleiten«, sagte Nelson, ohne sich zu ihm umzudrehen. »Wo ist sie?«

»Keine Ahnung«, log Bald.

»Ich hatte gehofft …«

»Falls Sie auf einen Fick gehofft haben, vergessen Sie's. Die lässt keinen ran.«

Der Priester blieb stehen. Bald konnte ihn schwer atmen hören, langsam und rasselnd.

Nelson schwang herum, und Bald starrte in das gefährliche Ende einer M1911. Hinter den Augen des Priesters kochte es vor Wut, als er mit der Pistole auf Balds Stirn zielte und krächzte: »Und jetzt verraten Sie mir, wo meine Tochter ist.«

Kapitel 18

San Antonio, Texas, USA, 15:44 Uhr

Der Ruby Ridge Hallenschießstand kündigte sich hinter der 1-10 nahe Sunny Slope im Osten der Stadt mit einer ranch-artigen Werbetafel in der Form eines Cowboyhutes an. ›Guns & Outdoor. Kinder willkommen‹, versprach das Banner. Hauser parkte seinen GMX Yukon Denali auf dem Kiesparkplatz und nahm einen orangefarbenen Pelican-Koffer vom Beifahrersitz. Draußen im Freien waren es vierzig Grad, in der klimatisierten Glückseligkeit des Ruby Ridge Waffenladens angenehme zweiundzwanzig. Der Ladenmanager, ein Typ mit einem rostroten Bart und einem Bierbauch, der sein eigenes Gravitationsfeld zu haben schien, begrüßte Hauser, als er an die Theke trat. Hinter dem Manager hing ein ausgestopfter Elchkopf an der Wand und die Ladentheke präsentierte eine beeindruckende Auswahl an Glocks und Sig Sauers. Der Typ war um die Vierzig. Bei all dem Fett ließ sich das schlecht sagen.

»Ich nehme eine Kabine«, sagte Hauser.

»Unterschreiben Sie hier«, sagte der Manager und deutete auf einen Formularblock neben einem Stapel Taschenbücher mit dem Titel: Alles, was Sie über das Waffenrecht in Texas wissen müssen. Hauser schrieb einen falschen Namen, eine falsche Adresse und eine falsche Sozialversicherungsnummer auf.

»Und hier.«

Hauser kreuzte an, dass er nicht psychisch krank war. Nun, da er den Bundesstaat Texas davon überzeugen konnte, dass er nicht einfach losziehen und Leute umbringen würde, durfte Hauser eine halbe Stunde auf dem Schießstand verbringen.

»Gefällt Ihnen was?« Der Manager zeigte auf die Waffen. »Die Ruger hab ich grad im Angebot, falls Sie so etwas suchen.«

»Tue ich nicht.« Hauser tätschelte seinen Pelican-Koffer. »Ich hab meine eigene Wumme mitgebracht.«

»Sagen Sie Bescheid, falls Sie es sich anders überlegen«, sagte der Manager ein wenig enttäuscht. Er überreichte Hauser eine Schutzbrille und Ohrenschützer. Hauser setzte sich die Brille auf, die Ohrenschützer interessierten ihn nicht. Er trug seinen Koffer den Korridor entlang bis zu einer Schleusentür an dessen Ende. Er hinkte auf den Schießstand.

Die Luft stank nach Blei. Neuere Schießanlagen hatten fortschrittlichere Ventilationssysteme, die den Rauch und die Bleipartikel von der Anlage bliesen. Aber nicht hier. Hauser spürte, wie sich ein bleihaltiger Schmierfilm auf seinem Gesicht und seinem Hals niederließ. Seine Wahl fiel auf die zweite Kabine von hinten. Rechts von ihm verballerte eine Frau Mitte vierzig mit erschreckend wasserstoffblonden Haaren Kugeln aus einem lächerlich riesigen Revolver. Das Modell konnte Hauser nicht erkennen.

In der Kabine links neben ihm hatten drei Rednecks ihren Spaß. Alle drei steckten in Uniformen, die direkt aus einem Ranger-Joe-Katalog stammten. Der Jüngste von ihnen trug ein T-Shirt mit Flecktarn-Muster und einen sandbraunen Kampfanzug. Mit seinem Bürstenhaarschnitt und Oberarmmuskeln wie Bowlingkugeln sah er aus wie eine lebensgroße Marine-Corp-Actionfigur. Der zweite Kerl war dünn wie ein Strich in der Landschaft und hatte ein Gesicht, das aussah, als hätte man es in Jim Beam eingelegt. Ein Pferdeschwanz hing unter seiner Texas-Rangers-Baseballkappe wie der Schwanz eines Stinktiers herab.

Die beiden Schwachköpfe sahen anerkennend zu, wie der dritte Kerl ein Magazin aus einer Ruger SR40 Halbautomatik leer schoß. Nachdem er seine letzte Kugel in das fünfzehn Yards entfernt hängende Papierziel abgefeuert hatte, nahm er seine Waffe herunter, und Rangers drückte auf den roten Knopf an der Wand, woraufhin die Zielscheibe surrend zu ihrem Stand zurückfuhr. Marine-Corp pflückte die Zielscheibe von den Aufhängungen. »Haben eine Mordsdurchschlagskraft, diese .48er. Ich meine, sieh dir die Scheiße doch mal an, Rudy.« Marine-Corp steckte seinen kleinen Finger durch eines der Einschusslöcher in dem Papierbogen und wackelte darin wie mit seinem Schwanz herum.

Rudy, der Schütze, legte die Ruger flach vor sich auf dem Kabinentisch ab und begutachtete selbst seine Treffer. Er trug Hosen mit Digicamo und abgenutzte schwarze Kampfstiefel. Über seinen Männerbrüsten trug er ein schwarzes T-Shirt mit der Aufschrift: OPERATION IRAQI FREEDOM VETERAN, das an seinem kleinen Bierbauch bereits ein wenig spannte. Hauser was sich sicher, dass dieser Typ dem Irak nie näher gekommen war als über Google Earth.

Rudy rieb sich sein Grizzlybär-Kinn und nickte beim Anblick der Zielscheibe.

»Wie ich es sagte, Blödmann. Leg Hector und seine Fajita fressenden Kumpels mit einem dieser Babys um, und die stehen nicht mehr auf. Und wie nennt man gleich noch mal einen toten Bohnenfresser?«

»Einen Schritt in die richtige Richtung.«

»Einen Schritt in die richtige Richtung, genau«, stimmte ihm Rudy zu.

Marine-Corp, Rudy und Rangers kicherten wie drei Schulkinder, die gerade ein Loch in der Wand zur Umkleidekabine der Mädchen entdeckt hatten.

»Nicht schlecht«, sagte Hauser.

Rudys Gelächter brach ab. Rangers und Marine-Corp taten es ihm gleich und gaben ihr Bestes, äußerst angepisst auszusehen. Rudy drehte sich um; langsam, beinahe so, als wollte er seiner Wut genug Zeit geben, hochzukochen. Hauser pfiff ›When Johnny Comes Marching Home‹ und beeilte sich, die Verschlüsse seines Pelican-Koffers aufschnappen zu lassen.

»Was sagtest du, Kumpel?«, fragte Rudy.

»Sie haben mich schon verstanden. Sie sind kein schlechter Schütze. Aber auch kein guter.«

Rudy deutete mit seinem Zeigefinger auf einen Punkt zwischen Hausers Augen und sagte: »Und wer sind Sie?«

»Jemand, der besser schießt als Sie.«

Rudy war sofort auf hundertachtzig. Er holte unbeholfen zu einem Schlag nach Hauser aus, aber Marine-Corp und Rangers packten ihn klugerweise und hielten ihn zurück. Rudy machte ein Gesicht, als würde er eine Kanonenkugel kacken. Hauser nahm die Komponenten seiner Waffe aus dem Koffer und legte sie auf seinen Tisch. Vier hellgraue Schalter hoben sich auf der glatten Polymer-Oberfläche kurz oberhalb des Abzugs ab. Auf beiden Seiten ihres Griffes befand sich eine Antirutsch-Beschichtung. In der Mitte des Griffs war ein kreisförmiges Siegel zu sehen, das die Buchstaben ›N‹ und ›F‹ umschloss. Entlang des Laufs konnte man die gravierten Worte ›FN HERSTAL BELGIUM‹ lesen.

»Eine FN-Five-Seven«, sagte Rudy und verschränkte die Arme vor seiner Brust. »Ganz toll. Die Dinger sind schon seit Jahren auf dem Markt.«

»Die Version für Privatleute, klar«, sagte Hauser. »Aber nicht dieses Modell.«

Jetzt nahm Hauser eine Packung Munition aus dem Pelican-Koffer und stellte sie für die Rednecks gut sichtbar auf den Tisch. Er begann, einzelne Patronen ins Magazin zu schieben. Jede der Patronen war etwa so lang wie zwei Vierteldollar-Stücke und lief nach vorn spitz zu. Rudy wechselte vielsagende Blicke mit Marine-Corp und Rangers.

»Das ist 5.7x28mm FM-Munition. Man achte darauf, dass die Patronen keine Hohlspitze haben. Und wie Sie sicher wissen, kann man solche Patronen nicht auf dem freien Markt kaufen.«

»Ich hab gehört, dass die Dinger ein Loch durch vierzig kugelsichere Westen schlagen können«, sagte Rudy.

»Da haben Sie richtig gehört«, sagte Hauser.

Er lud die letzte Patrone in das Magazin, welches er daraufhin in den Pistolengriff schob. Dann befestigte er einen roten Laserzielsucher an der Unterseite des Laufs und tippte die Zahlen 5 und 0 in den Abstandsmesser für den Zielkorridor. Die neue Zielscheibe fuhr davon und kam wenige Yards vor dem hinteren Ende des Schießstandes zum Stehen.

Rudy wollte noch etwas sagen, doch da hatte Hauser bereits den ersten Schuss abgefeuert. Flammen schossen aus der Mündung des Laufs. Der Rückstoß war kaum wahrnehmbar. Bei einigen Waffen konnte der Rückstoß so übel ausfallen, dass man das Gefühl hatte, man würde mit den Hinterbeinen eines Hundes ringen. Aber nicht bei der Five-Seven. Hauser hielt die Waffe fest umklammert, den unterstützten Arm gespannt, und leerte fast beiläufig alle zwanzig Schuss aus dem Magazin. Als er damit fertig war, hieb er mit der Handfläche auf den roten Knopf an den Kontrollen. Die Zielscheibe fuhr zu seiner Kabine zurück. Hauser ließ sie an der Schiene hängen, während er den Laserzielsucher entfernte und das leere Magazin herausschnappen ließ. Er konnte spüren, wie sich die Rednecks an ihn herandrückten.

»Heilige Scheiße«, sagte Rangers. »Das nenne ich mal gut geschossen.«

Auf der Zielscheibe waren zwanzig Einschusslöcher verteilt. Keines von ihnen war weiter als fünf Millimeter von ihrem Zentrum entfernt.

Rudy nickte mit vorgeschobener Unterlippe und grunzte anerkennend. Jetzt, wo er Hausers Schießfertigkeiten beiwohnen konnte, sah er ihn in einem anderen Licht.

»Wissen Sie, jemand, der so gut schießen kann, sollte sein Talent nicht vergeuden. Er sollte etwas draus machen.«

Hauser fuhr damit fort, seine Five-Seven in den Pelican-Koffer zu packen.

»Kann ich Sie mal was fragen?«, sagte Rudy.

»Fragen Sie.«

»Lieben Sie Amerika?«

Hausers Blick schoss zwischen Rudy, dem Marine-Corp und Rangers hin und her. Alle drei starrten ihn an. »Kommt drauf an«, antwortete er.

»Worauf?«

»Wovon genau Sie gerade sprechen.«

»Und wenn ich von der ganzen verfickten Sache spreche?«

»Ich mag Dinge wie das Recht auf freie Meinungsäußerung und niedrige Steuern. Ich hab's gern, wenn der Sprit billig ist«, sagte Hauser. »Aber ich schere mich wenig um die Regierung. Oder um Araber-Freunde und Pro-Life-Schwuchteln. Und am allermeisten hasse ich es, einen Präsidenten zu haben, der noch nicht mal Amerikaner ist.«

»Verdammt richtig.« Das kam von Marine-Corp.

Hauser ließ vorsichtig seinen Koffer zuschnappen, und Rudy ließ ein Lächeln aufblitzen, dass seine Haut aufbrechen ließ wie ein ausgetrocknetes Flussbett. Er gab Hauser einen eisernen Händedruck. »Ich bin Rudy.«

»Greg Tilson«, sagte Hauser.

»Freut mich, Greg.« Rudy klopfte Hauser auf den Rücken, als wären sie seit Ewigkeiten beste Freunde. »Ich wusste es gleich, als ich dich sah. Ich dachte sofort, das ist jemand, der weiß, was wirklich in unserem Land abgeht.«

Hauser sah die Schießstände entlang, wartete darauf, dass der Schusslärm etwas abebbte, und sagte dann mit gedämpfter Stimme. »Ich hab gehört, dass ihr Jungs nachts gern draußen seid und diese Wetto-Mistkerle daran hindert, über die Grenze zu kommen.«

Rudy grinste und offenbarte dabei eine Reihe hauptsächlich brauner krummer Zähne, bis auf einen Silberzahn in der oberen Kauleiste. »Na ja, irgendjemand muss diese Hurensöhne ja daran hindern, hier einzufallen …«

»Die nehmen uns unsere Jobs weg …«, sagte Hauser.

»Und unsere Frauen …«, sagte Rangers.

»Alles auf unsere Kosten«, sagte Marine-Corp.

»Weißt du was?«, sagte Rudy und legte seinen blanken Arm um Hausers Schultern. Er war schweißnass, und Hauser konnte spüren, wie er ihm kalt an seinem Hals klebte. »Heute Nacht fahren wir runter an die Grenze. Wie es heißt, soll heute ein ganzer Schwung rüberkommen. Wieso kommst du nicht einfach mit? Zur Abwechslung mal an ein paar echten Zielen trainieren?«

Hauser lächelte. »Das würde mir gefallen«, sagte er.

Kapitel 19

Grenze zwischen Texas und Mexiko, 23:32 Uhr

Das ist zu leicht, dachte Bald, als sie das nördliche Ufer des Rio Grande erreichten und er sich auf amerikanischen Boden zog. Die dunkelhäutigen Illegalen jubelten und weinten, dass sie es auf die andere Seite geschafft hatten. Für Bald kam der Jubel zu früh. Sein Training riet ihm, dass es unklug war, sich zu entspannen.

Texas wirkte wenig ermutigend. Über der stoppeligen Wüste, vertrocknetem Gras und knochigen Mesquite-Sträuchern, die der Hitze trotzten, hing ein Vollmond. Bald machte seine ersten Schritte in Uncle-Sams Land und sog die Nachtluft ein. Es war eisig kalt. Jene Art von Kälte, die nach nichts schmeckte, nach nichts roch, aus nichts zu bestehen schien, weil es in der Hölle, aus der sie kam, zu kalt für Leben war.

Für einen kurzen Moment sah Bald den Illegalen zu, wie sie nach Osten auf der Ranch Road 1473 entlang trotteten, einem Stück Fahrbahn, das den einen Haufen aus entfernt sichtbaren Lichtern einer Stadt mit dem nächsten verband. Dann warf er sich die Sporttasche über seine Schultern, kehrte ihnen den Rücken zu und begann, nördlich in die Wüste hineinzulaufen. Für die ersten zehn Yards brauchte er nur acht Schritte, und drückte im Geiste auf den Schrittzähler. Er war nass bis auf die Knochen. Eiskaltes Wasser stach ihm auf der Haut. Als er die Hälfte bis zu zwanzig Yards und damit seinem zweiten mentalen Klick auf seinem Schrittzähler erreicht hatte, hörte er hinter sich jemanden rufen.

»Ich komme mit, *'ese.*«

Bald stoppte seinen imaginären Schrittzähler bei sechs Schritten und drehte sich um. Die Stimme gehörte Felix, einem schmutzigen sechzehnjährigen Jungen mit einem Gesicht wie ein verbranntes Streichholz und noch schmutzigeren Händen. Während der sechsstündigen Fahrt von San Hernando zur Grenze war er der Einzige gewesen, der eine Unterhaltung mit Bald angefangen hatte.

»Ich hab zu tun, Kumpel. Pass auf dich auf.«

»Aber ich weiß nicht, wohin ich soll«, sagte der Junge.

Bald antwortete nicht. Er lief bereits weiter. Der Junge hatte einen Schritt drauf wie jemand, der zu einem Dreisprung ansetzte, und folgte Bald mühelos, was den Ex-Regiments-Mann einigermaßen wurmte.

»Was ist mit den anderen?«

»Drauf geschissen«, sagte Bald.

Was er nicht dazu sagte, war, dass ihm die anderen elf Illegalen einen Riesengefallen taten, wie sie so im Gänsemarsch die Ranch Road entlang spazierten. Wenn sie so nah an der Grenze blieben, würden sie sofort die Aufmerksamkeit jeder Patrouille in der Gegend erregen. Was Bald wiederum die Gelegenheit gab, unbehelligt seiner geplanten Route zu folgen. Die nächste Stadt befand sich zehn Meilen in östlicher Richtung, aber Bald hatte sich dazu entschlossen, nördlich nach Eagle City zu laufen, die zweimal so weit entfernt war. Er rechnete damit, dass man dort nicht so gut auf illegale Einwanderer eingespielt war.

»Wollen Sie sie einfach so zurücklassen?«

»Die würden sowieso kein Wort von dem verstehen, was ich ihnen sage.«

»Die sprechen alle Englisch. Und haben gehört, dass Sie in San Hernando Padre Nelson umgebracht haben.«

San Hernando, Mexiko. Vor zwölf Stunden hatte ihm ein Typ mit einem weißen Kragen und dem Namen Nelson eine Waffe an den Kopf gehalten und ihn mit seiner Dieselstimme gefragt, wo seine Tochter wäre. Die kurze Antwort lautete, dass Bald es verdammt noch mal nicht wusste. Aber Bald hatte sich nicht erst die Mühe gemacht, ihm das zu erklären. Stattdessen hatte er den Kopf nach links weggezogen und ihm seinen Ellbogen in den Solarplexus gerammt, dem Priester die Waffe in sein fettes Gesicht gehalten und das verzweifelte Betteln ignoriert, ihn nicht zu töten. Er hatte diesen Mistkerl auf der Überholspur zu seinen Jesuskumpels im Himmel geschickt.

Jetzt trampelte er durch dichtes Büffelgras und versuchte, Felix loszuwerden.

»Er oder ich. Er hat einen verdammten Fehler begangen«, sagte Bald. Dann wirbelte er herum und packte Felix an dessen spindeldürren Hals. »Und dir wird's genauso ergehen, wenn du nicht sofort verduftest.«

»Bitte, *'ese*, ich habe sonst niemanden.«

»Interessiert mich nicht. Du bist auf dich allein gestellt.«

Er ließ Felix zurück und lief ein paar Schritte weiter, als plötzlich ein Meer aus grellem Licht den Boden der Wüste flutete. Das Gras und die Felsen verschwommen zu gleißendem Schaum. Bald blieb stehen und warf einen Blick über seine rechte Schulter, nach drei Uhr.

Zwei Scheinwerfer rasten die Straße entlang und hielten direkt auf die Gruppe der illegalen Einwanderer achtzig Yards entfernt zu. Die Scheinwerfer wurden vom Dröhnen zweier Pick-up-Trucks begleitet, und einem weitaus seltsameren Geräusch. Einem *Yeehaw*, dass sich nach einer Mischung aus Kampfschrei und Wolfsheulen anhörte.

Rednecks. Er erinnerte sich, was Antonia ihm erzählt hatte. »Die Rednecks bringen Sie um, wenn Sie sie dabei erwischen, wie Sie die Linie überqueren.«

Bald sah Mündungsfeuer aus dem Beifahrerfenster des linken Trucks aufblitzen. Der Peitschenschlag eines Gewehrschusses folgte einen Sekundenbruchteil später. Dann brach ein alter Mann einfach in der Mitte der Straße tot zusammen. Die restlichen Einwanderer schrien und liefen auseinander.

»Runter mit dir!«, sagte Bald zu Felix und zog den Jungen neben sich in eine flache Senke hinunter. Gewehrschüsse donnerten durch die Nacht um sie herum. Für gewöhnlich hallten Schüsse nachts schneller und klarer durch die Luft, und Bald konnte zwei unterschiedliche Waffen ausmachen, die abgefeuert wurden. Eine davon war ein Gewehr. Das andere eine Pistole. Er konnte das Klappern leerer Patronenhülsen hören, die auf den Boden fielen. Der Pick-up auf der linken Seite, ein feuerroter Toyota Hilux, kreiste gerade eine Gruppe von fünf Illegalen ein. Wie kleine Sandstürme stiegen Staubwolken hinter ihm auf. Der Schütze lehnte sich aus dem Beifahrerfenster und legte ein Ziel nach dem anderen um. Drei der Einwanderer brachen tot zusammen. Die restlichen zwei, ein dicklicher Kerl um die Vierzig und ein anderer Mann, vielleicht sein Vater, begannen nach Norden zu fliehen.

In ihre Richtung, zu Bald und Felix.

Der Pick-up auf der rechten Seite war ein schwarzer Dodge Ram mit Doppelkabine, höher gelegtem Fahrwerk und Spoiler. Der Fahrer stieg aus. Er war wie ein Kriegsveteran angezogen, mit Tarnhosen, schwarzem T-Shirt und einer Texas-Rangers-Baseballkappe.

Er fixierte eine hochschwangere Frau, die von der Straße taumelte und versuchte, sich über den staubigen Boden zurück zum Rio Grande zurückzuziehen. Teilnahmslos zielte er auf sie. Ein Ruck ging durch seinen Oberkörper. Die Mündung blitzte auf. Blut schoss aus dem Bauch der Frau wie Champagner aus einer Flasche, die man zu sehr geschüttelt hatte.

Der Fahrer kehrte zu dem Ram zurück, drehte den Turbo auf und beschleunigte auf den dicken und den alten Mann zu. Die Zweiundzwanzig-Zoll-Pirelli-Reifen stoben Staubwolken über die Leichen der Einwanderer. Direkt vor dem Fahrzeug liefen die beiden Männer, die so schnell über das flache, karge Land rannten, wie sie ihre Beine tragen konnten. Doch der V10 Ram war einer der schnellsten Pick-ups der Welt, mit einer Höchstgeschwindigkeit von über 150 Meilen pro Stunde, und der Abstand von zwanzig Yards zwischen ihnen schmolz rapide.

»Nicht hier lang«, zischte Bald, als die beiden Illegalen verzweifelt auf seine Position zueilten. Die Sporttasche lag zwischen ihm und Felix. Er spähte über die Kuhle und sah jemanden auf der Ladefläche des Ram stehen. Er hielt eine FN-Five-Seven mit Laserzielsucher in der Hand. Der rote Punkt wanderte über den Körper des dicken Mannes hinweg. Zwei rasch hintereinander abgefeuerte Schüsse später presste er sich die Hand auf das münzgroße Loch in seinem Adamsapfel. Der alte Mann kam noch ein paar Schritte weiter, bevor der Umriss auf dem Wagen auch ihm zwei Schüsse in den Kopf jagte. Fünfzehn Yards vor der Vertiefung sank er zusammen. Fünfunddreißig Yards weit dahinter umrundete der Hilux die verbliebenen vier Illegalen. Einer nach dem anderen wurde erschossen.

Der Ram hielt an.

Bald erstarrte.

Die Scheinwerfer erhellten das Areal um die Vertiefung herum. Bald hielt den Atem an. Felix wimmerte auf spanisch Gebete, und plötzlich bedauerte Bald, dass er die Smith&Wesson, die er in Mexiko bekam, verloren hatte. Denn das bedeutete, dass er nun keine Waffe besaß.

Der rote Punkt des Zielsuchers verschwand urplötzlich. Als würde ein Auge blinzeln und sich schließen.

Die Rednecks haben uns noch nicht bemerkt, dachte Bald.

Dann explodierte Felix' Kopf.

Blut und Knorpel spritzten auf Bald. Schleimige Reste eines Augapfels rannen an dem hinab, was von dem Kiefer des Jungen noch übrig geblieben war. Bald schob ihn von sich fort. Der Körper rollte leblos zur Seite.

Er rappelte sich auf, packte die Sporttasche an den Riemen und stürmte auf eine Gruppe Kakteen in zwölf Yards Entfernung auf acht Uhr zu.

Er duckte sich, um sich als Ziel so klein wie möglich zu machen. Aus dem Augenwinkel erhaschte er einen weiteren Blick auf die

Gestalt von der Rückseite des Ram. Der Mann war mittlerweile heruntergestiegen. Und er sah nicht wie ein Redneck aus. Sein Hals und seine Schultern waren nicht dick genug. Sein Haar war grau. Er trug ein reinweißes Hemd und graue Hosen. Und er schien stark auf dem rechten Bein zu humpeln. In der Hand hielt er ein SR-15 Sturmgewehr. Er stemmte sich das Stoner gegen die rechte Schulter und zielte direkt auf Bald.

Drei Kugeln schlugen in den Dreck, nur wenige Zentimeter von seinen Füßen entfernt. Bald trennten noch zehn Yards von den Kakteen. Dann acht. Wieder krachte eine Dreischusssalve durch die Luft und bohrte sich in die Erde. Wieder daneben. Aber die Einschüsse kamen näher. Bald bog jetzt nach links ab, entfernte sich von den Kakteen. So brachte er mehr Distanz zwischen sich und den Typen, der auf ihn schoss.

Der Schütze machte eine Pause. Bald sah über die Schulter. Der Ram ließ wieder den Motor aufheulen und der Kerl mit der Stoner kletterte mühsam zurück auf die hintere Ladefläche des Wagens. Während er sich hinaufzog, baumelte sein rechtes Bein nutzlos herab. Bald sah wieder nach vorn. Er konnte förmlich spüren, wie ihm die elektrische Hitze des oben auf dem Wagen montierten Scheinwerfers das Genick versengte. Der Ram verfolgte ihn.

Keine Deckung. Keine Waffe. Kein verdammter Ausweg.

Dann sah er ein paar Yards vor sich einen Stein. Er ähnelte einer Kugelhantel, war glatt und rund. Bald duckte sich, sodass sein Kinn seine Brust berührte.

Mit der rechten Hand griff er sich den Stein und wirbelte gleichzeitig zu dem Ram herum. Er konnte den Schützen auf der Ladefläche stehen sehen. Nun richtete er sich aus seiner gebückten Haltung auf und warf den Stein der Vorderseite des Pick-ups entgegen. Der Stein schoss durch die Luft und landete punktgenau in dem Scheinwerfer. Um ihn herum wurde es dunkler. Der linke Scheinwerfer des Wagens war kaputt, und der andere warf nur noch ein Strahl schwachen Lichts auf den Wüstenboden.

Bald brach nach links aus, nach Norden, und rannte in die Dunkelheit. Der Schütze feuerte drei schnelle Schüsse ab. Bald hörte, wie sie mehrere Yards zu seiner Rechten einschlugen. Er rannte im Zickzack durch den Sand und achtete darauf, der Straße fern zu bleiben. Nach etwa einhundert Yards sah er zurück in die Wüste. Der Ram war nur noch ein Paar schwach glühender Lichter.

Er hielt sich weiter nördlich, in Richtung Eagle City. Wegen des Schicksals der Illegalen hatte er kein schlechtes Gewissen. Es gab im Moment wichtigere Dinge, deretwegen er sich Sorgen machen musste. Zum Beispiel, sich den Ärger vom Hals zu halten. Oder eine Waffe und einen fahrbaren Untersatz zu finden, damit er es endlich nach Clearwater schaffen würde und sich dort mit der Kontaktperson des CIA zu treffen. Er schwang sich die Sporttasche mit den falschen Pässen und den 7200 Dollar über seine rechte Schulter. In achtundvierzig Stunden würde er 5 Millionen Pfund reicher sein, und das Geld in der Tasche nahm sich dagegen wie Kleingeld aus.

Niemand würde ihn aufhalten können.

Kapitel 20

02:19 Uhr

Eagle City konnte man kaum einen Ort nennen, geschweige denn eine Stadt. Es war ein Kadaver aus alten Holzhäusern und ein paar eintönigen Ladengeschäften, die auf Zeit spielten und die Schilder der Zwangsvollstreckungen ignorierten, die von jedem dritten Grundstück entlang der Hauptstraße hingen. Ein erdrückender Wind blies durch die Straßen. Balds Kleidung war immer noch klatschnass, mittlerweile aber nicht mehr vom Fluss, sondern von seinem Schweiß.

Um diese Zeit lag jeder halbwegs anständige Steuerzahler tief schlafend im Bett, und deshalb konnte Bald ungehindert über die Main Street spazieren, als würde der Ort ihm gehören. Er schätzte, dass in Eagle weniger als tausend Menschen lebten. Er zählte zwei Waffenläden, beide mit schweren Schlössern gesichert, drei Reparaturwerkstätten, zwei Tante-Emma-Läden, eine Drogerie und einen Gebrauchtwarenladen. Keine Bücherei und kein Geschäft für Veganer. Hätte es noch ein paar Strip-Klubs gegeben, hätte Bald glatt überlegt, sich hier niederzulassen.

Sein Burner-Telefon begann in seiner Tasche zu brummen. Er kramte es hervor und nahm den Anruf entgegen, ohne auf das Display zu schauen. Schließlich gab es nur ein Arschloch, das diese Nummer kannte.

»Auf Sie wartet eine Nachricht«, sagte Cave. »Checken Sie Ihre E-Mails, wenn Sie können. Ein paar interessante Informationen über unser Geburtstagskind.«

»Großartig«, sagte Bald trocken und marschierte über die Main Street.

»Zeigen Sie etwas mehr Enthusiasmus, John-Boy. Rachel kann es gar nicht erwarten, Sie zu treffen.« Cave klang verdammt arrogant am Telefon. Aber das war Teil der Show, das wusste Bald. Wenn Agenten in Filmen Codes benutzten, dann redeten sie immer so verdammt ernst und gestellt, aber in der echten Welt musste man authentisch klingen. Man musste sich total begeistert wegen einer Geburtstagsparty anhören, die es nur im eigenen Kopf gab. »Ich denke, Sie werden sie mögen«, sagte Cave.

»Sie kann unmöglich eine größere Fotze als sie sein«, sagte Bald.

Cave lachte schwach und sagte: »Wie ich hörte, hat sie eine Schwäche für schottische Männer.«

Bilder einer Miss Florida mit einem Kilt-Fetisch schossen durch Balds Kopf.

»Sie wartet auf Sie.«

Bald würgte das Gespräch ab. Er hatte das nördliche Ende der Main Street erreicht. Zu seiner Rechten befand sich ein Army-Laden und zu seiner Linken ein Alamo Bar & Grill; ein rotes Backsteingebäude, gebaut wie ein Militärkomplex, mit Flachdach und einer rostigen Metalltür mit einem Fensterladen auf Augenhöhe. Ein paar Neonreklameschilder für Budweiser und Coors erhellten die abgedunkelten Fenster. Auf dem Parkplatz davor standen drei Wagen. Ein Cadillac mit einer gebogenen Motorhaube, die aussah wie eine eingedellte Coca-Cola-Dose, ein prähistorischer Lincoln und ein weißer Buick '93 Roadmaster.

Bald lief an dem Alamo vorbei und drehte noch eine weitere Runde auf der Main Street. Als er sicher war, dass niemand in der Nähe war, der ihn den Cops hätte beschreiben können, kehrte er zu dem Alamo zurück und schlich sich an den Buick heran. Die hintere Stoßstange war mit Aufklebern von Dixie-Flaggen, dem Elefanten-Maskottchen der Republikaner und einem Foto mit dem Slogan ›SARAH PALIN FOR PRESIDENT‹ verziert. Bald machte sich nicht viel aus Politik, aber jetzt, wo er so darüber nachdachte, würde er es definitiv mit Palin treiben.

Er schlich an die Fahrertür heran. Dann drückte er sich mit den Fußballen nach oben, bis er durch das Fenster in den Innenraum sehen konnte. Drinnen lag jede Menge Müll. Ein Päckchen Lucky Strikes auf dem Armaturenbrett, Gatorade-Flaschen im Fußraum, und ein silberner Ozean aus Vierteldollarmünzen und Zehncentstücken in der kleinen Ablage nahe dem Ganghebel. Kleingeld für die Mautstellen. Auf dem Armaturenbrett lag aber noch etwas anderes. Bald drückte sich die Nase an der Scheibe platt und beäugte die Halbautomatik aus rostfreiem Stahl, die dort gut sichtbar ausgestellt wurde. Er erkannte die Waffe als eine Colt Delta Elite. Daneben lag eine Packung mit HSM 10mm Munition. Die Cops bevorzugten die kürzeren .40-S&W-Patronen, aber die 10mm richteten trotzdem jede Menge Schaden an. Bald schickte ein kurzes Dankesgebet an das Genie, auf dessen Mist das Waffenrecht von Texas gewachsen war, und das vorschrieb, dass Schusswaffen stets sichtbar sein mussten. Dann ging er einen Schritt zurück, hob sein rechtes Bein und trat mit seinem Fuß das Fenster ein. Keine Schutzbeschichtung über dem Glas. Einfach nur Glas. Ein Tritt genügte. Das Fenster verabschiedete sich; Glasscherben regneten über den Sitz und ein paar Splitter bohrten sich in den abgewetzten Stoff. Bald liebte alte Autos. Kein Alarm. Keine computerisierten Verriegelungssysteme. Keine Stimmerkennung. Alles, was man brauchte, war ein Fuß, ein bisschen Ahnung, wie man den Karren kurzschließen musste – und weg war man.

Er streckte den Arm hinein und griff sich die Waffe. Dann hörte er, wie die schwere Schwingtür des Alamo krachend aufflog.

Aus der Bar drang Gelächter. Heiser und rasselnd. Bald duckte sich unter das Lenkrad des Buicks, der etwa zwanzig Yards hinter der Bar geparkt war. Er hörte das ungleichmäßige Schlurfen von Schuhen auf dem Kies. Das schwache Leuchten der flackernden Bierwerbung offenbarte zwei fleckige Schatten im Eingang. Einer der Kerle war recht gut zu sehen. Er lief wie alle Betrunkenen, so als würde er auf einem Drahtseil balancieren und sich jeden Schritt sehr genau überlegen. Er trug löchrige Jeans, ein Holzfällerhemd und abgewetzte Turnschuhe.

Der Kerl hickste. Eine Flasche fiel auf den Boden.

»Herrgott, Pete, du betrunkener Mistkerl.«

»Ich bin nicht betrunken«, nuschelte Pete.

»Klar«, witzelte sein Kumpan. »Wie dumm von mir. Natürlich bist du nicht betrunken. Du bist schon darüber hinaus, Kumpel.«

»Leck mich.«

Pete sah stumm auf die Glasscherben um seine Füße herum hinab. Er blinzelte, dann bückte er sich hinunter, als wollte er seine Zehen berühren. Er versuchte, seine zerbrochene Bierflasche wieder aufzuheben. Sein Gesicht wurde von den gelben und roten Lichtern der Bierwerbung beleuchtet. Dann richtete er sich wieder auf und wankte unsicher auf den Buick zu.

Balds Finger schlossen sich um den Griff der Colt. Vorsichtig zog er den Lauf zurück und untersuchte den Auswerfer, sah das schimmernde Messing einer geladenen Kugel. Der Betrunkene war etwa fünf Yards von dem Buick entfernt. Bald hätte nicht gedacht, dass die Dinge so schnell so schieflaufen würden. Das konnte seinen ganzen Plan zunichtemachen. Aber wenn der Kerl noch einen Schritt näherkam, würde ihm keine andere Wahl bleiben.

»Hey!«, rief der andere Mann seinem Kumpan hinterher. »Ah-ah, auf gar keinen Fall.«

»Was?«

»Hast du vor, so heute nach Hause zu fahren?«

»Sag mir nicht, was ich zu tun habe«, lallte Pete.

»Komm schon, du Riesenarschloch. Ich nehm dich mit.«

Pete murmelte etwas, dass Bald nicht verstand. Dann drehte er sich um und wankte zusammen mit seinem Kumpel die Main Street hinunter. Bald entspannte seinen Finger am Abzug. Er öffnete die Tür des Buick, wischte Glas von dem Sitz, setzte sich, dann griff er unter das Lenkrad. Dort fanden sich die Drähte, die er herausziehen musste, um den Wagen kurzzuschließen.

Klopf-Klopf-Klopf.

Bald erstarrte.

Jemand hatte gegen die Scheibe geklopft. Bald starrte stur geradeaus.

»He, Pete«, lallte der Typ. »Nimmst du einen Kumpel ein Stück mit?«

Bald starrte weiter nur auf die Straße vor ihm. Aus dem linken Augenwinkel musterte er den Typen.

Grauhaarig, unrasiert, mit gläsernen Pupillen.

»Verdammt noch mal, Pete, mach die Tür auf.«

Dann sah der Typ noch einmal genauer hin.

Er prustete. Bier lief an seinem Hemd hinunter, als er sagte: »He, du bist nicht Pete.«

Kapitel 21

Ost-Texas, 09:57 Uhr

Bald nahm einen Umweg um die I-90 zwischen Devers im Westen und Nome im Osten. Er befand sich achtzehn Meilen von Beaumont entfernt, um die dreißig Meilen von der Grenze nach Louisiana. Verlassene Ölbohrtürme ragten aus den Salzstöcken wie uralte Ruinen. Der Himmel war grau. Bald steuerte den Buick die Farm to Market 365 entlang, die sich an schäbigen Farmhäusern und sonnenverbrannten Fresno-Bäumen vorbei drängte. Nach ein paar Minuten fuhr er neben einem ausgeblichenen Feld an den Straßenrand und trat auf die Bremsen. Den Motor ließ er laufen.

Er trat hinaus auf den schlackefarbenen Asphalt und lief zum Kofferraum. Petes Freund hatte vor einer Stunde aufgehört, mit den Fäusten gegen die Kofferraumklappe zu hämmern. Jetzt zog Bald den Kofferraumdeckel auf. Das grelle Sonnenlicht jagte dem Typen einen Schrecken ein. Er wollte sich die Hände vors Gesicht halten, aber Bald hatte ihn bereits an seinem Hemd gepackt und zog ihn hinaus. Während des siebenstündigen Ritts aus Eagle heraus war er bleich geworden. Die Risse in seinen Lippen waren groß genug, dass man einen Vierteldollar hätte hindurchziehen können. Seine Nase war so eingeschlagen, dass sie nur noch entfernt an eine Nase erinnerte, wie die Zeichnung eines Fünfjährigen. Bald hatte ihn in Eagle in den Buick gezerrt und windelweich geprügelt. Jetzt schob er ihn unsanft an den Straßenrand. Die Augen des Typen waren nicht von dem Griff der Colt abzubringen, der vorn aus Balds Hosenbund ragte.

»Bitte«, sagte er. »Bringen Sie mich nicht um.«

Bald zog die Pistole heraus und trat so nah an den Typen heran, dass er den Schweiß und den Alkohol riechen konnte, den seine fahle Haut ausdünstete. Er griff dem Mann in die Tasche, zog dessen Brieftasche aus Krokodilleder hervor, nahm den Führerschein heraus und warf die Brieftasche in das Feld. »Duane Kurlansky. Jetzt kenne ich deinen Namen und weiß, wo du wohnst. Und wenn du irgendjemandem – und damit meine ich verdammt noch mal *irgendjemandem* – erzählst, dass du mich gesehen hast, bringe ich dich um. Hast du verstanden?«

»J-ja«, stammelte der Mann. »Ich werde kein Wort sagen.«

Sein Gewimmer wurde nur von dem Geräusch der Pisse unterbrochen, die an seinem Bein hinablief.

»Und jetzt verschwinde«, sagte Bald.

Er sah dem Mann hinterher, der die Farm to Market hinunterlief, und dabei eine Spur aus Urin auf dem Asphalt hinter sich her zog. Dann brachte er den Buick auf Touren und raste auf der I-10 nach Osten zurück. Er passierte Beaumont und die Grenze von Louisiana, passierte Charles und Lafayette und Baton Rouge. Um kurz nach ein Uhr nachmittags, nach 620 Meilen auf der I-10 und der I-12, seit er Eagle City verlassen hatte, begann Bald schlappzumachen, als hätte ihm jemand Hockey-Pucks an die Augenlider genäht. Er war jetzt zehn Stunden unterwegs, und hatte immer noch 560 Meilen vor sich, bis er Clearwater erreichen würde.

In einem unbedeutenden Kaff namens Superior legte er eine Pause ein. Er stellte den Buick in einer Seitenstraße am Rande des Kaffs ab und tauschte sein verschmutztes T-Shirt mit einem Holzfällerhemd, das er auf dem Rücksitz gefunden hatte. Aus seiner Sporttasche nahm er eine DVD. Die Disc war eine Zugabe von Cave gewesen. Die Plastikhülle war während der Überquerung der Grenze angebrochen. Ein Wunder, dass etwas so Zerbrechliches die Reise unbeschadet überstanden hatte. Dann machte er sich ins Stadtzentrum auf, bezahlte 5 Dollar für eine halbe Stunde in einem Xpresso Internetcafé und 3,75 Dollar für einen großen Americano.

Während er mit großen Schlucken seinen Kaffee trank, rief er die Hotmail.com-Website auf und tippte die Daten ein, die Cave ihm gegeben hatte. Benutzername »birthdayboy19@hotmail.com«, Passwort »whisky1503«.

Er suchte den Ordner mit den Entwürfen. Zwei gespeicherte Nachrichten wurden ihm angezeigt. Bald klickte die Erste an und der Text sprang auf.

Der Entwurf enthielt persönliche Informationen über Shylam Laxman. Den Angaben des Wählerverzeichnisses von Florida zufolge wohnte Laxman auf der 11 Gladeview im Osten von Clearwater. Er fuhr einen schwarzen viertürigen Infiniti G37 mit dem Kennzeichen 504 XKW und war als Chief Research Officer bei der Lance-Elsing R&D Inc. angestellt. Er hatte eine Frau, Sameena, und zwei Kinder, Gurvinder und Sunny. Er verdiente 127.544 Dollar im Jahr und hatte keinerlei Vorstrafen.

Es gab von Cave keine Informationen darüber, wie man Laxman als den Schläfer überführt hatte oder was er zu erreichen hoffte. Das überraschte Bald jedoch nicht all zu sehr. Er war ein Soldat. In seiner Zeit beim Regiment war noch kein einziges Mal einer der Schreibtischhengste aufgestanden und hatte erklärt: »Aus diesem oder jenen Grund müssen wir X umbringen.« Den Blades wurde nur gesagt, wo sich die Zielperson befinden würde und warum, und mit wie vielen X-Rays man am Boden rechnen musste. Alles andere hatte sie, wie sein alter Major Pete Maston zu sagen pflegte, einen Dreck zu interessieren.

Bald trank weiter seinen milchigen Americano. Der Kaffeebecher war monströs groß. Kein Wunder, dass hier jeder so verdammt fett aussah. Er klickte den zweiten Entwurf an. Dieser enthielt keinen Text, und der Betreff war mit »RK« beschrieben. Eine JPG-Datei war angehängt. Es handelte sich um ein Foto von Rachel, eines von der Sorte, wie man sie in einem Pass oder auf einem Führerschein finden würde. Bald richtete sich auf. Rachel hatte freundliche Augen und schelmisch wirkende gerade Lippen, als hätte sie sich

Mühe geben müssen, nicht über einen komischen Witz zu lachen. Apfelrote Wangen, hellblaue Augen. Bald schüttelte den Kopf und versuchte sich klarzumachen, dass sie als Angestellte der Agency genauso vertrauenswürdig wie eine E-Mail von einem nigerianischen Bauern sein dürfte. Trotzdem, sie war heiß, und es war allemal besser mit ihr zu tun haben als mit einem Drecksack wie Cave.

Unter dem Bild war eine Telefonnummer angegeben. Bald speicherte sie in seinem Burner-Telefon ab. Dann löschte er beide Entwürfe, um Cave ein Zeichen zu geben, dass er sie gelesen hatte, loggte sich aus der Hotmail-Seite aus und wartete auf einen Moment, in dem der Ladenchef abgelenkt war. Bald nahm die DVD aus der Hülle und schob sie in das Laufwerk. Windows startete die DVD automatisch. Der Bildschirm wurde blau, dann weiß, und dann nahm Bald sie wieder heraus und steckte sie zurück in die Hülle. Das Programm auf der Disc stammte von Caves technischem Personal und konnte einen Computer sowie alle Daten auf der Festplatte regelrecht frittieren. Eine sehr effektive Art, seine Spuren zu verwischen.

Und er musste seinen Spuren verwischen – und zwar gut verwischen. Er befand sich auf einer Mission, von der niemand Kenntnis haben durfte. Wenn er das vermasselte, war er ganz auf sich allein gestellt.

Bald verließ das Café.

Er lief nicht zu dem Buick zurück. Stattdessen wanderte er sechs Querstraßen weiter nach Norden und machte in einem Baumarkt halt, um sich einen Kreuzschraubendreher zu holen. Baumärkte und Läden, die Gold an- und verkauften, schien es im Überfluss zu geben, sonst aber nicht viel mehr. Er lief noch ein paar Minuten weiter nach Norden und suchte nach einem Buick ähnlich dem '93er Roadmaster. Da er nun die Grenze überquert hatte, schien es ihm weniger auffällig zu sein, wenn er das Texas-Kennzeichen des Roadmasters mit einem Nummernschild aus Louisiana tauschte. Nach weiteren hundert Yards hatte Bald das traurige Ende von Superior erreicht. Er fand sich in einem Gewirr müder Holzhäuser aus der Zeit der Weltwirtschaftskrise wieder, mit vernagelten Fenstern und Vorgärten, in denen sich der Schrott stapelte, und deren Bewohner sich wohl vom 1-Dollar-Menü bei McDonalds ernährten. Ein fetter alter Mann döste auf einem klapprigen Stuhl auf seiner Veranda. Er sah aus, als würde er so bereits seit 1997 abhängen. Am Ende der Straße erspähte Bald ein weißes Fahrzeug mit dem charakteristischen Logo mit den drei Wappen und den typischen Lüfter-Öffnungen am Kotflügel eines '96er Buick Regal Coupé. Ein Louisiana-Kennzeichen.

Bald sah sich um, ob die Luft rein war, dann hockte er sich neben die hintere Stoßstange und schraubte das Kennzeichen ab. Danach steckte er sich das Schild vorn unter sein Holzfällerhemd und sammelte sorgfältig die Schrauben auf. Dann lief er schnell wieder nach Süden zu dem Roadmaster zurück, nahm das Kennzeichen von Texas ab und ersetzte es mit dem neuen aus Louisiana. Die beiden Wagen stammten von dem gleichen Hersteller aus der gleichen Zeit, weshalb die Bohrlöcher perfekt übereinstimmten.

Bald warf das Nummernschild aus Texas in eine mit Müll vollgestellte Gasse neben einem der vernagelten Häuser. Als er wieder in den Buick stieg und sich auf den langen Ritt auf der I-10 vorbereitete, klingelte sein Burner-Telefon.

Es war Cave. »Ich habe ein Problem«, sagte er.

»Versuchen Sie's mit Viagra«, antwortete Bald.

»Die Geburtstagsfeier ist vorverlegt worden. Sie beginnt schon morgen, um 20 Uhr Ihrer Zeit.«

Bald sackte hinter dem Lenkrad zusammen und spürte, wie sich ihm der Magen zusammenzog. Dreißig Yards vor ihm schob ein Penner einen schiefen Einkaufswagen die Straße entlang. Auf dem Wagen türmten sich verbogene Aluminiumbleche.

»Das ist zu wenig Zeit«, sagte Bald. »Zu wenig Zeit, um vorbereitet auf der Party anzutanzen. Das wird ein Riesendurcheinander. Ich brauche Zeit, um zu planen und mich vorzubereiten.«

Cave atmete geräuschvoll auf der anderen Seite der Leitung aus. »Pech gehabt, John. So ist es nun einmal.«

Klick.

Bald sah zu, wie der Einkaufswagen an ihm vorbeirollte. Dann schlug er mit der Faust gegen das Lenkrad. Seine Pläne waren zum Teufel. Er hatte vorgehabt, Laxman erst ein wenig zu observieren, sich Notizen über dessen Routinen zu machen und so einen guten Moment zu finden, um zuzuschlagen. Jetzt musste er ihn aber sofort umlegen, wenn er Clearwater erreichte. Das würde schlampig werden, ungeplant und riskant.

Auf einmal war seine Mission mehr als nur gefährlich geworden.

Kapitel 22

Clearwater, Florida, USA, 19:59 Uhr

Bald rollte den Courtney Campbell Causeway hinunter, der nach Clearwater hineinführte, und raste auf dem Gulf to Bay Boulevard nach Westen. Die letzten fünfhundert Yards war er konstant 55 Meilen pro Stunde gefahren, um nicht die kleinliche erlaubte Höchstgeschwindigkeit zu überschreiten und auf die Art die Aufmerksamkeit der Polizei von Florida zu erregen. Es war genau 20 Uhr, als ein Straßenschild enthusiastisch verkündete: WILLKOMMEN IN CLEARWATER, DEM FRÜHLINGSTRAININGSLAGER DER PHILLIES. Jetzt blieben ihm noch vierundzwanzig Stunden, um Laxman zu finden, seinen Tagesablauf zu studieren, ihn umzulegen und Rachel Kravets zu ficken.

Dann lenkten ihn zwei Dutzend knapp zwanzigjährige Blondinen ab, die sich vor der Clearwater Mall herumtrieben. Wasserstoffblond, mit braungebrannter Haut wie Karamellsoße, und Körbchengröße-D-Titten. Bald musste wieder an Rachel denken. Seine Eier waren kurz davor zu platzen.

Außerdem dachte er darüber nach, wie sein Leben morgen um die gleiche Zeit aussehen würde. Laxman wäre tot. Und er wäre bereits dabei, das Land zu verlassen und seine Belohnung abzuholen. Es mochte Leute geben, die die fünf Millionen in Aktien investiert hätten, in Immobilien oder Staatsanleihen. Aber Bald hatte andere Pläne. Er stellte sich vor, wie er sich den Einbruch auf dem spanischen Grundstücksmarkt zunutze machte und für einen Spottpreis eine Villa nebst Bar an der Costa des Sol ergatterte, wo ihm die Nutten den Koks von der Brust schniefen würden. Lena, seine persönliche Teilzeit-Assistentin mit Titten von der Sorte, denen man sich besser in Vollzeit widmen sollte, würde seine Dauergeliebte werden. Bei der Bar war er sich noch nicht ganz so sicher. Bald und Alkohol klang jetzt nicht nach der besten Geschäftsbeziehung. Aber seine Zukunft sah rosig aus, zumindest rosiger als die von Joe Gardner.

Bald fischte das Burner-Telefon aus der Tasche und wählte die Nummer, die er aus dem E-Mail-Entwurf abgespeichert hatte. Ein kratziger Rhythmus war zu hören, während das Telefon versuchte, über ein Netzwerk aus Funktürmen hinweg eine Verbindung aufzubauen. Schließlich hörte er einen langen, sonoren Klingelton. Nach dem vierten Klingeln nahm jemand ab und fragte: »Sind Sie in der Stadt?«

»Gerade angekommen.« Bald versuchte, so sehr nach Sean Connery zu klingen wie nur möglich.

»Es gibt eine kleine Planänderung«, sagte Rachel. »Ich hab hier gerade noch etwas anderes zu tun. Ich kann mich erst später heute Abend mit Ihnen treffen.«

»Und was soll ich bis dahin machen?«

»Behalten Sie das Geburtstagskind im Auge.«

Rachel hatte aufgelegt, bevor Bald etwas entgegnen konnte. Er nahm die SIM-Karte aus dem Telefon, zerstörte sie und warf sie weg. Dann stopfte er sich das Telefon in die Tasche und entschied, dass er Laxman einen Besuch im Büro von Lance-Elsing abstatten würde. Er fuhr weiter den Gulf to Bay Boulevard hinab, bevor er nach links auf die Edenville Avenue abbog. Dann nahm er den ersten Abzweig nach rechts auf der Druid Road East und fuhr an einer Bikergang vorbei, deren Maschinen ohrenbetäubend dröhnten. Wieder nach rechts führte ihn seine Route auf eine unmarkierte Straße, die sich um die Everglades herum wand. Kabelleitungen hingen schlaff zwischen den Masten. Häuser gab es hier keine, nur verfilzten Sumpf mit Sauergras und windschiefen Kiefern. Die Straße bog scharf nach rechts ab, und nach zweihundert Yards mündete sie in ein isoliertes Stück Asphalt.

Ein elegantes Schild kündigte Gladeview an.

Bald trat auf die Bremse und stoppte den Wagen zehn Yards vor dem Eingang zu dem Anwesen. Links und rechts von dem drei Yards hohen und fünf Yards breiten schmiedeeisernen Tor befand sich eine zwei Yards hohe Ziegelmauer mit spitzen Zacken auf der Oberseite. An einer der Säulen am Tor hing eine Kamera sowie ein Metallschild, das Passanten mit der Aufschrift warnte: DIESES TOR IST EINBRUCHSGESCHÜTZT. TODESGEFAHR. Gladeview wirkte wie eine Festung.

Bald fuhr im Schritttempo an dem Tor vorbei und hielt nach Kameras und Wachleuten Ausschau. Es gab keine. Durch die Gitterstäbe hindurch konnte er gepflegte Rasenflächen, Großraumlimousinen in der Auffahrten und weiß getünchte Villen mit terrakottafarbenen Dächern sehen. Dreißig Yards hinter dem Tor hielt er den Wagen wieder an. Die Sonne ging unter, aber die Hitze war noch immer gnadenlos. Bald konnte spüren, wie ihn der Schweiß an der Rückenlehne kleben ließ. Warme Luft wehte durch das zerbrochene Fahrerfenster herein und er hörte das aufgeregte Zirpen der Grillen.

Er konnte es nicht riskieren, das Anwesen zu Fuß zu erkunden. Leute, die in bewachten Wohnanlagen lebten, reagierten naturgemäß etwas paranoid auf Fremde, die in der Gegend herumlungerten. Wenn ihn jemand dabei beobachtete, wie er über die Mauer kletterte, würde ihm das gesamte Polizeirevier von Clearwater auf den Fersen sein, noch bevor er seinen Fuß auf den manikürten Rasen setzen konnte. Aber wenn ein anderes Auto durch das Tor hinaus fuhr, könnte er sich möglicherweise hineinmogeln. »Ich besuche einen Freund. Er antwortet nicht.« Dann könnte er direkt hinauf zu Laxmans Haus fahren, an der Haustür anklopfen und den Mistkerl mit zwei Schüssen auf der Türschwelle erledigen. Effektiv.

Bald warf einen Blick auf seine Aquaracer. 21 Uhr. Ihm blieben noch dreiundzwanzig Stunden. Er sah zu, wie die Sonne am Horizont verglühte, trommelte mit den Fingern auf dem Lenkrad herum und schlug sich selbst ein paarmal ins Gesicht, um wach zu bleiben. Er hatte seit achtundvierzig Stunden nicht mehr geschlafen, seit dem Zeitpunkt, als er in Mexiko City landete. Sein Körper schickte ihm Warnsignale, gab ihm zu verstehen, dass er dringend ein Auge zumachen musste, um seine Mission nicht zu gefährden. Und seinen Zahltag.

Sechsunddreißig Minuten, nachdem Bald Gladeview erreicht hatte, störte ein surrendes Geräusch die Grillen. Er sah in den Rückspiegel. Das Tor ging auf. Bald reckte den Hals, um einen Blick auf das Auto erhaschen zu können, welches das Anwesen verließ. Er bemerkte das Logo am Kühlergrill. Offenbar hatte er Glück. Der Wagen war ein Infiniti. Das Nummernschild entsprach jenem, das Cave in seiner E-Mail erwähnt hatte.

Laxman war unterwegs.

Der Infiniti glitt langsam aus Gladeview hinaus. Kaum dass sich die Tore wieder geschlossen hatten, schoss Laxman in die Richtung davon, aus der Bald gekommen war. Schnell startete Bald den Motor und wendete. Dann trat er aufs Gas und jagte dem Infiniti hinterher. Ein kühler Windzug fuhr zum Fenster hinein. Er spürte, wie die Müdigkeit von ihm abfiel.

Er holte zu dem Schläfer auf.

Laxman war nach links auf die Prosper Avenue abgebogen und fuhr an einer Kirche von der Größe eines Einkaufszentrums und einem marzipanfarbenen Golfplatz vorbei. Die Sonne war bereits hinter dem Horizont verschwunden. Nach fünfhundert Yards steuerte Laxman den Gateway Industrial Park an.

Gateway lag nur einen Steinwurf von der Gladeview Wohnanlage entfernt. Bald konnte sich vorstellen, dass man von den Angestellten erwartete, ganz in der Nähe zu wohnen, damit die Zahlmeister ein Auge auf sie haben konnten. Doch aus irgendeinem Grund sah es hier nicht nach einem streng geheimen Forschungskomplex aus. Die unbewachte Zufahrt führte zu einem ausgestorbenen Parkgelände und einer Reihe von legoartigen Steingebäuden. Bald verwarf den Gedanken, Laxman in den Gewerbepark hinein zu verfolgen. Er konnte sich vorstellen, dass es dort von Sicherheitsleuten nur so wimmeln würde. Es wäre riskant, Laxman in den Büros von Lance-Elsing umzubringen. Kameras, Mikrofone, Infrarotsensoren. Stattdessen bremste er den Buick auf Schritttempo herunter und bog bei der nächsten Gelegenheit nach rechts auf die County ab. Er fuhr um Gateway herum. Auf halbem Wege fand er, wonach er gesucht hatte.

Einen blinden Fleck.

Bald war aufgefallen, dass die meisten Gebäude am Rande des Gewerbeparks Überwachungskameras auf den Dächern installiert hatten, die zur Straße hin zeigten. Im Prinzip war das eine gute Idee. Aber wer immer die Installation vorgenommen hatte, hatte es gründlich vermasselt. Die Kameras saßen fest, waren nicht drehbar gelagert, und deshalb gab es an einer Stelle eine Lücke, wo sich der Sichtradius zweier Kameras nicht überlagerte. So lange, wie Bald an dieser Position am Rand der Straße blieb, würde er unsichtbar sein. Er stellte den Motor ab und beobachtete den Gewerbepark. Durch den Maschendrahtzaun war eine Reihe von Humvees zu sehen. Außerdem Radarequipment.

Die Gebäude waren schlicht. Der einzige Unterschied zwischen ihnen bestand in den Schildern mit den Firmennamen neben den Türen. Die meisten davon waren einfallslos gehalten, wie Acme Dental und The Tiling & Flooring Co Inc. Nur drei Gebäude etwas weiter innerhalb des Geländes bildeten die Ausnahme. Die beiden Schilder, die der Straße am nächsten waren, wiesen auf Forensic Intelligence Services und Ballistic Development Inc. hin. Das dritte Gebäude gehörte Lance-Elsing. Laxmans Infinity war das einzige Fahrzeug auf den acht Parkplätzen davor.

Die Büros waren sehr viel kleiner, als Bald es erwartet hatte. Er musterte die direkte Umgebung mehrere Male, doch es gab keine Anzeichen für ein ausgeklügeltes Einbrecher-Warnsystem. Nur eine simple ADT-Warnanlage, die vielleicht für ein kleines Einfamilienhaus ausreichte, aber nicht für eine mehrere Millionen Dollar schwere militärische Forschungseinrichtung. Wenn Lance-Elsing über Sicherheitsmaßnahmen verfügte, dann waren diese sehr diskret und gut versteckt.

Zehn Minuten später, um 21:30 Uhr, verließ Laxman das Büro von Lance-Elsing und lief zu seinem Wagen. Er sah ziemlich fertig aus. Unter seinen rechten Arm hatte er sich eine Aktentasche geklemmt. Er warf sie auf den Beifahrersitz, startete den Motor und verließ im Eiltempo den Gateway-Park. Bald folgte ihm auf der South Keene Road. Laxman bog nach rechts auf die Jackson Street ab, nach Westen. In die Stadt.

Nach den Reihen von Bungalows mit hübschen weißen Holzzäunen schlossen sich schäbig aussehende Slum-Wohnungen an. Jugendbanden hingen in Vorgärten herum und starrten Bald an, als dieser an ihnen vorbei fuhr. Ihre Baggy-Jeans hingen ihnen beinahe in den Kniekehlen. Doch kurze Zeit später wurde die Gegend plötzlich wieder freundlicher.

Nach etwas mehr als einer Meile lenkte Laxman seinen Wagen nach Norden auf die South Myrtle Road, und von da nach Westen auf der Chestnut Street. Es war beinahe 22 Uhr, und die Läden waren bereits alle geschlossen. Der Verkehr war unregelmäßig, aber Bald blieb trotzdem die ganze Zeit über drei Wagenlängen hinter dem Infinity. Wie jeder Schläfer oder Terrorist würde auch Laxman immer aufgeregter und paranoider werden, je näher er seinem Missionsziel kam. Und da ihm nur noch weniger als vierundzwanzig Stunden blieben, rechnete er sicherlich damit, dass man ihn verfolgte.

Laxman bog nach rechts auf die South Fort Harrison Avenue ab, die Hauptgeschäftsstraße entlang der Tampa Bay. Vier- und fünfgeschossige weiß getünchte Gebäude säumten auf beiden Seiten die ebene Straße. Laxman fuhr weiter nach Norden. Sie befanden sich kurz vor dem Stadtzentrum von Clearwater und Laxman bremste auf vierzig Meilen pro Stunde herunter. Bald tat es ihm gleich. Ihm fiel auf, dass etwa jedes dritte oder vierte Gebäude an der Straße scheinbar niemandem gehörte. Geschwärzte Fenster, keine Ladenschilder, nichts, was in irgendeiner Form auf menschliche Aktivität schließen ließ. Dann sah er ein halbes Dutzend Männer in makellosen weißen Hemden und grauen Hosen aus einem der Gebäude kommen. Mit ihren bunten Lehrbüchern in der Hand und den Augen stur geradeaus gerichtet liefen sie die Straße hinunter. Niemand wechselte ein Wort mit jemand anderem – wie Kinder bei einem Schulausflug ins Museum.

Dann sah Bald noch etwas anderes. Fünfzig Yards weiter standen sich zwei große, weiße Gebäude links und rechts der Straße gegenüber wie zwei riesige Hochzeitstorten. Über der Straße befand sich ein überdachter, gemauerter Durchgang, der die beiden Gebäude miteinander verband. Der Geburtstagskuchen auf der rechten Seite war ein diskretes Luxushotel. Das Gebäude zur Linken hingegen war ein unglaublicher Protzbau und wirkte wie das Domizil eines kolumbianischen Drogenhändlers. Jedes der fünfzehn Stockwerke war identisch. An jeder der vier Ecken des Bauwerkes befand sich ein Turm, und die Mitte des Gebäudes zierte ein noch größerer Turm mit einer goldenen Kuppel. Auf der Kuppel war ein gigantisches metallenes Kreuz errichtet worden, aus dessen Mitte vier Strahlen abzweigten. Acht Punkte. Das Symbol der Scientology-Kirche.

Für einen kurzen Moment flammten die Bremslichter des Infinity auf. Dann fuhr Laxmann etwas langsamer, noch zwei Querstraßen weiter, bevor er nach rechts auf die Pierce Street abbog und dann wieder links auf die South Garden Avenue. Nach hundert Yards bog der Infiniti in eine Parkbucht vor einem vierstöckigen Gebäude ein.

Die Architektur des Hauses schien fehl am Platz zwischen all den Giebelhäusern, die sich wie hübsche glatte Käsekuchen an der Hauptstraße abwechselten. Das Erdgeschoss bestand aus einem

Band weiß angemalter Steine, hier und da unterbrochen von rudimentären Doppelfenstern mit schwarzen Rahmen und schmutzigweiß bemalten Glasscheiben. Die drei Etagen darüber bestanden aus fleckigen roten Ziegeln und jeweils acht Fenstern auf jeder Seite.

Bald parkte seinen Wagen am Straßenrand. Er sah zu, wie Laxman aus seinem Infiniti stieg.

Jetzt konnte er das erste Mal einen richtigen Blick auf den Schläfer werfen. Laxman war spindeldürr, wog selbst mit Klamotten wahrscheinlich keine sechzig Kilo, war etwa eins-siebzig groß, mit zerzausten schwarzen Haaren und einer randlosen Brille. Er trug einen beigefarbenen Anzug mit Zweiknopf-Sakko, weißem Hemd und schwarzen Halbschuhen. *Nun sieh sich einer diesen Wichser an*, dachte Bald. *Rennt herum, als wäre er eine große Nummer an der Wall Street.*

Laxman sah sich verstohlen um, bevor er sich dem Eingang des Gebäudes näherte. Er langte nach dem Türgriff, verlor aber beinahe das Gleichgewicht, als ein Flügel der Doppeltür aufgestoßen wurde und ihn beinahe am Kopf erwischte. Zwei beleibte arabisch aussehende Männer in sich eng über ihre Bäuche spannenden Anzügen traten hinaus auf die Straße. Bald sah zu, wie die Araber Laxman misstrauisch auswichen und schnell auf ein Lincoln Town Car am hinteren Ende der Parkplätze zusteuerten.

Scheiß drauf, dachte Bald, parkte seinen Buick direkt neben dem Infiniti und hielt ebenfalls auf das Gebäude zu. War das der Ort, an dem Laxman den Terroristen seine High-Tech-Geheimnisse übergab? Neben dem Gebäude stand ein Lagerhaus, mit einem riesigen Schild und der Aufschrift: GESCHÄFTSAUFGABE. ZU VERMIETEN ODER ZU VERKAUFEN quer über der Vorderseite.

Auf der einen Seite der Türen befand sich eine angeschlagene Gegensprechanlage, die nur noch von einer einzigen Schraube an Ort und Stelle gehalten wurde. Die Namen der Firmen im Erdgeschoss waren verschmiert. Die anderen Namen ließen auf Steuerberater oder Anwälte schließen. Peebles and Wood. Mason, Grey and Schulmann. Bald drückte auf die Klingel fürs Erdgeschoss. Und wartete.

Dann hörte er neben dem Popcorn-Knacken eine Stimme aus dem Lautsprecher.

»Einen Moment bitte.«

Weiblich. Ausländisch. Jung.

Ihm gefielen alle drei Eigenschaften.

Das Knistern verstummte.

Irgendetwas stimmte nicht.

Dann krächzte es wieder in der Gegensprechanlage und die Tür öffnete sich. Bald schob sie auf und betrat einen langen, schwach beleuchteten aber extravaganten Korridor. Roter Teppich, weiße Wände und tiefrote Samtvorhänge vor den Fenstern. Im Hintergrund lief klassische Musik.

Das ist kein verdammtes Büro, dachte Bald.

Die Stimme, die aus der Gegensprechanlage gekrächzt hatte, gehörte einer Chinesin. Sie wirkte kalt und wenig reizvoll, war mit einer weißen, zugeknöpften Bluse und einem kurzen Rock bekleidet, der dafür gemacht war, schöne Beine zur Geltung zu bringen. Nur dass sie keine hatte. Ihre Brüste waren flacher als ein iPad und ein Hintern war ebenfalls kaum auszumachen. Bald warf ihr einen Blick zu und war sicher, dass sich der Sex mit ihr so anfühlen würde, als würde man es mit einem toten Fisch treiben. Sie reichte ihm grazil die Hand. Bald schüttelte sie und fragte sich währenddessen, ob es sich hierbei vielleicht um einen Treffpunkt von Scientologen handeln konnte. Vielleicht hatten sie Laxman das Gehirn gewaschen?

Dann sah er über die Schulter der Frau hinweg. Eine Gruppe, bestehend aus vier Arabern, stand am Ende des Korridors, der an einen Schlund erinnerte. Laxman war bei ihnen, mit dem Rücken zu Bald. Seine Aktentasche hielt er mit der rechten Hand umklammert. Vor Balds Augen begannen die Dollarzeichen zu tanzen.

Hab ich den Mistkerl doch auf frischer Tat ertappt, sagte eine Stimme in seinem Kopf.

Dann sagte die Chinesin. »Ich sie ficki für Dollar, Mister. Ficki für viel Dollar.«

Kapitel 23

22:23 Uhr

»Du willst ficken?«

Er hatte schon bessere Angebote bekommen. Bald starrte an den schmalen Schultern der Frau vorbei. Er konnte einen Empfangsbereich mit sechs Nischen und Ledersitzen sehen. Kerzenständer in Form von Buddha-Statuen hingen an den Wänden, und vor den Sitzgelegenheiten standen Glastische, in denen exotische Fische schwammen. Drei der Araber, die Bald gesehen hatte, wurden nun von einer heißen Blondine eine Treppe hinter dem Empfangsbereich hinauf geführt. Der vierte nahm in einer der Kabinen direkt gegenüber Bald Platz. Zwei lateinamerikanische Schönheiten in Seidenkorsetts schlüpften links und rechts von ihm mit in die Kabine. Dann schloss sich ihnen noch ein brünettes Mädchen an. Sie trug einen Netz-BH, einen String-Tanga und Strapse und erinnerte Bald an Lena. Um ihren Hals hing ein Hundehalsband mit Spikes und eine Hundeleine.

Die Chinesin versuchte, Balds Aufmerksamkeit zu erregen. »Ich machen anal, ich machen mit Mund.«

Bald mustere die restlichen Kabinen. Hier hatten ausnahmslos ausländische Kerle ihren Spaß. Zwei indisch aussehende Geschäftsmänner in knallbunten Anzügen nippten in einer der Kabinen an ihren Cocktails, während zwei blondhaarige Zwillinge in Tangas vor ihnen herummachten. Ein Japaner vergnügte sich mit zwei schwarzen Frauen, die ihn beide um mindestens einen Kopf überragten. Er goss ihre Champagnergläser mit Cristal auf, bei dem die Flasche gern mal lumpige tausend Dollar kosten konnte. Das Lieblingsgetränk von Ganoven.

Laxman befand sich in der hintersten Ecke des Raumes. Der Schläfer saß da allein und klopfte mit einer unangezündeten Zigarette wie wild auf die Tischplatte, immer und immer wieder, als würde er das Morsealphabet tippen. Er behielt die Treppe im Blick und hatte Bald noch nicht bemerkt. Es schien, als würde er ungeduldig auf etwas warten. *Vielleicht hatte er hier seine Stammnutte*, dachte Bald. Er überlegte, den Kerl gleich hier umzunieten. Laxman ins Jenseits schicken und durch den Notausgang verschwinden, das ganze in weniger als einer Minute. Rein, und wieder raus. Aber es gab Probleme. Die Chinesin hatte ihn gesehen. Einige andere in den Kabinen würden sich vielleicht an ihn erinnern. Und mit Sicherheit gab es hier auch Überwachungskameras.

»Mache mit andere Frauen.«

Die Chinesin streichelte ihn am Hals. »Eine Stunde. Mache dir spezielle Vergnügen.« Sie tat etwas mit ihrer Zunge. »Ich geben beste Blowjob in ganze USA.«

»Warte einen Moment«, sagte Bald und nahm einen Anruf auf seinem Burner-Telefon entgegen.

»Ja?«

»Kennen Sie die Monkey Bar?«

Rachel. Rachel, die ein Faible für Schotten hatte.

»Nein«, sagte Bald, »Aber wenn sie dort Truthahn und Stella servieren, bin ich dabei.«

Die Chinesin versuchte immer noch, ihn zu überzeugen.

Er wies sie mit einer Handbewegung ab.

»Ein Schotte, der gern einen trinkt? Na, wer hätte das gedacht«, sagte Rachel. »Also. Wie gesagt, die Monkey Bar liegt am East Shore Drive, westlich des Causeways. Treffen wir uns dort in … dreißig Minuten?«

»Klar.«

»Seien Sie pünktlich. Ich hab eine kleine Überraschung für Sie.«

»Ich liebe Überraschungen.«

Kapitel 24

22:46 Uhr

Viereinhalb Meilen westlich des Gateway Gewerbeparks fuhr Bald auf den Clearwater Memorial Causeway. Der Himmel funkelte. Bald steuerte den Buick von dem Causeway herunter und nach Clearwater Beach. Der erste Abzweig nach rechts brachte ihn auf den East Shore Drive. Dort sah er die Monkey Bar, aber keinen Platz, um zu parken. Doch nach ein paar Sekunden lenkte er den Buick an eine Parkuhr. Er stieg aus, steckte sechs Quarter in die Parkuhr und lief zu der Bar.

Dort herrschte ein Wirrwarr aus grellen Lichtern, wilden Farben und aggressiven Stimmen. Auf einem Widescreen Plasmafernseher an einer der Wände wurde ein American Football-Spiel übertragen. Die Bardamen waren wie Cheerleaderinnen herausgeputzt. Der Geruch von Hamburger-Fett und Sambuca hing in der Luft. Aus den Lautsprechern dröhnte Nickelbacks »Rockstar«. Bald fühlte sich wie zuhause.

Die freistehende Theke in der Mitte des Raums bot eine Riesenauswahl an Whiskeysorten. Etwa zwei Dutzend Besucher saßen um die Theke verteilt, hauptsächlich Paare. Die Männer waren alle um die fünfzig oder sechzig, mit Gesichtern wie nach einem Erdrutsch und in Hemden mit Blumenmustern und Kaki-Shorts. Die Frauen waren im Schnitt dreißig oder zwanzig Jahre jünger. Ihre gelangweilten Gesichter zeugten von verfrühten Schönheitsoperationen und Botox-Behandlungen. Geld und Viagra hielten diese Paare zusammen.

Bald entdeckte Rachel an einem Ende der Bar. Sie benahm sich auf eine Art, wie das nur amerikanische Mädchen konnten – aufdringlich, aber gleichzeitig so süß, dass es schon fast wieder naiv wirkte. Sie trug einen schwarzen knielangen Rock, der auf einer Seite ein wenig gerafft war, und ein ärmelloses Top mit breitem Ausschnitt. Ihr langes blondes Haar fiel wie die Schleppe eines Hochzeitskleids über ihre schmalen Schultern. Das Foto, das Cave ihm geschickt hatte, wurde ihr nicht gerecht.

Sie trank aus einem großen Weißweinglas. Bald lief zu ihr hinüber. Er bestellte sich bei der Bardame ein Bier und setzte sich auf den Stuhl neben ihr.»Das ging schnell«, sagte Rachel.

»Ich lasse eine Frau ungern warten.«

Rachel lachte in ihren Wein und sagte: »In meiner Welt ist man hauptsächlich mit Warten beschäftigt.«

»In meiner Welt ist man hauptsächlich damit beschäftigt, derjenige zu sein, der als Erster schießt.«

»Wenn ich mir die Narben in Ihrem Gesicht so ansehe, würde ich sagen, dass einige schneller schießen als Sie.«

»Ich war in der Unterzahl.«

Sie schwiegen. Bald trank aus seinem Bier, um die Pause zu füllen. »Ich hörte, Sie haben eine Schwäche für Schotten«, sagte er.

»Nicht wirklich.«

Bald runzelte die Stirn. *Cave, dieser Drecksack, hat mich reingelegt*, dachte er. Dann lächelte Rachel ihn neckisch an und sagte: »Das war ein Scherz. Ich liebe schottische Männer.« Sie lehnte sich näher an ihn heran. »Und wissen Sie was? Ihren Akzent könnte ich *sofort* ficken.«

»Was ist das für eine Überraschung, die Sie für mich haben?«

»Gedulden Sie sich noch etwas«, sagte Rachel und trank ihren Wein aus. Für einen Moment studierte sie den Boden des leeren Glases, dann sah sie Bald an. Ihre Lippen, die glänzten und gerade weit genug offen standen, dass man einen Blick auf ihre Zähne erhaschen konnte, hypnotisierten ihn regelrecht.

»Hatten Sie Spaß, unser Geburtstagskind zu verfolgen?«, fragte sie.

»Er ist ein verdammt schräger Vogel.«

»Wieso das?«

Bald zuckte mit den Schultern. »Normalerweise treiben sich al-Quaida-Terroristen nicht in Bordellen herum.«

»Bin Laden hatte eine Pornosammlung in seinem Versteck.«

Ihre kleine Unterhaltung wurde kurz von einem metallischen Kratzen auf dem Fliesenboden links von ihnen unterbrochen. Ein Mann ließ sich auf einem der Barhocker drei Sitze neben Bald nieder. Bald bestellte eine Flasche Bud, ein weiteres Glas Wein für Rachel und gab dem Kerl mit einem Nicken zu verstehen, dass er sich besser um seinen eigenen Kram scheren sollte. Ein wie statisches Rauschen klingendes Jubelgeschrei aus dem Fernseher toste wie eine Schockwelle durch das Lokal. Der Linebacker Tyson Tomlin hatte für eine Mannschaft aus Florida gerade ausgeglichen.

»Sie müssen dafür sorgen, dass es wie ein Unfall aussieht«, sagte Rachel, die angestrengt auf den Fernsehschirm starrte, als würde sie das Spiel tatsächlich interessieren.

»Sie meinen unser Treffen?«, fragte Bald und kippte sein Bier hinunter.

»Sie wissen, was ich meine.«

»So was wie ein Autounfall.«

»Eher wie ein Raubüberfall, bei dem etwas schiefgelaufen ist.«

»Gar kein Problem.«

Rachel hob die Augenbrauen. »Wollen Sie gar nicht wissen, wieso?«

Bald schüttelte den Kopf. »Wenn Sie wollen, schneide ich ihm auch seine verdammten Eier ab und schreibe seinen Namen mit Blut an die Wand. Solange Sie mich bezahlen, ist mir das egal.«

»Sind Sie so jemand? Ein Kerl, der das nur wegen Geld tut?«

»Ein neuer Tiefpunkt«, sagte Bald unter gespieltem Stöhnen.

»Inwiefern?«

»Dass ich mich von einem CIA-Agenten in Sachen Moral belehren lassen muss.«

Rachel schwieg für ein paar Sekunden, dann sagte sie: »Bei dieser Laxman-Geschichte sind uns bis morgen die Hände gebunden.« Ihre Augen bohrten sich direkt in ihn hinein. Er spürte, wie er sich versteifte. »Wieso also haben wir heute Nacht nicht einfach ein wenig Spaß zusammen?«

»Was schwebt Ihnen vor?«

Rachel leckte sich über die Lippen und ließ ihren Zeigefinger über den Rand ihres Glases gleiten. Dabei machte er ein leises, quietschendes Geräusch. Dann sah sie ihn wieder an. »Okay, da ist diese eine Sache. Ich sollte das vielleicht nicht sagen, aber …«

»Was?«

»Okay, die Sache sieht so aus: Wir werden es heute Nacht treiben. Ihre Stimme macht mich wahnsinnig. Aber zuvor werde ich noch verdammt viele Tequilas trinken, tanzen und ein paar Lines Koks durch die Nase ziehen.«

»Herr im Himmel«, sagte Bald.

»Was? Zu viele Einzelheiten?«

»Nein«, sagte er und rutschte auf seinem Stuhl herum. »Aber wir haben so viel gemeinsam.«

Ein Leuchten flackerte in Rachels Augen auf. Sie rutschte näher an ihn heran, bis sie nur noch wenige Zentimeter von Balds Gesicht entfernt war. So nah, dass er den Duft von Mandeln und Jasmin riechen konnte, den die weiche Stelle an ihrem Hals verströmte. Ohne die Augen von Bald zu nehmen bestellte sie vier Gläser José Cuervo. Die Bardame goss sofort vier großzügige Schnapsgläser voll ein und reihte diese wie Billardkugeln säuberlich vor Rachel auf. Dann schob Rachel Bald zwei davon zu und kippte ihre zwei Gläser hinunter.

Bald nahm sich das erste Glas vor. Der Alkohol ging direkt ins Blut und schickte Hitzewellen in seinen Kopf. Als er das zweite nachkippte, war er schon halb betrunken. Rachel gab der Bardame erneut ein Zeichen. »Prost«, sagte sie und trank ihre zweite Runde. »Sie tun hier eine gute Sache, wissen Sie. Laxman ist gefährlich.«

Bald spürte, wie ihm der Alkohol die Sinne vernebelte. Er schloss die Augen und sagte: »Interessiert mich aber nicht.«

»Das meinen Sie nicht ernst.«

»Es gibt da diesen alten Kumpel. Der war einer von den guten Jungs. Was immer das sein mag.« Bald dachte an Joe Gardner.

»Was ist aus ihm geworden?«

»Er ist gestorben, während er das tat, was er zeitlebens am besten konnte – ein verdammter Verlierer zu sein. Er hatte kein Geld, keine Perspektiven. Außerhalb der Einheit nützt es einem wenig, ein guter Soldat gewesen zu sein. Was soll's, ich kümmere mich nur noch um mich selbst. Jeder ist für sich allein verantwortlich.«

»Es interessiert Sie also nicht, dass Laxman unseren ärgsten Feinden Militärtechnik zuspielt?«

»Das einzige, was mich am Ende interessiert, ist die Zahl der Nullen auf meinem Scheck.«

Bald stürzte sich den dritten Tequila hinunter. Der Alkohol rann ihm wie geschmackloses Öl die Kehle hinab.

»Außerdem kann man das Durchschnittstraining eines Terroristen in der Pfeife rauchen«, fuhr er fort. »Die Technologie wird in deren Händen nutzlos sein. Al-Quaida hat jahrelang versucht, eine schmutzige Bombe zu bauen, und es nicht fertig gebracht. Irgendwelche militanten pakistanischen Emporkömmlinge kriegen also womöglich eine brandneue Rakete in die Finger. Wow, Riesensache. Sie werden sie nur nicht benutzen können.«

»Was, wenn ich Ihnen sage, dass die Technologie, über die Laxman verfügt, sehr viel geheimer ist als nur irgendeine schicke neue Rakete?«, fragte Rachel.

Bald antwortete nicht. Er fühlte sich auf einmal benommen. Eine Kombination aus dem Alkohol, mangelndem Schlaf und dem Umstand, dass er seit seiner Ankunft in Clearwater noch nichts gegessen hatte.

»Danny hat Ihnen nicht die ganze Geschichte erzählt, oder?«, fragte Rachel.

»Ich bin nur ein verdammter Soldat«, antwortete Bald.

Rachel wedelte ihm mit ihrer Handtasche vor der Nase herum. »Wie wäre es, wenn wir die Party woanders hin verlagern?«

Sie kippte sich ihren dritten Tequila schneller als Bald hinunter, was ihn gleichzeitig beeindruckte und Sorgen bereitete. Dann wischte sie sich die Lippen ab und sagte: »Ich mache noch schnell einen Abstecher auf die Toilette. Treffen wir uns in fünf Minuten draußen?«

Sie rutschte von ihrem Barhocker, gab ihm einen flüchtigen Kuss auf die Wange und flanierte davon. Der Kerl drei Sitze weiter trank die letzten Tropfen, von was immer er sich auch bestellt hatte, stellte die leere Flasche zurück auf den Tresen und zählte acht druckfrische Ein-Dollar-Scheine in die Schale für das Trinkgeld. Irgendetwas an ihm kam Bald vage bekannt vor. Er war Ende vierzig, mit einem Gesicht wie eine Kalkwand. Er trug ein Hemd und Hosen, sein Anzugsjackett lag auf dem Stuhl neben ihm.

Dann stand der Mann auf und humpelte zu den Toiletten. Alle anderen waren völlig von dem Footballspiel vereinnahmt. Bald rutschte von seinem Hocker und suchte die Jackentaschen des Mannes ab. Fehlanzeige. Keine Brieftasche, kein Ausweis, keine Schlüssel. Aber er fand etwas in der linken Tasche. Ein grüner Ticketabschnitt. Einen von der Sorte, wie man ihn bei einer Tombola bekam. Auf dem Abschnitt waren die Worte RUBY RIDGE RANGE & ARMORY. SAN ANTONIO, TX 78205 aufgedruckt.

Datum und Uhrzeit waren von gestern, später Nachmittag.

Unmöglich. Bald spürte, wie kalte Wut in ihm aufstieg. Jetzt wusste er wieder, woher ihm dieser Typ bekannt vorkam. Rio Grande. An der Grenze.

Die Rednecks.

Kapitel 25

23:50 Uhr

Draußen vor der Monkey Bar schwebte eine Brise mit dem Geruch von Orangen wie ein Flüstern über den Parkplatz. Rachel, die nervös aussah, kam zwanzig Sekunden nach Bald aus der Bar. Sie lächelte ihn knapp an und lief dann an ihm vorbei und auf einen Chrysler 300C Sedan zu, der fünfundzwanzig Yards hinter der Bar parkte. Das Licht der Hauptstraße fiel auf die etwa zwölf parkenden Autos. Beinahe so viele Wagen wie Gäste. Betrunken Auto zu fahren wurde hier also nicht ganz so eng gesehen wie in England.

Rachel sperrte den Wagen mit ihrer Fernbedienung auf und sank auf den Fahrersitz. Bald nahm neben ihr Platz. Er machte es sich bequem, während sie in ihre Handtasche griff, ein Zwanzig-Gramm-Päckchen Kokain herausholte und es auf das Armaturenbrett legte. Dann förderte sie noch eine Kreditkarte der Bank of America und einen Hundertdollarschein zutage.

»Sollten wir uns das nicht vielleicht aufheben, bis wir irgendwo ungestört sind?«, fragte Bald.

»Entspannen Sie sich«, erwiderte Rachel fröhlich, während sie das Kokain mit ihrer Kreditkarte zurechtschob. »Uns wird niemand stören. Mein Gott, hier sind mittlerweile alle auf Koks. In Clearwater gilt man als wunderlich, wenn man sich keine Lines zieht, verstehen Sie?«

Bald verstand es nicht, hielt aber die Klappe und seine Augen auf die Tür der Monkey Bar gerichtet, während Rachel sich weiter um ihr Kokain kümmerte. Er hatte Tequila und Bier im Blut und eine gähnende Leere im Magen, aber selbst der Alkohol schaffte es nicht, dass er sich wegen des Rednecks entspannte. Ganz schwach wurde ihm klar, dass der Kerl ihn den ganzen Weg von Texas bis hierher verfolgt haben konnte. Für einen kurzen Moment nagte der Gedanke an ihm, ob das möglich sein konnte. Er hatte die Nummernschilder gewechselt, war vorsichtig und so unauffällig wie möglich gewesen. *Wenn ich noch mehr untergetaucht wäre, hätte ich mir einen Taucheranzug besorgen müssen*, dachte er bei sich.

Rachel riss ihn aus seinen Gedanken. »Laxman will Smart Dust stehlen.«

Bald rieb sich die Augen. »Smart Dust? Staub mit Gehirnen?«

Rachel hatte unterdessen die kleinen Kokainklümpchen fein zerteilt. Jetzt teilte sie das Pulver in sechs gerade Reihen auf, jede etwa sieben Zentimeter lang und drei Millimeter breit.

»Das Zeug ist der letzte Schrei«, sagte sie. »Wie Gas. Man kann es in eine Dose packen. Oder in eine Bombe. Oder eine Spritze. Es lässt sich sogar über ein Ventilationssystem freisetzen. Jedes Wölkchen aus Smart Dust besteht aus Millionen kleiner Roboter. Nanobots. Die intelligenten Staubpartikel dringen in Ihren Körper ein und von da an kann man Sie verfolgen, wo immer Sie auch sind. Die Nanobots können Informationen über Ihre Lebensfunktionen, Ihre Bewegungen, ja sogar Ihre Fingerabdrücke zurück an den Zentralserver übermitteln.«

»Klingt für mich nicht nach etwas, das sich militärisch verwerten ließe.«

»Und genau da liegen Sie falsch.«

»Wieso?«

»Das darf ich Ihnen nicht sagen.«

»Das hab ich schon mal gehört.«

»Vertrauen Sie mir einfach. Wenn die bösen Jungs das Zeug in die Finger kriegen, stecken wir alle in großen Schwierigkeiten.«

»Das hab ich auch schon mal gehört.«

Rachel zuckte mit den Achseln und rollte den Hundertdollarschein zu einer schmalen Röhre zusammen. Dann steckte sie sich das eine Ende in die Nase und legte das andere an den Anfang der Koksspur. Sie sog die Luft ein, aber nicht all zu stark. Nur so viel, dass das Pulver durch die Röhre hinauf und ihr in die Nase steigen konnte. Sie sog die gesamte Line auf, und dann sackte sie in ihrem Ledersitz zusammen. Aus ihrer Nase rann Blut. Das bedeutete, dass der Stoff verdammt rein sein musste. Rachel lächelte Bald verträumt an und brachte ihr Gesicht an seines heran. Ihre Nasen berührten sich. Er konnte spüren, wie ihr Atem an seinen Lippen kitzelte.

»Jetzt sind Sie dran«, sagte sie.

Bald rang sich ein Lächeln ab und spürte, wie sich seine Kiefermuskeln verkrampften. Diesen Moment hatte er versucht, so weit wie möglich hinauszuschieben. Klar, er hatte schon Drogen geschmuggelt. Aber das Zeug zu nehmen fand er schwachsinnig. Er war ein Verfechter von Angebot und Nachfrage, aber nicht davon, sich bolivianisches Marschpulver durch die Nase zu ziehen. Das hatte er nur zweimal machen müssen, und da war er undercover. Damals war es notwendig gewesen, um die Mission vollenden zu können. Jetzt war es aber offenbar notwendig, um seinen Kopf zwischen die Beine von einem Ex-Modell zu bekommen.

Rachel reichte Bald den zusammengerollten Geldschein, und er ließ ihn über die seine Line wandern. Er spürte, wie ihm die kleinen Körnchen in die Nase stiegen. Doch anstatt in seiner Nase zu schmelzen stieg ihm das Kokain bis in den Rachen. Dort sog es ihm sofort sämtliche Feuchtigkeit aus dem Mund, wie ein Vakuum. Bald hatte plötzlich einen Steifen, mit dem er ein Loch in eine Ziegelwand hätte bohren können. Eine Welle der Euphorie erfasste ihn und ließ Schmetterlinge in seiner Brust tanzen. Auf einmal war er unglaublich geil. Er sehnte sich danach, eine Nummer schieben zu können, und hustete, um die Kehle freizubekommen. Das Kokain zerschmolz auf seiner Zunge wie Zucker.

Rachel lachte ihn aus. »Ich schätze, in Schottland habt ihr wohl eure eigenen Methoden.«

Sie nahm ihm den Geldschein aus der Hand und zog sich eine weitere Line in die Nase. Legte den Kopf zurück. Jetzt sah sie noch fickbarer aus.

»Also, was ist jetzt diese Überraschung?«, fragte Bald.

Rachel berührte sein Handgelenk. Er sah sie an. Ihre Pupillen waren jetzt so groß wie zwei Zündkerzen.

»Noch nicht, Cowboy. Ich will noch etwas feiern. Dann bekommen Sie Ihre Überraschung.«

Sie griff in das Handschuhfach und zauberte eine Flasche Wild Turkey hervor. Dann rückte sie ihre Bluse zurecht, nestelte an ihren Haaren herum und sah ihn atemlos an.

»Begleiten Sie mich zum Strand?«

Sie redete schnell. Bald verstand, was los war. Die einen machte der Koks so geil wie nur irgendwas, andere mutierten zu reinen Marathon-Quasselstrippen. Jetzt musste er noch ein paar Stunden von Rachels Geplapper aushalten, bis das Koks seine Wirkung verlor und er sie endlich durchnehmen konnte. Na, wenigstens hatte sie den Wild Turkey dabei, dachte er. Sein Mund fühlte sich so trocken wie ein Hundearsch an, und der Alkohol würde da etwas Abhilfe schaffen. Trotzdem taten ihm noch immer die Eier weh, und er nahm sich fest vor, Miss Florida auf jeden Fall noch in dieser Nacht flachzulegen.

Der Strand befand sich dreihundert Yards östlich hinter dem säuberlich gemähten Rasen eines Parks. Dorthin führte sie ihn. Palmen säumten die Fußwege. An dem hell erleuchteten Pier waren Freizeitboote festgemacht, und in matten Pink- und Blautönen bemalte Häuser in mediterranem Stil türmten sich wie Schornsteine entlang der Küste auf. Ein kühler Wind wehte von der Bucht herein. Am Ufer des Strandes hielten sie an. Rachel schraubte die Kappe von dem Wild Turkey ab und hielt Bald die Flasche hin. Er nahm einen langen und tiefen Schluck. Es brannte ihm im Hals und hinterließ einen honigartigen, würzigen Geschmack auf der Zunge.

»Sie haben ihn in das Bordell gehen sehen, nicht wahr?«

»Von außen sah es wie ein Bürogebäude aus. Aber ja, ich hab ihn gesehen.«

»Wir haben unsere Informationen. Laxman ist regelmäßig da.«

»Wie regelmäßig?«

»Wie ein Uhrwerk. Montags bis freitags. Gleiche Zeit, gleiche Frau. Unseren Quellen zufolge sieht Laxman diese Prostituierte öfter als seine eigene Frau. Hier.« Rachel kramte ein Foto aus ihrer Handtasche. Bald studierte es. Er hätte erwartet, ein heißes Luder zu sehen, aber stattdessen zeigte das Foto die Chinesin, die er in dem Bordell getroffen hatte.

»Scheint also glücklich verheiratet zu sein.« Bald nahm noch einen Schluck aus der Flasche. Ein großer Fehler. Der Rausch traf ihn wie eine Dreierkombination. Durch den Nebel hindurch wurde ihm klar, dass er schwer getankt hatte. Eine Stimme in seinem Kopf warnte ihn. *Mach langsam, John. Morgen ist ein großer Tag.* Aber eine stärkere, lautere Stimme dröhnte: *Noch ein Schluck und sie gehört dir. Heute Nacht wird Rachel flach gelegt. Um Laxman kümmern wir uns morgen.*

Bald nahm einen dritten Schluck aus der Flasche und war nur wenig überrascht, dass bereits die Hälfte ihres Inhalts ihren Weg zu seiner Leber gefunden hatte. Jetzt spürte er auch die negativen Effekte des Kokains. Sein Schwanz begann, wieder zusammen zu schrumpeln. Rachel begann, an seinem Ohr zu knabbern, und sagte: »Dieses ganze Gerede vom Töten macht mich ganz geil.«

Das machte Bald einen Hauch nüchterner. Als er sie gerade wieder küssen wollte, hörte er eine männliche, diensteifrige Stimme hinter sich sagen: »Ist bei Ihnen alles in Ordnung, Ma'am?«

Rachel wich ein wenig von ihm zurück.

»Ja«, sagte sie. »Alles bestens.«

Bald versuchte eine Kehrtwende um hundertachtzig Grad. Es fühlte sich an, als versuchte er, von einem sich drehenden Karussell herunterzusteigen. Zwei Cops standen vor ihm. Derjenige, der ihm am nächsten stand, war weiß und kahl rasiert. Seine schwieligen

Hände ruhten an seinem Gürtel. Er trug Ray-Bans, und Bald fragte sich, wie zum Teufel der Kerl mitten in der Nacht mit diesen Dingern überhaupt noch etwas sehen konnte. Sein Partner war Hispano. Raspelkurze Haare, winzige Augen und ein Bodymaßindex weit über dreißig. An den Schultern und im Genick konnte man Muskelstränge erkennen, und Bald vermutete, dass der Mann während der Highschoolzeit entweder Footballspieler oder Boxer gewesen sein musste.

»Und was ist mit Ihnen, Sir?«, fragte ihn Ray-Bans. »Bisschen was getrunken, was?«

»Nur ein paar Bier«, versuchte Bald zu sagen. Sein Gaumen und seine Lippen fühlten sich taub an, ein Nebeneffekt, wenn man das Kokain zu tief in den Hals inhalierte, anstatt es in den Zinken zu saugen. Seine Lippen waren geschwollen und schwerfällig. Ray-Bans nahm Bald die Flasche aus der Hand und warf einen missbilligenden Blick darauf. Dann reichte er sie seinem Partner und baute sich vor Bald auf.

»Woher kommen Sie?«

»Schottland.«

»Soll das ein Witz sein?«

»Das liegt in Nordengland.«

Ray-Bans und Hispano tauschten ein paar Blicke. Dann sah ihn Ray-Bans wieder an und sagte: »Sie scheinen mir stark angetrunken zu sein. Und wenn ich mir Ihre Augen so ansehe, ist Alkohol nicht das Einzige, was Sie heute Nacht zu sich genommen haben. Hab ich recht, Sir?«

Bald benahm sich, als hätte er Maulsperre.

Ray-Bans nahm seine Sonnenbrille ab und musterte Bald eindringlich. »Es gibt nur eine Sache, die ich mehr hasse als ein betrunkenes Arschloch in meiner Stadt, und das ist ein betrunkenes Arschloch von außerhalb. Sie haben genau zehn Sekunden, um mir aus den Augen zu gehen, sonst buchte ich Sie wegen Trunkenheit und Erregung öffentlichen Ärgernisses ein.«

Bald war drauf und dran, etwas zu entgegnen, was er bitter bereuen würde, als Rachel ihren Arm um ihn legte. »Ist schon okay«, sagte sie zu Ray-Bans. »Ich bringe ihn heim. Tut mir leid, dass wir Sie belästigt haben, Officer.« Sie klang nüchtern. Vernünftig. Bald fragte sich, wie das möglich sein konnte. Sie hatte mindestens so viel getrunken wie er, und war nur halb so groß wie er.

Ray-Ban schob sich seine Sonnenbrille wieder auf die Nase. »Sorgen Sie dafür, dass er keinen Ärger macht«, rief er ihr zu. »Sein Gesicht merke ich mir.« Die Cops zogen ab, und Ray-Bans murmelte etwas in seinen Bart.

Rachel eskortierte Bald zurück zu dem Chrysler. Hundert Yards vor der Monkey Bar hielt er plötzlich an und schüttelte ihren Arm von sich ab. Angst ergriff ihn und grub ihre Krallen in seine Eingeweide. Was, wenn der Redneck aus der Bar gar kein einfacher Redneck war? Was, wenn er die ganze Zeit über jemand war, den man losgeschickt hatte, um ihn umzulegen?

»Was ist los?«, fragte Rachel sichtlich besorgt.

»Mir geht's gut.«

»Ich glaub' dir kein Wort.«

Bald antwortete nicht. Konnte er nicht. Alles um ihn herum war auf einmal verschwommen und verzerrt. Er schüttelte den Kopf. Die Benommenheit wollte nicht verfliegen. Tatsächlich machte das alles nur noch schlimmer. Durch die Welt in Schräglage hindurch tastete er nach Rachel.

Dann stolperte er – und dann kippte alles zur Seite.

Und wurde schwarz.

Kapitel 26

Am nächsten Tag, 14:49 Uhr

Ein brutales, unbarmherzig bohrendes Geräusch irgendwo in seiner Nähe weckte Bald auf. Er hatte keine Ahnung, wo er war oder wie er dorthin gekommen war. Er rieb sich harte, wächserne Klumpen aus den Augen und versuchte, sich zurechtzufinden. Er lag auf einem Doppelbett. Splitterfasernackt. Für einen Moment dachte er, dass er doch einen Stich bei Rachel gelandet hatte. Doch dann sah er auf die Bettseite neben sich. Das Kissen war glatt und unbenutzt. Er spürte, wie langsam die Verwirrung in ihm aufstieg.

Verdammt, wo bin ich hier?

Die Matratze stank nach Urin und schien Bettfedern aus Stacheldraht zu haben. Seine Augen gewöhnten sich langsam an das Licht, das durch einen einzelnen Vorhang fiel, so dünn wie eine alte Strumpfhose. In der Ecke stand ein Vierzehn-Zoll-Röhrenfernseher, der statisches Rauschen übertrug. Durch das Bohren hindurch hörte er eine Stimme, die ihm sagte, dass er sich in irgendeinem Billighotel befinden musste. Seine Handgelenke schmerzten. Er rieb sie ein wenig und versuchte sich an die vergangene Nacht zu erinnern. Er kam sich vor, als hätte jemand sein Kurzzeitgedächtnis angeklickt und in den virtuellen Papierkorb befördert. Er erinnerte sich an nichts mehr nach seinem Blackout in der Nähe der Monkey Bar.

Das Kokain. Die Stimme hämmerte wie eine Spitzhacke in seinem Schädel herum. Den Stoff mit Alkohol zu mischen war eine verdammt schlechte Idee gewesen.

Das bohrende Geräusch war mittlerweile so laut angeschwollen und durchdringend, dass er sich nicht einmal mehr sicher war, ob es in seinem Kopf war oder von irgendwo draußen kam. Er kroch aus dem Bett und taumelte ins Bad. Waschbecken, Klo und Duschkabine waren so auf engstem Raum zusammengequetscht worden, dass man zum Luftholen wieder nach draußen treten musste. Ganze Generationen von Schamhaaren verstopften den Abfluss der Dusche. Im Waschbecken klebte eine braune, zähe Masse. Bald drehte das kalte Wasser auf und spritzte es sich ins Gesicht.

Eine Erinnerung schoß ihm durch den Kopf. Letzte Nacht.

Er füllte sich ein Glas mit Wasser und trank es mit drei großen Schlucken aus. Dann noch zwei weitere Gläser hinterher. Er schien unbändigen Durst zu haben. Er erinnerte sich, dass er auf eine limonengrüne Erhebung gekotzt hatte. Er beobachtete seine Hände im Waschbecken. Getrocknetes Blut klebte an ihnen. Aber es war nicht sein eigenes.

Das bohrende Geräusch verstummte. Hinter Balds Augen verzog sich der Nebel ein wenig, und dann fiel ihm wieder ein, woher dieses brummende Geräusch gekommen war. Das Burner-Telefon.

Stolpernd lief er zurück ins Schlafzimmer. Auf dem Teppich, der so abgetreten war, dass es aussah, als hätten Ziegen an ihm herum gefressen, lag ein Haufen Klamotten. Bald kniete sich daneben und langte nach dem T-Shirt und der Jeans. In der hinteren Tasche der Hose fand er das Telefon. Der Akku war beinahe leer, nur noch zwei mickrige Balken. Er hatte sechs Anrufe verpasst, alle von Cave. Bald setzte sich auf den Rand der widerlichen Matratze. In seiner rechten Hand kündigte sich ein scharfer Schmerz an. Er starrte das Display an und ließ das Telefon klingeln. Dann wurde es schwarz.

So blieb er im Halbdunkeln sitzen. Als das Telefon wieder läutete, ging er ran.

»Wo zum Teufel haben Sie gesteckt?« Cave schnaubte, kaum imstande, seine Wut zu unterdrücken. »Wir rasten hier gleich alle aus. Die Geburtstagsparty startet jeden Augenblick.«

»Ich hab verschlafen«, sagte Bald. »Hatte seit zwei Tagen keinen Schlaf mehr.«

Bald hörte wieder ein Schnauben, und dann brüllte Cave ihm in die Ohrmuschel: »Bullshit. Sie haben sich besoffen, John-Boy. Ich weiß davon.«

»Rachel?«

»Natürlich. Sie sagte, Sie waren ziemlich hinüber. Hätten sich mit einem Türsteher angelegt. Die Cops suchen nach Ihnen. Das Motel, in dem Sie sich gerade befinden, war Rachels Idee. Wenn Sie nicht die nächsten dreißig Jahre in einem Stahlkäfig verbringen wollen, dann halten Sie sich aus Schwierigkeiten raus.«

Bald sehnte sich nach mehr Wasser. Es fühlte sich an, als hätte ihm jemand seine Zunge an den Gaumen geklebt.

»Sie haben noch fünf Stunden«, sagte Cave. »Mehr bleiben Ihnen nicht. Wenn ich Sie wäre, würde ich mich auf die Socken machen und unserem Geburtstagskind einen Besuch abstatten, bevor es zu spät ist.«

Cave legte auf. Bald saß auf der Bettkante und lauschte der toten Leitung. Für eine ganze Weile bewegte er sich nicht. Er war wütend auf sich selbst, weil er seine komplette Vorbereitungszeit vertrödelt hatte.

Nur noch fünf verdammte Stunden.

Durch das Pulsieren hinter seinen Schläfen hindurch hörte er die Stimme aus seinen Trainingstagen. *Kein Raum für Fehler mehr, Kumpel. Entweder du legst den Mistkerl beim ersten Versuch um, oder du kannst dich von deiner Pension und deiner Villa an der Riviera verabschieden.*

Der Schmerz in seiner rechten Hand wurde schlimmer. Das Pochen in seinem Kopf ebenfalls.

Dann klopfte es an der Tür. Ein dreifaches, nachdrückliches Pochen auf Hartholz. Bald erstarrte. Er wollte nach seiner Colt Delta Elite suchen, doch dann fiel ihm wieder ein, dass er die in dem Buick vor der Monkey Bar zurückgelassen hatte.

Klopf-Klopf-Klopf.

Eine ihm bekannte Stimme rief: »Ich bin es.«

Bald war erleichtert. Er entriegelte – wobei er sich nicht erinnern konnte, sie verschlossen zu haben, wahrscheinlich Macht der Gewohnheit – und öffnete die Tür. Rachel bahnte sich ihren Weg herein. Bald rechnete damit, dass sie ebenfalls mitgenommen aussehen würde. Doch da lag er falsch. Sie sah genauso aus wie letzte Nacht. Wachsweich und zum Ficken schön. Sie schnappte sich seine Sporttasche und ließ ihren Blick über seinen Oberkörper gleiten. »Wir müssen von hier verschwinden. Sofort«, sagte sie.

Bald schnappte sie die Jeanshose von dem Wäschehaufen. »Sie sehen nicht so übel aus heute Morgen.«

»Sparen Sie sich die Komplimente für später«, sagte Rachel. »Die Cops sind auf dem Weg hierher.«

»Hat ihnen jemand einen Tipp gegeben?«

»Ich wüsste nicht, wie. Der Hotelmanagerin habe ich genug gezahlt, damit sie die Klappe hält.«

»Vielleicht hätten Sie ihr mehr bezahlen sollen.«

Rachel funkelte ihn an, während er in sein T-Shirt schlüpfte.

»Na ja, und vielleicht hätten Sie nicht einen Türsteher ins Koma befördern sollen.«

»Ich bin sicher, dass er es irgendwie verdient hat.«

Sie seufzte missbilligend und ließ die Sporttasche vor ihre Füße fallen. Rachel griff nach hinten an ihren Rock, und für einen Moment dachte Bald, dass er sie jetzt im Evakostüm sehen würde. Doch stattdessen zog sie seine Colt hervor und warf sie ihm zu.

»Sie verstehen es immer noch nicht, oder?«

»Was?«

»Es läuft nicht mehr nach Ihren Regeln, John. Herrgott, Sie haben die gesamte Mission aufs Spiel gesetzt.«

»Ich kann mich aber auch nicht erinnern, dass Sie mir gestern Abend den Tequila ausgeredet hätten.«

Rachel machte kehrt und verließ den Raum. Bald folgte ihr, warf sich die Tasche über die Schulter und steckte sich die Colt vorn in den Bund seiner Jeans.

Sie traten auf eine Reihe umlaufender Parkplätze hinaus, die L-förmig von weiteren gleichermaßen deprimierenden Hotelzimmern gesäumt wurden. Siebziger-Jahre-Architektur, die seit Jimmy Carter nicht mehr renoviert worden war. Das Motel sah genau so aus wie jene Orte, an denen Sexbestien und Serienkiller ihre kranken Fantasien auslebten. Bald sah Rachels Chrysler in der Mitte der Parkbuchten schimmern. Und er hörte das Heulen der Polizeisirenen.

»Sie sind gleich da«, sagte Rachel und lief schneller auf den Chrysler zu. Bald legte ebenfalls einen Zahn zu. Die Nachmittagssonne schickte grellweiße Laserstrahlen über den Asphalt. Schweiß rann an Balds Stirn hinab in seine Augen und nahm ihm die Sicht. Rachel startete den Motor und fädelte sich in den Verkehr ein. Im Rückspiegel sah sie, wie die Polizeiwagen quietschend auf den Motelparkplatz einbogen. Die Cops wimmelten aus den Autos hervor wie kleine Insekten und drängten sich in das Zimmer, in dem sie sich noch vor dreißig Sekunden befunden hatten.

Rachel fuhr nach Westen, raste durch den Verkehr und wechselte bei hohem Tempo immer wieder die Fahrspur. An einer Kreuzung schoss sie über eine rote Ampel und wich nur knapp einem Lastwagen aus.

»Würden Sie mir verraten, wohin wir fahren?«, fragte Bald.

»Lance-Elsing.«

»Was gibt's da zu holen?«

»Laxman.«

»Und warum?«

»Sie können ihn dort umbringen. Wenn er das Büro verlässt.«

Bald verzog das Gesicht. »Den Wichser vor dem Büro von Lance-Elsing zu erschießen ist glatter Selbstmord. Dort wimmelt es nur so von Kameras.«

»Wenn Sie eine bessere Idee haben, wäre jetzt der richtige Zeitpunkt dafür.«

Bald fischte die Colt aus dem Hosenbund. »Folgen Sie dem Arschloch einfach. Wir haben immer noch paar Stunden Zeit.«

Rachel verzog gleichermaßen ihr Gesicht zu einer Grimasse. »Und was ist, wenn wir vor der Übergabe keine Chance mehr bekommen? Was, wenn wir unser Zeitfenster schon überschritten haben? Was dann, John?«

Bald antwortete nicht. Er griff in seine Sporttasche und holte die Pappschachtel mit der HSM 10mm Munition heraus. Dann drückte er auf den Auswurfknopf an der Seite der Colt. Das Magazin sprang aus der Unterseite des Pistolengriffs heraus, und er ließ rhythmisch Patronen in das leere Magazin schnappen. Dann schob er das Magazin vorsichtig in den Pistolengriff zurück. Die Colt gab ein bestätigendes *Klick* von sich. Als Nächstes zog er ruckartig den Schlitten zurück und lud die erste Patrone. Er tat das schnell, denn hätte er den Schlitten langsam zurück und wieder nach vorn geschoben, hätte sich die erste Patrone in der Kammer verklemmt und man hätte die erste Ladehemmung. Der Mechanismus schnappte aber in seine Originalposition zurück.

Schweigend fuhren sie weiter und lauschten mit halbem Ohr einer lokalen Radiostation. Der Wetterbericht kündigte für die kommende Nacht einen Hurrikan an, der das Gebiet um die Tampa Bay herum streifen würde. Mit ein paar knappen Sätzen wurde der Bürgerkrieg in Libyen erwähnt. *Amerika hatte ein Händchen dafür, den Rest der Welt zu einer Fußnote zu degradieren*, dachte Bald.

»Wissen Sie, es ist wirklich ein Jammer, dass Sie gestern so versackt sind«, sagte Rachel.

»Wieso das?«

»Ich hätte es so gern mit einem schottischen Kerl getrieben.«

»Sie wissen ja, was man so sagt. Man sollte seine Ziele hoch ansetzen.«

»Vielleicht können Sie es ja später wiedergutmachen.«

»Später klingt gut.«

Aber vorerst schob Bald alle Gedanken an Sex in seinem Kopf ganz nach hinten. Sie erreichten die Prosper Avenue und den Gateway Industrial Park. Rachel drosselte das Tempo auf zwanzig Meilen pro Stunde, als sie sich der Zufahrt näherten. Balds Nackenmuskeln spannten sich wie Seile. Als sie noch zwanzig Yards von der Zufahrt entfernt waren und ihre Hälse über den Zaun reckten, schoss ein schwarzer Infiniti mit dem Kennzeichen 504 XKW über die Bodenschwelle und in den fließenden Verkehr hinein.

»Scheiße!«, rief Rachel, brachte den Chrysler wieder auf fünfundsiebzig Meilen und raste hinter Laxman her. Sie fuhren so schnell, dass alle anderen Wagen auf der Straße stillzustehen schienen. »Das haben wir gut abgepasst«, sagte sie. »Eine Minute später … und er wäre uns entwischt.«

»Er muss auf dem Weg zur Übergabe sein«, sagte Bald.

»Aber die ist erst in vier Stunden. Er ist viel zu früh dran.«

»Es sei denn, er will aus der Stadt verschwinden.«

Aber Laxman fuhr nicht nach Osten und damit aus der Stadt heraus. Stattdessen fuhr er in einem Bogen auf der South Keene Road nach Clearwater hinein und in Richtung Tampa Bay. Rachel folgte ihm auf der South Myrtle Avenue und der Chestnut Street, und nach weiteren sechs Querstraßen ragte vor ihnen das Hauptquartier der Kirche von Scientology auf.

Jetzt bog der Infiniti nach rechts auf die South Fort Harrison Avenue ab. Plötzlich wurde Bald klar, wohin Laxman unterwegs war. Nach neun Häuserblocks auf der South Fort Harrison wurde der Infiniti langsamer, folgte der Pierce Street für drei Blocks und fädelte sich dann auf die South Garden Avenue ein. Zwei Häuser weiter in südlicher Richtung bog Laxman in eine Parklücke.

»Was zur Hölle geht da vor?«, fragte Bald.

Rachel schwieg.

Beide sahen in die Richtung, wo sich das Bordell befand.

Es war nicht mehr da.

Kapitel 27

18:09 Uhr

An seiner Stelle stand nur noch die ausgebrannte Hülle eines Gebäudes. Die Fenster waren zersplittert, und die roten Ziegel darüber und darunter verkohlt, als hätten ihnen riesige Fäuste blaue Augen verpasst. Die Eingangstüren hingen windschief in den Angeln und ließen Bald einen Blick hinein und auf das werfen, was in dem Bordell vorgefallen war. Er konnte den Korridor sehen, der jetzt nur noch ein Haufen Asche war. Die ersten beiden Etagen waren miteinander verschmolzen. Eine Decke gab es nicht mehr. Trümmerteile lagen wie Granatsplitter überall am Boden.

»Vielleicht wollte jemand verhindern, dass Laxman zurückkehrt«, sagte Bald.

»Könnte ein Zufall sein. Es gibt viele Nutten in Clearwater. Viele Zuhälter. Der Konkurrenzkampf kann schnell mal aus dem Ruder laufen, wenn Sie verstehen, was ich meine.«

Dann tat Laxman etwas, das Bald verwirrte. Er lief in den rußgeschwärzten Korridor.

»Verflucht, was glaubt er dort noch zu finden?«, fragte Rachel.

»Es gibt nur eine Möglichkeit, das herauszubekommen.«

»Ich werde hier warten.«

Der perfekte Ort, um den Auftrag zu einem Abschluss zu bringen, dachte Bald. Er stieg aus dem Chrysler und eilte auf die Gebäuderuine zu. Ein paar Regentropfen fielen herab und klatschten auf den Asphalt. Die Übergabe war für 20:00 Uhr anberaumt. Damit blieb Bald noch eine Stunde und fünfzig Minuten, um die Sache über die Bühne zu bringen. Er spürte den beruhigenden

Druck des Pistolengriffs der Colt Delta Elite unter seinem T-Shirt. Die Fingermulden rieben an seinen früher einmal stahlharten Bauchmuskeln. Er konnte die Gewalt förmlich in seinen Fingerspitzen spüren.

Ein zweiter Wagen fiel ihm auf dem Parkplatz auf. Ein SUV, den er als einen GMC Denali ausmachte. Er stand weit auf der anderen Seite, im Schatten des Lagerhauses.

Als er sich dem Bordell bis auf zehn Yards genähert hatte, hörte Bald ein lautes Dröhnen hinter sich. Er wirbelte herum. Rachel schoss auf der Hauptstraße davon. Bald starrte den Hecklichtern wütend hinterher. Was sollte das Ganze? Jetzt war er auf sich allein gestellt, ohne Fluchtfahrzeug.

Er betrat eine Minute nach Laxman den Korridor. Gelassen zog er die Colt unter seinem T-Shirt hervor. Er spannte den Hahn mit beiden Daumen, um beim ersten Schuss weniger Kraft auf den Abzug ausüben zu müssen. Ein leichter Druck auf den Abzugsmechanismus, und die Kugel würde aus dem Lauf schießen und Laxman aus dem Rennen nehmen. Er zog den Schlitten ein kurzes Stück zurück, nur um in die Kammer sehen zu können, ob sie auch wirklich geladen war. Auch hier beruhigte ihn das Schimmern der geladenen Patrone. Die Waffe fühlte sich fest und kalt in seinen Händen an.

Im Korridor stank es nach Kohle und verbranntem Stoff. Rauch hing in der Luft. Bald spürte, wie sich dieser auf sein Gesicht und seine Schultern setzte. Der Fußboden stand ein paar Zentimeter unter Wasser, und in der stahlgrauen Brühe trieben Nägel, Dokumente und Glassplitter herum. Einer der Rauchmelder war von der Decke gefallen und lag nun zur Hälfte untergetaucht am Boden. Die Drähte ragten aus ihm heraus, und sein rotes Warnlicht blinkte inmitten der restlichen Trümmer. Bald schlich sich an den Rezeptionsbereich heran und machte sich bereit. Er holte ein paar Mal tief Luft, um seinen Körper mit Sauerstoff anzureichern und seine Muskeln auf die vor ihnen liegende Aufgabe vorzubereiten.

Das Leder auf den Sitzen in den Kabinen war komplett verbrannt. Gelber Füllstoff mit Rußflecken war zu sehen. Die Kerzenhalter in Form von Buddha-Statuen waren zersplittert und lagen in Scherben auf dem Boden. Laxman war nicht zu sehen. Die Treppe war noch einigermaßen intakt. Bald lief auf sie zu.

Zehn Yards vor der untersten Stufe sah er einen Umriss die Treppe hinab und auf ihn zukommen. Er duckte sich in eine der Kabinen, kroch hinter den Sitz, und beobachtete die Chinesin. Sie hielt am Fuße der Treppe inne und zündete sich eine Zigarette an. Dann lief sie weiter auf die Rezeption zu. Unter ihren hochhackigen Schuhen knirschte der Schutt. Sie inhalierte tief und sah auf ihren BlackBerry. Bald schlich um den Sitz herum, damit sie ihn nicht aus den Augenwinkeln sehen konnte. Am Ausgang des Gebäudes blieb sie noch einmal stehen. Für eine Sekunde dachte er schon, sie hätte ihn bemerkt. Dann sah sie wieder auf das Display ihres BlackBerry. Die Frau drückte die grüne Taste und sprach in bissigen, abgehackten Sätzen mit der Person am anderen Ende der Leitung. Für Bald hörte es sich an, als würde sie wiederholt auf jemanden einstechen, aber wahrscheinlich klang ihre Sprache einfach nur so. Dieser Anruf dauerte etwa dreißig Sekunden. Dann legte sie auf. Das Display erlosch. Die Frau warf ihre Zigarette in eine Pfütze und lief in die Dämmerung hinaus.

Bald begann, in Gedanken bis dreißig zu zählen. Beim Regiment hatte man ihm beigebracht, immer davon auszugehen, dass der Feind schlauer war als man selbst. Deshalb durfte man sich nie überrumpeln lassen. Vielleicht war die Frau nur für einen Moment nach draußen gegangen? Vielleicht, um jemanden zu treffen? Bald spürte, wie seine Augen zu tränen begannen und die Rußpartikel ihm im Hals kratzten.

Dreißig.

Er stand auf, sah Laxman die Stufen herabkommen, und ging wieder in Deckung. Laxman schien in größerer Eile als die Frau zu sein. Er lief schnell an der Rezeption vorbei, den Korridor entlang und hinaus. Bald schlich vorsichtig und bedächtig aus seinem Versteck, und achtete darauf, keine platschenden Geräusche im Wasser zu machen oder auf Glas zu treten. Er hielt den Atem in seiner brennenden Kehle zurück. Dann erreichte er den Ausgang. Von der Frau fehlte jede Spur. Laxman kehrte zu seinem Infiniti zurück. Bald war fünfzehn Yards hinter Laxman … dann nur noch zehn. Sein Körper schaltete auf Automatik. Dafür hatte sein Training gesorgt. Nicht, um einen perfekt zu machen, sondern um dann, wenn es darauf ankam, nicht darüber nachdenken zu müssen, was man tat, wie man es tun musste oder wann.

Er richtete die Colt auf Laxmans Kopf.

Fünf Yards.

Bring es zu Ende, verflucht, dachte er.

Balds Zeigefinger hatte den Abzug schon zur Hälfte durchgedrückt, als er plötzlich kaltes Metall in seinem Genick spürte. Er erstarrte. Laxman lief nichts ahnend weiter auf seinen Infiniti zu. Aus vier Yards wurden acht, dann zwölf. Das Metall bohrte sich tiefer in Balds Fleisch und drückte gegen seine Wirbelsäule. Sechzehn Yards, und Bald musste zusehen, wie die Lichter des Infiniti aufflackerten, als Laxman den Wagen entriegelte. Er würde davonkommen.

Eine amerikanisch klingende steinharte Stimme flüsterte: »Eine Bewegung, und ich leg' Sie um.«

Kapitel 28

19:07 Uhr

Bald bewegte sich nicht. Er sah zu, wie Laxman in beneidenswerter Seelenruhe in seinen Infiniti stieg. Fünf Millionen verpufften im nächtlichen Florida. Einfach so. Bald und sein neuer Freund waren nun allein auf dem Parkplatz.

»Fallen lassen«, sagte der Amerikaner.

Mit ausgestrecktem Arm und den Fingern deutlich sichtbar nicht am Abzug, ging Bald in die Hocke und legte die Colt flach auf den Boden. Der Amerikaner trat die Waffe zur Seite. Die Pistole rutschte klappernd und sich überschlagend über den Asphalt.

»Steigen Sie in den verdammten Wagen«, befahl der Amerikaner.

»Welchen?«

»Den Denali, Idiot.«

Der Amerikaner stieß seine Waffe in das wulstige Fleisch unterhalb von Balds Nacken. Der verstand den Wink und begann, auf den SUV zuzulaufen, der vierzig Yards weiter parkte. Die Sonne setzte gerade zu ihrer Schleife durch die Eingeweide der Erde an. Der Sonnenuntergang ließ nicht mehr lange auf sich warten. Zu dieser Jahreszeit, im Herbst, verschwand sie gegen 20 Uhr. Bald freundete sich mit dem Gedanken an, dass ihm jetzt niemand zu Hilfe kommen würde.

»Wie heißen Sie?«, fragte er.

»Sparen Sie sich die Mühe.«

»Wieso?«

»An Ihrer Stelle würde ich alle Pläne, die über die nächsten dreißig Minuten hinausgehen, schon mal vorsorglich streichen.«

Sie erreichten den Denali.

»Ich habe Geld«, sagte Bald.

»Halten Sie mich für einen Kriminellen? Drehen Sie sich um«, wies ihn der Amerikaner an.

Bald drehte sich um die eigene Achse und sah sich dem Mann gegenüber. Das Erste, was er bemerkte, war die Pistole. Eine FN Five-Seven Halbautomatik. Nicht gerade die bevorzugte Waffe eines Straßenräubers. Die Five-Seven war eine Waffe für militärische Zwecke und hatte die typische Anmutung ihres belgischen Herstellers. Der Aston Martin unter den Handfeuerwaffen. Der amerikanische Geheimdienst und die Vollzugsbehörden benutzten diese Waffe, auf dem freien Markt war sie erst seit 2004 erhältlich. Balds Überzeugung war es, dass Pistolen ein wenig wie Hunde waren. Sie verrieten einem einiges über ihren Besitzer. Diese Waffe verriet Bald, dass ihr Träger von Schusswaffen besessen sein musste; jemand, der die Feinheiten eines guten Waffendesigns zu schätzen wusste.

Dann fiel Bald das Gesicht des Amerikaners auf. Der gleiche Kerl, den er in der Monkey Bar gesehen hatte. Der Redneck, der an der mexikanischen Grenze bereits versucht hatte, ihn umzubringen. Aber natürlich sah er gar nicht wie ein Redneck aus. Dafür schielte er zu wenig. Aber ob Redneck oder nicht, trotzdem spürte Bald das dringende Bedürfnis, diesen Schwanzlutscher so sehr zu verdreschen, dass er die nächsten zehn Tage Blut pissen würde.

»Ihr Name lautet Bald«, sagte der Amerikaner.

»Und Ihrer?«

»Ich habe keinen.«

Definitiv kein Redneck. Texaner sprachen langsam, brauchten für jedes Wort eine halbe Ewigkeit. Dieser Typ hingegen sprach schnell und mit Akzent. Ostküste. Aber zu rau und zu voll für New York. Eher noch weiter hinauf. Maine vielleicht.

Bald stieg in den Denali. Der Innenraum war groß genug, um die nächste Oscarverleihung darin abzuhalten.

»Rutschen Sie rüber. Sie fahren«, sagte der Amerikaner. »Machen Sie schon.« Er hielt die Five-Seven außer Sicht, unterhalb des Armaturenbretts, die Mündung aber nur wenige Zentimeter von Balds Brust entfernt.

»Bleiben Sie unter fünfzig. Wenn Sie auf dumme Gedanken kommen, wird in drei Stunden ein Sanitäter Ihr Hirn von der Straße kratzen. *Comprende?*«

Zwei Polizeiwagen schossen an ihnen vorbei. Zum ersten Mal in seinem Leben wünschte sich Bald, dass die Polizei ihn anhalten würde. Die Cops aber fuhren vorbei, und ahnten nichts von der Scheiße, die sich gerade in dem Denali abspielte.

»Fahren Sie auf der Jackson nach Osten«, wies ihn der Amerikaner an.

Bald studierte den Mann im Rückspiegel. Anfang vierzig. Oder Ende dreißig. Seine Haut war rau, und seine Hände hatten mehr auf dem Feld gearbeitet als Gewichte gestemmt. Dazu ein Kiefer, den frostige Nächte und ungenügend Schlaf geformt hatten. Seine Augen waren leblos, schwarz und trüb. Er schien kein einziges Gramm Fett am Körper zu haben. Seinem Gesicht ließ sich nichts ablesen. Bald erinnerte sich, irgendwo einmal aufgeschnappt zu haben, dass das menschliche Gesicht über zweiundfünfzig Muskeln besaß. Der Amerikaner benutzte aber nie mehr als einen gleichzeitig.

»Wer sind Sie, verdammt noch mal?«, versuchte es Bald noch einmal.

»Ich bin der Typ, mit dem Sie sich besser nie angelegt hätten. Genau der bin ich.«

Plötzlich spürte Bald, wie ihm scheinbar Ameisen über sein Gehirn krabbelten.

Scheiße. Nicht jetzt.

Seit er die Grenze zu Mexiko überquert hatte, war es ihm gelungen, seine Migräne im Zaum zu halten. Das Adrenalin, die Mission, der Alkohol, und natürlich die Aussicht auf einen Fick mit Rachel.

Doch jetzt wurde ihm klar, dass er die Migräne damit nur unterdrückt, nicht bekämpft hatte. Sie hatte im Hintergrund gelauert und ihre Krallen gewetzt.

»Wenn Sie das Richtige tun wollen, sollten Sie mich gehen lassen«, sagte Bald.

»Und zulassen, dass Sie einen wichtigen Geheimagenten liquidieren?«

Die Migräne schoss Bald durch den Kopf, als hätte ihm jemand zwei Krokodilklemmen an die Schläfen gesetzt und den Saft voll aufgedreht. Wie ein elektrischer Schlag fuhr es ihm durch den Kieferknochen.

»Shylam Laxman ist kein Spion. Er ist ein verdammter Terrorist.«

»Wie dem auch sei, jedenfalls lautet mein Auftrag, ihn unter allen Umständen zu beschützen.«

»Hören Sie, Kumpel, ich weiß ja nicht, für wen Sie arbeiten. Aber ich bin schließlich nicht der Einzige, der hinter diesem Mistkerl her ist. Ihre Leute wollen ihn genauso haben. Die CIA will den Wichser tot sehen.«

Der Amerikaner kicherte. »Ich *bin* die verdammte CIA«, sagte er.

Kapitel 29

19:48 Uhr

Sie tauchten in die Slums hinab. Unsichtbare Hunde kläfften. Unsichtbare Stimmen warfen sich gegenseitig Beschimpfungen an den Kopf. Jener Teil von Amerika, den man nie sah, und den niemand sehen wollte: Eine Quadratmeile voller Cracksüchtiger, Familien, die von der Stütze lebten – und von Verzweiflung. Ein Gewirr aus Gassen verband die Straßen miteinander. Schatten huschten in ihnen entlang.

Sie kamen an einem Bungalow vorbei, auf dessen Veranda fünf schwarze Typen im typischen Look der Straßengangs herumlungerten – tief hängende Jeans, Dreadlocks und Turnschuhe, die so weiß wie gebleichte Haut waren. Der Bungalow hatte einen hölzernen Rahmen, ein Wellblechdach und eine Veranda, die um das ganze Haus herumlief wie ein Burggraben. Das Haus erinnerte Bald an die Gebäude, die er in Louisiana gesehen hatte. Die Fenster waren mit Brettern vernagelt, und auf den Brettern prangten die Graffiti-Zeichen der Gang. Ein paar davon waren mit den Tags anderer Gangs übersprüht worden. Ein Cracksüchtiger in abgewetzten Hosen taumelte aus dem Bungalow.

»Fahren Sie rechts ran.«

»Sie sind doch irre.«

»Und Sie sind ein abgewrackter britischer Scheißkerl, der gleich herausfinden wird, wie es sich anfühlt, wenn man ihm eine Kugel das Arschloch hinaufjagt. Und jetzt fahren Sie an die Seite.«

Dreißig Yards hinter dem Bungalow trat Bald auf die Bremse. Die fünf Kerle, die vor dem Crackhaus saßen, standen wie auf

Kommando gleichzeitig auf. Der Amerikaner drückte Bald die Five-Seven an die Brust.

»Ladies first«, sagte er.

Bald stieg aus. Die Gang-Typen marschierten auf ihn zu. Einer von ihnen trug ein nachgemachtes Basketball-Trikot der Miami Heats. Er wedelte dramatisch mit einer Beretta 92 Halbautomatik in der Luft herum, die alte verchromte Ausführung, nicht das modernere Polymer-Modell. Die ›3‹ und das Wort ›WADE‹ auf seinem Rücken waren in großen Goldbuchstaben abgedruckt.

»He, Nigga«, rief Wade ihm zu.

Der Amerikaner stieg aus. Bald hatte das untrügliche Gefühl, dass die Dinge gleich ziemlich hässlich werden würden.

»Nigga! Ich rede mit dir. Antworte gefälligst, Bitch.«

Wade stolzierte um den Denali herum, bis er Schulter an Schulter neben Bald stand und ein mit Goldzähnen verziertes Grinsen zur Schau stellte. Zwei von seinen Kumpanen hatten ebenfalls ihre Waffen gezückt, in die Jahre gekommene, aber immer noch effektive 1911er. John Browning hatte den Colt 1911 vorgestellt, und seitdem war die Waffe in beinahe jedem Krieg bis Mitte der Achtzigerjahre hinein zum Einsatz gekommen. Wahrscheinlich war sie die einzige Waffe der Welt, die mehr Action gesehen hatte als Bald selbst. Die beiden anderen Kerle schienen unbewaffnet zu sein und waren ein gutes Stück jünger als Wade. Fünfzehn vielleicht, oder sechzehn, aber noch zu jung, um von den Älteren eine Kanone anvertraut zu bekommen.

»Ignorierst du mich etwa?«, fragte Wade.

»Verschwindet«, sagte der Amerikaner. »Das hier geht euch nichts an.«

»Und ob es das tut.«

»Wie kommst du darauf?«

»Hier ist Zutritt verboten.«

»Das ist ein freies Land.«

»Hier aber nicht. Hier musst du Zoll bezahlen, Mothafucka.«

»Ich scheiß auf deinen Zoll.«

Wade verzog das Gesicht.

»Wie war das?«

»Sag mal, bist du nicht nur bescheuert, sondern auch taub? Geh mir verdammt noch mal aus den Augen.«

In dem Gesicht von Balds Entführer ließ sich zweifelsfrei ablesen, dass er zu allem Möglichen imstande wäre, und vielleicht auch noch zu ein oder zwei unmöglichen Dingen. Er sah aus, als würde er ohne mit der Wimper zu zucken eine Familie abschlachten, wenn der Job es verlangte, und nur dann eine kleine Pause dabei einlegen, wenn es sich um seine eigene Familie gehandelt hätte. Wade verlor das Blickduell und kehrte Bald und dem Amerikaner den Rücken zu. Er und seine Gang-Kumpel zogen sich machomäßig und unter wüsten Beschimpfungen wieder zu dem Bungalow zurück.

»Weiße Arschkriecher.«

»Drecksärsche.«

Der Amerikaner starrte ihnen hinterher. »Schwarze Bastarde. Man kriegt sie nicht dazu, zu arbeiten, aber auch nicht dazu, keinen Ärger zu machen«, sagte er.

»Hier entlang.« Er drückte Bald den Lauf der Five-Seven in den Rücken und führte ihn in eine unbeleuchtete Gasse, die zwischen einer Reihe von Crackhäusern eingepfercht war. Der Weg war nicht eindeutig definiert und kaum mehr als ein Streifen heruntergetretenen Grases. Das einzige dürftige Licht stammte von dem Halbmond am Himmel, und das wenige Licht wurde von den ausladenden Kiefern und Palmen verdeckt. Bald konnte nicht weiter als acht oder neun Yards sehen. Die Welt war nichts weiter als colafarbene Schwärze, hin und wieder unterbrochen von Lichtern in weiter entfernten Häusern.

»Wohin bringen Sie mich?«, wollte Bald wissen. Aber ganz tief in seinen zusammengezogenen Eingeweiden kannte er die Antwort bereits.

»Es war keine gute Idee, sich als Weißer ausgerechnet in dieser Gegend allein herumzutreiben«, sagte der Amerikaner. »Besonders nicht als Brite. Für Briten haben die hier nicht viel übrig. Diese ganze Sklavengeschichte hat einen bitteren Nachgeschmack hinterlassen.«

Die Schmerzen pulsierten in Wellen durch Balds Schädel. Was für eine beschissene Art zu sterben.

»Wissen Sie, was die mit dem letzten Briten gemacht haben, der sich hierher verirrte? Haben ihn an die Hunde verfüttert.« Es fiel Bald nicht leicht, dem Gelaber des Amerikaners zuzuhören. »Außer Haaren und ein paar Knochen blieb von dem armen Mistkerl nicht viel übrig. Es heißt, dass er sich nur ein paar Drogen besorgen wollte, an den falschen Kerl geriet, und … *Bamm.*«

Nachdem sie zwanzig Yards weit in die Gasse hineingelaufen waren, sagte der Amerikaner: »Das genügt.«

Bald blieb stehen.

»Auf die Knie«, sagte der Amerikaner.

Bald sank auf seine Knie.

»Machen Sie den Mund auf.«

Bald öffnete seinen Mund.

»Sie hätten in Schottland bleiben sollen.«

»Konnte das Wetter dort aber nicht leiden.«

Der Amerikaner schob den Lauf der Five-Seven in Balds geöffneten Mund. Weit hinein, in einem Fünfzehn-Grad-Winkel, sodass ihm die Mündung innen gegen den Gaumen stieß. Er schmeckte den Stahl. Sah den Amerikaner durchdringend an.

Dann schloss er die Augen.

Kapitel 30

20:19 Uhr

Er hörte den Schuss, bevor er ihn spürte. Und einen Sekundenbruchteil später konnte er ihn auch riechen. Der Geruch von Schießpulver und heißen Patronenhülsen stieg ihm in die Nase. Nach einer weiteren halben Sekunde konnte Bald noch immer sein Gesicht fühlen. Er war nicht tot.

Bald öffnete die Augen. Um die Ränder der Palmen herum konnte er das Mondlicht sehen. In der Ferne war Verkehrslärm zu hören. Der Amerikaner sah sich über die Schulter, in die Gasse zurück und in die Richtung, aus welcher der Schuss kam. Bald schätzte die Entfernung auf etwa fünfzig Yards, vielleicht etwas mehr.

Die Gang, dachte Bald.

»Hoch mit Ihnen«, sagte der Amerikaner.

Aber die Typen kamen bereits in die dunkle Gasse gerannt. Drei von ihnen. Der Amerikaner drehte sich um und rannte los. Er griff nach Bald und zog ihn mit sich. Bald packte die Five-Seven mit der linken Hand, drehte die Handfläche nach oben und richtete die Pistole so von sich weg. Der Amerikaner aber hatte die Finger noch fest um den Pistolengriff geschlossen, und deshalb schlug Bald ihm mit der geballten Faust in die Eier. Der Schlag nahm ihm die Luft und brachte ihn aus dem Gleichgewicht. Sein kaputtes rechtes Bein knickte unter ihm ein und ließ ihn nach hinten umfallen. Automatisch ließ er die Five-Seven fallen. Klappernd fiel sie zu Boden. Der Amerikaner sank zusammen. Bald nahm die Five-Seven an sich.

Wade und seine zwei Kumpane waren jetzt dreißig Yards entfernt. Die Beretta 92 glitzerte im Mondschein. Dann blitzte ihre Mündung auf. Zwei Schüsse pfiffen an Bald vorbei. Verfehlten ihn. Er rappelte sich auf und sprintete los. Ein weiterer Schuss dröhnte durch die Luft. Bald hörte, wie der Amerikaner hinter ihm aufstöhnte.

Er warf einen Blick zurück. Eine dunkle Flüssigkeit quoll aus einem zehn Cent großen Einschussloch im rechten Arm des Amerikaners. Er stolperte vornüber und fiel in den Dreck. Blut schoss auf den stoppeligen Rasen. Drei weitere Schüsse. Von sechs Uhr. Patronenhülsen hagelten auf den Boden. Bald nahm seinen Blick von dem Amerikaner. Er musste zusehen, dass er aus diesen Slums verschwand. Wenn er blieb, würden in Kürze noch hundert weitere zornige Anwohner nach ihm suchen, die ihm nur zu gern ein zweites Loch in den Arsch gerissen hätten.

»Verfluchter Mistkerl!«, schrie ihm der Amerikaner hinterher. Sein Atem ging schleppend, und sein Gesicht triefte vor Schweiß. »Lassen Sie mich nicht hier zurück.«

Bald ignorierte ihn und rannte weiter in die Gasse hinein.

»Bitte!« Die Stimme des Amerikaners überschlug sich jetzt. Er klang verzweifelt. »Ich weiß, was wirklich vor sich geht.«

»Blödsinn.«

»Die haben Sie angelogen.«

Scheiß drauf, dachte Bald.

Wade und einer seiner Leute waren noch fünfundzwanzig Yards hinter ihm, aber die eigentliche Bedrohung ging im Moment von dem dritten Gangster aus. Ihn trennten nur noch acht Yards von dem Amerikaner. Wade verschoss drei weitere Kugeln aus seiner Beretta. Sie zischten durch die Luft und schlugen in einen Zaun vier Yards rechts von Bald ein. Aus dem zersplitternden Zaun schlug ihm ein Nebel aus Holzstaub entgegen.

Jetzt war der nächste der Gangster nur noch vier Yards von dem Amerikaner entfernt.

Bald ging in die Hocke, umfasste die Five-Seven mit beiden Händen. Der Gangster hielt ein Messer in der Hand und zielte bereits auf den Amerikaner, bereit, ihm damit den Rest zu geben.

Zwei Yards.

Bald gab zwei schnell aufeinander folgende Schüsse aus der Five-Seven ab. Die Waffe hatte einen erstaunlich geringen Rückstoß, so gering, dass er sich für einen Moment fragte, ob er überhaupt gefeuert hatte. Beide jedoch bohrten sich mit brutaler Wucht nacheinander in die Brust des Angreifers. Er ging wortlos zu Boden, so als sei er dankbar dafür, dass er es hinter sich hatte. Bald stürmte zu dem Amerikaner zurück.

Wade aber kam weiterhin auf sie zugerannt und dank seiner langen Beine hatte er seinen Kumpan hinter sich gelassen. Er rannte im Zickzack hin und her, was es Bald erschwerte, ihn im Visier der Five-Seven zu behalten. Nun trennten ihn noch fünfzehn Yards von dem Amerikaner und achtzehn von Bald. Diagonal stürmte er durch die Gasse, von links nach rechts. Seine Waffe hatte er auf Bald gerichtet – und drückte ab.

Grellweißes Licht blitzte vor Bald auf und blendete ihn. Ein heißer Schmerz flammte an seinem linken Ohr auf. Etwas, dass sich heiß und klebrig anfühlte, sickerte aus seinem Ohr und rann an seinem Hals hinunter. Wade war wieder von rechts nach links unterwegs. Immer noch auf der Hut, immer noch im Zickzack. Zehn Yards von Bald entfernt. Die Beretta immer noch auf Balds Kopf gerichtet.

Doch Wade machte den folgenschweren Fehler, nicht gut genug zu zielen. Wenn man jemanden erschießen wollte, bestand der Trick darin, auf etwas Kleines am Körper des Gegners zu zielen. Eine Kette, oder ein Logo auf einem T-Shirt. Wenn man etwas Kleines ins Visier nahm, war die Chance umso höher, dass man den größeren Teil des Ziels drumherum traf. So etwas gehörte zum grundlegenden Waffentraining für jeden Einzelkämpfer. Ein Schlägertyp von der Straße wusste so etwas natürlich nicht. Die Kugel schlug rechts von Bald in den Boden. Pures Entsetzen kroch über Wades Gesicht, als hätte man ihn geohrfeigt. Im wurde bewusst, dass er seine große Chance vertan hatte.

Ein Schuss peitschte los und zerschmetterte Wades Fußknöchel wie einen verdammten Jenga-Turm. Teile von Knochen und Sehnen klatschten auf den Boden. Sein Bein bewegte sich weiter, während sein Fuß beinahe komplett abgerissen war. Nur Venen und Muskeln hielten die beiden Körperteile noch wie Klebstoff zusammen. Wade heulte auf. Dann fiel er endlich um.

Bald erhob sich wieder. Der dritte Gangster hielt noch auf sie zu. Bald richtete die beiden schwach leuchtenden grünen Punkte auf der Kimme der Waffe aus. Der Mann ging hinter einem Müllcontainer in Deckung. Bald zog langsam den Abzug zurück. Er spürte, wie die beweglichen Teile in der Five-Seven unter Spannung gerieten.

Er drückte den Abzugsfinger durch. Die Ummantelung der geladenen Patrone schnellte aus dem seitlichen Auswurf und die Kugel bahnte sich ihren Weg durch die Luft. Sie schlug in den Müllcontainer und bohrte sich einmal komplett hindurch. Der Mann schrie. Bald feuerte drei weitere Schüsse hinterher. Die Kugeln der Five-Seven durchschlugen den Abfallcontainer, als wäre er aus Papier. Blut breitete sich hinter dem Container zu einem größer werdenden schwarzen Loch aus. Die Schreie erstarben. Der Typ war hinüber.

Wade wälzte sich vor Schmerzen am Boden und umklammerte sein Fußgelenk. Sein Bein war in einem beschissenen Zustand. Er wimmerte wie ein sterbender Hund. Bald trat die Beretta von ihm weg, presste ihm die Five-Seven an die Schläfe und trat ihm auf den aufgerissenen Knöchel. Wade quiekte wie eine gestochene Sau. Die Augen traten ihm aus den Höhlen. Auf eine seltsame Art gab das Bald einen Kick.

»Sieht so aus, als wärest du jetzt ganz auf dich allein gestellt, Arschgesicht.«

Er hörte eine Stimme. Eine, die er nie ganz zum Schweigen brachte. Jene Stimme, die er immer öfter hörte, seit er aus dem Regiment ausgeschieden war. *Nur weil Laxman davongekommen ist, muss ich nicht ganz mit leeren Händen dastehen.*

Er trat stärker auf Wades Knöchel, als würde er eine Zigarette austreten wollen. Wade würgte und gurgelte. Bald legte etwas Druck auf seinen Abzugsfinger.

»Ihr müsst irgendwo ein Versteck haben. Wo ist es?«

Wade rang sich einen trotzigen Blick ab. Aber seine Augen verrieten ihn. Sie waren weit aufgerissen und voller Angst. Bald nahm die Waffe von Wades Kopf. Der Kerl rollte sich herum, keuchte so, als würde er gleich ersticken, oder sog gierig und tief Luft in sich hinein. Bald packte ihn an seinen Dreadlocks und sagte: »Jetzt spuck's schon aus.«

Für einen kurzen Moment war es still in der Gasse. Nur die Rufe verärgerter Nachbarn und das hyperaktive Quäken einer Autoalarmanlage waren zu hören. Dann sah Wade ihm in die Augen und sagte: »In weniger als fünf Minuten klebt dir die halbe Nachbarschaft an deinem verdammten weißen Arsch.«

»Irrtum. In fünf Minuten bin ich über alle Berge.«

Bald zog Wade hoch und schob ihm die Five-Seven in den Mund. Dieses Mal zog er den Hammer mit dem rechten Daumen zurück und drückte leicht auf den Abzug. Er konnte den Widerstand in der Waffe spüren, von den beweglichen Teilen, die darauf warteten, die geladene Patrone abzufeuern. Tränen und Speichel des Gangsters rannen um den Lauf der Waffe und formten eine Art seifigen Schaum. Bald zog die Five-Seven wieder heraus.

»Wo ist es?«

»Scheiße, Mann. Komm verdammt noch mal runter, Nigga.«

»Wo finde ich euer Versteck?«

»Werd ich dir nicht sagen.«

Aus irgendeinem Grund warf Bald einen Blick über die Schulter, um nach dem Amerikaner zu sehen.

Dann wirbelte er herum. Er sah mehrere Blutflecken wie Bilder auf einem Rorschach-Test am Boden. Er sah die Gasse vor sich, sah den verstreut herumliegenden Müll, das Gras und die Dunkelheit dahinter. Aber den Amerikaner sah er nicht.

Er war verschwunden.

Kapitel 31

21:03 Uhr

»Haste deinen Kumpel verloren, Bitch?«, krächzte Wades Stimme.

Bald riss der Geduldsfaden. Es gärte schon die ganzen Tage in ihm, hatte sich langsam immer mehr aufgestaut, angestachelt von jedem weiteren Tropfen Alkohol und jeder weiteren verpassten Gelegenheit auf einen Fick. Jetzt, wo der Schläfer entkommen war und die Fünf-Millionen Belohnung gleich mitgenommen hatte, ließ er seiner Wut freien Lauf.

Er schlug mit dem Kolben der Five-Seven auf Wades Hinterkopf ein. Der Schlag hinterließ eine Delle in dessen Kopf, knapp vier Zentimeter im Durchmesser und einen halben Zentimeter tief. Wades Schmerzensschreie erstarben im Dreck. Bald packte ihn an den Dreadlocks und zog ihn auf die Beine. Wades in Mitleidenschaft gezogenes Bein berührte dabei den Boden, und er heulte wieder auf. Ohne Schmerzmittel würden die Qualen bald unerträglich werden.

»Wo ist das verdammte Versteck?«

»OKAY, OKAY!« Auf einmal bekam Wade die Worte gar nicht schnell genug heraus. »Es gibt da diesen Dealer, gleich um die Ecke. Sein Name ist Leon.«

»Los! Wir statten diesem Leon jetzt einen Besuch ab.«

»Mit Fremden macht er keine Geschäfte.«

»Mich wird er gar nicht zu Gesicht kriegen, Arschgesicht. Nur dich.«

Wade, der jetzt schniefte, dem die Tränen in den Augen standen, dessen Lippen zitterten und dem der Rotz die Nase verstopfte, rappelte sich auf und hüpfte unter vorgehaltener Waffe die Gasse entlang. Bald hielt die Five-Seven fünfzehn Zentimeter von dessen Hinterkopf entfernt. Nach fünfzig Yards traten sie aus der Gasse hinaus auf die Pike Street. Sie war auf gespenstische Art leer. In keinem der Häuser waren Lichter zu sehen. Alles, was verschlossen und verriegelt werden konnte, war auch verschlossen und verriegelt. Die Terrassen waren leer. Bald vermutete, dass die Leute aus der Nachbarschaft hier mit Bandengewalt vertraut genug waren, um zu wissen, wie man sich in solchen Fällen verhielt. Im Haus bleiben und keinen Mucks von sich geben. Früher oder später würde jemand die Cops rufen. Bis dahin hatte Bald die Straße für sich allein. Nun, Wade und er hatten sie für sich allein. Der Gangster hatte mittlerweile aufgehört, den harten Mann zu markieren. Er heulte und krächzte mit jedem Atemzug.

Wade hüpfte vor Bald die Pike hinunter, bis sie ein schlichtes einstöckiges Haus mit fleckigem Rasen erreichten, das von kahlen Palmen eingerahmt war. Vor der weißen Veranda, von der bereits die Farbe abblätterte, lagen leere Coca-Cola-Dosen und Malzbierflaschen herum.

Bald stieß Wade die Veranda hinauf. Vor der Vordertür blieben sie stehen. Vor der Haustür war ein Fliegengitter angebracht. Bald zog das Fliegengitter auf, schob Wade an die Tür und klopfte laut an. Von drinnen waren Schritte zu hören.

»Wer ist da?«, rief eine Stimme.

»He, ich bin's«, sagte Wade. »Mach auf.«

Die Tür öffnete sich einen Spalt. Wer immer hier wohnte, führte ein Leben in ständiger Paranoia und Angst. Der Mann im Inneren des Hauses musterte Wades Gesicht. Bald sah er nicht.

»Alter, wer hat dich denn so zugerichtet?«

»Da ist dieser weiße …«

Bald stieß Wade durch die Lücke und trat mit dem linken Fuß die Tür auf. Wade segelte der Länge nach in den Flur, der Kerl im Haus wich zurück, und im gleichen Moment richtete Bald seine

Five-Seven auf ihn. Instinktiv hob der Mann die Hände. Er war etwa fünfundzwanzig, mit kurzrasierten Haaren, die auf der Stirn ein ›G‹ bildeten. Er trug eine lange weiße Weste und silberne San-Antonia-Spurs-Basketball-Shorts, die ihm bis auf die Knöchel hingen. Für einen Moment stand er ratlos im Flur und seine Augen huschten abwechselnd von Wades verwundetem Bein zu Bald.

»Nimm's mir nicht übel, Mann«, sagte er und trat auf der Stelle herum, »aber du hast keine Ahnung, mit wem du dich anlegst. Das hier ist Reds Lager.«

»Gib mir das Kokain«, sagte Bald.

Der Kerl schnitt eine Grimasse.

»Tu es, verdammt.«

Der Kerl wägte seine Möglichkeiten ab. Bald verstärkte seinen Druck auf dem Abzug, um deutlich zu machen, dass er es ernst meinte. Der Kerl sah wieder Wade an. Dann wich er langsam von Bald zurück und lief rückwärts den Flur hinein. Beinahe wäre er über Wade gestolpert. Er fing sich und schlüpfte in eine Küche, die von UV-Licht beschienen war. Bald warf einen Blick aus der Vordertür und auf die Straße hinaus. Die Warnschilder in seinem Kopf sagten ihm, dass Wades Bandenkumpels jeden Moment hier sein würden. Er sah wieder in die Küche. Kakerlaken huschten über den versiegelten Holzfußboden.

»Wenn ich dich erwische, knall ich dich ab«, sagte Wade.

»Versprich nichts, was du nicht halten kannst«, entgegnete Bald.

»Wirst's sehen. Ich und meine Kumpels werden dich mit 'ner verdammten Axt bearbeiten.«

»Deine Kumpels? So wie die beiden Sportsfreunde in der Gasse?«

Das Geräusch eines Safes, der geöffnet wurde, klingelte wie Musik in Balds Ohren.

Ein Rottweiler schoss aus der Küchentür. Ein einziges Kraftpaket. Er hielt auf Bald zu, und der pumpte dem Tier vier Schüsse in den Körper. Der Hund jaulte. Er starb nicht sofort, sondern verfiel in ein verzweifeltes Winseln und wedelte mit seinen schweren Pfoten in der Luft herum. Sein rechtes Ohr war komplett zerfetzt. Seine Nase war wie eine Pflaume halbiert worden, und Blut rann ihm daraus über seine Zähne. Bald konnte kaum glauben, dass das verdammte Vieh noch am Leben war. Es war zwei Yards von ihm entfernt, als es sich wieder aufrichtete, knurrte und den Blick auf von Hundespeichel tropfende Zähne freigab. Bald schoss ihm ins Maul. Das war's dann. Der Rottweiler winselte einmal und sackte zusammen. Seine Kiefer erschlafften und sein Bauch hob und senkte sich ruckweise. Er winselte kläglich und schlug schwach mit seinen Pfoten nach den Löchern in seinem Bauch.

»Mein verdammter Hund«, schrie der Kerl aus der Küche.

»Beweg' deinen Arsch mit dem Stoff hier raus, sonst schicke ich dich gleich hinterher.«

Der Kerl trabte tränenüberströmt zurück in den Korridor. Er trug eine braune Papiertüte und zwei Pakete Kokain bei sich, jedes davon in Folie eingeschweißt und von der Größe eines gebundenen Buches. Neben Wade blieb er stehen und schob die beiden Pakete und die Papiertüte über den Fußboden zu Bald. Der bückte sich, ohne den Blick von Wade und dem Lagertypen zu nehmen, und angelte sich mit der linken Hand beide Pakete. Der Stoff schien rein zu sein und sollte einen Verkaufswert von über fünfzigtausend Dollar haben. Bald warf einen Blick in die Papiertüte. Sie war randvoll mit Bündeln von Hundertdollarnoten. Er blätterte mit dem Daumen durch eines der Bündel. Es mussten um die zweihundert Benjamins sein. Das machte zwanzigtausend je Bündel. In der Tüte lagen vier Bündel. Achtzig Riesen. Er stopfte das Geld und das Kokain in eine Sporttasche, die neben der Tür lag, zog den Reißverschluss zu und schulterte die Tasche auf.

»Wir kriegen dich«, sagte der Lagertyp.

»Und reißen dir den Arsch auf«, fügte Wade hinzu.

»Das bezweifle ich«, entgegnete Bald.

»Scheiße Mann, das ist mein Lebensunterhalt. Das ist mein Geschäft«, sagte der Lagertyp.

»Du brauchst es nicht mehr«, sagte Bald.

Er schoß dem Mann in den Kopf. Der sackte zusammen, als hätte sich für einen Moment die Erdanziehungskraft verdoppelt, und landete neben Wade, der wie eine kleine Schlampe schrie. Bald verpasste auch ihm eine Kugel in den Schädel. Keine Zeugen. Auf die Art war es sicherer. Dann machte er sich davon und schloss die Tür hinter sich.

Vier Minuten später lief er die Vine Street entlang und hielt eine gesunde Distanz zwischen sich und den Slums. Das Burner-Telefon vibrierte in seiner Tasche. Er sah auf das Display und tippte auf die ›Annehmen‹-Taste. Seine Finger stanken nach Pulverdampf.

»Ist es vorbei?«

Rachel.

Bald hatte Mühe, sie über die Polizeisirenen hinweg zu verstehen, die sich dem Getto näherten. Er verdoppelte sein Tempo. »Es ist vorbei«, log er. Er war immer noch auf eine Nummer mit ihr scharf.

Er hörte sie am anderen Ende erleichtert aufatmen.

»Wo stecken Sie jetzt?« Rachels Stimme klang nun freundlicher.

»Vine Street.«

»Warten Sie dort. Ich hole Sie ab. Ich denke, es wird Zeit, dass Sie Ihr Geschenk aufmachen, oder?«

Kapitel 32

22:13 Uhr

Rachel hatte ein Zimmer im Hilton St. Petersburg Carillon Park, etwa zwölf Meilen südöstlich von Clearwater und nur einen Steinwurf vom St. Petersburg International Airport entfernt. Während der Fahrt sagte Bald kein einziges Wort. Er war völlig im Arsch. Er dachte einzig und allein an die Drogen in der Sporttasche zu seinen Füßen und wie es sich anfühlen würde, zu guter Letzt Rachel doch noch zu bumsen. So ging am Ende dann doch alles gut aus. Er sah über die Tampa Bay hinweg. Der kohlrabenschwarze Himmel sickerte in das Wasser unter ihm ein und kleine Scherben aus Mondlicht schwammen wie leere Patronenhülsen darauf herum.

Sie parkte den Wagen in einer Tiefgarage. Rachel entschuldigte sich für einen Moment und stieg aus, um zu telefonieren. Bald zog die andere Tasche mit dem Bargeld und den Ausweisen von der Rückbank nach vorn. Er wartete, bis Rachel ihm den Rücken zukehrte, dann packte er das Kokain und die Papiertüte in die Sporttasche. Er hatte Freunde in Miami, Kontakte, die er während seiner Dienstzeit kennengelernt hatte und von denen er wusste, dass sie ihm liebend gern die Ware abkaufen würden. Wenn er genug davon hatte, Miss Florida durchzunehmen, würde er seine Leute benachrichtigen.

Er zog den Reißverschluss zu, als Rachel zu dem Chrysler zurückkehrte. »Bereit?«, fragte sie.

Bald nickte und hievte seinen müden Körper aus dem Wagen. Er fühlte sich, als hätte man ihm jeden einzelnen Muskel auseinandergenommen und unbeholfen wieder zusammengesetzt. Es tat weh zu laufen, und es tat weh zu atmen.

Es war nach 22:45 Uhr, als Rachel ihre Karte durch den Türöffner von Zimmer 221 zog. Licht in der Farbe von Vanille ergoss sich über weichgezeichnetes, unaufdringliches Mobiliar und glatt gestrichene cremefarbene Laken über dem Doppelbett. Das Zimmer roch nach Reinigungsmitteln und Potpourri.

Bald schloss die Tür und zog Rachel an sich heran. Er verschwendete keine Zeit, sich an ihrer Kleidung zu schaffen zu machen. Er riss ihr die Bluse herunter und spürte, wie sich etwas Heißes in seinen Eingeweiden ergoss.

»Du magst es gern schmutzig?«, fragte sie. »Ich auch.«

Bald zog sich sein T-Shirt aus und ließ Rachel sich um ihn herumwickeln. Sie spielte mit der Zunge an ihm herum und kaute auf seiner Unterlippe, als wäre sie aus Gummi. Sie ließ ihre Fingernägel an seinem Rücken heruntergleiten. Bald beugte sich vor, um sie zu küssen. Sie schob ihn von sich fort und auf das Bett. Sie schlüpfte aus ihrem Rock, ließ ihre Schuhe durch das Zimmer segeln und sprang hinterher. Glitt aus ihrer Jeans und kroch über ihn, bis sich ihre Nasen berührten.

Er hörte, wie sie ihm ins Ohr keuchte. Für einen langen und seligen Moment begrub sie sein Gesicht zwischen ihren warmen Brüsten, und dann richtete sie sich auf und drückte ihre Schenkel gegen Balds Oberarme. Sie presste ihre Lippen gegen seine und hüllte ihn mit heißem, nach Mandeln riechendem Atem ein.

»Ich mag es, wenn man mich schlägt«, flüsterte sie. »Ich mag es, wenn man mir sagt, dass ich ein böses Mädchen war.«

Sie hob ihr rechtes Knie gerade weit genug, damit Bald seinen linken Arm bewegen konnte. Er griff nach ihrem Hintern und gab ihr einen Klaps. Sie erstarrte für einen Moment. Dann tat sie etwas, womit er nicht gerechnet hatte. Sie spuckte ihm auf die Wange und ließ eine harte Ohrfeige auf die gleiche Stelle folgen.

»Ich sagte *schlagen.*« Rachels Stimme klang aggressiv. »Nicht einfach nur ein *Klaps.* Meine Güte, jetzt schlag mich richtig.«

Bald überlegte kurz, ob sie ihm vielleicht etwas vormachte. Aber ein Blick ihn ihre Augen überzeugte ihm vom Gegenteil.

»Schlag mich, du verdammter Schlappschwanz. So hart, dass ich blute. Ich will den Schmerz spüren.«

Sie hieb Bald auf die Oberarme. »Willst du mich ficken?«, fragte sie. »Dann tu es.«

Also schlug Bald ihr ins Gesicht. Seine Hand landete in dem Dreieck um ihren Wangenknochen herum. Ein sanfter Schrei entwich ihr. Sie wich von Bald zurück, und er glaubte schon, dass er zu weit gegangen war. Dass sie ihn vielleicht hereinlegen wollte. Dann drehte sie langsam ihren Kopf zu ihm zurück. Die Zimmerlampen tauchten ihre Gesichtszüge in ein weiches Licht und gaben den entstehenden Flecken einen hübschen Schimmer. Ihre Wange war wie eine verrottete Birne angeschwollen. Sie schien … nicht wütend zu sein. Noch nicht einmal verärgert. Eher – enttäuscht.

»Ich weiß, dass du das besser kannst, John.« Ihr Blick kühlte ab. »Schlag mich noch einmal. Dieses Mal fester.«

Bald verpasste ihr einen Schlag gegen ihr Kinn. Seine Finger brannten, daher wusste er, dass er ihr dieses Mal anständig einen verpasst hatte. Da das geschafft war, versuchte er, ihren BH aufzubekommen, um endlich zum interessanten Teil kommen zu können. Aber sie unterbrach ihn und sagte: »Und jetzt würge mich. Leg deine Hände um meinen Hals und drücke fest zu. Ich will keine Luft bekommen, wenn du in mir bist.«

Bald legte seine Hände um ihren Hals und drückte ihre Luftröhre zu. Ein seltsames Geräusch entfuhr ihr. Kein Schmerzenslaut, eher ein befriedigtes Stöhnen.

»Ja, genau so. Mach schon, großer Junge. Weiter so. Ich will, dass du mich würgst.«

Bald drückte fester zu. Ihre Haut begann sich blau zu färben.

Dann fing sie an, mit den Fäusten gegen seine Hände zu schlagen. Ihre Augen schien es beinahe aus den Höhlen zu drücken, und sie wand sich und trat mit aller Kraft gegen ihn. Bald löste den

Griff um ihren Hals. Sie hatte neue blaue Flecken an beiden Seiten des Halses, tiefblau, als ob er mit seinen Fingern eine Frucht zerquetscht hätte. Sie kroch aus dem Bett und massierte ihren Hals. »Scheiße, das tat verdammt weh, du Arschloch.«

Bald sah sie verwirrt an. »Aber du wolltest das doch?«

»Gott, das tut echt verdammt weh«, sagte Rachel. Sie taumelte aus dem Bett, griff nach ihrer Handtasche, verschwand im Badezimmer und schloss die Tür hinter sich ab. Frauen waren Bald schon immer ein Rätsel gewesen, aber Rachels Ausraster ließ ihn komplett ratlos zurück. Er zog sich die Bettdecke über seine Eier und lauschte den Geräuschen, die aus dem Badezimmer drangen. Wasser lief. Wahrscheinlich, um das Blut abzuwaschen. Etwas im Papierkorb erregte Balds Aufmerksamkeit. Zwischen den leeren Verpackungen und Papiertüchern entdeckte er ein kleines Fläschchen. Die Art von Ampullen, wie sie ein Arzt verschrieb. Das kam Bald seltsam vor.

Er fischte die Ampulle aus dem Müll und studierte das Etikett auf der Vorderseite. Dann schlugen seine Innereien Purzelbäume. Plötzlich wurde ihm klar, wieso Rachel letzte Nacht in der Bar nicht betrunken wurde, obwohl sie genau so viel zu sich genommen hatte wie er.

Die Ampulle enthielt Ephedrin.

Das Türschloss an der Badezimmertür wurde entriegelt. Bald ließ die Ampulle schnell wieder in dem Papierkorb verschwinden. Rachel erschien im Türrahmen. Das fluoreszierende Licht aus dem Badezimmer erhellte ihr Gesicht. Einige Strähnen ihres blonden Haares leuchteten weißlich und grell, wie Eruptionen, die von der Oberfläche der Sonne aufstiegen. Das Licht hob jede Einzelheit von Balds Tagwerk hervor, jeden blauen Fleck, jeden Striemen, jeden Schnitt und jeden Kratzer.

In ihrer Hand befand sich eine Pistole. Eine Browning Hi-Power. Eine Waffe, die Bald sofort bekannt vorkam, denn sie gehörte für lange Zeit zur Standardausrüstung des Regiments. Aber in Amerika war sie eher selten. Sie gehörte nicht gerade zu der Art von Feuerwaffen, die man bei Wal-Mart oder einer Waffenbörse kaufen konnte. Diese Waffe war eher speziell, etwas für Sammler. Ein Teil von ihm wunderte sich, woher Rachel die Browning bekommen hatte. Der Rest von ihm wurde schlaff und er fragte sich, ob sie die Nerven haben würde, den Abzug zu drücken. Er hoffte es nicht.

»Steh auf«, sagte Rachel.

Bald blieb, wo er war. »Hör auf, mit dem verdammten Ding auf mich zu zielen.«

»Ich spiele hier keine Spielchen, John.« Sie spannte den Hahn. »Ich warne dich zum letzten Mal. Wenn dir was an deinen Eiern liegt, solltest du aufstehen.«

Bald lag etwas an seinen Eiern. Also stand er auf.

Vorsichtig schlurfte sie näher auf Bald zu. Die Browning zitterte in ihrer Hand und Rachels Lippen taten es ihr gleich. Das Unbehagen, auf ihn zugehen zu müssen, stand ihr ins Gesicht geschrieben, in dem Stirnrunzeln über ihrer Nasenwurzel und dem leisen Ächzen aus ihrem böse geschwollenen Mund.

Kurz vor Bald hielt sie an. Mit ausgestreckter Hand befand sich der Lauf der Browning nur die Hälfte des Abstands von Balds Stirn entfernt. Ein kurzes Zucken mit dem Finger, etwas zu viel Druck, das war alles, was es brauchte.

»Könnten wir jetzt einfach ficken?«, fragte Bald.

Sie lächelte ihn durch das ganze Blut und die Blutergüsse hindurch an.

»Nein. Ich werd' dich umlegen, Baby. Genau so, wie du Laxman umgelegt hast.«

Kapitel 33

Hilton St. Petersburg Carillon Park Hotel, St. Petersburg, Florida, USA, 22:39 Uhr

Rachel Kravets lief Blut aus der Nase. Es warf Blasen unter ihren Nasenlöchern, die ungleich groß waren. Den Schönheitsfehler hatte sie nicht von Natur aus, sondern er stammte von John Bald, der ihn mit seiner rechten Faust in ihr Gesicht modelliert hatte.

Langsam spannte sie den Hahn der Browning Hi-Power. Sprungfedern, Spulen und alle Arten an Mechanik in der Pistole gaben metallisch klickende Geräusche von sich. Bald blieb regungslos stehen. Die Art, wie Rachel mit der Browning umging, verriet ihm, dass sie ein Amateur war, auch wenn sie für die CIA arbeiten mochte. Vielleicht bekamen die Agenten im Einsatz wegen der Budgetkürzungen keine Übungseinheiten auf dem Schießstand mehr. Aber wenn einem ein Amateur eine Waffe an den Kopf hielt, war das trotzdem eine doofe Sache.

Für einen kurzen Augenblick dachte Bald, dass Rachels Auftritt zur Show gehörte. Hing der Fantasie nach, dass sie ihre Browning in die Ecke werfen und auf die Knie fallen würde, um ihm den Blowjob des Jahrhunderts zu verpassen. Aber nichts dergleichen passierte. Stattdessen klebten Rachels Augen an dem Fernseher, wo der örtliche Nachrichtensender der Fox News über die Schießerei im Gettozentrum von Clearwater berichtete. Ein viel zu aufgeregter und fröhlicher Reporter brachte die Zuschauer auf den neuesten Stand jenes Vorfalls, der als Bandenschießerei bezeichnet wurde. Vier tote Gangster wurden erwähnt, komplett mit Foto. Bald war zu weit entfernt gewesen, um sich an die Gesichter der Kerle, die er getötet hatte, erinnern zu können, aber die Polizei schien dahingehend ihre Hausaufgaben gemacht zu haben.

Dann verzog Rachel das Gesicht, und ihre Augen wanderten langsam zu Bald zurück.

»Was ist aus Laxmans Leiche geworden?«, fragte sie.

Zeit, eine Beichte abzulegen. Bald hatte gehofft, mit der Lüge durchzukommen, zumindest so lange, bis er Rachel bestiegen hatte. Aber dieser Bericht war ihm in die Parade gefahren.

»Es gibt keine Leiche«, sagte er.

Rachels Miene verfinsterte sich zu einem Gesicht, das Bald über die Jahre schon bei zu vielen Frauen sehen musste. Rasend vor Zorn und voller Abscheu. So als hätte er gerade zugeben müssen, dass er hinter ihrem Rücken ihre beste Freundin geknallt hatte.

»Es gibt keine Leiche, weil ich Laxman nicht umgelegt habe. Er ist entwischt.«

Rachels Gesichtsmuskeln entspannten sich wieder, gingen auseinander wie ein zusammengeknüllter Papierball. Sie wurde bleich, ihr Blick war leer und ausdruckslos. Sie ließ die Waffe sinken. Dann taumelte sie durchs Zimmer, nahm ihr iPhone vom Schreibtisch und wählte eine Nummer. Bald konnte die Stimme von Danny Cave durch die Leitung aus London herüber bellen hören. In England war es jetzt ungefähr vier Uhr morgens. Rachel ging zum Telefonieren in den Hotelflur. »Bleib hier«, wies sie ihn an.

Fünf Minuten später kehrte sie zurück. In ihr Gesicht war wieder etwas Farbe zurückgekehrt. Sie lächelte schief. »Cave sagt, dass du nach Libyen fliegen sollst.«

»Ihr könnt mich mal.«

»Er sagt, dass du Shylam Laxman aufspüren und die Mission zu Ende bringen musst.«

»Ihr könnt mich kreuzweise.«

»Er sagt, dass du entweder genau das tust, oder deiner Freiheit und Bezahlung Lebewohl sagen kannst.«

Bald dämmerte, dass ihm keine andere Wahl blieb, als einzuwilligen. Wenn sie einen bei den Eiern hatten, tat man entweder, was sie verlangten, oder sie drückten so lange zu, bis einem die Dinger platzten.

»Oh, und noch etwas. Das wird dir gefallen, Baby. Cave meint, dass ich mitkommen soll. Die Agency will jemand dabei haben.«

Bald nickte geistesabwesend. Dann fragte er: »Das mit der Pistole vorhin, das war nur gespielt, oder?«

Rachel lächelte ihn liebenswürdig an. »Natürlich, Baby. Das war nur gespielt.«

Kapitel 34

Tunesisch-libysche Grenze, 06:39 Uhr

Das Erste, was Bald in Libyen zu Gesicht bekam, war eine Rauchwolke. Wie in Zeitlupe stieg sie aus dem zerbombten Teil einer zweispurigen Fahrbahn, der vielleicht eine Meile, vielleicht aber auch gut und gern zwei oder zwanzig Meilen lang sein konnte. Um ihn herum gab es nichts, woran er die Länge hätte ausmachen können. Nur einen Talkessel voll feinkörnigem Sand und den endlosen Himmel. Bald umklammerte das Lenkrad des Land Rover Defender 90, der über die eine Million Krater und Löcher rumpelte und schaukelte – die Hinterlassenschaft eines NATO-Luftangriffs – und der 2,4-Liter-Dieselmotor knurrte wie ein in die Enge getriebener Hund.

Die Rauchsäule stieg träge gen Himmel. Bald legte gut sechzig Meilen pro Stunde zurück, dennoch schien er sich ihr nicht zu nähern. Fast schon trotzig blieb sie unerreichbar am Horizont kleben.

Rachel saß auf dem Beifahrersitz und verfluchte ihr iPhone. Sie trug einen Pashima genannten Schal um den Kopf, um ihre Haare zu bedecken. Die Verfechter des Arabischen Frühlings waren bereit für die Demokratie, aber die fortgeschrittenere Form, in der die Frauen unverhüllt bleiben durften, bereitete ihnen noch Probleme.

»Immer noch kein Glück, Cave ranzukriegen?«, fragte er.

»Ich hab immer noch kein Netz.«

»Typisch für die Firma. Die geben Millionen für Lampenschirme aus, aber dann schicken sie einen mit einem Telefon los, mit dem man keine Verbindung zustande bekommt.«

Rachel versuchte ein Lächeln, ließ es aber sogleich wieder bleiben, weil die Bewegung in ihrem malträtierten Gesicht schmerzte.

»Ich versuch's weiter. In der Nachricht meinte er, es sei dringend.«

»Das wird warten müssen«, sagte Bald.

»Wieso?«

»Wir bekommen Gesellschaft.«

Sie sahen vor dem Horizont aus wie kleine Insekten. Vier von ihnen. Kaum größer als Kakerlaken. Hitze stieg von dem Asphalt vor ihnen auf und ließ ihre Umrisse verschwimmen. Sie kamen aus der gleichen Richtung, in der die Rauchwolke lag. Von ihrer Position aus konnte Bald ihre Gesichter nicht erkennen.

Aus hundert Yards Entfernung konnte man individuelle Gesichtszüge des Feindes ausmachen, so etwas wie Nasen oder Haare. Aus dreihundert Yards Entfernung konnte man abschätzen, ob der Gegner ein Weißer oder ein Schwarzer war, breitschultrig oder eine Wampe vor sich her trug. Aus sechshundert Yards Entfernung erkannte man gerade so menschliche Umrisse.

Bald zählte vier Umrisse und schätze die Entfernung daher auf sechshundert Yards. Sie waren zu Fuß, aber neben ihnen befand sich ein Fahrzeug. Mit einiger Wahrscheinlichkeit ein Toyota Hilux, Baujahr Mitte der Neunziger. Auf der Ladefläche war ein großes Objekt montiert worden. Das Ding sah aus wie ein überdimensionierter Partykracher.

»Wer sind die?«, fragte Rachel.

»Rebellen oder Anhänger der Regierung. Die Chancen stehen fifty-fifty.«

»Was machen wir jetzt?«

»Wenn es Rebellen sind, haben wir nichts zu befürchten.«

»Und wenn nicht?«

»Dann sehen wir zu, dass wir uns aus dem Staub machen.«

Bald fuhr den Defender weiterhin bei konstanten sechzig Meilen pro Stunde, und die Insekten wurden langsam größer. Er hielt auf sie zu.

Noch dreihundert Yards.

Sie bewegten sich nicht und waren quer über die Straße verteilt, wo sie den Verkehr in beide Richtungen anhielten. Ein Kontrollpunkt.

Noch zweihundert Yards. Jetzt konnte er ihre Bekleidung sehen. Der Kloß in seinem Hals begann sich aufzulösen. Die Männer trugen beigefarbene und dunkle T-Shirts, Stonewash-Jeans und Turnschuhe, die in einem früheren Leben einmal Weiß gewesen waren.

»Definitiv Rebellen«, sagte Bald.

»Woher willst du das so genau wissen?«

»Sie tragen keine Uniform. Sie sehen eher so aus, als wären sie nach Magaluf unterwegs.«

Sie runzelte die Stirn und fragte: »Was ist Magaluf?«

»Ein Ort auf Mallorca. Wir Schotten fahren dahin, um uns zu besaufen, die Rübe einzuschlagen und zu pimpern.«

»Ah, verstehe. Weil ihr das ja noch nicht genug in eurem eigenen Land tut.«

Ihre gewitzte Antwort half, die Anspannung ein wenig lindern. Als sie nur noch hundert Yards von den Männern trennten, zeigten sich Details in deren Gesichtern, und die Gewehre, die sie hielten, nahmen die typische todbringende Form von AK-47 Sturmgewehren an.

Fünfzig Yards vor ihnen bremste Bald auf zwanzig Meilen in der Stunde herunter, um den Männern zu erkennen zu geben, dass er nicht vorhatte, durch den Checkpoint zu rasen. Trotzdem richteten sie ihre Waffen auf das Fahrzeug.

Die Karosse des Hilux war mit Rost überzogen, aber die farbigen Streifen rundherum waren dennoch zu erkennen. Rote, Grüne und Schwarze – die neue libysche Flagge der Übergangsregierung. Die Windschutzscheibe war zersplittert und das Dach wie eine Getränkedose eingedellt.

Noch vierzig Yards. Jetzt konnte Bald auch genau sagen, was das für ein Partykracher war, den man auf der Ladefläche angebracht hatte. Es war ein UB-32 57mm Raketenwerfer. Eigentlich eine

Luft-Boden-Waffe, die normalerweise an sowjetischen SU-20 Kampfflugzeugen oder Hubschraubern montiert war und zweiunddreißig ungesteuerte Raketen auf Bodenziele abfeuern konnte. Im Moment zielte er in einem Fünfundvierzig-Grad-Winkel in die Luft.

Dreißig Yards. Bald konnte die Gesichtszüge der vier Männer studieren. Alle hatten den gleichen nervösen, lebhaften Blick. Sie konnten den Sieg bereits riechen, aber sie waren zu unerfahren und noch zu sehr auf Adrenalin, um wie er zu verstehen, dass dieser Frieden schwieriger zu händeln sein würde als der Krieg. Einer der Männer war älter als die anderen, Ende dreißig oder Anfang vierzig, mit verfilzten und schmierigen schwarzen Haaren und Augen, denen man die Anspannung ansehen konnte. Ein breiter Brustkorb und fleischige Arme. Er trug keine AK bei sich. Nur eine Pistole steckte in ihrem Holster an seinem Gürtel, und seine rechte Hand ruhte locker auf deren Griff. Sein Bart sah wie etwas aus, das eine Katze herausgewürgt hatte. Ex-Militär, schätzte Bald. Wahrscheinlich der Anführer der zusammengewürfelten Truppe.

Dann trat Mr. Bart nach vorn und reckte Bald die ausgestreckte Handfläche entgegen. *Stop.* Bald brachte den Land Rover fünfzehn Yards vor Mr. Bart und seinen Leuten zum Stehen. Den Motor ließ er laufen. Er spürte, wie sich seine Schulter- und Rückenmuskeln verspannten und zusammenzogen, wie Metall, das sich um Metall wickelte.

Die Rauchsäule am Horizont war in sich zusammengefallen.

Mr. Bart rührte sich nicht.

Bald nahm die Hände vom Lenkrad und beugte sich zum Handschuhfach hinüber, aus dem er eine Union-Jack-Flagge kramte. Mit der Flagge würden sie den Freiheitskämpfern zu erkennen geben, dass Bald und Rachel keine Feinde waren.

Dann sah er etwas im Rückspiegel aufblitzen. Weiß. Verschwommen. Es kam mit hoher Geschwindigkeit die Straße entlang, achtzig oder neunzig Meilen pro Stunde, und die Karosse reflektierte das grelle Sonnenlicht. Eine Flagge wehte an der Antenne. Die Farbe der Rebellen. Als der Wagen auf hundert Yards heran war, konnte Bald das schwere Kaliber-.50-Maschinengewehr erkennen, dass hinten auf dem Auto montiert worden war und von zwei schmächtigen Kerlen bedient wurde. Als es sich bis auf fünfzig Yards genähert hatte, sah er die sich überlappenden Ovale des Toyota-Logos. Man hatte es an einen Kühlergrill geschraubt, der groß genug war, um darauf ein Schwein zu grillen. Dreißig Yards vor ihnen kam der Land Cruiser zum Stehen und drei Männer, im gleichen Look wie die Mannschaft um den Hilux herum und ebenfalls mit AK-47 bewaffnet, stiegen aus dem Wagen.

Bald wurde klar, dass man sie umzingelt hatte.

Dann kam Mr. Bart zielstrebig über den Asphalt auf sie zugelaufen. Gleichzeitig hatte er in einer fließenden Bewegung seine Pistole aus dem Holster gezogen. Bald war nahe genug, um die feinen, individuellen Details der Waffe auszumachen. Sie hatte einen polierten Holzgriff und eine Reihe von schräg stehenden Einkerbungen an der Unterseite des kurzen Laufs.

Eine Makarov-Halbautomatik.

Für einen Moment war nichts zu hören außer dem schwachen Klopfen des laufenden Motors. In seiner Brust konnte Bald auch sein Herz klopfen hören. Hinter sich konnte er wütende Rufe auf Arabisch hören.

»Hände hoch«, sagte Mr. Bart.

Bald ließ die Flagge fallen und riet Rachel: »Tu, was er sagt. Und keine plötzlichen Bewegungen.« Mr. Bart und seine Kumpane wirkten extrem schießwütig. Bald hatte nicht vor, ihnen durch irgendetwas einen Grund zum loszuballern zu geben.

Auf dem Asphalt schimmerten leere Patronenhülsen. Die anderen drei Männer aus dem Hilux kamen vorsichtig auf sie zu, die AK-47 im Anschlag, die Kolben fest gegen die Schulter gepresst, und spähten mit ihren dunklen Augen über die eisernen Visiere.

Mr. Bart sah Bald an. »Woher kommen Sie?«

»Aus Schottland.«

»Und die Frau?«

»Amerika«, antwortete Rachel.

Seine Männer gingen zehn Yards vor Bald und Rachel in Position. Der bärtige Mann nickte und gab den Männern, die sich noch im Land Cruiser befanden, ein Zeichen. Dann sagte er: »Steigen Sie aus dem Wagen.«

»Machen Sie keine Dummheiten«, sagte Bald.

Mr. Bart schnaubte verächtlich. »Ich weiß ganz genau, was ich tue.«

Bald legte vorsichtig seine Hand auf den Türöffner, so vorsichtig, wie man eben sein konnte, wenn man über eins-neunzig groß war und neunzig Kilo auf die Waage brachte. Er zog den Türöffner zurück. Die Tür gab beim Öffnen ein leichtes Ächzen von sich. Er drückte sie auf und drehte sich auf seinem Sitz zur Seite, sodass seine Füße aus dem Wagen heraushingen, und dann sprang er. Rachel folgte seinem Beispiel, gleichermaßen langsam.

Die Hitze machte sich sofort bemerkbar. Mr. Bart drückte Bald die Makarov gegen die Brust. Speichel flog ihm aus dem Mund, als er rief: »Da lang! Da lang!«

Er deutete in die Wüste hinaus.

»Sie machen einen verdammten Fehler«, sagte Bald.

»Nein, mein Freund«, antwortete Mr. Bart. »Sie haben einen Fehler gemacht, als Sie in meinem Land eingefallen sind.«

Es war sinnlos, sie herauszufordern. Und noch sinnloser, zu versuchen, davonzulaufen. Vier Rebellen in der Nähe des Hilux, und weitere fünf bei dem Land Cruiser. Sechs Kerle, bewaffnet mit Kalaschnikows. Und zwei Männer an einem Maschinengewehr, dessen Geschosse so groß und wuchtig waren, dass sie einem mit nur einer Salve die Gliedmaßen abtrennen konnten.

Man führte sie von der Straße. Der Boden unter ihren Füßen war staubig und lose. Die Hitze bohrte sich durch Balds Turnschuhe und verbrannte ihm die Fußsohlen. Sie liefen in die Wüste hinein. Bald warf einen kurzen Blick zurück. Der Land Rover war bereits auf die Größe eines ferngesteuerten Spielzeugautos geschrumpft.

Schließlich befahl man ihnen anzuhalten. Bald hatte keine Ahnung, wie weit sie gelaufen waren. Aber weit genug, dass die Straße sich nur noch wie der Schwanz einer Echse dünn am Horizont kringelte.

Mr. Bart ließ die Makarov herabhängen und fragte: »Wer zuerst?«

Bald antwortete nicht.

Rachel ebenfalls nicht.

Dann presste Mr. Bart die Makarov an Balds Schläfe. Ein kalter Ring auf seiner von der Hitze braungebrannten Haut. Bald starrte Mr. Bart unentwegt an, starrte auf dessen Zeigefinger, der sich langsam um den Abzug krümmte.

»Sie sterben zuerst«, ließ Mr. Bart ihn wissen.

Kapitel 35

07:01 Uhr

»Sie beobachten mich«, sagte Bald. »Sie werden nicht besonders glücklich sein, wenn Sie etwas Dummes tun werden.«

Mr. Barts Finger machte eine kurze Pause. »Wer beobachtet uns?«, wollte er wissen.

Bald spürte einen ersten Anflug von Zweifel und sagte: »Die NATO, Sie verdammter Idiot. Ich bin hier, um zu helfen.«

»Lügner! Ihr beide seid Spione.«

Bald rollte mit den Augen. »Meine Güte. Ich bin hier auf Befehl der NATO, von ganz oben. Man sagte mir, dass Ihre Leute meine Hilfe brauchen.«

»Hilfe?«

»Training. Sprengstoff, Scharfschützenabwehr. Wie man Leute umbringt. Das ist mein Spezialgebiet.«

»Uns hat niemand etwas davon gesagt, dass Sie kommen würden.«

»Aber nun sind wir da. Nehmen Sie es als gegeben hin.« Bald gab sich alle Mühe, eine erstklassige Vorstellung abzuliefern. Je überzeugender man seine Lügen erzählte, umso wahrscheinlicher kam man damit durch. Er sah Mr. Bart durchdringend an und tat sein Bestes, angepisst zu wirken.

Mr. Bart scharrte unsicher mit den Füßen.

»Was ist mit ihr?«, fragte er und deutete mit dem Kopf in Rachels Richtung.

»Menschenrechtsbeobachter«, sagte Bald, bevor Rachel den Mund aufmachen konnte. »Sie ist hier, um dafür zu sorgen, dass *ich* keinen Mist verzapfe.«

Bald hatte von den Gerüchten gehört, dass der CIA in den von Paranoia beherrschten Jahren nach dem Fall der Twin Towers hunderte libyscher Dissidenten durchleuchtet hatte. Die halbe Führungsriege des Nationalen Übergangsrates war in der Folterklasse an Bord einer Gulfstream geflogen. Jeder im privaten Sicherheitsgewerbe wusste davon, und Bald war sich ziemlich sicher, dass es Mr. Bart und seinen Jungs gar nicht gefallen würde, zu hören, dass Rachel für die Agency arbeitete.

Mr. Bart schüttelte den Kopf. »Wir brauchen keine Hilfe. Das ist unser Kampf.«

»Warum sollten sie mich dann aber hierher schicken?«, fragte Bald. »Euer Krieg, nicht meiner. Vor euch liegen noch über hundert verdammte Städte, die gar nicht schnell genug die *Willkommen-Zurück-Gaddafi*-Feiern abhalten würden. Das wird noch Monate dauern und euch tausende Männer kosten, um sie alle zurückzuerobern. Aber meinetwegen …«

Mr. Bart musterte Bald von oben bis unten, als würde er ihn zum ersten Mal zu Gesicht bekommen. Die Makarov hielt er aber weiterhin auf Balds Kopf gerichtet.

»Wenn die NATO Sie geschickt hat, wieso tragen Sie dann keine Uniform? Und keine Waffe?«

Bald blinzelte in den Himmel hinauf. Die Sonne war nirgendwo und gleichzeitig überall. Die Hitze donnerte auf die Wüste herab und züngelte an seinem Gesicht. Schweiß bedeckte seine Arme, seinen Rücken, selbst seine Eier.

»Ich bin Ex-Soldat der britischen Armee«, sagte er.

»Wieso schicken sie jemanden aus dem Ruhestand?«

»Da können Sie sich bei den verdammten Politikern bedanken«, antwortete Bald. »Sie haben versprochen, dass keine Soldaten den Boden betreten werden. Typen wie ich sind aber streng genommen keine Soldaten – man hat uns nur angeheuert. Auf die Art können die Schlipsträger ihr blödsinniges Versprechen halten, und ich darf euch Fettärschen beibringen, wie man Gaddafi besiegt.«

»Wir sind in der Armee«, sagte Mr. Bart. »Wie wissen, wie man kämpft.«

»Aber ich kann euch beibringen, wie man *gewinnt*«, prustete Bald abfällig. Er ging einen Schritt auf Mr. Bart zu, und dann noch einen. »Sie wollen den Krieg doch gewinnen, oder?«

Bald stand nun fünfzehn Zentimeter von Mr. Bart entfernt. Er konnte seinen fauligen Körperschweiß und den Geruch von Zigarrenrauch auf seiner Haut riechen. Ihm fiel eine Narbe am Hals des Mannes auf, die der von Carlos Tévez ähnelte. Mr. Bart blieb beharrlich. »Ihr habt keine Papiere. Ihr tragt keine Uniformen. Es gibt niemanden, der eure Geschichte bestätigen kann.« Er deutete auf seine Männer. »Wie kann ich euch also trauen?«

Bald deutete in den Himmel hinauf. »In diesem Moment schwebt eine unbemannte Spionagedrohne in zwanzigtausend Yards Höhe über uns. An Bord befinden sich Kameras, die soeben auf mich gerichtet sind. In London und Washington sitzen Leute, die diese Kameras im Auge haben. Liveübertragung.«

Mr. Bart dachte kurz darüber nach. Dann wiederholte er: »Spionagedrohnen?«

»Wie ich schon sagte, ich bin hier, um zu helfen.«

»Gaddafi ist ein böser Mann.«

»Ja, das ist er.«

»Ein sehr böser Mann.«

Mr. Bart zögerte noch einen weiteren Moment. Dann machte er eine schneidende Geste, und seine Männer nahmen die Waffen herunter. Balds Bluff war aufgegangen. Mr. Bart begann zu grinsen. Sein Mund war ein schwarzes Loch, in dem die meisten seiner Zähne fehlten. Die wenigen, die er noch hatte, waren bräunliche Stümpfe, wie Cashewkerne.

»Ich heiße Younes«, sagte er und hielt seine riesige Pranke hin. Bald schüttelte sie. Ein fester Händedruck, raue Handflächen, knapp. »Wir sind aus Benghazi. Wir waren die Ersten, die sich gegen Gaddafi auflehnten.«

»John«, stellte Bald sich vor. »Das ist Rachel.«

Younes bedachte Rachel mit eben der warmherzigen Begrüßung, mit der Araber Frauen begrüßten, und tat so, als wäre sie gar nicht anwesend. Er klopfte eine türkische Zigarette aus einem zerknüllten Päckchen, was zumindest zum Teil den strengen Geruch an ihm erklärte, und sagte: »Wir sind *Kateeba*.«

»Was bedeutet das?«

»*Kateeba* sind die erfahrensten Brigaden der Rebellen. Aber es gibt nicht viele wie uns. Wir sind zu wenige. Sie sagten, Sie sind von den Special Forces. Dann sind Sie so viel wert wie zehn Soldaten. Ein Mann wie Sie könnte einen großen Unterschied machen.«

»Unsere Befehle lauten, uns nach Tripolis zu begeben.«

»Dann seid ihr im richtigen Moment angekommen. Unsere Brüder übernehmen in diesem Moment in der Stadt die Kontrolle. Wir bringen Sie hin.«

»Das wird nicht nötig sein. Zeigen Sie uns einfach den Weg.«

»Allein werden Sie es nicht schaffen. Der *brüderliche Führer* kontrolliert noch immer viele Städte und Dörfer. Nur wir können Sie und Ihre Freundin sicher ans Ziel bringen.«

Younes bellte seine Männer in Arabisch an, und sie stoben zu dem Hilux davon. Bald sah Rachel hinterher, die zu dem Land Rover zurücklief, und fragte: »Sie nennen Gaddafi immer noch *den brüderlichen Führer*?«

Younes lächelte entschuldigend. »Ich meine natürlich *dieses elende Stück Scheiße von einem Tyrannen*. Entschuldigen Sie. Es ist schwer, nach vierzig Jahren alte Gewohnheiten abzulegen, selbst wenn es schlechte sind.«

Die Rebellen wiesen ihnen den Weg. Der Hilux übernahm die Führung, der Land Cruiser blieb konstante zwanzig Yards dahinter. Bald und Rachel in dem Land Rover bildeten das Schlusslicht des kleinen Konvois. Die Fahrzeuge donnerten die Straße entlang, nie langsamer als sechzig, und pflügten sich ins Landesinnere. Östlich von Bald, wenn er über seine rechte Schulter sah, befand sich die wogende Wüste mit einer Farbe wie Rohleder. Konturlos, heiß und staubig. In weiter Ferne konnte er ausgeblichen eine Bergkette erkennen, die in ein Plateau mündete. Westlich und nordwestlich, also links von ihm, erstreckte sich das Mittelmeer. Ein endloses Blau, welches das Land eher gefangen zu nehmen schien, als es zu befreien. Die wenigen Städte, die sie auf ihrer Fahrt passierten, waren jämmerliche, von der Sonne ausgeblichene Käffer mit einer Moschee hier und einem Gaddafi-Denkmal dort. Jede Stadt war so ausgestorben wie der Parkplatz vor einem Einkaufszentrum nach Ladenschluss.

Bald war schlecht gelaunt. Er hatte keine Zeit gehabt, sich mit seinen Kontakten in Miami in Verbindung zu setzen, bevor er vom St. Petersburg abgeflogen war, was bedeutete, dass er zwei Pakete Kokain mit einem Verkaufswert von mehr als fünfzig Riesen im Hotelzimmer zurücklassen musste, zusammen mit dem Geld – immerhin konnte er schlecht achtzigtausend Piepen mitschleppen, ohne dass Rachel etwas davon bemerkte, die dann sicherlich sofort Daniel Cave etwas von seinem kleinen Nebenjob erzählt hätte. Also hatte er schweren Herzens das Kokain und das Geld zurückgelassen, und tröstete sich mit dem Gedanken, dass die Belohnung, wenn er den Job zu Ende brachte, die einhundertdreißigtausend Dollar aus dem Drogenversteck wie Peanuts aussehen lassen würde.

Die letzte größere Stadt vor Tripolis hieß Zawiyah. Die Straße wurde schlagartig schlechter, der Asphalt verwandelte sich in eine schwarze Schmiere. Das hier war Bomb Central. Zuvor war die Landschaft hauptsächlich flach gewesen. Hier war sie gänzlich flach, eingeebnet von hunderttausend Pfund Munition.

Bald sah auf seine Aquaracer. 08:45 Uhr. Seit sie die Flüchtlingsstadt Allouet el Gounna in Tunesien verlassen hatten, waren etwas mehr als 3 Stunden vergangen. Gaddafis Regime lag im Todeskampf, aber der Grenzübergang in Ra Ajdir am nördlichsten Ausläufer Libyens war noch immer geschlossen. Also hatte Bald entschieden, es zu riskieren, das offene Land außerhalb von Allouet el Gounna zu durchqueren, acht Meilen südlich. Er war davon ausgegangen, dass Gaddafis getreue Freunde Wichtigeres zu tun hatten als an der Grenze auf und ab zu laufen.

Sie ließen Zawiyah hinter sich und waren nur noch vierzig Meilen von Tripolis entfernt. Endlich hatte Rachel wieder Empfang auf ihrem iPhone, ein Umstand, der sich mit einem entnervenden Klingelton ankündigte, bei dem Bald sich am liebsten in die eigene Hand gebissen hätte. Rachel nahm den Anruf an. Eine Stimme quäkte über dies und das, dann reichte Rachel ihm das Telefon und sagte: »Er will mit Ihnen sprechen.«

Damit meinte sie Cave.

Widerwillig nahm Bald das iPhone entgegen. Er lenkte den Wagen mit einer Hand weiter.

»Sie sind ein echter Glückspilz, John-Boy.« Caves Stimme war von gelegentlichem statischen Rauschen unterbrochen.

»Wir wären beinahe von einer Gruppe Rebellen umgebracht worden«, sagte Bald.

»Und trotzdem sind Sie noch am Leben. Und wissen Sie was? Sie werden Tripolis noch rechtzeitig für die große Show erreichen.« Cave wertete Balds Schweigen als Ignoranz und fuhr fort: »Operation Mermaid Dawn beginnt, während wie gerade miteinander sprechen. In wenigen Stunden wird Tripolis gefallen sein.«

Ein plötzlicher Windstoß fegte an ihnen vorbei. Eine Boeing F-15E Strike Eagle schoss über sie hinweg und übertönte den Motor und Cave. Bald sah mit zusammengekniffenen Augen dem Kampfjet hinterher, der sich als kleiner werdender Fleck, beinahe wie ein Staubkorn, von ihnen entfernte.

Cave fuhr fort: »Vor Kurzem haben wir Kontakt mit Leuten am Boden herstellen können. In Benghazi. Sie hatten sich als Fischer verkleidet und waren über den Seeweg nach Tripolis hinein gelangt. Sie warten auf unser Signal. Wir hatten unser eigenes kleines Schläfer-Netzwerk im Herzen von Gaddafis Reich.« Er klang selbstzufrieden. Bald konnte ihn förmlich vor sich sehen, wie er in seinem protzigen Büro saß, mit seinen eleganten Schuhen auf dem teuren Schreibtisch und einem fetten Grinsen über seinem zu sauber rasierten Gesicht.

»Ein Großteil der Stadt ist bereits gefallen«, erzählte Cave weiter. »Das ist verdammt großartig, nicht wahr? Gaddafis Jungs hatte die Stunde geschlagen, und weg waren sie, einfach so.«

Bald hörte, wie Cave zur Untermalung mit den Fingern schnippte, dann fragte er: »Aber was geht mich das an?«

»Teile der Stadt sind noch immer gefährlich«, antwortete Cave. »Jede Menge Scharfschützen. Andauernde Gefechte mit den letzten verbissenen Anhängern. Sie müssen es zuerst zu Laxman schaffen. Für Fremde ist Tripolis im Moment nicht sicher. Wenn Laxman entführt werden sollte, könnte die Technologie in die Hände Gaddafis fallen. Er könnte in dem Smart Dust das einzige Mittel sehen, um den Krieg noch zu gewinnen.«

»Wo finde ich also Laxman?«

»Deshalb rufe ich Sie an. Er ist von Tampa mit einem gefälschten Pass abgeflogen. Der Name ist in einem Hotelreservierungssystem aufgetaucht. Das Mansour Hotel. Er gibt sich als Journalist namens Moussa Al-Nasr aus. Sie werden die Gesellschaft in dem Hotel mögen. Die ganzen Journalisten sind dort abgestiegen. BBC, CNN, Sky.«

»Wem will er das Zeug denn da übergeben, verdammt? Rupert Murdoch persönlich?«

»Sie sollten als Komiker arbeiten«, sagte Cave. »Nein, natürlich nicht. Die ganze Journalisten-Sache ist nur ein Vorwand. Aber wir glauben, dass die Übergabe morgen stattfinden wird. 14:20 Uhr, auf die Minute genau.«

»Sie wollen mir aber nicht verraten, für wen er den Smart Dust ins Land schmuggelt?«

»Sie sind in Libyen«, rief Cave Bald ins Gedächtnis. »Was glauben Sie denn?«

Bald fiel auf Anhieb keine Antwort ein.

»Wir glauben, es ist Gaddafi«, sagte Cave. Er machte eine kurze Pause, aber nicht lange genug, damit Bald etwas hätte einwerfen können. »Und jetzt sehen Sie zu, dass Sie Laxman erwischen, bevor es die Leute des Colonels tun. Machen Sie Ihren Job gut, dann sorgen wir dafür, dass es auch für Sie gut ausgeht. Nicht vergessen, die Firma kümmert sich um Ihre eigenen Leute, John-Boy.«

Cave legte auf, und Bald gab das iPhone an Rachel zurück, die immer noch so tat, als hätte sie nicht mitgehört. Sie packte das Telefon ein und rutsche wieder in ihren Sitz. Sie sah mindestens so müde aus, wie Bald sich fühlte. Als sie die Gulfstream in Remada, einer Garnisonsstadt am südöstlichsten Ende von Tunesien, verlassen hatten, war sie sofort eingeschlafen. Und sie war wiederum sofort eingenickt, als sie eine andere Gulfstream auf einem privaten Landefeld in Kathleen, östlich von Clearwater, bestiegen hatten. Elf Stunden Flug, danach noch zwei Stunden am Boden. Dreizehn Stunden Schlaf insgesamt. Das ganze Ephedrin in ihrem Blutkreislauf musste sich ja früher oder später bemerkbar machen.

Zwei Meilen hinter Zawiyah erreichten sie einen Kontrollpunkt der Rebellen. Barrieren aus Plastik versperrten die Straße in beide Richtungen. Der Checkpoint lag im Schatten eines Denkmals, das zu Ehren Gaddafis errichtet worden war. Es war mit arabischen Schriftzeichen versehen und wirkte wie eine kleinere, langweiligere Version des Triumphbogens. Zwei Rebellensoldaten standen mit Kalaschnikows an den Hüften zwischen den Straßensperren.

In der Ferne waren Schüsse zu hören. Ob es Freudenschüsse waren oder sich um ein Gefecht handelte, war schwer zu sagen. Younes und seine Männer stiegen aus dem Hilux. Sein Blick blieb an einem halben Dutzend verletzter Soldaten hängen, die gegen einen zerbombten T-22-Panzer gelehnt am Boden saßen. Ihre Beine und Arme sahen schlimm zugerichtet aus. Einem Mann hatte es die Nase abgerissen. Verkohlte Hautfetzen hingen an beiden Seiten herab, und in der Mitte klaffte ein versengtes schwarzes Dreieck, wo sich eigentlich der Knochen hätte befinden sollen.

Bald näherte sich Younes durch eine Wolke aus türkischem Zigarettenqualm hindurch. Sie roch gleichzeitig würzig und wie das Arschloch einer Ziege, und er fragte sich, welchen Mist die Hersteller da wohl hineingestopft hatten.

»Ich habe Neuigkeiten aus Tripolis« sagte Younes. »Gute Neuigkeiten. Unsere Brüder haben einen Großteil der Stadt eingenommen. Es sind nur noch ein paar Widerstandsgruppen übrig. Sie planen, heute den Militärkomplex von Bab al Azizya anzugreifen.«

»Der Komplex interessiert mich nicht. Ich muss einen Mann finden.«

Younes funkelte Bald an. Er hatte ihm freie Durchfahrt gewährt, aber seinem Verhalten war abzulesen, dass seine Freundlichkeit an dieser Stelle endete. »Das ist Tripolis. Da will jeder irgendjemanden finden.«

Bald baute sich vor dem Mann auf. »Dieser Mann«, begann er mit leiser aber unverhohlen feindseliger Stimme, »ist eine Kontaktperson der NATO. Wenn ich es nicht zu ihm schaffe, werden Ihre Vorgesetzten Sie am nächsten Laternenmast aufknüpfen.«

Younes räusperte sich. »Wie heißt er?«

»Das braucht Sie nicht zu interessieren. Verraten Sie mir einfach nur, wie ich zum Mansour Hotel komme.«

Irgendetwas schien Younes auf einmal ganz fürchterlich an seinem Ellbogen zu jucken. Er kratzte daran herum, während er antwortete: »Ich bespreche das mit meinen Kameraden. Sie kennen die Situation vor Ort besser als ich. Aber ich kann nichts versprechen.«

»Erklären Sie das den NATO-Chefs, Kumpel.«

Younes nickte und eilte zu einem Mann, der zehn Yards entfernt an der Straßensperre stand und so wirkte, als hätte er hier das Sagen. Er war ungefähr in Younes Alter, hatte zerzauste Haare und seine Kleidung war weitaus deutlicher als eine Uniform auszumachen. Offenbar rangierte er etwas weiter oben in der Hackordnung, wie Bald vermutete. Die beiden begannen eine erhitzte Diskussion, und deuteten dabei entweder wild gestikulierend in den Himmel oder nach Tripolis am Horizont.

Bald kaute auf Sand herum und wartete ungeduldig darauf, dass Younes und sein Kumpel ihren Ehestreit beenden würden. Younes verschränkte seine Arme vor der Brust und sagte etwas, das seinem Gegenüber nicht zu gefallen schien. Er spuckte auf den Boden, kehrte Younes den Rücken zu und kam Bald entgegen.

»Wie sieht's aus?«, fragte Bald.

»Dieses Hotel, zu dem Sie wollen …«

»Das Mansour?«

»Es befindet sich im Osten der Stadt. Nicht weit entfernt. Aber der Weg dorthin ist sehr gefährlich. In den Straßen dort wimmelt es von Getreuen.«

»Das werde ich riskieren müssen.«

Younes war zu ihnen getreten. Er schüttelte den Kopf. »Wir sollten eigentlich diesen Checkpoint hier übernehmen. Aber ich habe darauf bestanden, dass wir weiter nach Tripolis fahren. So kann ich Ihnen persönlich den Weg zeigen.« Bald kannte den Tonfall in seiner Stimme von seiner Zeit im Regiment. Die Stimme eines Soldaten, der gerade von einem Vorgesetzten zusammengefaltet worden war und nun den Befehl weitergab, seinen Ärger darüber aber kaum verbergen konnte. *Scheiß auf die verdammten Windelköpfe*, dachte Bald. Sobald sie mit dem Geballer aufhörten, würden sie und jeder andere Abdul in diesem Land schnell dahinter kommen, dass der Westen das Sagen hatte, und dass sie sich schnell ganz weit unten wiederfinden würden, wenn sie Washington und London nicht in den Arsch krochen.

Younes schwieg für einen Moment. Dann fuhr er fort: »Da ist noch eine andere Sache. Sie sagten, Sie seien zusammen mit der Frau hierher gekommen? Jemand anderes war nicht bei ihnen?«

»Nein«, sagte Bald. »Wieso?«

»Meine Freunde meinen, dass Sie nicht der erste SAS-Soldat sind, der heute hier durchkam.«

Kapitel 36

Tripolis, Libyen, 09:54 Uhr

Die Second Ring Road sog sie tiefer nach Tripolis hinein, wie ein Heroinabhängiger den zweiten, süchtig machenden Schuss. Rachel starrte wortlos geradeaus. Ein verbeultes Straßenschild verkündete, dass sie sich zehn Meilen westlich vom Green Square befanden. Bald konnte mehrere größere Brandherde sehen, die im Zentrum loderten und rabenschwarzen Rauch in den Himmel steigen ließen. Autoreifen, die Gaddafis Gefolgsleute in Brand gesetzt hatten, um den Himmel zu verdunkeln und den NATO-Luftstreitkräften die Sicht zu nehmen. Bald konnte den Geruch von verbranntem Gummi selbst im Wagen riechen.

Die Straße war so breit wie ein Kreuzfahrtschiff, und deshalb konnte Bald leicht um Granatsplitter und Haufen verbogenen Metalls herumnavigieren, die früher einmal Autos gewesen waren. Die Straße war von Palmen und Laternenmasten in gleicher Höhe gesäumt, und in Haufen lag frisches Erdreich auf jeder Seite. Etwas weiter nach hinten gerückt sah Bald mehrere umzäunte Villen. Innerhalb der Anwesen schien es keine Fahrzeuge zu geben. Man hatte sie wohl in großer Eile verlassen. An den Fronten mehrerer hellbrauner Appartementgebäude prangten riesige Poster von Gaddafi. Einige davon hatte man mit Graffiti übersprüht oder mit Kugeln durchsiebt.

Nach weiteren drei Meilen nach Tripolis hinein, hinter dem June 11 Memorial Stadium, veränderte sich die Umgebung. Kalkweiße Wohnhäuser mit flachen Dächern waren in hübschen Reihen angeordnet worden. Es gab Rasen, Grünanlagen und noch andere Bäume als nur Palmen. Dutzende von drei- oder viergeschossigen

Bauwerken waren nur halb fertig, entweder als Rohbauten oder sogar nur als stählerne Knochengerüste, von Bauplanen verhüllt. Um sie herum standen verlassene Krane und Baggerfahrzeuge. Am Straßenrand fädelten sich nacheinander ausgebrannte Autos, deren Oberflächen von Granatsplittern und Patronenhülsen bedeckt waren. Bald konnte das *Tak-Tak-Tak* entfernten Gewehrfeuers und das *Krump* der Mörsergranaten hören. Die Luft war angefüllt mit dem Geruch von Pulverdampf und verbranntem Fleisch. Bald spürte, wie sich seine Muskeln verspannten.

Die erste Meile konnten sie hinter sich bringen, ohne in Feuergefechte zu geraten. Sie hielten sich auf der Second Ring Road, die in einem Bogen um das südliche Ende der Stadt herum führte, vorbei an Ruinen von Wohnblöcken und den schartigen Splittern von Mörsergranaten. Der Hilux fuhr zehn Yards vor dem Land Cruiser, und der Cruiser wiederum fünfzehn Yards vor dem Land Rover mit Bald und Rachel an Bord.

Vierzig Yards vor der Ausfahrt von der Second Ring Road hielt der Hilux an. Der Land Cruiser ebenfalls. Das bislang entfernte Gewehrfeuer kam nun aus unmittelbarer Nähe. Drei der Rebellen sprangen von der hinteren Ladefläche des Land Cruisers. Mit eingezogenen Köpfen, die Kalaschnikows umklammert, gingen sie an den Seiten des Fahrzeugs in Deckung, zwei zu seiner Rechten, einer auf der linken Seite, und suchten verzweifelt die umstehenden Gebäude nach dem Schützen ab.

Bald hatte die Richtung im selben Moment ausmachen können, als die Schüsse an dem Hilux vorbei pfiffen. Er hätte darauf wetten können, dass der Schütze irgendwo auf zwölf Uhr lauerte. Er sah hinauf und erspähte ein silbriges Flackern auf einer Überführung etwa dreißig Yards die Straße hinunter. Von dieser Position aus hatte der Schütze freies Schussfeld auf alle drei Fahrzeuge.

Wenn wir hier noch eine Sekunde länger bleiben, wird der Kerl uns beide mit durchsieben, wurde es Bald bewusst. Er packte Rachels Handgelenk, trat die Wagentür auf und zog sie hinter sich her aus dem Land Rover. Gemeinsam fielen sie auf den kochend heißen Asphalt. Dann stemmte sich Bald in die Höhe und rannte geduckt die Straße entlang, um hinter dem Land Cruiser in Deckung zu gehen. Rachel zog er hinter sich her. Er warf sie hinter das linke Hinterrad und achtete darauf, dass ihr Kopf sich unterhalb davon befand. Die beiden auf der Ladefläche verbliebenen Rebellen trugen Umhänge in Tarnfarbe, Baseballkappen, Ohrenschützer und dicke wollene Handschuhe. Mit der .50er zielten sie auf eine Reihe von Gebäuden auf drei Uhr. Sie hatten ganz offensichtlich keine Ahnung, woher die Schüsse gekommen waren.

Rachel schrie auf, und Bald warf einen Blick über ihre Schulter auf den Rebellen, der auf der linken Seite des Cruisers in Deckung gegangen war. Der Körper des Mannes war komplett durchsiebt. Er lehnte zusammengesunken an der vorderen Wagentür, sein Kopf war auf die Brust gesunken. Die Gedärme hingen ihm aus dem Bauch wie aufgeplatzte Würste. Seine rechte Hand klammerte sich noch an die AK-47, seine Linke hielt ein paar seiner Eingeweide fest. Er hatte seinen Darm entleert, und sein Blut und seine Exkremente hatten eine dicke braune Pfütze um seine Beine herum gebildet.

Die Kaliber .50 donnerte los. Der Boden erbebte. Donnerschläge fuhren durch Bald hindurch. Patronenhülsen so groß wie Schraubenziehergriffe regneten über die Straße.

»Los, los!«, brüllte Bald und zerrte Rachel hinter dem Land Cruiser hervor. Zusammen hasteten sie geduckt um die rechte Seite des Fahrzeugs herum und auf den Hilux zu. Zehn Yards. Hinter ihnen donnerte das Maschinengewehr weiter. *Fump, fump, fump.* Sechs Yards bis zu dem Hilux. Dann noch fünf. Noch vier. Younes kauerte hinter dem rechten Hinterrad des Hilux. Er sah Bald und Rachel und winkte sie hastig zu sich herüber.

»Ihr Mann sitzt oben auf der Überführung«, sagte Bald.

Younes blickte an dem Hilux vorbei in die Richtung, in die Bald deutete. Zwei Umrisse zeichneten sich dort in der Mitte der Überführung ab. Sie trugen graue Kampfhosen, schwarze Stiefel und graue Jacken. Über die Köpfe hatten sie sich Balaclavas gezogen.

Von Younes war kein Dankeschön zu hören. Er bellte den Typen an dem .50er Befehle zu. Das Feuerteam richtet das Maschinengewehr surrend auf die Zwölf-Uhr-Position aus, direkt auf die Überführung. Der Schütze feuerte, Schuss für Schuss. Bald konnte spüren, wie ihm die Hitzewellen aus der Waffe die Haare im Nacken verbrannten, und sah zu, wie die Überführung hinter aschgrauem Nebel verschwand. Aus deren Mittelteil regneten Staub und Trümmer auf den Highway darunter. Younes und seine Männer jubelten.

Bald bezogen die Libyer in ihren Freudentaumel nicht mit ein. Und das war ihm ganz recht. Er musste zusehen, dass er Younes und seine Kumpane loswurde, bevor diese auf den Trichter kamen, dass er gar nicht im Auftrag der NATO hier war. In etwa hundertfünfzig Yards Entfernung erspähte er einen kleinen Hain aus Oliven- und Orangenbäumen, gleich neben einer Straße, die nach links von der Second Ring Road abbog und zum Mansour Hotel führte. Bald griff nach Rachel und hielt auf die Bäume zu. Geduckt huschten sie über das offene, kaum Deckung bietende Gelände. Er sah zurück: Younes drehte ihnen noch immer den Rücken zu. Seine Kameraden ebenfalls. Aber es würde nicht mehr lange dauern, bis sie bemerkten, dass Bald sich aus dem Staub gemacht hatte, und irgendwie bezweifelte er, dass ihnen das gefallen würde. Nach fünfzig Yards sah sich Bald erneut um. Jetzt drehte sich Younes herum. Noch fünfzig Yards. Bald rechnete damit, dass sich jeden Moment eine Kugel in seinen Rücken bohren würde. Doch dann stürmte er durch die Äste und schob Rachel hinter den Orangenbäumen in Deckung. Er sah zurück zu dem Hilux, aber Younes war nirgendwo zu entdecken.

Vor sich, linker Hand, konnte Bald das Mansour Hotel sehen. Er nahm Rachel bei der Hand, und gemeinsam rannten sie hastig aus dem kleinen Wäldchen. Geduckt hielten sie sich am Rande der

Straße, wo verlassene Autos ausreichend Schutz vor Scharfschützen boten, die sich möglicherweise in den flachen Wohnblöcken auf der anderen Straßenseite versteckt hielten. Seine Glieder bewegten sich nur widerwillig, die Muskeln in seinen Waden, seinen Oberschenkeln und seinen Oberarmen schmerzten und wirkten ausgelaugt. Sein Körper war übermüdet.

Ein unlängst erschossener Rebell lehnte zusammengesunken an dem zerstörten Wrack eines Taxis. Er war noch keine zwanzig Jahre alt, noch ein Kind. Ein Kind in einer weißen Weste, die voller Blut war, und einem so großen Einschlussloch am Hals, dass ein Flaggenmast hindurch gepasst hätte. Aber zumindest seine Waffen schienen noch intakt zu sein. Bald kniete sich neben ihn und griff sich die AK-47. Diese Waffe war das Fast Food unter den Waffen. Schnell, billig und ohne Schnickschnack, aber sie machte ihren verdammten Job. Bei der Waffe des Jugendlichen handelte es sich nicht um das sowjetische Original, sondern um eine chinesische Kopie, den Typ 56. Aber im Grunde genommen die gleiche Waffe und nicht weniger effektiv. Bald ließ das Magazin herausschnappen. Noch randvoll. Dreißig Schuss. Die zweite, noch im Holster des Jungen steckende Waffe nahm Bald ebenfalls an sich. Eine weitere Makarov Halbautomatik. *Für einen Staat in Nordafrika gibt es hier aber eine Menge russischer und chinesischer Waffen*, dachte Bald bei sich. Eine Typ 56, eine Makarov. Sturmgewehr und Pistole. Mehr brauchte er nicht.

Das Mansour war kleiner, als es Bald erwartet hatte, aber andererseits war es mit dem Tourismus in Libyen wohl auch nicht weit her. Viel zu sehen gab es hier nicht, es sei denn, man interessierte sich für Öl, den Islam oder fremdfinanzierten Terrorismus. Das Hotel besaß die Form einer Autobatterie. Vier Stockwerke hoch in der Mitte, und an den Seiten befand sich noch wie ein Stumpen ein fünftes Geschoss. Jede Etage bestand aus einer symmetrischen Front aus dunklem Glas, die von Stahlträgern zusammengehalten wurde. Ein Torbogen in der Farbe von Pappe wölbte sich über dem

Marmorboden am Eingang. Ein Garten trennte das Hotel von der Straße, und dieser wirkte derart gepflegt, dass er Bald an diese dämlichen Gartentipps-Sendungen im Fernsehen erinnerte. Zudem irgendwie seltsam unpassend, inmitten der Trümmer und des Blutvergießens.

Ein dunkelblauer Chevrolet Impala parkte vor dem Hotel. Er fiel Bald deshalb ins Auge, weil jedes andere Auto, dass er seither in Tripolis zu Gesicht bekommen hatte, entweder eine pulverisierte Limousine aus den Neunzigern oder ein schrottreifer Pick-up-Truck gewesen war. Der Impala hingegen hatte stark getönte Fenster und war funkelnagelneu.

Ein Schrank von einem Kerl, mit Ray-Bans und einem Steroid-Lächeln, versperrte ihnen den Weg ins Hotel.

»Sie dürfen nicht rein«, sagte er und deutete mit einem Nicken auf die Typ 56. »Keine Waffen.«

Doch jetzt machte Rachel ihrem Ärger Luft. Sie baute sich vor dem Schlägertypen auf, wobei sie sorgsam darauf achtete, die Vorzüge ihres Körpers zur Geltung zu bringen. »Das ist mein persönlicher Leibwächter. Wo ich hingehe, geht auch er hin. Wenn Sie damit ein Problem haben sollten, möchte ich Ihren Vorgesetzten sprechen. Ich bin sicher, dass meine Zuschauer auf CNN liebend gern etwas darüber hören möchten, wie Sie absichtlich das Leben von weiblichen Reportern gefährden.«

Ray-Bans war für einen Moment völlig verdattert. Er ließ die Zunge in seinem Mund kreisen, spuckte dann auf den Boden und trat zur Seite. »Okay, dieses eine Mal. Aber in Zukunft darf er solche Waffen nicht mehr mitbringen. Nur Waffen zur persönlichen Verteidigung.«

»Geht klar«, sagte Rachel.

Sie schoben sich an dem Wachmann vorbei, durchquerten den Torbogen und traten dann so beiläufig wie möglich durch zwei getönte Glastüren. Das Glas war zerkratzt und fleckig. Der Boden in der Lobby bestand ebenfalls aus poliertem Marmor. Hier drinnen wirkte alles friedlich und kultiviert. Aus unsichtbaren Lautsprechern drang leise arabische Musik.

Ein Weißer mittleren Alters in einem zerknitterten Leinenanzug saß mit verschränkten Beinen in einem Ledersessel und blätterte auf seinem iPad durch die aktuellen Nachrichten. Eine dickliche Frau in einem schlecht sitzenden Kostüm saß ihm gegenüber auf einem Sofa. Sie plapperte in ein iPhone. Ein Kellner manövrierte durch die Menschenmenge und servierte Tee. Das Mansour wirkte wie jedes andere Hotel auf der Welt.

»Ich bin beeindruckt«, sagte Bald und nickte andächtig in Rachels Dekolleté.

»Ich arbeite für die Agency. Die bringen uns eine Menge bei, aber die erste Regel lautet, dass man benutzen sollte, womit der liebe Gott einen gesegnet hat.«

»Das heißt, die Tüten sind deine Geheimwaffe?«

»Ist das deine Auffassung von einem Kompliment?«

»Mach einfach so weiter, dann gibt's noch viel mehr davon«, sagte Bald. Er trieb sich weiter in der Lobby herum, während Rachel in der Damentoilette verschwand. Eine Minute später kam sie wieder heraus. Sie hatte ihr Gesicht gewaschen und ihre Haare aufgemacht, und nun wirkte jede ihrer blonden Locken wie ein Zeigefinger, der ihn näher an sie heranlockte. In dem Aufzug näherte sie sich dem Hauptempfangsschalter, hinter dem ein Mann mit ausgewaschenem weißen Hemd und abgespanntem Gesicht wartete.

Rachel beugte sich über den Schalter und erhellte ihm den Tag. Sie bot ihm den besten Blick auf ein paar magische Titten, den er außerhalb von RedTube erhaschen konnte. Und plötzlich wirkte er weniger abgespannt. Währenddessen konnte Bald nicht anders, als Rachels Hintern zu bewundern. Nur ein Blick darauf, und ihm wurde wieder bewusst, wie dringend er sie besteigen wollte.

Der Mann hinter dem Tresen sagte etwas zu ihr. Sie lachte hinreißend und schenkte ihm ein Lächeln. Dann drehte sie sich um und kehrte zu Bald zurück.

»Und?«

»Du hattest recht. Meine Geheimwaffen sind wirklich verdammt effektiv.«

»Und weiter?«

»Laxman hat heute Morgen eingecheckt.«

Gottseidank, dachte Bald. Er war noch immer an seinen fünf Millionen dran.

»Zimmernummer?«

Rachel lächelte ihn mit ihren meerblauen Augen an und sagte: »Zwei-Eins-Zwei.« Bald wollte schon kehrtmachen, als ihm auffiel, dass sie ihn weiter ansah, immer noch lächelnd, aber gleichzeitig ernst und gespannt, als ob sie es gar nicht erwarten konnte, noch eine Information loszuwerden. Er wandte sich ihr wieder zu und sie sagte: »Er ist nicht in seinem Zimmer.«

»Woher weißt du das?«

»Unser Freund.« Sie wies mit dem Daumen hinter sich, in Richtung des Hotelmanagers. »Er hat beobachtet, wie unser Mann vor etwa einer Stunde ausgeflogen ist. Hat seine Schlüssel abgegeben und gemeint, dass er wohl ein paar Stunden weg sein wird.«

»Ich werde in seinem Zimmer nachsehen. Unter Umständen hat er den Smart Dust dort zurückgelassen.«

»Ohne Bewachung? Glaube ich nicht.«

»Manchmal machen Menschen die dümmsten Sachen.«

Sie winkte ab. »Da bist du der Experte.«

»Warte hier in der Lobby. Sollte Laxman zurückkehren, dann halte ihn davon ab, in sein Zimmer zu gehen.«

»Verstanden«, sagte Rachel.

Bald machte sich auf den Weg zu den Aufzügen, entschied sich dann für die Treppen. Aufzüge hielten für gewöhnlich in der Mitte der Flure, was bedeutete, dass von beiden Seiten Gefahr drohen konnte. Treppenhäuser verliefen hingegen nicht selten an den Seiten eines Gebäudes. Dort konnte man die Türen an den Notausgängen vorsichtig aufdrücken und sich die Zeit nehmen, sich in

Ruhe umzuschauen, anstatt mitten in den größten Schlamassel zu poltern.

Bald war allein im Treppenhaus. Er nahm drei Stufen auf einmal. Jeder Schritt brachte ihn näher an das gelobte Land heran: Fünf Riesen und die Chance, sich irgendwo anders ein neues Leben aufzubauen, weit weg von der ganzen Scheiße und den Kugeln und der Firma. Das Treppenhaus war einfach gehalten: Betonstufen, Metallgeländer, die sich bereits in ihren Verankerungen gelockert hatten, und Risse in den Wänden. Seine Muskeln waren aufgepumpt, sein Blutdruck weit oben. Adrenalin schoss ihm durchs Rückgrat wie Elektrizität. Er erreichte die Notausgangstür im zweiten Stock, drückte mit beiden Händen gegen den Riegel und spähte in den Flur. Leer. Er beobachtete die Lage für weitere zwölf Sekunden, achtete auf jedes noch so kleine Detail. Eine geöffnete Tür, ein Serviertablett vor einem Zimmer.

Er betrat den Flur und schloss die Tür vorsichtig hinter sich.

Fast da.

Seine Augen wanderten herum. Links von ihm lag Zimmer 201, rechts Zimmer 202, 203 … Aus einem kaputten Lüftungssystem quoll warme Luft, so als würde einem jemand unablässig ins Gesicht blasen. Bald verlangsamte sein Tempo. Der Teppich mit dem geometrischen Muster dämpfte die Schritte seiner Turnschuhe. Er zählte die Türen rechts von sich auf ein Uhr ab. Das nächste Zimmer war die Nummer 204. Nach zehn Yards folgte Nummer 206. Dann die 208, die 210, und dann nach weiteren zwanzig Yards die Tür, die Nummer 212 sein müsste. Die Typ 56 hing an einem Gurt über seiner Schulter.

Er wollte nicht mit einer Waffe, die so klobig wie ein Sturmgewehr war, in eine Nahkampfsituation geraten. In einem engen Raum wie einem Hotelzimmer brauchte man Schnelligkeit. Schnelle Bewegungen, schnelles Handeln. Also wählte er die Makarov. Er nahm die Pistole in die rechte Hand und entsicherte sie mit dem Daumen. Die Makarov wies alle Kennzeichen einer sowjetischen Handfeuerwaffe auf – einfaches Design, Funktionen, mit denen sie ihrer Zeit weit voraus war, und eine verlässliche Bauweise. Auf der anderen Seite war sie aber, wie andere russische Waffen auch, schwer und obendrein verdammt laut. Die Russen legten Wert auf Funktionalität, weniger auf Eleganz. Normalerweise wäre die Lautstärke ein Problem gewesen. Hier aber nicht. Jede Sekunde waren von draußen Schüsse zu hören, unterbrochen von dem gelegentlichen ohrenbetäubenden Wummern der Mörsergranaten. Ein paar Schüsse in einem Hotelzimmer würden niemanden aufscheuchen. Wenn man unbemerkt jemanden umbringen wollte, war ein Kriegsgebiet die ideale Umgebung dafür.

Bald atmete tief durch und schlich sich näher an Zimmer 212 heran.

Nach einigen weiteren vorsichtigen Schritten hatte er die Tür erreicht. Er spitzte die Ohren. Ein hohles, hölzernes Geräusch. Eine Schublade, die geöffnet oder geschlossen wurde. Bald erstarrte. *Scheiße*, dachte er. *Laxman ist doch da. Ich hab den Jackpot geknackt. Das ist es.*

Er warf einen Blick auf das Türschloss. Es war ein vorsintflutliches Ding mit einem Türknauf und einem Schlüsselloch, keines von diesen modernen Schlössern, die mit Karten funktionierten. Er versuchte sein Glück mit dem Türknauf und legte vorsichtig die Fingerspitzen auf das Messing. Langsam drehte er den Knauf im Uhrzeigersinn, und der drehte sich weiter, als es eine verschlossene Tür zugelassen hätte. Zufrieden, dass er die Tür nicht eintreten musste, verlagerte Bald seinen Stand so, dass sein rechtes Bein eine halbe Fußlänge hinter seinem linken stand, und ging leicht in die Hocke. Er atmete dreimal tief durch und spannte die Bauchmuskeln an, für einen festen und sicheren Stand.

Die Makarov befand sich in seiner rechten Hand. Mit links drehte er wieder an dem Türknauf, langsam und geräuschlos, bis er das leise Klicken des Türschlosses hörte. Die Tür war jetzt offen. Mit einer letzten Drehung drückte er sie leise auf.

Er hob die linke Hand und legte die Finger um den Handrücken seiner rechten Hand, um eine solide Schusshaltung für die Makarov zu bilden. Die Tür blieb beinahe komplett geöffnet stehen und gab den Blick auf das gesamte Hotelzimmer frei. Agenten waren darauf trainiert, binnen einer Sekunde eine potenzielle Gefahr innerhalb geschlossener Räumlichkeiten zu erkennen. Das Hotelzimmer war sechs Yards lang und drei Yards breit. Links befand sich das Badezimmer. Rechts von ihm befanden sich ein Hosenbügler und ein flacher hölzerner Schreibtisch mit einem kleinen Flachbildfernseher darauf, sowie die übliche Hotelausstattung: Mini-Bar, die Speisekarte für den Zimmerservice, ein Telefon und ein Föhn. An der linken Wand stand ein Doppelbett und nahm den Großteil des Zimmers ein. Am anderen Ende des Zimmers gab es eine Schiebetür, die im Moment geschlossen war, und die auf einen angrenzenden Balkon führte.

Ein Umriss zeichnete sich vor dem Bett ab.

Bald war bereit, Shylam Laxman die frohe Kunde zu übermitteln.

Dann erkannte er das Gesicht. Ein einziger Gedanke hämmerte in seinem Schädel: *Nein. Das ist … verdammt noch mal unmöglich.*

Der Mann in dem Zimmer war Joe Gardner.

Kapitel 37

11:44 Uhr

Eine gefühlte Ewigkeit standen sich die beiden Männer gegenüber, aber in Wirklichkeit konnten es nicht mehr als fünf oder sechs Sekunden gewesen sein. Bald musterte den Mann, der sechs Yards vor der Mündung seiner Makarov stand. Jenen Mann, der früher einmal sein Kumpel, dann sein Feind, und am Ende nur noch ein trauriges Stück Scheiße gewesen war. Und fast so, als wollte es beweisen, dass er kein Geist war, waren in Gardners Gesicht noch die Spuren seiner jüngsten Begegnung mit der Themse abzulesen. Die Vorderseite seines Gesichts war mit Blutergüssen überzogen. Seine Wangenknochen waren seltsam verformt, so als hätte ihm jemand Erdnüsse unter die Haut geschoben. Die Haut um seine Augen herum schimmerte in allen Farben, von einem fauligen Gelb über Violett bis ins Bräunliche.

Gardner sagte kein Wort, behielt die Hände an den Seiten. Seine Augen waren weit aufgerissen. Zumindest das linke. Das rechte war geschwollen und das Augenlid wölbte sich über das halbe Auge hinweg. Er wirkte erschrocken, wie ein Kind, das von seiner Mutter beim Wichsen erwischt worden war.

Bald hielt die Makarov auf einen Punkt zwischen Gardners Augen gerichtet. Er stellte sich vor, wie sich eine Kugel durch dessen Stirn bohrte, wie Gehirnmasse über die Möbel und die cremefarbenen Wände spritzen würde, wie sich die Kugel durch das weiche Fleisch und den harten Knochen bohren und sein Körper schließlich zusammensacken würde.

Dann ließ er seinen Blick im Zimmer umherwandern, dieses Mal langsamer. Hier herrschte das reinste Chaos. Schubladen waren aus dem Tisch gerissen und ausgekippt worden. Überall auf dem Boden lagen Wäschestücke. Die Laken waren von den Betten gezerrt worden, und in der Matratze klaffte ein Z-förmiger Messerschnitt. Die Teppichenden waren aufgerollt und die Verkleidung vor dem Ventilator fehlte. Alles, was sich entfernen ließ, war entfernt worden. In dem Zimmer sah es aus, als hätte der Hurrikane Katrina darin gewütet.

So, als hätte Gardner nach etwas gesucht.

Nach etwas wie dem Smart Dust.

Balds Augen kehrten zu Gardner zurück. Er öffnete den Mund, um ihn nach dem Smart Dust zu fragen, aber dann schnitt er sich selbst schnell das Wort ab. Vielleicht wusste Gardner von dem Zeug, vielleicht aber auch nicht, und dann wollte Bald nur ungern geheime Informationen hinausposaunen.

Gardner ergriff das Wort. »John …«

Seine Stimme ging im Rauschen der Klospülung hinter der Badtür unter. Bald dreht sich um, auf acht Uhr. Die Augen richtete er auf die Tür, die Makarov hielt er weiterhin auf Gardner gerichtet. Das Wasser gurgelte, bis es schließlich erstarb und durch das leise Rauschen ersetzt wurde, als sich der Wassertank wieder füllte. Bald warf Gardner einen Blick zu. Sein alter Kumpel ließ die Badtür nicht aus den Augen und biss die Zähne in seinem geschwollenen Kiefer aufeinander. So als würde er versuchen, dem Mistkerl, der sich hinter der Badtür befand, die geheime Botschaft zu senden, nicht herauszukommen.

Die Tür bestand aus einer dünnen Holzplatte mit einem Dutzend schwarzer Striemen und einem Messinggriff. Zwischen Tür und Teppichboden klaffte ein etwa ein Zentimeter breiter Spalt.

Der Türgriff wurde nach unten gedrückt. Licht aus Halogenlampen fiel ins Zimmer. Die Tür wurde nach innen aufgezogen und offenbarte einen Mann, der im Türrahmen stand. Schlanker Körperbau, aber nicht schwächlich. Eher hager, knochig. Wie ein Boxer der Fliegengewichtsklasse. Mitte vierzig. Er trug nur Stonewashed-

Jeans am Leib. Die Gürtelschnalle hing noch lose herunter, und der Hosenstall stand offen. Eine Sig Sauer P228 steckte im Hosenbund. Seine Brust war von einem verdammt riesigen Tattoo bedeckt, dass einen Adler zeigte, der die Irisch-Republikanische Flagge in den Klauen hielt. Darunter prangten die Worte ›NO SURRENDER‹, umrankt von Kleeblättern.

Der Mann trat mit erhobenen Händen aus dem Badezimmer. Der penetrante Geruch von Scheiße folgte ihm. Die maschendrahtartigen Schatten in seinem Gesicht verschwanden, und Bald starrte in das Gesicht eines Mannes, den er schon seit einiger Zeit nicht mehr gesehen hatte.

»John Fucking Bald«, sagte der Mann.

Gardners Augen spielten Eene-Meene-Muh zwischen Bald und dem Mann im Türrahmen.

»Ihr beide kennt euch?«, fragte er.

»Und ob ich Bill Fourie kenne«, antwortete Bald. Seine Bauchmuskeln zogen sich zusammen. Sein Zeigefinger glitt am Abzug seiner Pistole hinauf und hinunter.

»Aber er ist aus dem Regiment ausgetreten, bevor du dich da überhaupt angemeldet hast.«

»Er hing in Hereford überall mit drin«, sagte Bald. »Wir sind uns schon über den Weg gelaufen.«

»Mehr als das«, sagte Fourie. »Wir haben zusammengearbeitet. Für die Regierung. Zwei stolze Schotten, die das taten, was sie am besten können – saufen und kämpfen.«

»Das ist schon eine Ewigkeit her«, sagte Bald. »Bevor ich kapiert habe, was für ein Mistkerl du bist.«

Fourie zog einen übertriebenen Schmollmund. »Meine Güte, John, wenn du das so sagst, könnte man meinen, du meinst es ernst.« Er trat etwas näher auf Bald zu. Zwei Yards trennten jetzt die beiden Männer. »Nimm die Kanone runter, Kumpel«, sagte er.

»Bleibt, wo Ihr seid, Ihr beide. Sobald auch nur einer von euch zuckt, knalle ich euch ab.«

Bald hob die Makarov und richtete sie auf Fourie, ließ ihn den Lauf aus der Nähe betrachten und machte damit deutlich, dass er es todernst meinte. Fourie verstand den Wink mit dem Zaunpfahl und blieb stehen, hob die Hände in die Luft. Seine Haut sah gebeizt aus, oder rostig, und war faltig, eine Eigenschaft, die viele Schotten teilten, die sich zu lange in der Sonne aufhielten. Seine Augen waren zusammengekniffen und schienen unablässig zu blinzeln. Das alles machte Bald nachdenklich. Fourie machte nicht den Eindruck, als hätte er Hereford oder Stornoway schon länger hinter sich gelassen.

Bald ließ die Makarov von Fourie zu Gardner und wieder zurück wandern. »Was zur Hölle hast du hier zu suchen?«

»Ich? Ich genieße nur das Wetter, John.« Fourie schniefte und wischte sich die Nase mit dem Handrücken ab. »Aber ich habe gehört, dass du reich geworden bist. Riesen Drogendeal in Rio. Stimmt das? Aber Moment … wenn du dir da unten im Süden die Taschen vollgemacht hast, wieso bist du dann hier, John?«

»Geht dich einen Scheiß an.«

Fourie sah Gardner an und zuckte übertrieben mit den Achseln. »Dann bist du wohl doch nicht reich geworden, schätze ich.«

»Und wie sieht es mit dir aus, Bill? Du bist beschissene achtundvierzig Jahre alt. Ein alter Wichser mit 'ner hässlichen Visage und einem beschissenen Leben. Alles, was du vorweisen kannst, ist eine Sicherheitsfirma, die du in den Sand gesetzt hast, und eine Menge anderer Blades, die dir mit Freuden bei lebendigem Leib die Haut abziehen würden. Da muss man nur eins und eins zusammenzählen, um herauszufinden, wer von uns hier der Verlierer ist.«

Fourie verzog urplötzlich wütend das Gesicht, als hätte der Gesichtsausdruck schon die ganze Zeit unter seiner Haut gelauert und nur darauf gewartet, hervorbrechen zu können. »Fick dich, John. Und denk' dran, mit wem du hier redest.«, sagte er.

Mit nicht einmal einem Meter siebzig Körpergröße war Fourie der kleinste Mann beim Regiment gewesen. Die anderen Soldaten hatten ihn deswegen die ganze Zeit über aufgezogen. Und doch hatte er stets eine Aura des Selbstvertrauens ausgestrahlt. Sein Bart war rötlich-braun und borstig wie ein alter Besen, und seine kleinen schwarzen Augen und seine Statur wie ein Langstreckenläufer ließen ihn noch kleiner aussehen, als er tatsächlich war. Irgendein Witzbold hatte ihn deswegen »Inch« getauft, und der Name war hängen geblieben. Bill »Inch« Fourie war das lebende Beispiel dafür gewesen, das die kleinsten Kläffer auch die gefährlichsten waren. Während seiner Zeit bei der Boat Troop gab es so viele Beschwerden über ihn, dass er Bald dagegen wie Bono aussehen ließ. Dann hatte er gekündigt und sich in den privaten Sicherheitsdienst verdrückt, und für die nächsten fünf Jahre hatte man nichts mehr von ihm gehört.

Fouries Welt war schwarz und weiß. Seine Freunde nannte er »Sohn«, alle anderen waren für ihn »Arschlöcher«. Bald bemerkte eine brandneue Breitling an seinem Handgelenk. Ein Chronomat Evoultion. Rostfreier Stahl, kristallklares Display. Was immer Bill Fourie so getrieben haben mochte – ganz sicher war er nicht wie Gardner im Bodensatz der Gesellschaft herumgekrochen.

Fourie bemerkte, dass Bald seine Breitling anstarrte. »Gefällt sie dir, Sohn? Ich kann dir eine besorgen, wenn du willst. Wo die herkommt, gibt's noch genügend mehr.« Er lächelte Bald schief an, als würde ihn jemand mit einer Fackel blenden.

Und dann erwischte es Bald wieder. Die Migräne. Dieses Mal kam sie aus dem Nichts, baute sich nicht langsam auf. Einfach so, als würde sein Kopf in zwei Teile aufplatzen, als wäre darin eine Handgranate explodiert. Der Schmerz dröhnte bis hinunter zu seinen Fußspitzen, und für einen Moment dachte er, er würde die Kontrolle über seinen Körper verlieren und ohnmächtig werden. Dann verzogen sich die Schmerzen und die Benommenheit wieder, fast genau so schnell, wie sie gekommen waren.

Bald ballte die Hände zu Fäusten. *Krieg dich wieder ein, John.*

»Was ist mir dir, Joe? Was führt dich in diese Gegend?«

Gardner ignorierte die Frage und sagte stattdessen: »Nimm die Waffe runter.«

Bald lachte. »Oder was?« Mitleidig schüttelte er den Kopf. »Du machst immer noch die gleichen Fehler, Joe. Glaubst, du wärst schlauer als alle anderen. Wann wirst du es endlich lernen? Das ist beim letzten Mal nicht gut für dich ausgegangen, Kumpel, und das wird es auch dieses Mal nicht.«

Gardner quälte ein Lächeln in sein verbeultes Gesicht. Seine künstliche linke Hand hing an der Seite herunter. Er schien Schmerzen zu haben. Er verlagerte sein Gewicht, hob seine linke Hand zu seinem Brustkorb. Sein Lächeln verzog sich zu einem schmerzvollen Zucken.

»Du siehst aus wie Scheiße«, sagte Bald.

Dann warf er Fourie einen Blick zu. »Ihr beide seht aus wie Scheiße.«

Wieder an Gardner gewandt, wollte er wissen: »Was zur Hölle macht ihr hier? Wer hat euch geschickt?«

Gardner antwortete nicht.

Bald spannte den Hahn der Makarov. Er dachte bereits darüber nach, was er Cave erzählen würde. *Der Kerl ist einfach auf mich losgegangen. Er hatte eine Pistole in der Hand. Ich schoß zuerst. Das ist tragisch, aber solche Dinge passieren eben.*

»Sagt schon.«

Gardner gab noch immer keine Antwort.

»Letzte Chance, Joe.«

Er wollte gerade Mr. Heißes Blei und Mrs. Schädel miteinander bekannt machen, als es aus Fourie herausplatzte: »Cave hat uns angeheuert. Er hat uns gesagt, dass du den Job nicht gebacken kriegst.«

Kapitel 38

12:11 Uhr

Die Migräne traf Bald zum zweiten Mal in nur drei Minuten. Sie erwischte ihn mit voller Wucht im Hinterkopf. Eine Million unterschiedlicher Schmerzen kündigten sich an. Der Boden schien unter seinen Füßen zu wanken wie ein Erdbebensimulator. Aus den Augenwinkeln sah er, wie Fourier näher auf ihn zukam.

»Hast du schon wieder einen Kater, John? Soll ich dir eine Aspirin holen?«

Bald versuchte, die Schmerzen aus dem Kopf zu schütteln, und sagte: »Wieso sollte die Firma euch um die halbe Welt schicken?«

Wie Spinnenweben wickelte sich die Migräne um seine Augäpfel. Gardner antwortete ihm nicht.

»Du nützt Cave doch gar nichts. Du bist nur ein Verlierer mit der Hand eines Crashtest-Dummys.« Er wirbelte um neunzig Grad herum und sah Fourie finster an. »Und du, Bill? Dich würde die Firma nicht mal mit der Kneifzange anfassen. Nicht, nachdem du den Jungs in Whitehall Kohle aus dem Kreuz geleiert und die Jobs in Kabul dann an ein paar Schlitzaugen weitergegeben hast.«

»Er wollte, dass wir ein Auge auf dich haben«, sagte Gardner. »Er meinte, dass er die Sache nicht irgendeinem arroganten Agenten mit einem Doktor in Arschgeigenwissenschaften anvertrauen kann. Er meinte, dafür braucht er Leute, die wissen, wie du arbeitest.«

»Und deshalb fiel seine Wahl auf einen beschissenen Drogensüchtigen und einen Typen mit nur einem Arm?«

»Ich bin mittlerweile clean, John«, warf Fourie dazwischen.

»Blödsinn.«

Fourie machte eine Bewegung mit seinen Augen, die Bald einen ziemlich guten Eindruck davon vermittelten, was er am liebsten mit ihm getan hätte. Er fuhr fort: »Wieso sollte Cave glauben, dass es zwei Typen braucht, um mir auf den Fersen zu bleiben?«

»Du bist mittlerweile eine Gefahr für die Mission. Er konnte kein weiteres Risiko eingehen. Zumindest sagte er das.«

Bald stellte fest, dass Gardners falsche Hand brandneu aussah, nicht dieses traurige Krankenkassen-Modell, welches er beim ersten Mal trug, als Bald ihn sah. Diese sah wirklich nach etwas aus. Die Finger bewegten sich fließend, wie echte Finger. Und die Beschaffenheit der künstlichen Haut ließ sie fast wie eine richtige Hand aussehen.

»Weißt du, so wie Cave das sieht, hast du den Job in Florida dermaßen vermasselt, dass er dir dieses Mal nicht vertrauen konnte«, fuhr Gardner fort. »Er hat mich im Krankenhaus besucht. Hat mich gefragt, ob ich einen Job will. Ich sagte ja.« Mittlerweile strahlte Gardners Grinsen über sein gesamtes Gesicht. Er genoss die Sache sichtlich.

»Und weißt du was, John? Jetzt steht dein Name bei der Firma auf der Abschussliste. Jetzt bist du dran, Kumpel.«

»Ist mir egal, was Cave glaubt«, sagte Bald, der einen Schritt zurücktrat, näher auf die Tür zu, um mehr Abstand zwischen sich und Fourie zu bringen. Gardner, das wusste er, was zu schlau, um sich mit ihm anzulegen. Aber Fourie rauchte Crack und neigte dazu, Dummheiten zu machen, und Bald traute ihm weniger über den Weg als einer chinesischen Menschenrechtsverordnung.

»Leg die Sig aufs Bett, Bill«, sagte Bald.

»Komm schon, Kumpel. Wir sind doch alle erwachsen hier.«

»Tu es einfach.«

»Scheiß drauf«, sagte Fourie, zog die Sig aus dem Hosenbund und entfernte die Kugel aus der Kammer. Dann zog er das Magazin heraus und holte schließlich noch ein Reservemagazin hervor. Er warf die Einzelteile auf die Matratze. Bald sammelte sie auf. Die

Sig steckte er sich in seine Jeans. Mit der Makarov deutete er auf den Vorhang vor dem Balkon und sagte zu Gardner: »Nimm die Kordel und fessle damit deinen neuen besten Kumpel.«

Gardner zögerte.

»Was soll der Quatsch?«, fragte Fourie.

»Ich warte, Joe«, sagte Bald.

Gardner drehte sich in Zeitlupe um die eigene Achse und griff nach dem Vorhang. Er riss die Kordel ab, woraufhin der Vorhang auf den Boden fiel. Dann lief er um das Bett herum und band Fouries Arme hinter dessen Rücken zusammen.

»Dreh ihn herum«, sagte Bald. »Ich will, dass sie so fest sitzen, dass es wehtut.«

»Arschloch«, sagte Fourie.

Gardner zurrte die Fesseln zurecht. Dann wies Bald ihn an, Fourie um das Bett herum auf die andere Seite zu bringen und ihn dort hinzusetzen. Dann sagte er: »Es ist Zeit, Joe.«

Gardner blinzelte verwirrt. »Zeit wofür?«

Eine halbe Sekunde. Mehr Zeit brauchte Bald nicht, um den Abstand zu Gardner zu überwinden und ihn bewusst werden zu lassen, dass es aus war. Bald stürmte seitlich auf ihn zu, um ein kleineres Ziel abzugeben, stieß sich mit dem Ballen des rechten Fußes ab und spürte, wie die Energie durch sein Bein bis hinauf in die Schultern schoss. Die Schultern waren der wichtigste Teil bei einem Schlag. Denn die Wucht kam nie aus der Faust allein, und auch nicht aus dem Unterarm. Ein richtiger Schlag, einer von der Art, mit der man einen Mistkerl mit nur einem Hieb auf die Bretter schicken konnte, begann immer in der Schulter. Dort befanden sich die größten Muskelgruppen, die die größte Kraft ausüben konnten.

Bamm.

Er hatte Gardner den Kolben seiner Makarov seitlich gegen das Gesicht gedroschen. Das Hartholz hämmerte gegen die empfindliche Stelle an der Schläfe und erwischte ihn übel. Der Schlag wurde von einem explosiven, dumpfen Geräusch begleitet, als würde jemand eine Autotür zuschlagen. Schnell gesellte sich ein zweites Geräusch dazu, nämlich ein Grunzen, das aus Gardners Mund drang. Er sackte zusammen, presste sich seine Hände auf die Wunde. Blut sickerte durch die dunklen Lücken zwischen seinen Fingern, rann ihm an den Handgelenken hinab und färbte die Ärmel seines weißen Poloshirts dunkelrot. Er ging schneller in die Knie als ein Moslem, der zu spät zum Gebet kam, und dann war Bald über ihm und legte ihm die Finger um den Hals, während aus dem Gesicht des Mistkerls Blut sickerte. Er zog Gardner quer über den Boden. Gardner schüttelte seinen Kopf wild hin und her, befreite sich aus dem Griff, wälzte sich auf dem Boden herum und rollte sich zu einer Kugel zusammen. Als Nächstes trat Bald ihm in die Eier, dann gegen die Schienbeine, die empfindlichsten Stellen seines ungeschützten Körpers. Das zwang Gardner, seine Embryonalstellung aufzugeben. Doch als er das tat, trat ihm Bald ins Gesicht. Die Sohle seines Turnschuhs krachte in die sensible Knochenstruktur um die Nase herum. Der Tritt war verheerend. Gardner heulte auf und riss den Kopf zurück. Seine Nackenmuskeln verspannten sich. Er war betäubt. Wäre das ein Boxkampf gewesen, hätte der Ringrichter bereits auf den Boden geklopft und Gardner ausgezählt.

Bald schleppte Gardner ins Badezimmer. Blut schwappte aus Gardners Nase und tropfte auf die kühlen Fliesen am Boden. Das Badezimmer war vier Yards lang und drei Yards breit. Auf der rechten Seite die Wanne mit einer Duschvorrichtung und einem schmutzig weißen Duschvorhang davor. Links ein Porzellanwaschbecken, eine geflieste Ablage, ein Spiegel und ein Dunstabzug mit verstaubten Rotorblättern. Das Klo befand sich am hinteren Ende. Gardner lag direkt davor und atmete schwer. Jedes Mal, wenn er ausatmete, bildeten sich Blutblasen vor seiner Nase.

Bald stellte sich neben Gardner und ließ Wasser in die Badewanne laufen.

»Und jetzt kannst du ersaufen, du Arschloch«, sagte er, während das Wasser langsam die Wanne füllte. »Denk nach, was du da tust, verdammt noch mal« rief Fourie aus dem Schlafzimmer herüber.

Aber Bald wusste *genau*, was er tat. Um ehrlich zu sein, war er selten so klar im Kopf gewesen wie in diesem Moment. Und außerdem genoss er es. Er genoss es, dabei zuzusehen, wie Gardner kämpfte, sein Gesicht aus der Wanne zu bekommen. Doch Bald hielt ihn fest am Hals umklammert und legte seine gesamte Kraft in seine Oberarme. Der Bewegungsspielraum von Gardners Kopf beschränkte sich auf jeweils nur ein paar Zentimeter nach links oder rechts. Nicht genug, um dem Wasserspiegel zu kommen.

Bald drückte noch fester zu.

Gardners Muskeln gaben sich geschlagen, gaben auf, und Bald drückte seinen Kopf unter Wasser. Das Wasser spritzte auf, schwappte über den Wannenrand und rann an den Fliesen hinunter. Gardner schrie unter Wasser, und die Schreie hallten dumpf durch die Badewanne. Seine Hände schlugen wild gegen Balds Beine. Doch Bald stand sicher und breitbeinig da und würde ihn nicht loslassen. Er zählte im Kopf bis drei, dann drückte er Gardners Kopf noch tiefer unter Wasser und seine Schreie wurden undeutlicher. Er gurgelte und würgte. Bald zählte zum zweiten Mal bis drei. Und dann noch ein drittes Mal. Dann zog er Gardners Kopf aus dem Wasser.

»Immer noch durstig, Joe?«

Gardner sog gierig die Luft ein. Sein Gesicht glänzte. Eine blaue Beule in Form eines Halbmondes hatte sich an seiner Schläfe gebildet. Wassertropfen perlten von seinen buschigen Augenbrauen und von seiner Nasenspitze. Er blinzelte Wasser aus seinen Augen und warf Bald einen tödlichen Blick zu.

»Du bist ja nass bis auf die Knochen, Joe. Aber das haben wir gleich.«

»Cave wird dich dafür umbringen« rief Fourie herüber.

Bald drückte Gardners Kopf wieder unter Wasser, so tief es nur ging, bis von seiner Position aus nur Gardners Genick zu sehen war.

Gardners rechte Hand hieb rasend gegen Balds Oberschenkel. Bald hielt ihn so zwölf Sekunden lang fest. Gardners Beine strampelten herum. Seine Kampfstiefel rutschten über die Fliesen. Bei dreizehn riss Bald ihn wieder nach oben. Der ehemalige Blade japste und keuchte. Dann krümmte er sich zusammen und übergab sich heftig in die Wanne.

Bald hörte ihm dabei zu, blieb hinter ihm in Position und machte sich bereit, seinen Kopf erneut unter Wasser zu drücken.

»Warte!«

Gardner spuckte die Worte förmlich aus, während er in der feuchten Luft herumruderte. Bald löste seine Finger von dessen Hals und trat einen Schritt zurück. Er sah zu, wie Gardner auf allen vieren von der Wanne wegkroch. Speichel und zähes Erbrochenes hing von seinen aufgeplatzten Lippen. Ein durchdringender Gestank füllte den Raum. Säuerlich und ranzig. Als würde man die Nase in ein Glas voller verdorbener Milch stecken. Gardner wischte sich den Mund ab und hustete abgehackt.

»Ich kann dir helfen«, sagte er.

»Blödsinn«, sagte Bald. »Du kannst dir doch noch nicht mal selbst helfen.«

»Sag es ihm nicht« dröhnte Fouries Stimme von den Wänden. »Sag es ihm bloß nicht, Joe.«

»Halt die Klappe«, rief Bald zurück und kniete sich neben Gardner. Der ließ den Kopf hängen. Besiegt. Er musterte benommen die Blutstriemen auf dem Boden.

»Was meint er?«, fragte Bald.

»Ich schwöre dir, wenn du auch nur ein Wort verrätst …«

Bald trat die Badezimmertür zu. Die Tür war massiv, und Fouriers Stimme erstarb zu einem gedämpften, kehligen Dröhnen.

»Ich weiß, wo er steckt«, sagte Gardner.

»Wer?«

»Laxman«. Er atmete kurz durch. »Er wird nicht mehr zurückkommen. Aber ich kann dich zu ihm bringen.«

Kapitel 39

13:09 Uhr

Sie fuhren in dem Chevrolet Impala davon, den Bald bei seiner Ankunft am Hotel Mansour erspäht hatte. Wie sich herausstellte, besaß Gardner die Schlüssel dafür. Bald hatte Gardner und Fourie aus dem Hotelzimmer und die Treppe hinunter geführt. Dort nahmen sie den Hinterausgang des Hotels und durchquerten den Garten auf dem Weg zum Impala. Es war ein brandneuer viertüriger Sedan mit hellgrauen Ledersitzen, Armaturen in Silber-Metallic und Siebzehn-Zoll-Aluminiumfelgen. Bald vermutete, dass der Impala ursprünglich einem von Gaddafis Gefolgsleuten gehörte, jemand mit einem gut bezahlten Job, der weiter oben in der Nahrungskette angesiedelt war.

Bald schob Fourie auf die Rückbank, Gardner auf den Fahrersitz und nahm selbst neben ihm auf dem Beifahrersitz Platz. Die Typ 56 hielt er im Anschlag.

Er sah Rachel, die im Hotelrestaurant auf ihn wartete, mit nichts als einer Tasse Kaffee als Gesellschaft. Er wies Fourie und Gardner an, draußen auf ihn zu warten, und machte einen schnellen Abstecher ins Scheißhaus. Dann lief er zu Rachel und sagte ihr, dass sie sich nicht vom Fleck rühren sollte. Er blieb nicht lange genug, um sich ihre Widerworte anzuhören, sondern ließ sie, wo sie war. In diesem Moment konnte er nur an das Geld denken. Und daran, dass Cave Gardner ins Spiel gebracht hatte. Wenn Cave Gardner und Rachel angeheuert hatte, dann wusste Rachel womöglich von Gardner. Was bedeuten würde, dass sie es vor ihm verschwiegen hatte. Was wiederum bedeutete, dass sie eine elende verlogene

Schlampe war. Also im Prinzip wie jede andere Frau auch, die Bald bisher kennengelernt hatte.

Ein Gedanke hatte sich in seinen Kopf gebohrt wie ein Stachel. *Scheiß auf Rachel und scheiß auf ihren zugekoksten Arsch.* Die Erfahrung hatte Bald gelehrt, der beste Weg, um über eine Fotze hinwegzukommen, war ein paar andere Fotzen zu knallen. Alles, was er dafür tun musste, war Laxman kaltzustellen und sich die fünf Millionen zu schnappen, und schon würde er sich vor Fotzen kaum retten können.

Gardner übernahm das Steuer. Er fuhr schnell. Die ganze Zeit über waren um sie herum Schüsse zu hören, Leichen verfaulten auf den Straßen, und man wollte um keinen Preis langsam genug fahren, um ein weiteres Ziel abzugeben. Bald hielt die Makarov in der rechten Hand. In der linken hielt er ein weiteres Stück Kordel von dem Vorhang. Wenn sie ihr Ziel erreicht hatten, würde er Gardner ebenfalls fesseln.

Und vielleicht noch mehr. Er war in der Stimmung, Gardner und Fourie umzulegen, sobald er Laxman gefunden hatte. Es gab keinen guten Grund, die Schweine am Leben zu lassen, und noch weniger, nachdem er Gardner in die Mangel nahm.

»Wo genau fahren wir hin?«, fragte er.

Gardner antwortete ihm nicht.

»Komm schon, Joe. Jetzt sei kein Arschloch.«

Gardner funkelte Bald an. »Ich bin nicht so dämlich und werd' dir verraten, wo Laxman gerade steckt. Scheiße, wenn ich das täte, was würde dich dann noch daran hindern, mich und Bill umzulegen?«

Bald entschied sich dagegen, Gardner zu sagen, dass er damit goldrichtig lag.

Für drei Meilen fuhren sie nach Süden, durch Chaos und Jubelfeiern. Manchmal war es schwierig, beides auseinanderzuhalten. In der Nähe der Second Ring Road hatten sich tausende Einheimische versammelt. Sie sahen wütend aus und leerten ganze Magazine ihrer

Kalaschnikows in die Luft. Unrasierte, unterernährte Truppen der Loyalisten zogen im Gänsemarsch an ihnen vorüber. Die meisten von ihnen starrten geschlagen zu Boden. Ihre Gesichter waren dunkler und wettergegerbter als die der durchschnittlichen Libyer. Das mussten Tuaregs sein, wie Bald vermutete. Von Gaddafi angeheuerte Söldner.

Südlich der Second Ring Road trafen sie auf die Al-Hadhbah-Road, die weniger einer Straße als vielmehr einem Stück Asphalt glich, übersät mit Schrapnellen, den Überbleibseln der zuletzt hier abgeworfenen Paveway- und Mark-82-Bomben. Demokratie, die aus dem Himmel heruntertrudelte. Beißender Rauch stieg langsam aus einer Reihe verkohlter Gebäude auf. Das befreite Tripolis erinnerte Bald stark an Unruhen in London, nur ohne die Vermummten.

»Wie lange ist es her, seit du Hereford verlassen hast?«, fragte er Fourie.

»Zwei.«

»Alle dachten, du wärst nach dem Job in Mauretanien erledigt gewesen.«

»Aye, da ist was Wahres dran. Da unten steckte ich ganz schon in der Scheiße. Bis hoch zu den Augäpfeln.« Das Lächeln verschwand schnell wieder. »Schon mal dort gewesen, Sohn? Nein? Schwein gehabt. Ich erzähle dir mal was über Mauretanien. Das ist das letzte Land der Welt, in dem die Sklaverei für illegal erklärt wurde. Erst vor ein paar Jahren. He Johnny, sei so gut und mach das Handschuhfach auf, okay? Da ist etwas drin, dass ich jetzt echt gut gebrauchen könnte.«

Bald ließ das Handschuhfach aufschnappen. Kleine Fläschchen mit weißem Pulver fielen heraus, zusammen mit einem Flachmann.

»Gib mir einfach was von dem Stoff, Mann«, sagte Fourie.

Bald sammelte die Fläschchen in der linken Hand. Er zählte insgesamt acht Stück. In dem Handschuhfach befand sich außerdem eine Crackpfeife mit einem kleinen Bausch Stahlwolle als Filter auf der einen Seite und einem Stück Kokain in der anderen. Außerdem fand er noch eine Plastiktüte mit mehreren Ecstasy-Pillen darin und eine Spritze mit Morphium, die in einer Hygieneverpackung steckte. Heilige Scheiße, das war genug Stoff, um einen Hollywood-Bad-Boy für eine ganze Woche bei Laune zu halten.

»Komm schon, John«, sagte Fourie, dessen Augen beim Anblick der Fläschchen immer größer wurden. »Nur einen schnellen Zug.«

Bald kurbelte das Fenster herunter und warf die Fläschchen und die Crackpfeife aus dem Fenster. Fourie ließ die Kinnlade fallen, als hätte ihm gerade jemand seinen Schwanz zwischen die Kauleisten geschoben. Dann rollte er sich wie wild auf der Rückbank herum und verrenkte sich den Kopf, um aus dem Fenster zu sehen. Seine Augen traten beinahe aus ihren Höhlen.

»Du Wichser«, schrie er Bald an.

Doch Bald ignorierte Fourie und schraubte den Deckel von dem Flachmann. Dann hielt er sich die dünne Flasche unter die Nase. Das süße, etwas torfige Aroma von Single-Malt-Whiskey sagte den olfaktorischen Rezeptoren in seiner Nase Hallo. Er nahm einen tiefen Schluck von der schottischen Medizin und ließ ein langgezogenes *Aaaahh* vernehmen.

Dann fragte er: »Was ist in Mauretanien passiert?«

Fourie sank in seinen Sitz zurück.

»Es war ein Personenschutz-Auftrag. Riesensache. Kannte ich schon aus Bagdad und Kabul. Irgend so ein Idiot namens Ould Cheikh Abdallah. Der erste gewählte Präsident, den diese verfluchten Barbaren jemals hatten. Das Geld war die absolute Höchstgage. Ich meine, ich rede hier wirklich von dem ganz großen Geld. Genug, damit sich selbst Simon Cowell so richtig einkackt vor Neid. Wie auch immer, ich bin also da unten zusammen mit dieser walisischen Schwuchtel von den Mountain Troops. Sagt dir Jimmy Coyne noch was?«

Bald nickte. Er konnte sich schwach an den Typen erinnern.

»War ein leichtes Leben. Zumindest die ersten sechs Monate.

Dann gab es plötzlich wie aus dem Nichts einen Putsch. Abdallahi wird mit einem Arschtritt aus dem Amt gejagt und Coyne landet im Knast. Und ich? Ich bin bei Nacht und Nebel aus dem Land und nach Algerien geflohen. Hatte die meiste Zeit die Armee an den Hacken kleben. Coyne hat die nächsten drei Jahre zusammen mit zwanzig anderen Kerlen in einer Zelle verbracht, mit nur einem Eimer zum rein scheißen und pissen und gammeligem Brot und madigem Reis zweimal am Tag. Jeden Morgen haben die Wächter den armen Kerl in den Hof gezerrt und ihm den Arsch aufgerissen. Das letzte, was ich von ihm gehört habe, war, dass sie ihn entlassen haben und er AIDS hat. Das Arschloch ist als Penner in London gestorben.«

»Und was ist mit dir?«, fragte Bald.

»Ich hatte ein paar Kontakte in Algier. Die fanden Arbeit für mich. In Libyen. Meinten, bei der Bezahlung würde ich mich bepissen. Hab ich auch, beinahe. Dann haben die Windelköpfe angefangen zu rebellieren, und ich war meinen Job los. Ich sag dir was, mein Sohn, ich kann scheinbar nicht mal in Ruhe scheißen, ohne das sofort eine Revolution losgeht. Zum Glück hab ich mich mit Joe hier kurzgeschlossen, und jetzt bin ich wieder im Geschäft. Und eins sag ich dir, Johnny, ich fahr mehr Geld ein als jemals zuvor.«

»Wie lange bist du jetzt schon in Tripolis?«

»Ein Jahr, ungefähr.«

»Und hast was gemacht?«

»Sohn, das geht dich verdammt noch mal gar nichts an.«

»Wieso hat dich Cave zusammen mit Joe angeheuert?«

»Ich kenn mich hier aus. Die wollten jemand, der den absoluten Durchblick hat. Und das bin ich.«

Aber aus den Augenwinkeln konnte Bald sehen, wie Gardner zuckte und schwitzte wie ein Jamaikaner beim Jobcenter. Irgendetwas stimmte hier nicht. Er nahm noch einen Schluck aus der Flasche. Der Whiskey flutete seinen Blutkreislauf und ließ die Migräne verschwinden. In Mexiko hatte Bald eine Entdeckung gemacht. Die Drogen hatten nur einen kurzzeitigen Effekt auf seine Migräne. Alkohol aber hielt sie in Schach. Solange er seinen Blutkreislauf regelmäßig mit Alkohol versorgte, würde er sich nicht so fühlen, als hätte man seinen Kopf an eine tektonische Platte genagelt.

Nach drei Meilen bog Gardner nach links in Richtung Osten ab. Die von Palmen gesäumten Alleen wichen beengten Straßen mit schlichten Flachdachhäusern zu beiden Seiten. Schon bald fanden sie sich in einer stickigen, eintönigen Gegend wieder. Eine unbemannte MQ-8-Fire-Scout-Drone schwebte über den Dächern. Ihre Infrarotkamera bekam nur wenig vor die Linse – die Straßen waren weitestgehend leer, bis auf ein paar einzelne Soldaten im T-Shirt, die gelegentlich hin und her huschten. Dieser Teil von Tripolis hatte sich wohl noch nicht gänzlich den Rebellen angeschlossen, vermutete Bald.

»Wie weit ist es noch?«, fragte er.

»Wir sind fast da«, antwortete Gardner.

Lose Kiesel und Dreck knirschten unter den Reifen des Impala. Fourie begann zu stöhnen und würgte. Zu Gardner gewandt sagte er: »Fahr mal rechts ran. Ich glaub, mir wird schlecht.«

»Schluck's runter«, sagte Bald. »Wir halten hier nicht an.«

»Oh, verdammt.« Fourie atmete schwer. Er krümmte sich und kniff die Augen zusammen.

Während Fourie gegen seinen Brechreiz ankämpfte, drehte sich Bald zu Gardner. »Wieso tust du das?«, wollte er wissen. »Für Cave arbeiten, um einem anderen Blade hinterherzuspionieren.«

»Er hat mir einen Job versprochen, wenn das vorbei ist«, sagte Gardner und wiegte seinen Kopf hin und her, um die Verspannung in seinem Genick zu lösen. »Zurück an die Front. Bei vollem Gehalt und einer Pension, John.«

Bald lachte. »Du blöder Wichser. Und das hast du geglaubt? Cave wird dir in den Rücken fallen, genau so, wie es Land auch getan hat. So, wie er auch mich reingelegt hat.«

»Land haben sie abgesägt. Die Dinge laufen dort jetzt anders.«

»Bullshit. Die Firma ändert sich nie.«

»Wir sind da«, sagte Gardner.

Bald sah hinaus, während der Impala langsamer wurde. Sie befanden sich auf einer ausgestorbenen Hinterstraße. Eine Reihe von kalkweißen Häusern war von Kugeln durchlöchert worden. Eines der Gebäude am Ende der Straße war zusammengefallen, seine Fassade wie bei einer Lawine auf die Straße gefallen. Aus dem Motorblock eines umgedrehten Pick-ups züngelten Flammen. In der Mitte der Straße lag eine abgetrennte Hand, die niemand zu gehören schien. Ein streunender Hund näherte sich ihr. Das sich nähernde Fahrzeug schreckte den Hund aber auf, und er musterte misstrauisch den Impala. Dann machte er kehrt und trottete kleinlaut mit einem Daumen als Beute zurück.

Bald bekam nur wenig von der Umgebung mit. Seine Aufmerksamkeit galt Fourie und Gardner zu gleichen Teilen. Die Möglichkeit, dass die beiden ihn womöglich in eine Falle lockten, nagte an seinem Unterbewusstsein.

Nein. Fourie ist gefesselt. Und ich halte eine Waffe auf Gardner gerichtet.

Aber vielleicht gibt es einen dritten Mann. Schon mal daran gedacht? Vielleicht drückt der sich hier irgendwo herum.

Und wartet darauf, dich umzunieten.

Nach etwa fünfzig Yards erreichten sie das Ende der Straße. Sie hörte einfach so auf. Ein Teppich aus Wüstensand breitete sich vor ihnen aus, mit kleinen Gruppen aus Palmen und dünnem Gras, die im Gegensatz zu dem Sand irgendwie unecht wirkten, wie das Set aus einem alten Hollywoodfilm. Eine Sackgasse. Auf acht Uhr befand sich in hundert Yards Entfernung eine Fläche aus Geröll mit einer Moschee. Hier und da ragten Strommasten aus dem Gelände. Auf drei Uhr war ein halbfertig gebautes Anwesen zu sehen. Die Arbeiten am Fundament einer Mauer, die das Grundstück umgeben sollte, hatten begonnen, waren dann aber etwa auf Knöchelhöhe abrupt zu einem Ende gekommen. Zwanzig Yards innerhalb des Grundstücks stand ein flaches, zweistöckiges Gebäude mit schmutzigen kahlen Betonwänden. Eine Ansammlung von Satellitenschüsseln ragte von dem flachen Dach aus in den Himmel. Zwei Dinge fielen Bald aber sofort auf. Zum einen war die Haustür aus Metall, und schien sehr solide zu sein. Und zum anderen hatte das Haus keine Fenster.

Gardner trat unaufgefordert auf die Bremse und brachte den Impala vierzig Yards vor dem Zugangstor zum Stehen. Die Stille um sie herum wurde nur vom Knacken des überhitzten Motors und dem Brummen der Stromleitungen gestört, die über der Straße hingen. Bald sah über seine Schulter und zu der Straße hinter ihnen. Alle Häuser waren von Kugeln durchsiebt worden. Es gab hier keine Menschenseele, keine Autos und keine Geräusche.

Bald blickte Gardner an und fragte: »Das ist es?«

»Das ist es.«

»Was ist das für ein verdammter Ort?«

»Eine Opiumhöhle«, sagte Fourie.

Kapitel 40

14:17 Uhr

Bald prustete los. »Eine Opiumhöhle, mitten in Tripolis?«

»Davon gibt's mittlerweile einige, seit die Schlitzaugen hier Einzug gehalten haben«, erklärte Fourie. »Sieh dich doch mal um, Kumpel. Wir haben nicht länger die Macht in Afrika. Die ganzen Verträge laufen jetzt über die Chinesen. Sie haben die Manpower, die Industrie, und sie haben Einfluss. Das Öl und die Schürfrechte haben sie sich auch bereits gesichert. Alle anderen balgen nur noch um die Reste.«

Bald musterte das Anwesen. Ein Teil von ihm fragte sich, wozu eine Opiumhöhle eine verstärkte Tür brauchte. Der andere Teil von ihm dachte aber bereits über den Angriff nach. Es würde schwer werden, sich unbemerkt dem Gebäude zu nähern. Östlich und südlich davon gab es nichts weiter als Wüste und offenes Gelände. Im Norden lagen die Geröllfläche und die Moschee und im Westen die Straße.

Bald warf einen Blick auf seine Aquaracer. 14:19 Uhr. *Die Übergabe findet heute Nachmittag um 14:20 statt,* hatte Cave gesagt. Die Aussicht darauf ließ das Adrenalin in Bald hochkochen. Das musste einfach der richtige Ort sein.

»Wie habt Ihr von dem Ort erfahren?«, fragte er.

Gardner zuckte mit den Schultern.

Bald ließ den Blick zu Fourie wandern. »Hat Cave euch davon erzählt?«

Fourie gab keinen Mucks von sich. Bald bohrte nicht weiter, aber er fragte sich, über wie viele Informationen sein Landsmann und Gardner verfügten. Hatte Cave sie zu Laxman und den Smart Dust gebrieft? Vielleicht hatte man den beiden dieselbe Fünf-Millionen-Belohnung geboten, überlegte Bald. Alles nur Spekulationen. Er kratzte sich an den Eiern. Er hatte einen Mordsdurst.

»Weshalb kommt er hierher?«, fragte Bald Fourie.

Fourie bellte ein heiseres Lachen. »Um Tee zu schlürfen und ein paar Yogaübungen zu machen. Das ist eine Opiumhöhle. Da geht man rein und bläst sich das Hirn weg. Du blödes Aas, was glaubst du denn, was er hier macht?«

»Also findet die Übergabe nicht hier statt?«

Fourie zuckte mit den Schultern angesichts von Balds Unwissenheit. »Vielleicht hat er einfach auch nur Bock auf etwas Opium, zusammen mit ein paar schlitzäugigen Mistkerlen? Wer weiß?«

Jetzt, wo der Motor ausgeschalten war, schoss die Temperatur in dem Wagen in die Höhe. Bald konnte die Hitze spüren, die wie eine Anakonda über seine Haut kroch. Er besah sich noch einmal genau das Gebäude und entschied, dass er nur eine gute Chance hatte, Laxman die Lichter auszublasen, und zwar dann, wenn er hier eintreffen würde. Jene Eingangstür sah quasi unüberwindbar aus, und da das Haus keinerlei Fenster hatte, würde es darin kaum Licht, dafür aber eine unbekannte Anzahl von Personen geben. Wenn die dort eine Drogenhöhle unterhielten, war es mehr als wahrscheinlich, dass die Leute darin bewaffnet waren, und wenn sie sich dann noch anständig mit Opium zugedröhnt hatten, würden sie die Waffen mit Sicherheit auch benutzen. Was bedeutete, dass es eine verdammt blöde Idee wäre, das Gebäude zu stürmen.

Nein. Bald würde warten, bis Laxman auftauchte, und dem Wichser dann zwei Schüsse in den Hinterkopf verpassen.

Mit dieser Idee begann er sich anzufreunden. Und außerdem hatte es gewisse Vorteile, einen Mann in Libyen zu ermorden anstatt in Florida. Zuerst einmal gab es hier keine Cops. Er brauchte sich keine Sorgen darüber machen, dass man sein Foto an jede Polizeistation und jeden Flughafen in diesem Land schicken würde. Verdammt, angesichts des Krieges, der hier tobte, würde es sicher mehrere Tage dauern, bis man Laxmans Leiche überhaupt fand. Und wenn das passierte, würden sie schlichtweg annehmen, dass Laxman einfach mit den falschen Leuten aneinandergeraten war.

Ziemlich geschmacklos zwar, aber effektiv.

Bald grinste Gardner an. »Wie wäre es, wenn ich es dir etwas gemütlicher mache, Kumpel?« Er ließ die Kordel vor Gardner hin und her baumeln und sagte: »Gib mir deine Hände.«

Gardner drehte sich zu ihm um und machte ein finsteres Gesicht. Die klaffenden Wunden an seiner rechten Schläfe und seiner Nase hatten klebrige Beulen gebildet, die an den Rändern aushärteten wie schwarzer Teer. Bald presste die Makarov hart gegen die Kopfwunde. Gardner zischte vor Schmerzen.

»Reich' mir deine verdammten Hände, oder ich verteile dein Gehirn auf der Armatur«, sagte Bald.

»Du machst einen großen Fehler«, sagte Gardner.

»Der einzige Fehler, den ich gemacht habe, war der, dich in London nicht richtig abzuservieren.«

Widerwillig rutschte Gardner in seinem Sitz herum, sodass er aus dem Fenster sah und seine Hände hinter seinem Rücken Bald über den Schalthebel hinweg präsentierte. Bald wickelte die Kordel ein dutzend Mal um dessen Handgelenke und band sie zu einem Würgeknoten zusammen. Er zog die Schnur fest genug, um es für Gardner unbequem zu machen. Dann schlüpfte er aus dem Wagen, lief darum herum und öffnete die Fahrertür. Er ließ Gardner auf den kochenden Asphalt aussteigen, zog ihn auf die Beifahrerseite hinüber und schob ihn grob auf den Sitz.

»John, verdammt noch–«

»Halt die Klappe und such dir schon mal eine Religion aus. Denn wenn ich mit Laxman fertig bin, kümmere ich mich um Fourie, und schlussendlich um dich.«

Gardner verstummte. Fourie schwieg ebenfalls. Bald knallte die Beifahrertür zu. Dann nahm er auf dem Fahrersitz Platz und warf den Wagen an. Herrlich kühle Luft strömte aus der Klimaanlage, blies ihm ins Gesicht und kühlte seinen Schweiß. Ein kurzer Moment der Erleichterung von der Aufgabe, einem Menschen das Leben zu nehmen.

Dann wartete er.

Lange musste er sich nicht gedulden.

Bald hörte es, noch bevor er ihn sah. Das unverkennbare Knattern eines Grand Cherokee Jeeps. Silberne Karosserie. Klobiger Aufbau. Ein Minivan, der sich als Gelände-SUV verkleidet hatte. Groß und brutal tauchte er am Horizont auf und dröhnte unerbittlich die Straße hinunter, direkt auf das Anwesen zu, und sein V8-Motor brüllte sich in Rage. Bald blinzelte sich kühlen Schweiß aus den Augenwinkeln. Der Jeep war noch hundert Yards entfernt.

Er legte seine Finger fester um den hölzernen Griff der Makarov. Entsichert, den Hahn für einen Einzelschuss gespannt. Er spürte, wie die Gewalt in ihm zu brodeln begann, hörte sein Herz in den Ohren wummern. Ein Bild in seinem Kopf spornte ihn an. Das Bild, wie er Laxman erschoss und Cave die guten Neuigkeiten überbrachte. Er stellte sich vor, wie er Businessclass nach Monte Carlo flog, randvoll mit Laphroaig Whiskey und den Überblick über die Nullen auf seinem Kontostand und die Frauen in seinen Armen verlor.

Fünfzig Yards.

So nah.

Nur noch wenige Sekunden.

Bald spürte, wie sich verschiedene Körperpartien von ihm zusammenzogen, wie eine Boa constrictor um eine Ratte.

Die Reifen des Grand Cherokee niesten Staub und spien kleine Steinchen, und in der Karosse fing sich das grelle Sonnenlicht und blendete Bald für einen Moment. Das Dröhnen ebbte ab, als der Cherokee rutschend neben der Opiumhöhle zum Stehen kam, zwanzig Yards vor dem Impala. Der Motor schnaubte, stotterte kurz, und erstarb. Bald hielt in der einen Hand seine Makarov. Die andere hatte er am Lenkrad. Den Fuß auf dem Gaspedal. Er war bereit. Er sah nach vorn aus dem Wagen, als Laxman aus dem Cherokee stieg. Der Inder wirkte klein und schwächlich. Sein Haar war verfilzt und sein Anzug zerknitterter als das Gesicht eines alten Mannes. Bald konnte nur seinen Hinterkopf sehen.

Laxman streckte seine Arme und Beine, aber ansonsten bewegte er sich nicht. Balds Hand lag auf dem Türriegel. Er sah zu, wie sich die Tür des Hauses öffnete und ein Umriss erschien, ein Wirrwarr aus Schatten. Zögerlich trat die Person hinaus ins Sonnenlicht und lief die zehn Yards zu Laxman und dem Cherokee hinüber. Bald erkannte die chinesische Prostituierte aus dem Bordell in Clearwater.

Bald blieb im Wagen, wo die vierzigprozentige Tönung der Scheiben sein Gesicht verbarg. *Ja leck mich doch*, dachte er bei sich. Laxman musste die Nutte so klasse gefunden haben, dass er sie den ganzen Weg bis hierhin mitgebracht hatte. Nur dass sie nicht länger wie eine Nutte angezogen war. Die hochhackigen Schuhe und der kurze Rock waren verschwunden. Stattdessen trug sie jetzt ein paar blaue Jeans, eine weiße Bluse und eine Rundum-Sonnenbrille. Sie lächelte Laxman verführerisch an, beugte sich zu ihm und küsste ihn auf die Lippen. Dann schob sie eine Hand in eine schwarze Tasche, die sie über der Schulter trug, und förderte ein Telefon zutage. Sah wie ein iPhone aus. Sie checkte ihre Nachrichten und steckte das Telefon wieder weg. Dann nahm sie ihn bei der Hand und führte ihn zu der Tür.

Bald wollte gerade aus dem Impala aussteigen, als Fourie sagte: »Wenn du Laxman jetzt erschießt, machst du einen Riesenfehler.«

Balds Hand verharrte regungslos an dem Türöffner. »Ich werde dafür bezahlt, den Kerl umzubringen. Ende der Geschichte.«

»Es ist nicht so einfach, wie du glaubst, John.«

Bald sah nach rechts, zu Gardner. Der Kerl schwitzte wie ein Vieh. »Es stimmt«, sagte Gardner. »Es gibt da ein paar Dinge, die du nicht weißt.«

Laxman war noch zehn Yards von der Tür entfernt. Fünf Millionen Piepen wanderten gerade davon. Er zog an dem Türhebel und sagte: »Ich höre mir eure Scheiße nicht weiter an.« Jetzt lagen noch acht Yards zwischen Laxman und der Opiumhöhle.

»Das ist keine Scheiße.« Gardners Gesicht sah angespannt und todernst aus. »Willst du die Wahrheit wissen? Man hat uns nicht hierher geschickt, um dir hinterherzuspionieren.«

Kalte Luft aus der Klimaanlage blies Bald entgegen. Jene Art von Kälte, die einem die Haut verbrannte. Er sah zu, wie die Chinesin Laxman in das Haus hinein führte. Sah zu, wie sich die Tür hinter ihnen schloss.

Sah zu, wie seine große Chance verschwand.

»Wir wurden geschickt, um dich umzubringen«, sagte Gardner.

Kapitel 41

14:29 Uhr

Seit Mexiko hing Bald an einem seidenen Faden, und jetzt spürte er, wie dieser Faden riss und er ins Bodenlose stürzte. Es fühlte sich an, als würde er einen HALO-Sprung ins All machen. Kein fester Boden unter den Füßen – nichts als eine ungewisse, schwarze Leere. Ein Chinese zog die Tür der Opiumhöhle zu, und für Bald schien sich die Landschaft um ihn herum damit nur noch isolierter anzufühlen. Ein Gedanke überwältigte ihn wie ein unverhoffter kalter Windstoß: *Ich bin irgendwo im Nirgendwo.*

Gardner blickte in seinen Schoß hinab und verzog sein Gesicht zu einer Grimasse, so als hätte er sich gerade eingepisst. »Cave hat mir von dem Smart Dust erzählt«, sagte er. »Er erzählte mir, dass Laxman eine Übergabe mit den Pakistanis arrangierte, und du ihn in Florida ausschalten solltest.«

Bald fühlte sich wie ein Idiot.

»Er sagte, dass du ausgeschaltet werden solltest, wenn die Mission erledigt sei.«

»Warum?«, fragte Bald.

»Um alle Spuren zu verwischen.«

»Sind das seine Worte – oder deine?«

Bald hörte eine schrille Stimme in seinem Kopf. Eine, die er schon einmal gehört hatte, und eine, die er nie wieder hören wollte. Danny Cave. Eingebildet und übertrieben freundlich, und so falsch wie eine Packung serbischer Zigaretten. Bald erinnerte sich an einen Satz, den er am Telefon zu ihm gesagt hatte. »Die Firma kümmert sich um ihre eigenen Leute, John-Boy.«

Aber Bald gehörte nicht zur Firma. Er hatte noch nie zu ihr gehört.

»Also haben sie euch beide hierher geschickt? Um hinter mir aufzuräumen?«

»Nein. Nur mich.«

Das ließ Bald in seinem Sitz herumwirbeln. Fourie saß zusammengesunken auf dem Rücksitz. Er sah kraftlos aus, als wäre er gerade vom Blutspenden gekommen, wo er sich zu viel hatte abzapfen lassen. Er biss die Zähne aufeinander, und Bald konnte das Quietschen der Zahnbeläge hören.

»Cave weiß also nichts von Bill?«

»Natürlich nicht«, sagte Gardner. »Wie du sagtest, die Firma will nichts mit ihm zu tun haben.«

»Aber wieso ist er dann hier?«

Fourie würgte etwas Klumpiges nach oben. Er ließ es in seinem Mund kreisen, bevor er es wieder hinunterschluckte. »Ich hab von den Jungs am Checkpoint erfahren, dass Joe in der Stadt war.« Er sprach undeutlich, brachte kaum die Lippen auseinander. »Ich dachte, das ist seltsam. Denn die anderen Kumpels waren schon seit einer Weile hier.«

»Welche Kumpels?«

Fourie rollte mit den Augen, als müsste er eine der einfachsten Rechenaufgaben dem dicksten Jungen der Klasse erklären. »Die Firma hat einen Haufen Jungs hier. Ex-Blades, so wie du und ich. Wir wurden alle angeworben, um Gaddafis persönlichen Sicherheitsdienst zu trainieren.«

Bald schnappte nach Luft.

»Das war Teil des Ölabkommens zwischen Libyen und England«, sagte Fourie. »Wir sind als erstes dran, wenn das Öl verteilt wird, und im Gegenzug helfen wir ihnen dabei, Gaddafis Leibwache auszubilden. Der Colonel will, dass seine Leibwächter vom selben Stamm sind wie er selbst. Muss so ein Araber-Ding sein. Deshalb trainieren wir sie und bringen ihnen bei, was sie wissen müssen.«

»Von dem Training haben sie gut Gebrauch gemacht.«

Fourie lachte. »Willkommen in der wirklichen Welt, John.«

»Blades unterstützen einen Tyrannen. Großartig.«

»Ach was, das war nicht das erste Mal, und wird auch nicht das letzte Mal sein, also mach dir nicht ins Hemd. Wir sind nur Soldaten, Johnny. Wir treffen keine beschissenen moralischen Entscheidungen oder wundern uns über die Politik. Wir tun, was man uns sagt, und am Ende lösen wir unsere Schecks ein und lassen uns volllaufen.«

Bald sah nach vorn, die Augen auf das Haus zwanzig Yards vor ihm, auf ein Uhr gerichtet. Dann bemerkte er Bewegungen an der Moschee auf der anderen Straßenseite, auf elf Uhr. Eine Gruppe undeutlicher Umrisse rannte durch den Dreck in die andere Richtung davon, weg von Bald und der Drogenhöhle. Zwölf Menschen, vielleicht mehr. Zivilisten. Frauen und Kinder. Unbewaffnet. Keine Gefahr. Bald entspannte sich ein wenig. Er sah zu, wie sie über das Geröllfeld liefen und auf eine Reihe flacher Gebäude in mittlerer Entfernung zusteuerten.

»Bill hat mich in einem Hotel aufgespürt. Früh am Morgen«, ergriff Gardner wieder das Wort. Dann machte er eine kurze Pause und schielte auf den Flachmann in Balds Schoß. Bald reichte ihm die Flasche. Gardner nahm einen tiefen Schluck.

»Ich wusste, dass er wegen einer speziellen Mission hier sein musste«, sagte Fourie. »Ein einzelner Ex-Blade wird als Einziger eingeflogen, ohne Unterstützung, gerade, als in Tripolis die Hölle losbricht? Das roch förmlich nach Spezialauftrag.«

»Und dann?«

»Wir haben uns einen Plan ausgedacht.«

»Was für einen Plan?«

»Wir wollten dich nicht umbringen. Das hätte gegen die Soldatenehre verstoßen.«

»Erspar mir den verdammten Sermon. Wie sah der Plan aus?«

»Gardners Befehle lauteten, dich umzulegen, sobald du dich um

Laxman gekümmert hast. Aber wir hatten eine bessere Idee.« Fourie sah zum Fenster hinaus. Ein verlorenes Gesicht, das in eine verlorene Welt starrte. »Wir würden dich davon abhalten, Laxman umzulegen, und ihm den Smart Dust abnehmen.«

Bald schluckte. Der Whiskey brannte klebrig in seiner Kehle.

»Um was damit anzustellen?«

Fourie sah Bald über den Rückspiegel an. »Dreimal darfst du raten.«

Bald rieb sich mit der Hand über seinen Kopf. Seine wenigen verbliebenen Haarsträhnen waren schweißnass und fettig, und seine Finger waren mit einem klebrigen Film aus Schießpulver verklebt. Er war fix und fertig, und jetzt spürte er auch wieder dieses Pochen in seinen Schläfen. Wie Hammerschläge gegen die Innenseite seines Schädels.

»Denk darüber nach, Kumpel«, sagte Fourie, setzte sich auf, und war auf einmal wieder quicklebendig, aufgeregt, und redete superschnell. »Meine Kontakte sind bereit, uns eine Menge Kohle für diese Technologie zu bezahlen. Was ist die Alternative? Du bringst Laxman um und gibst dem Wichser Cave die Befriedigung, die nächste Beförderung in Whitehall abzusahnen? Die werden einfach den nächsten Schwachkopf schicken, um dich umzulegen. Wer weiß, vielleicht hat er schon andere auf den Fall angesetzt.«

Bald beobachtete die Umrisse, die auf den Horizont zueilten. Er schwieg für ein paar Sekunden. Dann fragte er: »Wie viel?«

Gardner und Fourie tauschten einen Blick aus. Fourie nickte.

»Vierzig Millionen«, sagte Gardner.

Fourie beugte sich nach vorn und steckte seinen Kopf zwischen den beiden Vordersitzen hindurch.

»Du bist dabei, Kumpel. Bekommst einen guten Anteil. Denk drüber nach. Zwanzig für mich, weil ich die Kontakte habe. Zehn für dich, zehn für Joe. Fairer geht's nicht. Hör mal, ich weiß nicht, wie viel Cave dir für den Job bezahlt. Aber ich wette, mein Angebot überbietet das locker.«

Zehn Millionen. Das würde meine Gage verdoppeln, dachte Bald.

»Hab ich recht?«, fragte Fourie.

Ihm gefiel die Idee, Cave übers Ohr zu hauen. Immerhin hatte die Firma hinter seinem Rücken geplant, ihn umzulegen, sobald er Laxman kaltgestellt hatte. In John Balds Welt rangierte Vergebung auf der Liste mit dem sinnlosesten Scheißdreck ungefähr auf der gleichen Stufe wie Mülltrennung oder *Glee*. Er lebte nach der Überzeugung, dass man, wenn einem ein Feind ein Auge nahm, die Pflicht hatte, ihm dafür beide Augen herauszureißen und ihm in die verdammten Augenhöhlen zu pissen. Er erlaubte sich einen kurzen angenehmen Tagtraum. Cave, in einer nicht allzu fernen Zukunft, nachdem er seinen Job verloren hatte nach dem Schlamassel mit Laxman; nachdem ihn seine Freundin verlassen hatte und man ihm das Haus wegnahm. Wie der Mistkerl hinter dem Steuer seines Wagens auf einem anonymen Straßenabschnitt auf der M25 stand, wie ein beschissenes Kind flennte und Patronen in seinen Revolver schob.

Bald merkte sich dieses Bild für später und sagte: »Wer ist der Käufer?«

»Einer meiner engsten Kontakte.«

»Nicht die Regierung?«

»Nein.«

»Vierzig Millionen sind viel Geld für einen einzelnen Mann.«

»Nicht für ihn. Der Kerl ist reicher als Abramovich.«

»Aber du willst mir nicht sagen, wer es ist.«

»Hör mal«, sagte Fourie. »Ich will nur wissen, ob du jetzt dabei bist oder nicht?«

Bald dachte noch etwas länger darüber nach. Die Sache mit dem anonymen Käufer gefiel ihm nicht. Aber die zehn Millionen hingegen sehr. Also nickte er. Fourie und Gardner nickten zurück.

»Scheiß drauf. Ich bin dabei.«

Erleichtert seufzten die beiden anderen auf. Die Atmosphäre im

Impala begann, sich zu entspannen. Gardner rang sich sogar ein schiefes Lächeln ab. »Guter Mann«, sagte Fourie. »Ich wusste, du würdest zum Licht finden, John.«

Aber Bald antwortete nicht. Er beobachtete wieder angestrengt die Opiumhöhle. Ein nichtssagendes Gebäude in einem Meer aus Buschland. Ihm fielen jetzt noch ein paar weitere Einzelheiten auf dem unfertigen Anwesen auf. Fünfzehn Yards westlich des Hauses waren ein paar Autoreifen übereinandergestapelt, und etwa zwanzig Yards hinter dem Haus war das Wrack eines Pick-ups abgestellt worden. Wieder war da dieser Gedanke: Was stimmt an diesem Bild nicht?

Er nahm noch einen Schluck von dem Whiskey und schüttelte den Gedanken ab. Er musterte Fourie durch den Rückspiegel und fragte: »Und jetzt?«

»Du bindest mich los. Wir warten. Mein Kontaktmann sagte, dass Laxman hier jemanden treffen wollte. Jemand Hochrangiges. Einen Terroristen.« Fourie reckte den Hals, um einen besseren Blick auf das Haus zu bekommen. »Er schließt den Deal ab, wir gehen rein, bringen alle um und schnappen uns den Smart Dust. Dann sehen wir zu, dass wir von hier verschwinden, und begeben uns nach Sirte.«

»Was ist in Sirte?«

»Mein Kontakt. Und jetzt binde mich endlich los, John.«

Balds Schweigen musste als Antwort genügen. Er fuhr damit fort, das Gebäude zu observieren. Da war dieser dumpfe Gedanke in seinem Hinterkopf, wie ein Feuerstein, der immer wieder gegen Stahl geschlagen wird, um einen Funken zu erzeugen, und er fragte sich, wieso die Leute in der Moschee es so eilig hatten, sich davon zu machen. Aber der Whisky und die Aussicht auf zehn Millionen Kröten schoben diese Gedanken beiseite, und Bald ließ seine Augen über das Gelände rund um das Haus wandern, dann das Gleiche bei der Moschee, und schließlich bei dem angrenzenden Umland.

Er wartete.

Gardner wartete.

Fourie wartete.

Sie mussten nicht lange warten.

Vier Minuten später flog die schwere Tür auf und Laxman trat in die staubige, ausgeblichene Wüste hinaus. Er blinzelte und blickte zu der chinesischen Frau neben sich. Zusammen liefen sie auf den Cherokee zu.

»Da ist er. Binde mich los«, sagte Fourie.

»Mich auch«, sagte Gardner.

»Oder keinen von euch?«, schlug Bald vor. »Nur weil ich bei eurem Plan mit dabei bin, heißt das noch lange nicht, dass ich euch Arschkriechern über den Weg traue. Nein, ihr beiden wartet hier und lest euch solange Einschlafgeschichten vor. Ich kümmere mich um die Sache.«

Bald öffnete die Tür und stieg aus dem Impala. Laxman war an dem Cherokee angekommen und lief um das Fahrzeug herum, sodass er Bald nun den Rücken zukehrte. Ohne nachzudenken, hielt Bald auf den Inder zu. Sein Körper erinnerte sich an die vielen tausend Stunden während seines Trainings in Hereford und die unzähligen Missionen, die er absolviert hatte. Er wusste, dass Laxmans Tod schnell über die Bühne gehen würde. Er würde ihn umlegen und dann das Gebäude durchkämmen und die Räume nacheinander sichern. Dabei würde er jeden X-Ray erschießen, dem er begegnete. Dann würde er das Paket mit dem Smart Dust an sich nehmen. Das Gebäude war nicht sonderlich groß, zwei Stockwerke, vielleicht zwanzig Quadratmeter. Wenn er mit chirurgischer Präzision vorginge, würde die ganze Operation in zwei oder drei Minuten vorüber sein.

Bald lief schnell, seine Atmung ging regelmäßig und seine Nerven waren ruhig. Laxman war noch fünfzehn Yards von ihm entfernt. Er öffnete die Fahrertür und drehte Bald noch immer den Rücken zu. Doch die Frau neben der Beifahrertür hielt plötzlich inne und wirbelte herum.

Ihr Blick fiel auf Bald.

Zwanzig elende Yards. Zu spät, um die Sache abzublasen. Bald richtete die Makarov auf Laxman, nahm seinen Rücken ins Visier. Es spielte keine Rolle, wenn der erste Schuss ihn nicht sofort tötete, solange er ihn erst einmal aus dem Rennen nahm. Bald würde ihm danach zwei Schüsse in den Kopf verpassen, um hundertprozentig sicher zu sein, dass er ihn ins Jenseits geschickt hatte. Er war jetzt sechs Yards von Laxman und der Frau entfernt. Nun bemerkte auch Laxman, dass die Frau zu Bald sah. Er folgte ihrem Blick, und dann blieben auch seine Augen an dem Schotten kleben. Laxman sah dabei leicht überrascht aus, so als wäre ihm gerade wieder eingefallen, wo er seine Autoschlüssel verloren hatte. Bald hatte diesen Gesichtsausdruck schon bei Dutzenden Mistkerlen gesehen, bevor er sie über den Jordan geschickt hatte.

»Nehmt die verdammten Hände hoch«, sagte er.

Laxman zog die Frau näher an sich heran. »Bitte.« Seine Stimme überschlug sich wie Popcorn in der Pfanne, und Bald fragte sich, warum Leute in diesen Situationen sich so oft die beschissensten Ausreden ausdachten, nur damit man ihr Leben verschonte.

Zwei Yards vor Laxman blieb Bald stehen. Der Inder starrte stumm und leicht dümmlich die Makarov in Balds Hand an. Die Frau dagegen schien absolut ruhig zu sein. Sie sah Bald an und nicht die Makarov. Keine Spur von Überraschung oder Schock in ihrem Gesicht. Ganz so, als hätte sie mit so etwas gerechnet.

Bald ignorierte sie. »Wo ist es? Gib mir den Smart Dust.«

Laxman schien ihm nicht zuzuhören. »Sie müssen mir helfen«, sagte er. »Sie kommen.«

Bald musste nicht nachfragen, wen Laxman damit meinte. Auf sechs Uhr begann die Erde zu beben und er bekam die Antwort auf seine Frage. Er wusste, was sich mit diesem Geräusch ankündigte, noch bevor er sich halb umdrehte und zu demselben Punkt sah, auf den Laxman wie hypnotisiert starrte. Pick-up-Trucks, eine halbe Meile entfernt. Das Dröhnen von Turbo-Diesel-Motoren, das zu einem markerschütternden Brummen anschwoll. Er zählte drei Fahrzeuge. Jedes davon trug die Spuren des Krieges. Der führende Pick-up war ein Toyota Land Cruiser. Das Fahrzeug links hinter ihm ein Hilux, rot, grün und schwarz angemalt.

»Das sind Rebellen«, sagte Laxman.

»Scheiße, da haben wir ja noch mal Glück gehabt«, sagte Bald.

»Nein.« In Laxmans Stimme stieg Panik auf. »Die werden uns alle umbringen!«

Kapitel 42

15:16 Uhr

Bald schob Laxman und die Frau auf den Impala zu.

»Jetzt macht schon«, schrie er sie an.

Bis zu dem Fahrzeug waren es zwanzig Yards. Er lief mit eiligen Schritten darauf zu. Der Land Cruiser und die beiden Pick-ups kamen die Straße so schnell herunter gefahren, wie es ihre in Mitleidenschaft gezogenen Motoren erlaubten. Besonders schnell waren sie dabei nicht.

Bald erreichte den Impala noch vor Laxman und der Frau. Er riss die hintere Beifahrertür auf. Fourie warf ihm einen angewiderten Blick zu und fragte: »Was glaubst du, was du das tust, John?«

»Uns hier rausbringen, bevor uns die Rebellen den Arsch aufreißen.«

»Der Dust!«

Bald wirbelte herum und deutete auf Laxman.

»Wo ist er?«

Laxman wechselte kurz einen Blick mit der Frau, dann sah er an ihr vorbei zu dem Gebäude.

»Er ist da drin. Ich werde ihn Ihnen geben, ich schwöre es. Aber Sie müssen mich vor denen beschützen«, sagte er und deutete mit den Augen auf die Pick-ups. Der Konvoi war nun noch zweihundertfünfzig Yards entfernt. Sie hatten ihr Tempo drosseln müssen, um eine Leiche zu umfahren, die mit dem Gesicht nach unten im Dreck lag. »Sie haben den Befehl, mich sofort zu erschießen.«

»Rein und wieder raus«, sagte Bald. »Sie holen, was wir wollen, und mehr nicht.«

Dann öffnete er die vordere Beifahrertür, packte Gardner an seinem T-Shirt und zog ihn hinaus in den Dreck. Er löste den Knoten in der Kordel gerade so weit, dass Gardner seine Hände befreien und sich die Handgelenke reiben konnte.

Der Konvoi war jetzt noch sechzig Yards entfernt. In sechs Sekunden würden sie Bald erreicht haben, höchstens sieben.

»Wo ist deine Flagge?«, fragte Bald.

Gardner kramte irgendwo aus dem Handschuhfach eine zusammengelegte Fahne mit dem Sternenbanner darauf hervor. Ein paar britische private Militärdienstleister hatten amerikanische Flaggen dabei, weil die amerikanischen Soldaten die englische Nationalflagge oft nicht erkannten. Gardner wickelte hastig die Fahne auseinander und begann damit herumzuwedeln. Aber der Konvoi hielt nicht an. Er hielt weiter auf sie zu.

Gardner warf die Fahne beiseite. »Drauf geschissen«, sagte er. »Ich brauche eine Waffe.«

Bald warf ihm Fouries Sig Sauer P228 zu, die in seinem Hosenbund steckte. Aus seiner Hosentasche kramte er das Reservemagazin und warf es hinterher. Die Pistole war mit einem SIGLITE Nachtsichtgerät ausgestattet und für 9x19mm Parabellumgeschosse ausgelegt, statt den schlagkräftigeren .40er Smith&Wesson. Dafür passten aber mehr Kugeln ins Magazin. Die verchromten Magazine, die Fourie bei sich trug, enthielten zwanzig Patronen. Damit hatte Gardner insgesamt vierzig Schuss, mit denen er herumspielen konnte, um das Kräfteverhältnis ein wenig auszugleichen.

»Und was ist mit mir?«, rief Fourie.

»*Was* soll denn mit dir sein?«, fragte Bald.

»Elender Scheißkerl. Du musst mich auch losbinden.«

»Sagt wer?«

»Ich kann helfen.« In Fouries Stimme mischte sich zunehmend Ärger.

»Ich trau dir nicht«, sagte Bald.

»Das ist doch Quatsch.«

»Es ist, wie es ist.«

»Was ist, wenn sie auf mich losgehen, John? Wie soll ich mich denn dann verteidigen?«

»Versuch es mit einem Gebet.«

Als der Land Cruiser auf vierzig Yards heran war, klang der Motor nur noch wie ein mechanisches Brummen. Nach weiteren zehn Yards fuhr er links an den Straßenrand. Die beiden Pick-ups dahinter waren von einer Staubwolke verborgen, die der Land Cruiser hinter sich her zog, aber Bald wusste, dass sie da irgendwo waren. Aus dem Führungsfahrzeug stiegen Umrisse aus. Insgesamt drei. Alle trugen Kalaschnikows bei sich. Bald erkannte eine .50er Einheit, die auf der Ladefläche montiert war. Das Maschinengewehr wurde von zwei weiteren Rebellen bedient.

»Joe, du gehst mit Laxman«, wies Bald ihn an. »Macht euch aus dem Staub. Die Schlampe kommt mit mir.«

Gardner eilte auf die Opiumhöhle zu, mit Laxman im Schlepptau. Bald sah ihnen für einen Moment hinterher ... sechzehn Yards bis zu dem Gebäude, dreizehn, zehn. Dann kauerte er sich hin und angelte seine eigene Typ 56 aus dem Impala. Das Sturmgewehr war bereits geladen. Die Schießerei war nur noch einen Druck auf den Schussmodus und das Durchdrücken des Abzugs entfernt. Bald hatte noch nie mit einer Typ 56 geschossen, aber er hatte ausreichend Erfahrung mit der AK-47, und im Prinzip waren die beiden Waffen identisch.

Die drei Männer aus dem Land Cruiser formten eine Linie, nahmen eine kniende Schussposition ein und achteten darauf, dass wenigstens fünf Yards Abstand zwischen ihnen waren. *Nicht schlecht*, dachte Bald. Die Kerle mochten keine Genies sein, waren aber definitiv auch keine blutigen Anfänger. Sie legten den Hebel für die Wahl des Feuermodus um, so wie Bald es bei seiner Typ 56 getan hatte. Dann pressten sie sich die hölzernen Kolben gegen die Schultern; anders als Bald, der seine Waffe noch gesenkt hielt, weil er keinen von diesen Sandtölpeln dazu bringen wollte, aus Panik loszuballern. Niemand bewegte sich. Niemand feuerte. Es gab immer noch eine Chance, dass die ganze Sache gut ausging. Bald scheuchte die Frau zur Vorderseite des Impala, wo sie am besten vor dem Kugelhagel geschützt sein würde, und zog sie hinunter auf die Knie, als würde sie ihm einen blasen.

Die beiden Männer auf der Ladefläche des Land Cruiser standen hinter dem schweren Maschinengewehr. Einer von ihnen hielt die Haltegriffe umklammert, der andere lud Patronen in die dafür vorgesehene Öffnung. Für den Hauch einer Sekunde dachte Bald, dass sie nicht schießen würden.

Dann enttäuschten sie ihn.

Die ersten Kugeln pfiffen an ihm vorbei. Eine kurze Salve aus drei Schüssen, die dreißig Zentimeter neben ihm in den Boden einschlugen. Bald reagierte blitzschnell. Er ließ sich hinter der Fahrertür des Impala auf eines seiner Knie fallen und hörte, wie zwei weitere Dreischusssalven in die Karosse einschlugen und den Motorblock durchbohrten. Er hörte das metallene Knallen, hörte Glas splittern. Ein Autoreifen ließ keuchend die Luft entweichen, als hätte er Lungenkrebs. Die Chinesin schrie. Auf dem Rücksitz hatte Fourie seinen Kopf zwischen seine Beine geklemmt. Die Heckscheibe zersplitterte und Glas regnete ihm über den Kopf. Bald verlor den Überblick, wie viele Schüsse bereits abgefeuert worden waren.

Er sah über seine Schulter. Gardner und Laxman waren an der Opiumhöhle angekommen. Hinter ihnen spie der Boden verbrannten Sand und heißes Messing aus, dort, wo eine Kugelsalve niederging. Drei Schüsse schlugen in den Cherokee ein. Über das Gewehrfeuer hinweg waren Stimmen in Arabisch zu hören. Die Männer in den anderen beiden Pick-ups hatten mittlerweile zu dem Land Cruiser aufgeschlossen und links und rechts von ihm die Straße vollends blockiert. Dem einzigen Ausweg aus diesem Schlamassel. Bald spähte um die Tür herum und verschaffte sich einen schnellen Überblick über die Anzahl an Gegnern, mit denen er es aufnehmen musste. Er zählte vier Männer, die aus dem Pickup links von dem Land Cruiser stiegen. Weitere drei auf der rechten Seite. Zusammen mit den fünf Kerlen aus dem Land Cruiser sah er sich also insgesamt zwölf Rebellen gegenüber.

Ein Dutzend Männer mit Kalaschnikows. Vielleicht hatten sie auch noch ein paar Mörser und Granaten in ihrem Arsenal. Bald besaß die Typ 56 und seine Makarov. Gardner hatte die Sig, die solange effektiv war, wie sich die Ziele in einem Radius von fünfzig Yards befanden. Darüber hinaus war sie genauso effektiv wie sich gegenseitig Beleidigung zuzurufen.

Ihre Chancen standen schlecht.

Sehr schlecht sogar.

Auf dem Land Cruiser war das Zwei-Mann-Team damit fertig, die Kaliber .50 nachzuladen. Der Mann auf der linken Seite hielt den Patronengürtel an die Waffe, der andere hatte seine rechte Hand am Abzugsmechanismus und die linke unterstützend am hinteren Ende der Waffe.

Eine erneute Serie von Schüssen aus den AKs peitschte durch die Luft. Neun Schüsse, in drei Salven, *Rap-Rap-Rap.* Die Schüsse gruben sich um ihn herum in den Boden und verwandelten den Impala in ein beschissenes Sieb. *Du kannst nicht abhauen,* dachte Bald bei sich. *Du hast weder die nötigen Männer noch die Feuerkraft für ein Fluchtmanöver. Also sitzt du in der Scheiße. Das Einzige, was du tun kannst, ist, sie festzunageln.* Drei weitere Schüsse zischten an Bald vorbei. Einer schlug in das Seitenfenster und verwandelte die Glasscheibe nur zehn Zentimeter neben seinem Schädel in ein Spinnennetz.

»Verfluchte Scheiße, Mann, hol mich hier raus«, schrie Fourie.

»Spar dir den Sauerstoff«, sagte Bald.

»Warte«, rief Fourie.

Bald wartete.

»Ich kann dir noch was drauflegen«, sagte Fourie. »Vor einer Woche hat mich irgend so ein libyscher General regelrecht darum angebettelt, ihn aus der Gefahrenzone zu bringen. Ich hab dem Wichser versprochen, ihn nach Niger zu fahren.«

»Das ist jetzt nicht die Zeit für deine verdammten Geschichten.«

»Hör mir zu, du blöder Hurensohn. Der General hat mich für sicheres Geleit bezahlt, und ich spreche hier von vierzig Kilo in Goldbarren. Hast du eine Ahnung, wie viel vierzig Kilo Gold wert sind, John? Anderthalb Millionen Pfund. Aber ich hab den Kerl nicht abgesetzt. Ich sagte ihm, er soll sich im Kofferraum verstecken. Dann bin ich mit ihm in die Wüste gefahren, hab das Gold herausgeholt und die Karre angezündet. Der Mistkerl hat sich bis ins Grab geschrien.« Fourie lachte darüber. Dann sagte er: »Ich hab die Koordinaten, John. Gleich hier in meiner Tasche. Ich kann sie dir geben. Mehr als eine Million Kröten. Gehört alles dir. Ich bitte dich nur, mich freizulassen.«

»Ich denk drüber nach«, sagte Bald. Immer noch geduckt bewegte er sich auf das Vorderrad des Impala zu, direkt neben die Frau. Sie kauerte auf dem Boden. Bald richtete sich ein wenig auf, sodass sein Kopf, nicht aber der Rest von ihm, über das Fahrzeug ragte. Dann zielte er mit Kimme und Korn auf die zwei Männer an der Kaliber .50.

Es gab diese Binsenweisheit über die Kalaschnikow, die für das Schwestermodell, die Typ 56, ebenso galt, und diese lautete: Wenn es um Zielgenauigkeit ging, war sie ungefähr so treffsicher wie ein besoffener Kerl beim Pissen in einem Nachtklub. Die Ladung landete einfach überall. Aber nach Balds Auffassung war es weniger die Waffe, die danebenlag, sondern die Erwartungshaltung der Leute. Bei einer durchschnittlichen Salve von Schüssen aus einer Kalaschnikow lagen bei hundert Yards Entfernung maximal zehn Zentimeter zwischen zwei direkt aufeinander folgenden Schüssen. Technisch gesehen war das natürlich ungenau. Aber zehn Zentimeter waren weniger als die Breite eines menschlichen Gesichts. Und eine Waffe, mit der man aus hundert Yards das Gesicht eines Mannes treffen konnte, war in Balds Augen mehr als effektiv.

Er hatte den Wahlhebel der Typ 56 auf Einzelschuss gelegt. Einzelne Schüsse waren präziser. Wenn man Dreischusssalven abfeuerte, würde der zweite Schuss weniger genau sein als der erste, und der dritte noch einmal ungenauer als der zweite. Und so weiter. Bald ging lieber auf Nummer sicher und entschied sich für zwei schnelle, aber einzelne Schüsse auf die Männer hinter dem Maschinengewehr.

Ka-Rack.

Ka-Rack.

Er hatte gut gezielt. Der Kerl auf der linken Seite zuckte zusammen, als hätte man ihm gerade einen Defibrillator aufgesetzt. Blut schoss in hohem Bogen aus seinem pulverisierten Augapfel. Er drehte sich zu seinem Kameraden und spritze ihm sein Blut ins Gesicht. Dem Kameraden blieb gerade noch genug Zeit, um das Schicksal des Mannes schockiert zur Kenntnis zu nehmen, dann schlug die zweite Kugel in seinen Hals. Wenn man jemanden wirklich schlimm zurichten wollte, gab es keine bessere Stelle, denn dort konnte man die große Hauptschlagader treffen. Der Mann zuckte, ruderte mit den Armen und sackte über den Lauf der Kaliber .50. Blut quoll in Sturzbächen aus seinem Hals und tauchte den Lauf des Maschinengewehrs in ein schmieriges Rot. Seine Hände tasteten spastisch nach seinem Gesicht, krallten sich an seine Wange und an seine Kehle. Dann brach er wie ein nasser Sack zusammen und starb. Ein weiterer Mistkerl, der sich mit dem falschen Mann angelegt hatte.

Bald sah zu, wie der Mann starb, und fühlte nichts dabei.

Die Schüsse ließen ein wenig nach.

Die drei Kameraden der toten Schützen zogen sich an die Seiten des Land Cruiser zurück. Der besseren Deckung wegen, vermutete Bald. Aber auch, weil sie das dachten, was jeder Soldat dachte, der zusehen musste, wie ein Kamerad ins Gras biss: Was, wenn ich als Nächster an der Reihe bin? Sie zählten Eins und Eins zusammen. Sie hatten mehr als ein paar Dutzend Schüsse abgegeben und noch niemanden getötet. Bald hatte zwei Schüsse abgefeuert und konnte sich zwei Kerben in den Kolben ritzen. Das ließ sie ihre nächsten Schritte zweimal überlegen. Zumindest für ein paar Sekunden. Denn dann würden sie sich denken: Den verdammten Bastard holen wir uns. Bald nutzte den Moment der Unsicherheit auf der anderen Seite und sah wieder nach sechs Uhr. An dem Haus bewegte sich nichts. Es war jetzt volle zwei Minuten her, seit Gardner und Laxman hineingegangen waren.

»Wieso brauchen die so lange?«

»Laxman ist ein verdammter Lügner«, sagte Fourie. »Es ist nicht hier.«

Bald hatte keine Zeit, mit Fourie Spielchen zu spielen. Aus den Augenwinkeln nahm er Bewegungen wahr. Rechts und Links. Gleichzeitig. Koordiniert. Dunkle Umrisse huschten an den Seiten der Straße entlang. Vier auf der rechten Seite, drei links von Bald. Die vier Männer auf drei Uhr bereiteten ihm am meisten Kopfzerbrechen. Sie versuchten, ihn einzukreisen. Die Schlinge enger zu ziehen. Gar nicht schlecht für ein paar einfache Dritte-Welt-Soldaten. Sie bezogen an den nach Norden und Osten zeigenden Mauern der Moschee Position, gingen in die Knie und begannen, ihn mit Dreiersalven einzudecken.

Bald wirbelte herum und feuerte aus der Hocke ein paar schnelle Schüsse auf die Rebellen ab. Schießen, Durchatmen, Schießen. *Eins-Zwei-Drei.* Der Boden spie ihnen Erdreich in die Gesichter. Putz bröckelte von der Fassade der Moschee und fiel auf sie. Die Kugeln trafen nicht, aber das war auch nicht Balds primäres Ziel gewesen. Er wollte sie festnageln, wollte, dass sie sich ins Hemd machten und in Deckung gingen. *Vier-Fünf-Sechs.* Patronenhülsen fielen klappernd neben Balds Füßen auf den Boden. Eine davon schnellte ihm ins Gesicht und hinterließ eine kleine Brandnarbe an seiner Augenbraue. Der Knöchel des Mannes, der Bald auf der linken Seite am nächsten war, knickte ein und gab nach. *Sieben-Acht-Neun.* Die restlichen drei Männer zogen sich hinter die Moschee zurück. In Deckung. Ihren verletzten Kameraden, der heulend am Boden lag, ließen sie zurück. Knochen und Knorpel ragten aus dem offenen Bein. Pisse und Scheiße färbten den Boden unter ihm dunkel. Ein zehnter Schuss aus Balds Typ 56, ein einzelner Schuss, traf den Mann mitten zwischen die Augen. Ein weiteres Arschloch, dass er von seinem Elend erlöste.

Zehn Schuss auf die Moschee. Plus die beiden Schüsse auf die Männer an dem schweren Maschinengewehr. Zwölf Schüsse abgegeben, also blieben noch achtzehn Schuss übrig. Ein Wechselmagazin besaß er nicht.

Er sah zwei weitere Männer auf die Ladefläche des Land Cruisers klettern. Das Maschinengewehr. Er musste sich entscheiden, ob er auf sie feuern wollte oder auf die drei Typen auf neun Uhr. Die hielten auf die Opiumhöhle zu. Bald kam zu dem Schluss, dass sie im Moment die größere Gefahr darstellten. Gardner hatte die Sig dabei, und konnte auf sich aufpassen, aber er war in der Unterzahl und waffentechnisch unterlegen. Also legte Bald die Typ 56 auf jene drei Männer an und entlud acht Schüsse in rhythmischen Abständen. Er erwischte den Kerl, der den Angriffstrupp sechzehn Yards vor dem Haus anführte. Die ersten beiden Schüsse waren daneben gegangen. Der dritte Schuss erwischte ihn im Bauch und ließ ihn wie ein Balletttänzer herumwirbeln. Der vierte Schuss ging ins Schwarze und traf den Mistkerl in den Kopf. Gehirnmasse spritzte auf den Boden. Bald konnte den wie eine geöffnete Kokosnuss aussehenden Schädel sehen und das Gehirn, das wie ein Fleischklops in einem Topf Wasser darin herumschwamm. Der Kerl war hinüber.

Blieben noch zehn Schüsse.

Bald richtete seine Aufmerksamkeit auf die Opiumhöhle.

Immer noch keine Spur von Gardner oder Laxman.

Dann hörte er jenes Geräusch, dass er am meisten gefürchtet hatte.

Das Maschinengewehr.

Während er einen der drei Männer auf dem Weg zu dem Haus aus dem Rennen genommen hatte, hatten es die zwei anderen Männer geschafft, auf die Ladefläche zu klettern. Jetzt eröffneten sie das Feuer. Die ersten drei Schüsse schlugen ins Heck des Impala. Ein kreischendes Geräusch war zu hören, als die Schüsse kleine Krater in die Karosse schlugen und Metallstücke, Leder und Glas in die Luft wirbelten.

»Verfluchte Scheiße«, schrie Fourie, als sich die Schüsse hinter ihm in den Wagen schraubten. Kleine Splitter stoben durch den Innenraum.

Der Geruch von verbranntem Gummi alarmierte Bald.

Er wirbelte herum. Das Haus. Giftiger schwarzer Rauch quoll aus dem Gebäude. Der Rauch war so dicht, dass man unmöglich erkennen konnte, ob er aus dem Inneren des Hauses drang oder von den Reifenstapeln stammte, die er vor der Opiumhöhle gesehen hatte. Er konnte die schemenhaften Umrisse von zwei Personen entdecken, die sich durch ihn hindurchkämpften. Die Rebellen. Flammenzungen griffen nach der Tür. Die Sig Sauer bellte los. Einer der Männer heulte auf. Ein anderer schrie. Dann wieder der Erste.

Scheiße, dachte Bald. *Der Plan geht den Bach runter.*

Bald nahm den Land Cruiser unter Beschuss und brachte die Kaliber .50 für ein paar wertvolle Sekunden zum Schweigen, indem er das Fahrzeug mit heißem Blei eindeckte. Acht Schüsse. Dann hörte er das gefürchtete Klicken. Das Magazin war leer. Die Kugeln prallten von dem Land Cruiser ab und peitschten an dem Maschinengewehr vorbei. Bald sah zurück zu dem Haus.

Durch den Rauch hindurch sah er einen Mann durch die Tür brechen.

Laxman.

Er stand in Flammen.

Kapitel 43

16:59 Uhr

Flammen loderten an Laxmans wild herumrudernden Armen und Beinen auf. Er schrie. Der Gestank von brennendem menschlichen Fleisch zog durch die Luft. Bald musste machtlos mit ansehen, wie Laxman in Richtung der Moschee floh. Ebenso machtlos sah er zu, wie die Geschosse des schweren Maschinengewehrs wie Feuerbälle durch die Luft rasten und ihn auf Hüfthöhe durchtrennten. Blut quoll aus dem abgetrennten Unterkörper an seinen Beinen hinab, und aus seiner Bauchhöhle baumelte alles Mögliche an zähem, strähnigen Zeug. Zudem war Bald gerade die Munition ausgegangen, und so konnte er den Mistkerl noch nicht einmal von seinen Qualen erlösen.

Also blieb ihm nichts anderes übrig als zuzusehen, wie sich fünf Millionen und seine Villa in Monte Carlo in Rauch auflösten.

Bald verharrte geduckt hinter dem Impala. Die Chinesin kauerte neben ihm. Sie presste ihr Gesicht in den Sand und atmete schwer, rotzige kurze Atemzüge, als würde sie den Sand schnüffeln. Von nun an konzentrierte sich Bald nur noch aufs Überleben. Nicht mehr aufs Gewinnen. Es ging nur noch darum, aus dieser Sache lebend herauszukommen. Er sah, wie die drei verbliebenen Rebellen ihre Deckung an der Moschee verließen. Eine Sekunde später bemerkte er auch, dass die beiden Rebellen aus der Opiumhöhle auf ihn zustürmten. Er war eingekeilt und die Kaliber .50 versperrte den einzigen Fluchtweg.

Die Kerle bei der Moschee waren dreißig Yards weit entfernt. Dann noch zwanzig. Dann zehn. Bald wurde sich der beschissen ausweglosen Lage bewusst. Ihm war die Munition ausgegangen, die guten Ideen und letztlich auch die Hoffnung. Das Beste war, sich tot zu stellen. Also ließ er sich der Länge nach auf den Boden fallen, und drückte die Frau neben sich ebenfalls zu Boden, um es ihm gleich zu tun. Dann wartete er und hoffte inständig, dass Fourie keinen Lärm machen würde.

Der Geruch nach verbranntem Fleisch verzog sich. Oder er wurde vielmehr von einem noch stärkeren Geruch ganz in Balds Nähe überdeckt. Irgendwie würzig, aber mit dem seltsamen Nachgeschmack einer überquellenden Mülltonne. Er hörte das schwache Knirschen von Kies unter schweren Stiefeln. Das Geräusch kam von sechs Uhr.

»Geben Sie mir die Waffe«, sagte eine ihm bekannte Stimme.

Younes.

Bald stellte sich weiter tot.

»Ich weiß, dass Sie noch leben. Sie können jetzt aufhören, so zu tun, als wären Sie gestorben.«

Bald blickte auf. Younes stand über ihm. Er hatte seine Makarov zwischen Balds Augen gerichtet und nahm einen langen, genussvollen Zug aus der Zigarette zwischen seinen Lippen. Sein Gesicht war mit einer Schicht aus Mörtelstaub bedeckt. Seine Tarnkleidung war ebenfalls eingestaubt und wirkte beinahe alabastern. Er blies Bald den Rauch entgegen und streckte ihm eine Hand hin. Bald ignorierte sie, aber er übergab ihm die Typ 56, stand auf und sah sich die Schäden an. Der Boden war mit leeren Patronenhülsen übersät. Die Ernte der Schlacht, die nur darauf wartete, eingeholt zu werden. In der Opiumhöhle wütete das Feuer. Die Rebellen kehrten zu ihren Pick-ups zurück. Younes nickte ihnen zu. Er wollte Bald für sich allein haben.

»Wieso waren Sie hinter Laxman her?«, fragte Bald.

Younes zuckte mit den Achseln.

»Die Amerikaner haben uns gesagt, dass wir ihn beschützen sollen.«

Bald hustete. Der Rauch brannte in seiner Lunge.

»Welche Amerikaner?«

Younes grinste. »CIA.«

Hauser, dachte Bald augenblicklich.

»Aber wenn man Ihnen aufgetragen hat, ihn zu beschützen, wieso zum Teufel ist er dann jetzt tot?«

Younes warf seinen Zigarettenstummel auf die Erde, der im Sand verglühte.

»Nur weil die CIA uns geholfen hat, sind wir nicht deren Sklaven.« Younes baute sich direkt vor Bald auf und ließ seine schmutzige Hand über die Narbe an seinem eigenen Hals entlang gleiten. »Sehen Sie das? Der CIA und der MI5 haben mich entführt. Das war vor zwei Jahren. Ich war in Frankfurt, zu einer medizinischen Konferenz – damals war ich ein Arzt. Sie hielten mich am Flughafen auf und legten mir Handschellen an. Brachten mich an Bord eines Privatjets und flogen mich nach Bangkok. Dort brachte man mich in ein Gefängnis, irgendwo außerhalb der Stadt. Sie stellten mich einem Mann vom libyschen Geheimdienst vor. Der folterte mich dann drei Tage lang. Wenn Sie oder Ihre amerikanischen Brüder glauben, wir hier in Libyen haben ein schwaches Gedächtnis, dann irren Sie sich.«

Er spie auf den Boden.

»Genug mit dem Bullshit«, fuhr er fort. »Sie sind ein toter Mann. Ich kann es langsam tun. Oder schnell. Das liegt bei Ihnen. Wenn Sie mir verraten, weshalb Sie eigentlich hier sind, schnell. Wenn nicht, dann langsam. Und keine Lügengeschichten bitte. Ich weiß, dass Ihre NATO-Geschichte erfunden ist. Ich habe mich bei meinen Vorgesetzten erkundigt. Die wissen nichts von Ihnen.«

»Ich biete Ihnen einen Schatz an«, sagte Bald. »Ich rede hier von Goldbarren. In der Wüste vergraben. Ich kenne die Koordinaten.«

Younes lachte auf ihn hinab, sein korpulenter Bauch hüpfte dabei auf und ab, und sein Doppelkinn wabbelte.

»Ein Schatz? Vergraben in der Wüste? Damit wären wir jetzt bei Kindergeschichten angekommen.« Er sah wieder zu Bald hinab.

Sein Lächeln wich blankem Zorn. »Halten Sie mich für einen Bauerntölpel, oder schlimmer noch, für einen Idioten? Es muss eines davon sein, denn nur ein Bauerntölpel oder ein Idiot würde Ihnen so eine Story abkaufen.«

Dieser elende Fourie, dachte Bald. *Der Mistkerl hat mich reingelegt.*

»Aber natürlich ist das nicht das erste Mal, dass Sie mich angelogen haben«, fuhr Younes fort. »Sie haben gelogen, als Sie behaupteten, dass Sie die NATO hergeschickt hat«.

Die Worte trafen Bald wie ein Faustschlag. Er konnte den blanken Zorn, der in dem starren Blick des Rebellen lag, förmlich spüren. Die tiefschwarzen Poker-Chip-Augen des Mannes studierten jede Furche in Balds Gesicht. »Ich weiß nicht, wovon Sie reden«, sagte Bald. »Ich bin im Auftrag der NATO hier. Das können Sie gern überprüfen.«

»Hab ich bereits.«

Bald versteifte sich.

»Keiner unserer Kontakte bei der NATO hat je von Ihnen gehört.«

Younes schwang die Typ 56 herum und richtete sie auf einen Punkt genau zwischen Balds Augen. Die schwarze Mündungsöffnung starrte Bald unverwandt an. Seine Lebenserwartung war auf eine miese Sekunde zusammengeschrumpft. Zwei vielleicht. Dieses Mal gibt es keinen Ausweg, schien ihm das Gewehr sagen zu wollen. Keine verdammten letzten Worte.

Bald wartete darauf, zu sterben.

Ein durchdringendes Geräusch dröhnte heran. Es kam von der Straße, hinter den Pick-ups der Rebellen, aus der Innenstadt von Tripolis. Bald und Younes versuchten, mit ihren Augen dem Geräusch zu folgen. Ein schimmernder C-Klasse-Mercedes zog eine Rauchwolke hinter sich her. Weiß wie Kokain, brandneu, von dem Konflikt um sie herum noch völlig unbeschadet. Auf beiden vorderen Kotflügeln wehte eine Flagge; eine meerblaue Fläche mit einer weißen Windrose in der Mitte und vier weißen Linien, die jeweils in die vier Himmelsrichtungen wiesen. Bald erkannte sie sofort als die Flagge der NATO.

Der Mercedes kam neben den Pick-ups zum Stehen. Zwei Männer stiegen hinten aus. Der Mann auf der linken Seite war ein Araber in militärischer Tarnkleidung. Der andere Mann sah europäisch aus, grauhaarig, in einem Anzug, mit Sonnenbrille und ernstem Blick.

»John!«, rief der Mann im Anzug und winkte Bald zu, als hätte er seinen lange verschollenen Bruder wiedergefunden. »Herrgott, ich habe überall nach Ihnen gesucht.« Selbstsicher marschierte er auf Younes zu, während der Araber die Arme vor der Brust verschränkte und neben dem Mercedes stehen blieb. Der Anzugträger nahm schwungvoll die Sonnenbrille ab und deutete mit ihr anklagend auf den Rebellen.

»Was zur Hölle geht hier vor?«, fragte er.

Younes sah ihn nicht an. Seine Augen klebten an dem Araber und in seinem Gesicht war die Verwirrung abzulesen. Er sah Bald auf die gleiche Weise an, doch der Schotte war von dem Auftritt des Anzugsträgers genauso verwirrt wie er.

Dann fragte er mit einer Stimme, in der überdeutlich die Unsicherheit mit schwang: »Wer sind Sie? Und weshalb ist mein General hier?«

Der Mann warf Younes seinen vernichtendsten Blick zu. »Brad Stromback, NATO-Verbindungsmann. General Safiyah hat mich davon unterrichtet, dass Sie eine meiner Kontaktpersonen als Geisel festhalten.« Er nickte in Balds Richtung. »Für mich sieht es ganz danach aus, als hätten Sie vorgehabt, ihn frühzeitig unter die Erde zu schicken. Und das wäre ein großer Fehler gewesen.«

Younes verzog das Gesicht. »Ich dachte, er würde nicht zur NATO gehören.«

Stromback bohrte seine Sonnenbrille in Younes Brust. »Dann tun Sie uns besser einen Gefallen und hören ab sofort auf zu denken. Herrgott, wir sind hier, um Ihnen dabei zu helfen, diesen verdammten Krieg zu gewinnen, und Sie haben nichts Besseres zu tun, als meine Männer zu exekutieren?«

Dann wandte er sich an Bald, legte ihm einen Arm um die Schulter und sagte: »Schön, Sie wiederzusehen, John. Wie geht's Ihrer Frau?«

Bald hoffte, dass man ihm seine Verwirrung nicht ansah. Er bemühte sich, seine Mimik im Griff zu haben, aber er war zu langsam, um auf Strombacks Frage zu antworten, und der NATO-Mann ging geschickt dazwischen. »Oh, tut mir leid, ich vergaß. Sie hatten sich kürzlich getrennt. Mein Gedächtnis.«

»Irgendwas stimmt hier nicht«, sagte Younes und schüttelte den Kopf.

»Das Einzige, was hier nicht stimmt, ist der Umstand, dass Sie einen Alliierten entführt haben«, blaffte Stromback Younes urplötzlich an, und sah dabei so ehrlich angepisst aus, dass selbst Bald es ihm beinahe abgekauft hätte. »Übergeben Sie mir meinen Mann, bevor General Safiyah Sie vor ein Erschießungskommando stellen lässt. Ihre Entscheidung.«

Younes zögerte. General Safiyah nickte leicht.

Bald fragte sich, warum sich der General nicht Stromback anschloss und mit seinem Mann Younes sprach. Wahrscheinlich eine Sache des Stolzes. Stromback hatte hier das Sagen, er hatte den General bei den Eiern, und der General wusste das.

Younes ließ langsam die Typ 56 sinken. Stromback setzte sich wieder seine Sonnenbrille auf, funkelte Younes noch einen Moment finster an und ließ ihn dann wissen: »Sie wären dann hier fertig, Sir.«

Younes trabte mit gesenktem Kopf zurück zu dem Land Cruiser. Nach zehn Yards hielt er an, drehte sich zu Bald um und sagte: »Es heißt, dass der CIA bin Laden gegen die Sowjets geholfen hat. Jetzt helfen sie uns. Ein Glück, dass die Amerikaner so naiv sind.«

Dann lief er davon.

Stromback zeigte mit dem Finger auf Bald. »Sie kehren unverzüglich ins Mansour zurück. Ihr Gast wartet dort auf Sie.«

Welcher Gast?, fragte sich Bald. »Ahm, natürlich, mein Gast. Verstehe.« Er sah zurück zu dem Gebäude und rief Stromback hinterher: »Ich komme gleich nach.«

Der NATO-Mann kehrte ihm bereits den Rücken zu und antwortete: »Warten Sie damit nicht zu lange. Es gibt immer noch kleine Gruppen von Loyalisten hier. Wir wollen doch nicht, dass Sie sich eine verirrte Kugel einfangen.«

Bald blieb zurück, zusammen mit der Frau und hämmernden Kopfschmerzen, als wäre neben seinem Ohr eine Granate hochgegangen. In der Opiumhöhle hatte das Feuer mittlerweile jeden Quadratzentimeter erreicht. Sie brannte bis auf die Grundmauern herunter. Rechterhand lagen zwei tote Männer. Einer von ihnen war der Rebell, den Bald erschossen hatte. Ein anderer Rebell lag zehn Schritte näher vor dem Haus. Das Feuer hatte ihm die Jeans weggebrannt und gab nun den Blick auf schuppiges, verbranntes Fleisch frei, das an dunkle Walnüsse erinnerte.

Der Dust, dachte Bald.

Er machte sich auf den Weg zum Haus. Ob Gardner noch lebte oder nicht, interessierte ihn einen Dreck. Was ihn aber interessierte, war, dass er mit dem Dust ein kleines Vermögen machen konnte. Wenn Gardner aus dem Spiel war, wäre das sogar noch besser, denn dann musste er seinen Anteil nur mit Fourie teilen. Zudem rechnete er damit, dass eine derart geheime Technologie wie der Smart Dust nicht in einem stinknormalen Koffer durch die Gegend getragen wurde. Nein. Der würde in einem speziellen Behälter wie einem Pelican-Koffer versiegelt sein, und dieser Koffer wäre feuerfest. Wasserdicht. Bombensicher. Sicher vor allem. Bald näherte sich dem Haus bis auf zehn Yards, dann wurde die Hitze jedoch unerträglich. Sie verbrühte seine Haut und versenkte ihm die Haare. Er trat noch einen Schritt näher und es schien, als würde ihm jemand ein Zippo direkt unter die Augen halten.

Bald blieb stehen. Die Hitze ließ seine Schweißdrüsen auf Hochtouren laufen. Mit verschwommenem Blick betrachtete er den Schatten an dem Gebäude. Er sah zusammengestürzten Beton, verbogenes Metall und die Umrisse eines Körpers, der zu einer Art verbogenen Plastik zusammengeschmolzen war. Der Körper war bis zur Unkenntlichkeit verbrannt, aber Bald nahm an, dass es sich dabei um Gardner handelte.

»Blöder Mistkerl. Konnte nicht mal eine Sache richtig machen.«

Er ließ die Feuersbrunst hinter sich und lief mit entschlossenem Gesicht zurück zu dem Impala. Er sagte sich, dass Laxman tot und die Mission damit abgeschlossen war. Dass ihn irgendein übereifriger Rebell umgelegt hatte, spielte keine Rolle. Wer sollte es schon erfahren? Und ein toter Laxman bedeutete fünf Millionen Scheine. Was nicht annähernd so gut wie zwanzig Millionen klang, aber besser war als ein Tritt in die Kauleiste.

Er sah, dass die Chinesin sich eilig von dem Impala entfernte. Sie rannte in die gleiche Richtung, welche die Pick-ups genommen hatten. Bald zog die Makarov aus seiner Jeans und spannte den Hahn. Das Geräusch war klar und deutlich zu hören. Die Frau hörte auf zu rennen. Er konnte sehen, wie sie ihre schmalen Schultern hängenließ. Dann machte sie eine kleine Pirouette. Ein zögerliches Lächeln schlich sich in ihr schmutziges Gesicht.

»Wo zum Teufel wollen Sie hin?«, fragte er.

»Nach Hause«, antwortete die Frau.

»Ich hab Ihnen nicht erlaubt, irgendwohin zu gehen.«

Ihr Lächeln verschwand.

»Wieso wollen Sie mich bei sich behalten?«

»Weil Sie bei Laxman waren.«

Sie versuchte das Lächeln noch einmal, aber dieses Mal sah es einfach nur traurig aus.

»Er hat mich für Sex bezahlt. Das ist alles. Ich kannte ihn nicht besser, als Sie ihn kannten.«

Bald antwortete nicht.

»Ich bin nur ein Callgirl.« Ungeduldig verschränkte die Frau die Arme vor der Brust. Mit ihren schwarzen Perlenaugen starrte sie Bald an.

»Irgendetwas werden Sie aber wissen, oder?«

Sie kam nicht dazu, zu antworten. Denn die Pick-ups gerieten plötzlich unter heftigen Beschuss. Eine schmale Linie von Loyalisten hatte sich fünfzig Yards die Straße hinunter zusammengefunden. Schüsse schlugen um die Fahrzeuge herum in den Boden. Ein paar Irrläufer pfiffen um Bald und die Frau herum. Sie schaffte es, ihre Verwirrtheit abzuschütteln und rannte in dieselbe Richtung davon wie zuvor schon die Gruppe von Menschen, die aus der Moschee geflohen waren. Bald wollte ihr folgen. Doch dann hörte er unmittelbar von rechts ein Geräusch.

Aus dem Impala.

Fourie.

Bald huschte ans hintere Ende des Wagens. Fourie befand sich immer noch darin, den Kopf in seinem Schoß, die Hände an den Seiten. Im Prinzip genau wie in den Illustrationen in den Sicherheitsanweisungen im Flugzeug. Nur mit dem Unterschied, dass Fouries Gehirn überall verteilt war und damit die Innenausstattung ruinierte. Sein Kopf war ein wenig zu Seite geneigt, und an der Stelle seines rechten Auges klaffte ein großes Loch, mit dem er Bald anstarrte. Blut, rohes Fleisch, Gehirnmasse und Knochensplitter tropften aus der Augenhöhle.

Eine verirrte Kugel aus der Kaliber .50 hatte ihn getroffen.

Scheiß auf ihn, dachte Bald. Hätte er die Chance dazu gehabt, hätte er Fourie selbst umgenietet. Er klopfte Fourie nach dessen GPS-Navigationssystem ab, in der Hoffnung, dass er sich die Koordinaten des Schatzes schnappen und die ganze Beute für sich haben könnte. Er fand das GPS in Fouries Hosentasche. Er zog es heraus. Blut und Scheiße quollen aus Fourie hervor und klatschten auf die Lederbezüge und Balds Hände. Endlich bekam er das Gerät heraus.

»Danke, Bill«, sagte Bald.

Er hätte schwören können, dass Fourie ihn anlächelte.

Bald warf einen Blick auf das Navigationsgerät. Eine Kugel hatte sich mitten hindurch gebohrt. Das Gerät war irreparabel beschädigt.

Die Koordinaten waren verloren.

Bald brauchte eine Stunde, um zu dem Hotel zurückzukehren. Er hatte den Weg zu Fuß antreten müssen. Die Route war heimtückisch gewesen. Überall lauerten Scharfschützen, und unzählige Leichen erzählten ihre eigenen Geschichten der Warnung, was einem blühte, wenn man nicht die Ohren spitzte und flink genug war. Er hielt sich im Schatten, wählte Nebenstraßen und blieb in Deckung. Schließlich erreichte er die Second Ring Road, den inneren Sicherheitsring der Rebellen, und konnte sich etwas entspannen. Die Atmosphäre wechselte von Schüssen und Schreien zu Schüssen und Jubel. Die Menschen küssten sich auf den Straßen und rissen Gaddafis Statuen von ihren Sockeln.

Eine Meute leicht reizbarer Journalisten hatte sich vor dem Hotel Mansour versammelt. Bald hatte die Theorie, dass alle Journalisten von Natur aus Memmen waren, und das Vorurteil wurde von dem Umstand untermauert, dass die meisten von ihnen ihre Berichterstattungen in kugelsicheren Westen und Stahlhelmen abhielten. Dabei standen sie mitten auf dem derzeit wohl sichersten Flecken Land in Tripolis. Er marschierte an ihnen vorbei und in die Lobby.

Bald freute sich auf drei Dinge. Er freute sich auf Rachels Arsch. Das war Nummer drei. Er freute sich darauf, Cave anzurufen und ihm zu sagen, dass Laxman tot war, und ihm dann seine Bankverbindung vorzulesen. Das war Nummer zwei auf seiner Liste. Aber am meisten freute er sich auf ein kühles Bier. Libyen war weitestgehend trocken, aber die Hotels waren dafür bekannt, sich westlichen Gepflogenheiten angepasst zu haben. Und selbst während eines Bürgerkrieges würden sie ein paar Lager im Angebot haben.

Er hielt schnurstracks auf die Hotelbar zu.

Als er durch die Doppeltür trat, sah er, wie der Barmann ein großes Glas mit einer goldenen, erfrischenden Flüssigkeit füllte. Minuten später, während er seinen Durst löschte, bemerkte er einen Mann, der an einem der Ecktische saß. Der Kerl hatte die Beine übereinandergeschlagen. Er trug einen weißen Leinenanzug und nippte an einem Glas, in dem irgendein Mixgetränk und Eis schwammen. Er sah aus wie die schwule Ausgabe des mysteriösen »Man from Del Monte« aus den Werbespots der Achtzigerjahre.

Der Mann blickte von seiner Ausgabe des *Daily Telegraph* auf.

»Was für ein Zufall«, sagte er.

Der Mann war niemand anderes als Leo Land.

Kapitel 44

19:00 Uhr

Bald war wie vom Donner gerührt. Land zog sein Jackett aus, und darunter kam ein pinkfarbenes Hemd mit silbernen Manschettenknöpfen zum Vorschein. Er öffnete den obersten Kragenknopf, dann hängte er das Jackett vorsichtig über die Stuhllehne und bot Bald mit einer Geste den Stuhl ihm gegenüber an.

»Wieso kommen Sie nicht herüber und setzen sich, John?« Er faltete den *Telegraph* zusammen. »Sie sehen so aus, als könnten Sie einen Stuhl gebrauchen. Um wieder zu Atem zu kommen.«

Bald beäugte misstrauisch den Stuhl, als hätte man darunter heimlich eine Bombe angebracht.

»Ach, jetzt haben Sie sich nicht so. Ich habe gerade Ihr Leben gerettet.«

Bald war erschöpft und hungrig. Er brauchte ein paar Sekunden, bis er dahinter kam, wovon Land sprach.

»Sie meinen Stromback? Den NATO-Typen?«

»MI6, um genau zu sein. Das war meine Idee. Ich wusste, dass Sie die NATO als Vorwand benutzen würden, um über die Grenze zu kommen. Deshalb dachte ich, es wäre von beiderseitigem Interesse, sicherzustellen, dass die Rebellen Ihnen Ihre Geschichte abkaufen. Wenn sie geahnt hätten, dass es eine Lüge war … nun, dann würden wir jetzt nicht diese reizende Unterhaltung führen.«

Land wirkte überaus selbstzufrieden. Bald gab ihm jedoch nicht die Genugtuung, ein Dankeschön auch nur anzudeuten. Stattdessen sagte er: »Ich dachte, Sie wären im Ruhestand.«

Land schien das witzig zu finden. Bald hingegen lachte nicht.

»Ganz im Gegenteil.« Land spielte an seinen Manschettenknöpfen herum. »Sie mussten eine Riesenshow aus meinem Abgang machen, damit Gras über den Schlamassel in der Türkei wachsen konnte. Aber den Leuten ganz oben wurde klar, dass ich über bestimmte Talente verfügte, die sie bewunderten. Fähigkeiten, die den meisten anderen Menschen fehlen, wie ich hinzufügen sollte. Also wurde ich am Ende sogar befördert.«

Hätte Bald in diesem Moment etwas getrunken, hätte er es über den gesamten Teppich geprustet. »Befördert?«

Land lachte wieder. Es war das arrogante, selbstgefällige Lachen eines Mannes, der seine eigenen Witze lustig fand. »Sehen Sie, und das ist genau der Grund, warum die Sanftmütigen nie die Erde beherrschen werden. Sie sind zu primitiv, zu einfach gestrickt. Ihnen fehlt der Intellekt, sich in eine Vormachtstellung zu bringen. Ich meine, natürlich besitzen auch sie gewisse … ja, Talente, nicht wahr? Aber sie tanzen stets nach der Pfeife von jemand anderem, oder? Ich hingegen lasse andere für mich tanzen.«

Bald ballte die Fäuste. Seine Fingernägel gruben sich in seine Handflächen. Er dachte ernsthaft darüber nach, Land eine Tracht Prügel zu verpassen. Land schien seine Gedanken zu lesen und sagte: »Hier wimmelt es vor Agenten, John. Sie würden es nicht einmal aus dem Hotel hinaus schaffen. Und jetzt seien Sie ein braver Kerl, setzen Sie sich hin und nehmen sich einen Drink.«

Bald blieb noch einen Moment stehen. Dann erst zog er sich den Stuhl gegenüber Land heran und setzte sich.

»Ich hab von Bill Fouries Plan gehört«, sagte Land.

Bald schwieg.

»Wir hatten Laxmans Zimmer verwanzt. Und auch den Wagen, den Gardner mietete. Sie sollten mittlerweile wissen, dass man uns nicht unterschätzen darf. Ich wollte Sie außerdem wissen lassen, dass es den Deal, von dem Fourie sprach … diese Sachen zwischen uns und den Gaddafis, nie gegeben hat.«

Bald schwieg noch immer.

»Aber es stellte sich heraus, dass Fourie seinen eigenen Plan verfolgte. Was Gaddafi angeht, hatte er sich tatsächlich bei ihm eingeschleimt. Insbesondere bei dessen Söhnen. Das ist mein Fehler. Wir hätten ihn nicht auf diese Mission schicken dürfen. Der Mann ist eine ziemliche Plage.«

»Jetzt nicht mehr«, entgegnete Bald.

Land verzog angesichts der Neuigkeiten keine Miene. Er machte eine Pause und sah Bald in die Augen. »Wenn er den Smart Dust erst an sich gebracht hätte, hätte er sowohl Gardner als auch Sie umgebracht und das Geld für sich allein behalten.« Er legte wieder eine Pause ein. »Aber das wissen Sie natürlich bereits. Was möchten Sie trinken, John?«

»Bier.«

Land winkte den Barkeeper heran. Dann sah er wieder zu Bald. »Ihr Lager ist jeden Augenblick hier.«

Bald deutete mit dem Kopf auf das Glas vor Land.

»Sie sollten auf das Zeug da verzichten«, sagte er. »Sie sind auch ohne schon schwul genug.«

Als Balds Bier serviert wurde, prostete Land ihm zu. »Cheers«, sagte er. Dann nippte er an seinem Drink und leckte sich die Lippen. »Nichts lässt einen Engländer sich mehr als einen Engländer fühlen als ein Gin Tonic in einem anderen Land.«

Der Kellner stellte Balds Lager direkt vor ihm ab. Bald leerte ein Drittel des Glases mit nur einem Schluck.

Land sah ihm dabei zu. Dann sagte er: »Sie fragen sich sicher, warum ich hier bin.«

»Ich frage mich eher, warum Sie so eine verfluchte Arschgeige sind«, sagte Bald.

»Ich schätze, Sie kennen bereits Daniel Cave? Ich bin sein Vorgesetzter beim MI6.« Er nippte erneut an seinem Gin Tonic. Ein Eiswürfel schlüpfte ihm zwischen den Lippen hindurch. »Um genau zu sein, bin ich von den meisten Leuten dort der Vorgesetzte.«

»Ist mir scheißegal, was Sie sind.«

Land kaute auf dem Eiswürfel herum und ließ die Bemerkung sinken.

»Sie erwarten, dass man Sie für den Mord an Laxman bezahlt. Stimmt doch, oder? Wie viel war es noch gleich? Drei Millionen?«

»Fünf«, berichtigte Bald.

»Oh. Schön, wenn Sie es denn bekommen würden, John. Aber ich habe schlechte Nachrichten für Sie. Cave hat die Sache fürstlich in den Sand gesetzt. Sehen Sie, der CIA wusste bereits seit einiger Zeit von der Schläferzelle und dem Plan, den Smart Dust bei Lance-Elsing herauszuschmuggeln. Sogar noch bevor wir Wind von der Sache bekamen, um genau zu sein.«

»Da war dieser Kerl von der Agency«, sagte Bald. »Hauser. Er hat versucht, mich davon abzuhalten, Laxman zu töten.« Er goss ein weiteres Drittel von seinem Bier in sich hinein. »Schätze, er hat es wohl vermasselt.«

»Nun, da liegen Sie falsch.«

Bald spürte, wie sich langsam Druck in seinem Kopf aufbaute.

»Die Yanks wollten sehen, wohin Sie der Schläfer führen würde«, sagte Land.

»Aber wieso? Die wissen doch bereits, dass es für diese pakistanischen Pisser gedacht war.«

»Ahm, nein. Wir *dachten*, dass diese hinter der Schläferzelle steckten. Aber das war nur eine Täuschung. Die tatsächlichen Köpfe hinter dieser Operation kommen woanders her.«

»Das ergibt verdammt noch mal keinen Sinn.«

Land schoss unvermittelt nach vorn und packte Bald am Handgelenk. Seine knochige Hand konnte einen überraschend festen Druck ausüben. Land griente ihn spöttisch an. »Dann sollten Sie vielleicht so langsam mal Ihr kleines aber feines Gehirn in Schwung bringen, denn die Mission ist im Moment ziemlich verfahren.«

Er ließ Balds Hand wieder los, sank in seinen Stuhl zurück und machte ein enttäuschtes Gesicht wie ein verzogenes Kind.

»Ihre Mission, John, bestand darin, zu verhindern, dass die Lance-Elsing-Technologie seinen Bestimmungsort erreicht. Und in diesem Kontext gesehen haben Sie vollkommen versagt. Sie werden keinen Penny sehen, bevor Sie Ihren Job nicht richtig machen.«

Bald schüttelte den Kopf. »Ich habe Laxman getötet. Schicken Sie Ihre Jungs hinüber, falls Sie mir nicht glauben.«

»Oh, ich weiß, dass Laxman tot ist. Das Dumme an der Sache ist aber, dass Sie die falsche Person umgebracht haben.«

Bald wurde rot. Ihm wurde gleichzeitig heiß und kalt, fühlte sich gleichzeitig benommen und voller Schmerzen. »Wer zur Hölle war es dann?«, brachte er noch hervor.

»Sie arbeitete verdeckt als Prostituierte. Ihr Name ist Xia Wei-Lee.«

Die Chinesin. Bald dachte daran, wie sie angezogen war. Wie sie Laxman auf die Wange geküsst hatte, wie am Ende eines ersten Dates. Die schwarze Tasche über ihrer Schulter.

»Sie arbeitet für den chinesischen Geheimdienst«, sagte Land. »Und Sie haben sie entkommen lassen.«

Kapitel 45

Mansour Hotel, Tripolis, Libyen, 21:00 Uhr

Leo Land spähte von dem Balkon auf die Straße vierzig Yards unter sich hinunter und runzelte die Stirn. Er steckte sich ein Montechristo-Zigarillo zwischen die Lippen, klopfte sich nach einem Feuerzeug ab, fand jedoch keines. Also ließ er das Zigarillo unangezündet zwischen den Lippen hängen. Ein weißer Toyota Hilux führte im Schritttempo eine Prozession heruntergekommener Pickups an. Die neue libysche Flagge prangte auf dem Kotflügel des Hilux. Ein roter und ein grüner Streifen, getrennt von einem breiten schwarzen Band, das in der Mitte zwischen ihnen hindurchlief. Ein halbes Dutzend Rebellen standen auf der Ladefläche, sechs weitere liefen links und rechts des Wagens her. Der Fahrer drückte unablässig auf die Hupe, und über das Hupen hinweg waren wie Fußballchöre die Rufe »Libya, Libya!« zu hören.

Land rollte das Zigarillo in seiner milchig-weißen Hand hin und her und beobachtete die Menschenmenge, die vor dem Mansour Hotel herumstolzierte. Ziemlich mau, wenn man es genau betrachtete. Etwa eintausend Menschen waren auf der Straße versammelt. Tausend weitere liefen benommen herum. Die restlichen 998.000 Bewohner der Stadt waren wahrscheinlich vor ihren Fernsehern und Radios versammelt und zogen es vor, drinnen zu feiern. *Vielleicht,* so dachte John Bald, *waren sie ja bereits dahinter gekommen, dass die Demokratie auch nicht das Gelbe vom Ei war.*

Land befeuchtete mit seiner Zunge das Papier seines Zigarillos. Weiter die Straße hinunter stapelten Hilfsarbeiter Leichensäcke in einem staubigen Hof auf. Die ganze Zeit über blitzte Mündungsfeuer aus Kalaschnikows in den nächtlichen Himmel auf. Sturmgewehre, verunstaltete Denkmäler eines entthronten Machthabers, keine einzige Frau in Sicht – unverkennbar die Zutaten einer arabischen Straßenfete.

Als Land sich von der Straße abwandte, drehte sich Bald herum, um an die Hauswand des Hotels zu pissen. Dabei nippte er an einer Flasche Wild Turkey. Seine Schluckgeräusche passten gut zu dem wilden Urinstrahl, der gegen das verkohlte Mauerwerk prasselte.

»John.« Land verschränkte die Arme. »Es ist fast soweit. Das Flugzeug wartet.«

Bald hatte einen vollen Tank zu entleeren, und nahm sich noch etwas mehr Zeit zum Pissen. Dann sah er, wie Land auf seine billige Plastikuhr schaute. Am meisten verachtete Bald Land dafür, dass er ein derart geiziges Aas war. Nur ein Mann wie er konnte eine Uhr tragen, die man in einem Billigwarengeschäft auf dem Krabbeltisch fand.

»Von hier in den Westen Chinas ist es ein achtstündiger Flug«, belehrte ihn Land arrogant. »Xia ist bereits zu ihrem Rendezvous unterwegs. Sie müssen sie finden, bevor sie den Smart Dust an das chinesische Militär übergibt. Ich schätze, Sie können sich ausmalen, was sonst passiert?«

»Wir singen alle zusammen *Imagine*?« Bald schüttelte die letzten Tropfen ab und zog seinen Reißverschluss zu. »Suchen Sie sich einen anderen Deppen für den Job.«

»Ich kenne nur zwei Typen mit den nötigen Fähigkeiten für diesen Job«, sagte Land. »Und der andere ist so schlimm verbrannt, dass wir ihn nur anhand seiner Zähne identifizieren können.«

»Joes Tod war nicht mein Fehler.«

Lands Kopf schnellte zu Bald herum. »Ich bin Ihre ständigen Ausreden langsam leid.«

Das Gewehrfeuer wurde von einem dumpfen, anhaltenden *Fomm-Fomm-Fomm* begleitet. Flugabwehrgeschütze feuerten Phosphormunition in den Nachthimmel. Die Unterseiten der Wolken glühten rot, violett und grün. Land starrte missmutig in den

Himmel, dann sah er zurück zu Bald. »Ich nehme nicht an, dass Sie ein paar Streichhölzer dabei haben, alter Junge?«

»Ich rauche nicht.«

»Nein, stattdessen lassen Sie sich lieber zulaufen und vermasseln alles.«

Bald kippte sich die letzten nach Honig schmeckenden Tropfen des Wild Turkey in den Rachen. Dann ließ er Land stehen und begab sich in Richtung Lobby.

»Was glauben Sie, wohin *Sie* gehen?«, rief Land ihm nach.

»Sie haben die Ausreden satt, ich habe *Sie* satt. Ich verschwinde.«

»Schön«, sagte Land. »Aber wenn Sie jetzt gehen, können Sie Ihre Bezahlung vergessen.«

Bald blieb stehen. Das Licht im Hotelzimmer flackerte und tauchte den Balkon in ein schizophrenes Licht- und Schattenspiel. »Ich habe getan, was Sie wollten«, sagte Bald. »Laxman ist tot. Ende der verdammten Geschichte.«

Land lachte laut auf. »Ich fürchte, so einfach ist das nicht, John. Ihre Mission lautete, den Schläfer aufzuhalten und die Technologie abzufangen. Sie haben keines der beiden Ziele erreicht.«

Bald umklammerte die Hoteltür so fest, dass seine Fingerspitzen sich erst violett und dann weiß verfärbten. »Wir hatten einen Deal. Ich hatte Caves Wort darauf. Das müssen Sie anerkennen.«

Land nahm das Zigarillo aus dem Mund.

»Ich hab Neuigkeiten für Sie, John. Der gute Cave wurde von dem Fall abgezogen. Ich habe jetzt das Sagen. Und außerdem habe ich derzeit die finanzielle Kontrolle über die Firma. Wenn ich sage, es gibt keinen Deal, dann – *voilá* – gibt es keinen Deal.«

Das sporadische Gewehrfeuer schwoll kurzzeitig zu einem Trommelwirbel an. Bald wirbelte herum, packte Land am Kragen seines Jacketts und schob ihn soweit zurück, bis dessen Kopf und sein gesamter Oberkörper über dem Balkongeländer hingen. Land riss seinen Kopf soweit von Bald zurück, wie es seine Muskeln zuließen. An seinem Hals traten die Venen hervor.

»Sie werden mich bezahlen«, sagte Bald.

»Oder was, John? Sie stürzen mich in den Tod? Was glauben Sie denn, was dann passiert?«

»Dann werde ich ein warmes, angenehmes Kribbeln verspüren.«

Bald lockerte seine Finger. Land taumelte von ihm fort, bis er mit dem Rücken an die Glasschiebetür stieß, die ins Zimmer führte. Die Zeit war nicht besonders sanft mit Land umgegangen, dachte Bald. Der Kerl war in einem Jahr um zehn Jahre gealtert. Sein Gesicht wirkte ausgemergelt und alt.

»Die Chinesen stecken hinter allem«, seufzte Land. »Wir hatten nicht vor, Sie aufs Kreuz zu legen, aber jetzt stecken die Chinesen in der Sache drin und damit haben sich unsere Zielsetzungen verschoben. Wieso sonst sollten wir den Rebellen helfen? Wir haben versucht, hier unsere Interessen zu vertreten. Wir haben Verträge über Öl und Gas geschlossen, gute Verträge für England.«

Bald sagte nichts dazu.

»Unsere Freunde bei der Rebellenarmee haben Dokumente in den Büros des Sicherheitsdienstes gefunden«, fuhr Land fort. »Dokumente, die von einem Treffen von Gaddafis engstem Kreis mit Repräsentanten aus Beijing berichten.«

»Worum ging es?«

»Waffengeschäfte. Die Chinesen dachten sich, sie könnten die Waffen nach Südafrika bringen, sie nach Norden, Niger, und von da aus über die Grenze nach Libyen schaffen. Und da reden wir hier nicht von AK-47, John. Wir reden von Boden-Luft-Raketenwerfern, Geräten zur Datenverschlüsselung, hochentwickelten Scharfschützengewehren. Alles *state-of-the-art.*«

»Ich dachte, es gäbe Sanktionen?«

»Glauben Sie wirklich, dass die Chinesen das kümmert? Die waren mit Gaddafi auf Schmusekurs, weil er die Macht in den Händen hielt, und damit auch das Öl. Jetzt, wo die Aufstände in Schwung gekommen sind, haben sie die Seiten gewechselt und versuchen ihr Glück bei den Rebellen. Was glauben Sie wohl, wird passieren, wenn die Chinesen den Rebellen für einen guten Öl-Deal den Smart Dust anbieten?«

Land knöpfte den obersten Knopf an seinem Hemd auf, zog ein Taschentuch aus seiner Hosentasche und begann, sich damit die Stirn abzuwischen.

»Was, wenn angesichts der Rezession und der Sache in Afghanistan unsere orientalischen Freunde auf die Idee kommen, dass es Zeit wäre, wenn sie am Kopf der Tafel sitzen? Der Smart Dust könnte ihnen dabei helfen, dieses Ziel zu erreichen.«

»Und die Amis? Der Kerl, der mir in Florida eine Kanone an den Schädel gehalten hat, war vom CIA. Er sagte, seine Befehle lauten, das Laxman am Leben bleibt.«

»Vielleicht wollten sie nur herausfinden, mit wem Laxman schlussendlich seinen Handel abschließen würde?«, sagte Land stirnrunzelnd. »Vielleicht war die Agency bereit, den Smart Dust in die falschen Hände fallen zu lassen, wenn man so an die Hintermänner kommen würde.«

»Also wussten sie von dem chinesischen Schläfer?«

»Von Xia? Nein«, sagte Land. »Ich glaube nicht, dass sie davon eine Ahnung hatten. Und wir würden es auch gern dabei belassen.«

»Wieso verraten wir es ihnen nicht einfach?«

Land ließ seine Zunge in seinem Mund kreisen. »Wir kamen über Rachel Kravets mit Lance-Elsing zu einer Übereinkunft.«

Bald schwieg.

»Wir einigten uns darauf, dass wir ein Vorkaufsrecht für ihre Forschungen und Entwicklungen bekommen, wen wir es schaffen, den Schläfer zu fangen und die Übergabe zu vereiteln. Damit bekämen wir Zugang zu allerneuester Technik. Ich rede hier von Dingen, über die nicht einmal unsere amerikanischen Cousins verfügen.«

»Ich scheiße auf Ihre schmutzigen Geschäfte.«

»Aber Sie wollen Ihr Geld bekommen.«

Bald schloss die Augen. Lauwarmer Schweiß rann ihm an den Seiten seines Gesichts hinab und fing sich in seinen Mundwinkeln.

»Zehn Millionen«, sagte Land.

Bald riss die Augen auf.

»Ich verdopple Ihre Gage, John.« Lands Stimme bohrte sich tief in Balds Schädel.

»Wieso sollte ich Ihnen glauben? Sie haben mich schon mal verarscht.«

»Herrgott, ich habe es Ihnen doch gerade erklärt: Die Lage hat sich verändert. Sie ist gefährlich geworden. Wir müssen Xia Wei-Lee unschädlich machen, bevor sie den Dust ihren Vorgesetzten übergeben kann. Wir sind an einem Punkt in diesem Spiel angekommen, an dem unsere Geldgeber in Whitehall bereit sind, alles zu tun, damit dies nicht geschieht.«

Land sprach so hastig, dass kleine Speicheltröpfchen auf Balds Wange landeten.

»Also hören Sie zu, das Ganze wird so laufen: Sie hören auf, ein derart elender schottischer Säufer zu sein, und sei es nur für einen Tag. Und Sie werden in dieses Flugzeug nach China steigen.« Land sah erneut auf seine bescheuerte Billiguhr. »Wir haben es jetzt 03:20 Uhr am Morgen in Beijing«, sagte er. »Xia soll sich mit den Chefs der chinesischen Armee morgen Abend um 21:30 Uhr treffen. Eine firmeneigene Gulfstream wartet auf einem sicheren Rollfeld zwanzig Meilen südlich von hier. Damit bleiben Ihnen neun Stunden, Ihre Mission zu vollenden.«

»Zehn Millionen?«, fragte Bald noch einmal.

»Zehn Millionen«, bestätigte Land. »Die Bezahlung erfolgt, sobald die Mission durchgeführt wurde.«

Zehn Millionen. Bald ließ sich die Summe auf der Zunge zergehen. Bei so viel Kohle konnte er größere Träume ins Auge fassen als die Bar und die Villa in Monte Carlo. Er könnte nach Panama oder Kolumbien ziehen und sich ein weiß getünchtes Anwesen mit einem Harem voller wunderschöner Latino-Frauen leisten.

»Wo wird die Übergabe stattfinden«, fragte er.

»Jinchun. Das ist in Xinjiang, einer autonomen Region im Nordwesten, an der Grenze zu Kasachstan, der Mongolei und Russland. Keine andere Stadt ist weiter von jedem Meer der Welt entfernt. Dort wieder herauszukommen, wird nicht leicht werden.«

»Wann ist es das jemals?«

»Sie werden sie über die westliche Grenze nach Kasachstan außer Landes bringen. Wir haben ein Team, das an einem Rendezvouspunkt in der Grenzstadt Kargol auf Sie wartet. Achten Sie nur darauf, die Grenze bis Mitternacht zu erreichen. Wenn unser Team bis dahin nichts von Ihnen gehört hat, müssen wir annehmen, dass die Mission fehlgeschlagen ist. Natürlich wird niemand von dieser Mission Kenntnis haben.«

»Gibt es überhaupt andere Missionen bei der Firma?«

Land ignorierte die Frage. »Wir fliegen Sie mit einem Diplomaten-Visa hinein. Seien Sie vorsichtig und diskret. China ist das am zweitbesten überwachte Land der Welt.«

»Wer ist die Nummer Eins?«

»Großbritannien natürlich. Wir haben zweimal so viele Überwachungskameras wie China, und das, obwohl unser Land nur ein Vierzigstel der Fläche besitzt.« Er unterbrach sich und untersuchte etwas an der Sohle seiner Oxford-Schuhe. »Der Punkt ist, dass Sie immer unter Beobachtung stehen werden. Kameras, Spione, Informanten.«

Land sah zum zehnten Mal in einer Minute auf die Uhr.

»Nun, ich weiß, was Sie denken. Wie sollen Sie unauffällig bleiben, wenn jeder andere um Sie herum wenigstens einen Kopf kürzer und um einiges gelber ist. Aber was das angeht, können Sie sich wieder entspannen. Jinchun liegt dreißig Meilen östlich von der kasachischen Grenze und ist auch nicht weit von Russland entfernt. Ein weißes Gesicht ist dort nicht unüblich. Und ausgehend von der Begeisterung des durchschnittlichen Russen für Wodka werden Sie auch mit Ihrem Trinkverhalten nicht weiter auffallen.«

»Wer ist die Kontaktperson vor Ort?«, wollte Bald wissen.

»Tut mir leid, wenn ich da Ihre Libido enttäuschen muss, John, dieses Mal ist es ein Er, keine Sie. Und ziemlich alt außerdem. Aber ein Geschäftsmann. Loyal. Er überwacht die Gespräche mit den Obrigkeiten des Militärs.«

»Und wo finde ich diesen alten Sack?«

»Bei der *Englisch Translation Services Ltd.*«

»Ist das wieder eine Ihrer kleinen Scheinfirmen?«

Lands zog ein viel zu bemüht ernsthaftes Gesicht. »*English Translation Services* bietet seinen chinesischen Firmenkunden einen umfassenden Service bei der Übertragung ihrer Geschäftstexte in die englische Sprache.« Er machte eine kurze Pause und ließ die Grimasse verschwinden. »Und außerdem versorgen sie uns mit wertvollen Informationen über Fälschungen in der chinesischen Wirtschaft.«

»Ich hätte gedacht, dass die Firma Wichtigeres zu tun hätte, als sich um ein paar Billigimitate zu sorgen.«

»Haben wir auch«, entgegnete Land. »Aber die Chinesen fälschen noch weitaus mehr als nur ein paar Zigaretten. In Sachen Fälschungen sind sie Weltmarktführer. Währungen, Elektronik, Viagra, Autoteile, Harry-Potter-Romane. Was immer Ihnen einfällt – die Chinesen fälschen es. Die schlachten Haushunde, um gefälschte Ugg-Boots herzustellen. Tausende von Containern voller Imitate werden täglich verschifft. Vor ein paar Jahren landete ein Bericht auf meinem Schreibtisch, John. Flugzeuge. Zwei Prozent der Bauteile von jedem kommerziellen Flugzeug dieser Welt sind chinesische Imitate.«

»Interessiert mich nicht. Finde ich diesen Kontaktmann im Büro der Übersetzungsfirma?«

Land nickte und zog einen Pass aus seiner Innentasche. Er öffnete ihn in der Mitte. Ein Diplomatenvisum war mit einer Büroklammer auf der linken Seite befestigt worden. Außerdem steckte unter der Büroklammer noch ein zusammengefaltetes Stück Papier. Land zog es heraus, faltete es auseinander und brachte eine von Hand notierte Mobiltelefonnummer ans Licht.

»Wenn Sie den Smart Dust vernichtet und Xia ausgeschaltet haben, rufen Sie diese Nummer an«, sagte Land.

Bald nahm den Pass und das Stück Papier an sich.

»Jetzt hören Sie zu«, fuhr Land fort. »Xia hat den Dust nicht bei sich – sondern nur die Pläne, um ihn entwickeln zu können. Deshalb müssen Sie nach Schriftstücken Ausschau halten, Aktenordnern, Dossiers. Nicht nach Waffen. Nicht einmal die Chinesen können eine solch bahnbrechende Technologie so schnell rückentwickeln.«

Die Jubelrufe auf der Straße hatten sich in Entsetzensschreie gewandelt. Die Schüsse ebbten ab. Menschen schrien und weinten durcheinander. Bald und Land gafften neugierig auf die Straße hinunter. Die Prozession war zum Stehen gekommen. Inmitten des Chaos trug ein Mann den regungslosen und blutüberströmten Körper eines kleinen Jungen vor sich her.

»Was, wenn ich Nein sage?«, fragte Bald.

Land sah ihn mit wutverzerrten Gesicht an, aber Bald ließ sich davon nicht einschüchtern. Er erwiderte den Blick mit einer gewissen Neugierde und sagte: »Versuchen Sie nicht, mir zu drohen. Das haben Sie schon zu oft versucht. Es wird langweilig, sich immer die gleiche alte Leier anhören zu müssen.«

Doch je genauer Bald das Gesicht Lands musterte, umso mehr schien es ihm, als wäre es nicht Wut, die sich dort abzeichnete, sondern etwas anderes.

»Wir dürfen nicht scheitern, John«, sagte Land. »Wenn Sie Xia nicht umbringen und den Smart Dust zerstören, wird das schwerwiegende Konsequenzen haben.«

Bald sah Land tief in dessen gebildete blaue Augen. Und dann dämmerte ihm, was er an Land die ganze Zeit über gesehen hatte, seit sie sich in dieser Bar über den Weg gelaufen waren.

Angst.

Kapitel 46

Jinchun, autonome Region Xinjiang Uyghur, China, 13:09 Uhr

Mit seinen eins-fünfundneunzig ragte Bald aus der Menschenmenge heraus, die die Straße hinuntertrieb. Seine Körpergröße verschaffte ihm einen genauso unverstellten Blick auf die Elektronikläden und westlichen Coffeeshops, die sich links und rechts der breiten Straße aufreihten, wie auf die aschgrauen Bürohäuser und braunen Appartement-Neubauten, die sich in chaotischer Anordnung am Horizont abzeichneten. Und auch mit seinen legeren Klamotten, bestehend aus einem olivgrünen T-Shirt, einer dunkelblauen Kapuzenjacke, wüstensandfarbenen Kargohosen und Timberland Earthkeepers stach Bald aus der Masse hervor. Die Einheimischen hielten es eher mit dem Look gequälter Geschäftsleute, mausgraue Anzüge und weiße Hemden, und nicht selten hing ihnen eine Marlboro von der Unterlippe. In ihrem Erscheinungsbild passten sie perfekt zu dieser Stadt mit ihrer monotonen Skyline, ihrem fauligen Geruch und der stickigen Luft.

»Mister, Sie wollen?«, fragte ihn eine alte Frau in gebrochenem Englisch. Zu einem laufenden Meter zusammengefallen hockte sie auf einem umgedrehten Holzkiste und bot irgendetwas Frittiertes zum Essen an. Es roch gut und erinnerte Bald an daheim. Beim näheren Hinsehen wich sein Interesse aber der Enttäuschung. Das war keine frittierte Pizza, was sie da anpreiste, sondern etwas, das wie Skorpione aussah.

»Mister, Sie versuchen.«

Bald winkte ab.

Jemand rempelte ihn von hinten an. Er wirbelte herum, ballte die Hände zu Fäusten und sah sich einem Straßenkehrer gegenüber.

Der Mann war nur wenig größer als die Frau, die diese frittierte Scheiße verkaufte. Und auch kaum jünger. Er trug einen blauen Overall, eine Dachmütze und abgetragene graue Turnschuhe. Der Besen in seiner Hand hatte einen langen Stiel, der beinahe so lang war wie der Mann selbst, und am unteren Ende befand sich ein dickes Bündel von Borsten.

Der Mann stierte Bald an.

»Wolltest du was sagen?«, fragte Bald.

Der Straßenkehrer antwortete ihm nicht. Der große Schotte dachte kurz darüber nach, ihn in die Horizontale zu prügeln, aber dann überlegte er es sich anders. Er befand sich in einem fremden Land, und war mit einem verdeckten Auftrag hier. Also entspannte er seine Fäuste und sein Rückgrat und ließ den Straßenkehrer einfach stehen.

Er lief weiter zu dem Appartementhaus, in dem *English Translation Services* untergebracht waren. Über die wogenden Köpfe der Chinesen hinweg war das Gebäude leicht auszumachen.

Bald erinnerte sich daran, was Land ihm in Libyen gesagt hatte: »Sie werden immer unter Beobachtung stehen.« Jetzt fiel ihm eine junge Frau rechts von ihm auf. Kurzes schwarzes Haar, in einem roten Cheongsam mit Phoenix-Muster quer über der Vorderseite. Sie starrte Bald an. Genau wie ein plumper Mann um die vierzig mit Sonnenbrille in einem schäbigen schwarzen Anzug. Es war schwer zu sagen, ob es sich bei ihnen um Regierungsagenten handelte, die ihn im Auge behielten, oder einfach nur Einheimische, die ihm die berühmte chinesische Gastfreundschaft entgegenbrachten. Er beschleunigte sein Tempo und sah zurück, auf der Suche nach dem Straßenkehrer. Er begann sich zu fragen, ob dieser ihn aus einem bestimmten Grund so angestarrt hatte oder ob er einfach nur einen Groll gegen Fremde hegte.

Der Mann war verschwunden.

Bald erreichte das Appartementhaus. Die Eingangstür stand offen, und er betrat das Gebäude.

Keine Lobby. Keine Wachleute. Keine Gegensprechanlage an der Tür. Nur der nackte Betonfußboden, gleichermaßen nackte Wände und eine Treppe. Das Haus ähnelte viel mehr einem Gefängnis. An jeder Tür befand sich ein metallener Briefkasten, in denen unzählige Flyer gefangen halten wurden und wie farbenfrohe Zungen herausragten. Bald ließ seinen Blick über die Übersicht der Firmen wandern, die an der Wand ausgestellt waren. In englischer Sprache ließ ihn ein Schild wissen, dass sich *English Translation Services* im dritten Stock befand. Bald begann, die Treppenstufen hinauf zu gehen. Innerhalb des Gebäudes war es angenehm kühl, doch er geriet trotzdem schnell ins Schwitzen.

Die dritte Etage war L-förmig angelegt worden, mit einer einzelnen Tür zu seiner Rechten. Grüne Farbe blätterte von der Tür ab, und darunter kam rostiges Metall zum Vorschein. Das Metall zwischen Türschloss und Türrahmen war nur noch ein geschmolzener, an Wachs erinnernder Klumpen. Bald erkannte ihn sofort als das Werk einer Hatton-Sprengmunition. Die sogenannten *Türöffner*. Er blieb kurz stehen, hielt den Atem an und lauschte.

Nichts.

Er schob die Tür auf und trat in einen Raum, der nach einem Empfangsbereich aussah. Etwa fünf auf drei Yards groß, mit Linoleum ausgelegt, das ganz schwach antiseptisch roch, fanden sich darin ein unbequem aussehendes Sofa und eine Reihe grauer Aktenschränke. Am anderen Ende führte eine weitere Tür in ein größeres Büro. Bald bewegte sich vorsichtig auf sie zu. Er atmete flach, jede seiner Bewegungen war wohlüberlegt. An der Tür angekommen warf er einen schnellen vorsichtigen Blick in den anderen Raum, konnte aber keine Gefahr erkennen. Links stand ein Regal aus Holz mit antik aussehenden Büchern. Die Mitte des Zimmers wurde von einem Nussholz-Schreibtisch dominiert. Auf dem Tisch stand ein Globus, und dahinter saß ein Mann, zusammengesunken in seinem Bürodrehstuhl. Sein Kopf hing herunter, so als wäre er über seinem Schreibkram eingeschlafen.

Er hatte ein Loch im Hinterkopf.

Das Loch war frisch, deutlich zu erkennen und tief. Es sah ein wenig so aus, als hätte ein Chirurg eine Gehirnoperation vorgenommen, aber vergessen, die Öffnung wieder zuzunähen. Blut war ihm am Nacken und an der Stirn hinabgelaufen, tropfte ihm von der Nase und bildete auf dem Tisch eine klebrige Pfütze. Die Eintrittswunde bestand nur noch aus verbrannter Haut. Die Haare, die sich darum herum befunden hatten, waren versengt worden. Aus dem Loch stieg noch immer leichter Rauch auf.

Bald umrundete den Tisch, um sich den Mann näher ansehen zu können. In seinem Kopf begann es zu rattern, und dann machte es *Klick*.

Den Kerl kenne ich doch.

Bald erstarrte für einen Moment. In dem Buchregal sah er einen zwölf Jahre alten Bowmore still vor sich hinreifen. Er griff sich die Flasche, schraubte den Deckel ab und prostete der zusammengesunkenen Leiche an dem Tisch stumm zu. Es war drei Stunden her, seit er seinen letzten Schluck hatte. Lange genug, um jetzt, wo er darüber nachdachte, den nächsten Migräneanflug spüren zu können. Seitdem er diese Mission in Mexiko begonnen hatte und ohne seinen Nachschub an Amitriptylin auskommen musste, verließ er sich auf Alkohol, um die Migräne abzuwehren. Und bislang war er mit dem Ergebnis seines Experimentes in Eigenmedikation zufrieden. So lange er seinen Blutkreislauf regelmäßig mit Alkohol versorgte, konnte er die Migräne im Zaum halten und seinem Leben nachhängen.

Bald trank etwa eine halbe Daumenbreite aus der Flasche, drehte seine innere Alkoholstoppuhr auf Null zurück und fragte sich, was er nun tun sollte. Land hatte ihn angewiesen, sich mit dem alten Mann zu treffen. Der Alte wusste, wo er Xia finden würde. Aber dem Loch in seinem Kopf nach zu urteilen, hatte jemand anderes Edgar Mallory zuerst gefunden. Bald brauchte einen Plan B.

Er entschied, Land anzurufen.

Bald war für die Mission mit einem BlackBerry Bold ausgestattet worden, das die Techniker der Firma so modifiziert hatten, dass es mit einem Doppelfrequenz-Empfänger arbeitete. Es verfügte über die notwendige Sicherheits-Hard- und Software, die Telefonate und Textnachrichten auf eine ähnliche Art und Weise verschlüsselte wie es das US-Militär bei GPS-Signalen tat. In einem Land, in dem Paranoia so an der Tagesordnung war wie in China, wollte man kein Risiko eingehen. Bald tippte Lands Nummer ein und drückte auf die Wähltaste. Es knackte in der Leitung. Acht lange Sekunden später hörte er erst einen Klingelton – undeutlich, drei Sekunden lang. Nach dem fünften Klingeln wurde er mit der Mailbox verbunden. Eine geschäftlich klingende weibliche Stimme bat ihn, eine Nachricht zu hinterlassen.

»Hören Sie mal auf, anderer Leute Schwänze zu lutschen, und nehmen Sie verflucht noch mal ab. Unserer Kontaktperson fehlt der halbe Hinterkopf«, sagte Bald. Er nahm einen weiteren Schluck aus der Flasche und fuhr fort: »Sie haben mir nicht gesagt, das Edgar Mallory für Sie arbeitet. Er war der mieseste Soldat, der je das Ansehen des Regiments beschädigt hat. Die Kameraden, die im Irak unter ihm dienen mussten, haben versucht, ihn mit einer Splittergranate aus dem Weg zu räumen. Ich dachte, das sollten Sie wissen.«

Bald legte auf und stopfte sich das BlackBerry in seine Hosentasche.

Edgar Mallory. *Ein Geschäftsmann*, wie Land es formuliert hatte. *Loyal.*

Bald musterte den toten Mann. Ein gutes Beispiel dafür, wie weit man es mit Loyalität in diesem Leben brachte. Er nahm einen letzten Schluck aus der Flasche, schraubte sie wieder zu und stellte sie an ihren Platz in dem Regal zurück. Hier konnte er nichts mehr tun, und da er nicht riskieren wollte, den Mördern von Mallory in die Arme zu laufen, die vielleicht noch einmal zurückkommen würden, rannte er die Stufen hinab und auf die Straße hinaus. Im Fünf-

Sekunden-Takt überprüfte er sein Telefon. Der Signalstärkebalken war von Fünf auf Null geschrumpft, und in der oberen rechten Ecke war ein SOS-Icon zu sehen. Das BlackBerry hatte den Kontakt komplett verloren. Das ergab keinen Sinn, selbst für ihn mit seinen zu vernachlässigenden technischen Kenntnissen. Er befand sich mitten im Zentrum einer brandneuen Stadt in China. Hier musste es von Mobiltelefonmasten nur so wimmeln.

Plötzlich wurde Bald bewusst, wie isoliert er war.

Ein einzelner Mann in einer Millionenstadt, in einem Land mit einer Milliarde Einwohnern, mit einer erschossenen Kontaktperson und keiner Möglichkeit, den Agenten zu erreichen, der ihn überhaupt erst auf diese Mission geschickt hatte. Bald bewegte sich die Hauptstraße hinunter. Immer wieder überprüfte er das Signal auf seinem BlackBerry. Nichts. Bald konnte spüren, wie sich eine Pfundnote nach der anderen seiner Millionen in Luft auflösten.

Er lief etwa fünfzig Yards geradeaus, dann bog er nach rechts in eine Seitenstraße ab. Er hatte kein Ziel. Jetzt ging es nur darum, wieder ein Signal auf seinen BlackBerry zu bekommen. Die schmale Straße war verlassen, gesäumt von nebelgrauen Bürogebäuden. Kaugummis klebten auf dem Asphalt, alte Werbetafeln gammelten vor sich hin, und ein einzelner dunkler Elektrowarenladen bot gefälschte iPads und iPhones an. Ein Lamborghini Gallardo kam mit seinem unverkennbaren Motorengeheul die Straße hinunter auf Bald zu. Ein paar Leute blieben stehen und glotzten. Bald sah dem Wagen hinterher, sah, wie er an ihm vorbeifuhr, schnell abbremste und schließlich anhielt.

Da blieb auch er stehen und spürte, wie sich ihm die Kehle zuschnürte. Vierzig Yards hinter ihm stand der Straßenfeger. Er hielt seinen Besen umklammert, aber er war nicht damit beschäftigt, Coladosen und McDonalds-Verpackungen aufzukehren. Vielmehr kämpfte er sich durch die Menschenmenge hindurch.

Direkt auf Bald zu.

Kapitel 47

13:39 Uhr

Bald hastete weiter die Seitenstraße entlang. Weg von dem Straßenfeger. So schnell wie möglich.

Nach hundert Yards bog er nach links in eine Wohnstraße ab, wo es nach dem süßsauren Duft von Nudelbars und Parfüm roch. Bald überprüfte sein BlackBerry. Das SOS-Icon blieb trotzig in der oberen Ecke kleben. Der Straßenkehrer war jetzt dreißig Yards hinter ihm. Und holte auf. Bald nahm die erste Seitenstraße nach rechts und fand sich in einer engen Gasse wieder. Der Geruch von ungeklärtem Abwasser schlug ihm entgegen. Müllsäcke, teilweise aufgeplatzt, stapelten sich in der Gasse. Bald schob sich an ein paar chinesischen Bettlern mit schmutzigen Gesichtern vorbei. Drei von den Mistkerlen lief die Nase, und an mehreren Stellen in ihren Gesichtern und auf ihren Händen war die Haut aufgeplatzt. Die deutlichen Anzeichen von Lepra.

Bald stürmte weitere sechzig Yards die Seitengasse hinunter und schlug dann einen Haken nach links. Der Straßenkehrer blieb ihm auf den Fersen. Er kam an ein paar Häusern vorbei, die wie Überbleibsel aus vorkommunistischen Zeiten anmuteten. Das Holz an den heruntergekommenen Gebäuden war verwittert, die Dachschindeln ausgeblichen, in einem ungesunden Braunton. Zerfledderte Talismane hingen an den Türen. Vor den Häusern war niemand zu sehen.

Bald war zwanzig Yards weit in die Straße hineingerannt, als der Straßenfeger um die Ecke bog. Bald verfiel in einen Laufschritt und bog in eine Gasse auf neun Uhr ein. Sie war leer, aber versperrt.

Zwölf Yards lang, drei Yards breit. An ihrem Ende befand sich ein drei Yards hoher Maschendrahtzaun. Eine Sackgasse. Bald eilte auf den Zaun zu und eine Ratte rannte quiekend aus einer offenen Mülltonne inmitten der Straße. Dann wimmelten plötzlich Dutzende von diesen Mistviechern um seine Füße herum. Er trat nach ihnen und beförderte drei oder vier zurück zu den weggeworfenen Nudelkartons in der Mülltonne. Eine Frage schoss ihm durch den Kopf: *Wieso renne ich eigentlich vor diesem Zwerg davon?*

Die Antwort traf ihn als Schlag in seinen Rücken.

Der Schmerz hatte sein Epizentrum in seinem Genick und strahlte von dort in seine Schultern und ins Becken aus. Bald wurde nach vorn gestoßen, als würde er auf einem abschüssigen Gelände eine Notlandung versuchen. Der zuerst verschwommene Schmerz wurde konkreter, stechend und übel. Bald versuchte, sich auf den Rücken zu rollen. Der zweite Schlag traf ihn, während er sich herumrollte. Er erhaschte einen Blick auf den Besen, der auf ihn hinabsauste. Zu spät, um ihn abzuwehren. Er krachte gegen seine Schulter, ein Gruß von dem harten Holz an sein Schulterblatt. Dieser neue Schmerz war unmittelbar und stark. Aber wenn er am Leben bleiben wollte, musste er dagegen ankämpfen. Er wickelte den Schmerz ein. Schnürte ihn zusammen und schickte ihn in eine der dunklen Regionen seines Gehirns.

Dann sah er auf und erblickte den Straßenkehrer, der den Besenstiel nach seinem Gesicht schwang.

Bald hatte die Erfahrung gemacht, dass die besten Agenten nicht etwa die härtesten oder schlausten und auch nicht die besten Schützen waren. Die Agenten, die am Leben blieben, waren diejenigen, die schnelle Entscheidungen treffen konnten, selbst dann, wenn sie von unzähligen Gegnern umringt waren und ihnen die Munition ausging. Bald blieb weniger als eine Sekunde Zeit, um den Schlag abzuwehren, der auf ihn niederging. Er war nicht imstande, den Schlag mit dem Arm abzuwehren. Irgendetwas in seiner linken Schulter war gebrochen. Es fühlte sich an, als wäre sein Schulterblatt zersplittert. Ihm blieb auch keine Zeit, sich aus dem Weg zu rollen. Aber er hatte eine andere Idee.

Er sprang auf und schoss nach vorn, mit eingezogenem Kopf, das Kinn gegen die Brust gepresst, und rammte dem Straßenkehrer die harte Stelle seines Schädels in dessen Zwerchfell. Der Aufprall traf den kleinen Mistkerl hart und unvorbereitet. Er grunzte und taumelte unsicher zurück. Die Wucht hatte ihn aus dem Gleichgewicht gebracht. Bald stürzte sich wieder auf ihn. Der Mann stolperte, fiel auf den Rücken. Das Blatt wendete sich zu Balds Gunsten. Bald sprang nun wieder auf die Füße, in der gleichen fließenden Bewegung. Der Straßenkehrer, der gerade schwer nach Luft rang, streckte Bald seinen Oberkörper bereitwillig für einen freien Treffer entgegen. Bald nahm das Angebot gern an. Er ließ seine Timberlands auf den Straßenkehrer hinabfahren und trieb ihm zum zweiten Mal kurz hintereinander die Luft aus der Lunge. Der Straßenkehrer gab ein seltsames Geräusch von sich, verzog vor Schmerzen sein Gesicht. Bald wollte zu einem zweiten Tritt ansetzen.

Für so einen untersetzten Wichser ist er ganz schön zäh, dachte Bald.

Doch dann bewegte der Straßenfeger seinen linken Arm, und Bald erkannte, dass seine linke Hand noch immer den Besen umklammerte. Er holte damit aus und zog ihn in einer Halbkreisbewegung über sich hinweg. Der Besenstiel schlug mit einer solchen Wucht gegen Balds rechten Knöchel, dass ihn der Schlag von den Füßen holte. Schmerz explodierte in seinem Knöchel, als hätte ihn jemand weggeschossen. Er fiel zur Seite und schlug sich auf dem Weg nach unten den Kopf am Rand der Mülltonne an. Der Straßenkehrer rappelte sich auf und schwang den Besenstiel erneut hin und her. Er machte ein zischendes Geräusch, während er durch die Luft peitschte. Der Straßenkehrer machte sich bereit für seinen letzten, tödlichen Angriff. Bald hievte sich ebenfalls wieder auf die Beine. Der Straßenkehrer fuchtelte mit dem Besen wenige Zentimeter vor seinem Gesicht herum. Dann stieß er ihm damit in die Brust.

Die Schläge kamen kurz und schnell hintereinander. Ein, zwei, drei Stöße. Die Hände des Straßenkehrers bewegten sich mit geradezu verblüffender Geschwindigkeit. *Der Kerl hat ein echtes Training hinter sich,* dachte Bald. Er selbst hingegen hatte noch nicht eine Stunde seines Lebens mit dem Training von Martial Arts zugebracht, und spürte jetzt, wie etwas Hartes in seinem Brustkorb brach. Er kreuzte seine Hände x-förmig vor seiner Brust und versuchte so, die Schläge abzuwehren, aber der Straßenkehrer zielte mit seinen Stößen einfach etwas tiefer, auf seinen Bauch und seine Eier. Immer und immer wieder stieß er zu. Dann tiefer, gegen Balds Knöchel und seine Schienbeine. Die Schmerzen waren so stark, dass Bald spürte, wie ihm Mageninhalt in die Kehle stieg. Dann trat der Straßenfeger plötzlich mit dem rechten Bein einen Schritt zurück, ließ das linke Bein aber fest vor ihm stehen, hob den Besen hoch über seinen Kopf und ließ ihn dann diagonal heruntersausen. Wie ein Golfschläger erwischte ihn der Stiel seitlich am Kopf. Das war der Schlag, der Bald erledigte. Er sackte auf die Knie. Sein Körper fühlte sich schlaff und taub an. Er versuchte, sich zu bewegen. Seine Muskeln schienen aus Zementsäcken zu bestehen. Er verlor den Kampf.

Der Straßenkehrer hielt einen Moment lang inne und sah zu, wie Bald zu Boden ging. Dann packte er den Besenstiel so, wie Martial-Arts-Experten ein Samuraischwert umfassen. Der Besenstiel schien nur ganz leicht auf den geöffneten Handflächen zu liegen, so als wäre der Mann unbewaffnet. Bald versuchte, den Besenstiel nicht aus den Augen zu lassen. Er sah sich zwei Problemen gegenüber: Zum einen war er unbewaffnet und zweitens war sein Gegenüber schneller und wendiger als er.

An schlechten Tagen schossen eine Million Stimmen in Balds Kopf herum. An guten Tagen jedoch nur eine einzige. Die Stimme von dutzenden Jahren beim Regiment, und den Lektionen, die er in seinem gefährlichen Leben als Blade gelernt hatte. Dieser Tag schien einer der guten Tage zu sein. *Besorge dir eine Waffe*, sagte die eine Stimme zu ihm.

Der Besenstiel kreiste über dem Kopf des Straßenfegers wie die Rotoren eines Hubschraubers.

Zwischen dem ganzen Müll entdeckte Bald eine leere Chang-Bierflasche neben seinem Fuß. Im Inneren klebten noch schaumige Reste des Bieres.

Der Straßenkehrer ließ den Besenstiel auf ihn hinabsausen. Bald wich aus, schnappte sich die Flasche und warf sich nach rechts. Der Straßenfeger hatte ins Leere geschlagen. Seinem Blick nach zu urteilen hatte er erkannt, dass sich Bald in die perfekte Position für einen Gegenangriff gebracht hatte. Seine Verwirrung verwandelte sich in Blut und zerrissenes Fleisch, als Bald ihm die Bierflasche direkt in sein Gesicht trieb. Beim Aufprall brach der Flaschenhals ab. Bald ignorierte jedoch die Schreie des Straßenkehrers, drehte die Flasche mit einem schnellen Ruck aus dem Handgelenk herum, schälte ihm die Haut vom Gesicht, zog blutige Spiralen über seine Stirn und grub Glassplitter in seine Haut. Die Schreie des Mannes wechselten ein paar Tonlagen nach oben. Dann zog Bald ihm die schartige zerbrochene Flasche quer über den Hals. Der Straßenkehrer ließ seinen Besen los, aber er gab sich noch nicht geschlagen. Er schaffte es, seine Hände auszustrecken, umklammerte Balds Hals und drückte zu. Der kleine Mistkerl schien tatsächlich zu glauben, dass er Bald erwürgen konnte, dass er den Kampf noch gewinnen konnte.

Bald krallte mit seiner Linken nach dem Kinn des Mannes und drückte ihm mit Daumen und Zeigefinger die Kiefer auseinander. Dann schob er ihm mit der anderen Hand die abgebrochene Flasche zwischen die Kauleisten. Er zwang ihn, den Mund wieder zu schließen, und dann hämmerte er ihm mit einer schnellen Bewegung die Faust in die Wange. Das Glas gab ein feuchtes, knirschendes Geräusch von sich, als es in seinem Mund zerbrach. Bald schlug ein zweites Mal zu, auf die gleiche Stelle. Der Straßenkehrer begann, Glassplitter zu verschlucken. Er versuchte, sie wieder heraus zu husten, aber Bald legte all seine Kraft in seine Handgelenke und seine Finger und hielt den Mund verschlossen. Der Mann trat wild um sich. Seine Augäpfel traten ihm aus den Höhlen.

Dann hörte er auf zu treten.

Bald ließ den Mann los. Der brach wie ein Haufen aus Scheiße und Knochen zusammen, gurgelnd und mit Schaum vorm Mund.

Bald wollte sich gerade zu seiner Leistung beglückwünschen, als er es in seiner Hose vibrieren spürte. Er holte das BlackBerry hervor. Er fühlte sich gut, weil er den Straßenkehrer erledigt hatte und weil er endlich wieder ein Signal auf seinem BlackBerry hatte. Drei wunderschöne Balken. Land rief an. Bald nahm ab. Die Verbindung war von statischem Knistern überlagert.

»Was zur Hölle ist da los? Wo stecken Sie? Wo ist Mallory?« Land feuerte seine Fragen in einem ganzen Schwall auf Bald ab, klang überheblich und abgehackt.

»Jemand hat ihn umgebracht.« Bald atmete schwer und pumpte Sauerstoff in seine überanstrengten Muskeln. »Haben Sie meine Nachricht nicht bekommen?«

»Scheiße«, sagte Land. Die Worte hörten sich durch die Leitung hindurch wie das Zischen einer Schlange an. Bald sah Land förmlich vor sich, wie er sich die Schläfen massierte und die Stirn in Falten legte.

»Seit wann steht Edgar schon bei Ihnen auf der Gehaltsliste?«, wollte Bald wissen.

»Edgar Mallory war ein Kriegsheld.«

»Er war ein verdammter Witz von einem Regimentssoldaten.«

Land sprach nun langsam und presste die Worte knirschend hervor. »Er verließ das Regiment wegen interner Streitigkeiten. Er hatte andere Qualitäten.«

»Wenn für Sie eine Schwuchtel zu sein schon als Qualität durchgeht …«

Land schwieg. Bald warf einen Blick auf den Straßenkehrer. Seine Haut fing an, bleich zu werden. Die Venen an einem Hals traten hervor. Bald ging davon aus, dass ihm einige Glasscherben in die Kehle geraten waren und seine Lunge durchstochen hatten. Das Schwein verblutete gerade innerlich.

»Können Sie mir verraten, wie ich jetzt noch Xia finden soll?«, fragte Bald.

»Wir arbeiten daran, eine alternative Informationsquelle ausfindig zu machen. Aber das wird eine Weile dauern. Wir zaubern solche Dinge auch nicht einfach nur aus dem Hut, müssen Sie wissen. Halten Sie in der Zwischenzeit einfach die Stellung. Und seien Sie auf der Hut. Unsere Satellitenaufnahmen deuten auf ein erhöhtes Aufkommen von Schneeleoparden in Ihrer Gegend hin.«

»Schneeleoparden?«

»Die chinesische Spezialeinheit.«

Bald bummelte so beiläufig wie möglich aus der Gasse und lief die Straße entlang. Er bewegte sich langsam, um keine unnötige Aufmerksamkeit zu erregen, und beobachtete die Gesichter um sich herum. Er schlängelte sich an fahrenden Nudelköchen, Verkaufsständen und zahnlosen Obdachlosen vorbei und sagte: »Jemand war hinter mir her. Aber ich hab mich darum gekümmert. Er ist keine Gefahr mehr.«

In der Ferne heulten Polizeisirenen auf und wurden immer lauter.

Fünftausend Meilen entfernt schrie Land: »John, Sie verdammter Idiot.«

»Was ist?«

»Die chinesischen Spezialeinheiten nähen sich GPS-Sender in ihre Kleidung ein.«

Die Sirenen waren nun sehr nah.

Bald blieb wie angewurzelt stehen. Er starrte ans Ende der Straße. Vier VW Jetta in der Lackierung der chinesischen Polizei versperrten zehn Yards vor ihm den Weg. Drei weitere schlossen hinter ihm heran. Ein Dutzend Männer sprangen aus den Wagen, in olivgrünen Jacken und Hosen. Sie sahen wie Soldaten aus und nicht wie Cops. Sie griffen nach den Pistolen in ihren Holstern.

»In dem Moment, wo Sie diesen Kerl erledigt haben, hat der Sender Alarm an jeden einzelnen chinesischen Agenten im Umkreis von achtzig Meilen gefunkt. Die wissen, wo Sie sind. Machen Sie, dass Sie dort verschwinden«, sagte Land.

Aber dafür war es bereits zu spät.

Kapitel 48

14:42 Uhr

Drei Cops schoben Bald auf den Rücksitz eines der Polizeiwagen. Sein BlackBerry nahmen sie an sich und bedachten ihn mit steinernen Mienen und silbernen Handschellen. Der Jetta war klein. Bald musste die Beine einziehen, um sich hineinquetschen zu können. Die Cops sprangen in den Wagen, dann fuhren sie in westlicher Richtung davon. Es dauerte nicht lange, bis sie die amerikanischen Computergeschäfte und italienischen Modesalons hinter sich ließen und in eine Ansammlung grauer Fabrikgebäude gelangten, die Rauch in den weißen Himmel bliesen. Das gesamte Gelände war mit Stacheldraht und Überwachungskameras gesichert. Das war das China hinter den Kulissen, wo Fabrikarbeiterinnen morgens noch eine Fehlgeburt hatten und nachmittags bereits wieder zur Arbeit erschienen, wo man erzwungenermaßen stillschweigend seiner Arbeit nachging und giftige Dämpfe einatmete, um billige Turnschuhe und Smartphones herzustellen.

Acht Meilen westlich des Stadtzentrums von Jinchun endete urplötzlich die Zivilisation. Eben noch war alles voller Beton und Stahl und Glas gewesen, und dann gab es nur noch karge Ebenen und bucklige Bergketten.

»Wo zur Hölle bringt Ihr mich hin«, wollte Bald wissen.

»Dieser Ort sein sehr schlecht für Sie«, erklärte der Mann auf dem vorderen Beifahrersitz in holprigem Englisch. An seiner Jacke waren mehr farbige Rangabzeichen als bei seinen Kollegen zu sehen. Ein ranghoher Offizier, wie Bald vermutete.

»China ist Land der Folter«, meldete sich jetzt der Mann neben Bald zu Wort. Er hatte einen Schnäuzer und Hängebacken.

»Wasserfolter, langsames Aufschlitzen, Tigerbank.« Bald reagierte nicht auf ihn, aber der Mann sprach trotzdem weiter. Er fing an zu lachen und bekam einen verträumten Blick. »Wir legen Ihre Beine auf eine Bank. Binden Stricke um Beine. Dann wir schieben Ziegelsteine unter Beine. Erste Stunde, erster Ziegelstein. Zweite Stunde, zweiter Ziegelstein. Dann drei Ziegel, vier, bis Stapel sehr hoch und alle Knochen in Ihrem Bein brechen.«

Bald war den Cops durch den Rückspiegel hindurch einen zornigen Blick zu. »Ich bin mit einem Diplomatenvisum hier. Wenn Sie mir auch nur ein verdammtes Haar krümmen, werden Sie sich mit dem britischen Auswärtigen Amt auseinandersetzen dürfen.«

Der Mann vor ihm drehte seinen Kopf nach hinten. »Sie haben einen chinesischen Offizier umgebracht.«

»Das war Notwehr«, sagte Bald.

Niemand antwortete darauf.

Der Verkehr auf der Fernstraße ließ langsam nach. Die Straße schlängelte sich durch zwei Bergketten hindurch. Die Berge selbst waren langgezogen, flach und hatten die Farbe von Sandsäcken. Nachdem sie sich zwanzig Meilen in westlicher Richtung von Jinchun entfernt hatten, war der Jetta das einzige Fahrzeug auf der Straße.

In die Stille hinein begann Balds BlackBerry zu klingeln. Der Offizier ließ sich das Telefon von Bald aushändigen und musterte mit vorgeschobener Unterlippe stirnrunzelnd das Display. Er hielt das Telefon vor sich in die Luft, damit Bald die Zahlen der als unbekannt angezeigten Nummer ablesen konnte. Es war Leo Lands Nummer.

»Ein Freund von Ihnen?«, fragte der Mann.

Bald schwieg.

Der Offizier nahm die Batterie, die SIM-Karte und die 4GB-Speicherkarte heraus. Die beiden Speicherkarten verstaute er in der linken Brusttasche seiner Jacke. »Sie sind gerade beschäftigt«, sagte er dann. »Er kann eine Nachricht hinterlassen.«

Sieben Meilen westlich der Berge bog der Fahrer nach rechts von der Fernstraße ab, auf eine mit Schlaglöchern übersäte einspurige Fahrbahn, die durch das kalte, ausgedörrte karge Land pflügte. Der Jetta fuhr mit konstanten dreißig Meilen pro Stunde voran. Die Karosse fing einen Großteil der Stöße ab, während sie über die Straße holperten. Bald hatte noch immer keinen blassen Schimmer, wohin sie ihn brachten. Dann wurde der Jetta wieder schneller. Die Wüstenei erwachte plötzlich zum Leben und verwandelte sich in eine grüne Steppe. Etwa vierhundert Yards vor ihnen konnte Bald eine verlassene quadratische Fläche erkennen, mit je einem Gebäude links und rechts der Fläche, und einem dritten, sehr viel größeren Bauwerk hundert Yards weiter dahinter. Auf dem Platz davor standen Zypressen und Magnolien, und dazwischen befanden sich Statuen von Drachen, Löwen und Kamelen. Die Gebäude waren exakt symmetrisch zueinander angeordnet, was Bald faszinierend fand. Das China, das er bisher kennengelernt hatte, war kaum mehr als ein versmogtes industrielles Höllenloch gewesen. Aber dieser Ort hier sah aus wie das China in den Martial-Arts-Filmen. Es musste sich dabei wohl um eine Art von Tempel handeln.

Zwanzig Yards vor dem quadratischen Platz hielt der Jetta an. Der Fahrer und der Offizier stiegen aus und ließen Bald zusammen mit dem Bartflaumträger und dem Knacken des sich abkühlenden Motors im Wagen zurück. Bald hegte immer mehr den Verdacht, dass die Cops ihn hier draußen erschießen würden. Für einen Moment fragte er sich, ob es ihn China Aasgeier gab.

Die Wagentür zu seiner Rechten öffnete sich. Der Offizier sah Bald an und machte eine Geste. »Steigen Sie aus«, sagte er.

Draußen sog Bald die raue Luft ein. Ein sanfter Windhauch wehte ihm Staub in die Nase, auf die Lippen und in die Augen.

Jeden Moment wird er dich von dem Wagen wegführen, dachte er bei sich. *Und dann wird er dir eine Kugel zwischen die Augen verpassen.* Bald versuchte, sich einen Fluchtplan zurechtzulegen. Seine Hände waren hinter seinem Rücken gefesselt. Er trug keine

Waffe bei sich, die drei Cops hingegen schon. Während der Fahrt hatte Bald die Waffe in Augenschein nehmen können, die Flaumi neben ihm bei sich trug. Das Logo auf dem Griff wies die Waffe als eine Norinco Neunmillimeter aus. Das Magazin fasste fünf Schuss, und da die anderen Cops die gleiche Waffe bei sich trugen, machte das insgesamt fünfzehn Schuss Neunmillimeter-Parabellum-Munition. Wenn er versuchen würde zu fliehen, würde er die in den Rücken bekommen.

Dann hörte er ein tiefes Rumpeln, wie ein Donnerschlag in Zeitlupe. Das Geräusch kam von sechs Uhr. Ein Fahrzeug am Horizont. Weiße Karosse, Scheinwerfer wie Katzenaugen. Ein Lincoln Town Car. Geschwungene Motorhaube, verkürzter Kühler. Bald sah, wie der Lincoln langsam auf sie zurollte – er fuhr sicher nicht schneller als zwanzig Meilen in der Stunde – und etwa fünf Yards hinter dem Jetta zum Stehen kam. Ein Chauffeur sprang aus dem Wagen, öffnete die hintere Tür und half seinem Fahrgast aus dem Auto. Zuerst kamen ihre Beine zum Vorschein, dann der Körper und zuletzt ihr Kopf, eingerahmt von kurzem, schwarzglänzenden Locken. Sie richtete sich auf und nickte den Cops zu. Das Zeichen dafür, dass sie hier das Sagen hatte.

Die Cops nahmen Haltung an, als Xia Wei-Lee auf sie zukam – es fehlte nicht viel, und sie hätten sogar salutiert. Flaumi und der Fahrer hielten Bald an den Armen fest, als sie sich ihnen näherte.

Xia lief direkt auf Bald zu und blieb kurz vor ihm stehen. Sie nickte und sagte: »Ich weiß, dass Sie hierher gekommen sind, um mich umzubringen.«

Sie trug einen Mao-Anzug, der ihr ein ernstes Aussehen verlieh. Die obere Hälfte bestand aus einer steifen Tunika in der Farbe von Granatäpfeln, mit vier Taschen und fünf goldenen Knöpfen, die an der Vorderseite hinabliefen, und jeweils drei weiteren an den Manschetten.

Xia sah Bald mit einem merkwürdigen Lächeln an. Er konnte die Anspannung in ihren Augen und an ihren Lippen sehen, als sie das Lächeln für fünf Sekunden auf ihrem Gesicht einfrieren ließ. Dann verkroch es sich wieder unter ihre Haut wie eine Schlange, die sich in hohes Gras zurückzog. Sie brüllte Flaumi wegen irgendetwas an, dann nahm sie ihm die Waffe aus seiner Hand. Plötzlich herrschte um Bald herum reges Treiben. Flaumi stob in die eine Richtung davon, der Offizier eilte zu dem Jetta zurück. Xia schob ihm die Mündung der Norinco zwischen die Zähne.

Bald spürte, wie sich das kalte Metall in seinen Gaumen bohrte. Seine Augen wanderten von dem gespannten Hahn zu ihrem Finger am Abzug. Ihr Zeigefinger war schlank, fast zerbrechlich. In diesem Finger lag wenig Kraft. Aber sie musste nur die Fingerkuppe ein klein wenig nach innen biegen, um den Abzugsmechanismus auszulösen. Bald begann, in seinem Schweiß zu baden.

Xia lachte und zog die Waffe wieder aus seinem Mund heraus. Sie sicherte die Waffe und gab sie Flaumi zurück. Bald wollte etwas sagen, aber Xia legte sich ihren Abzugsfinger an die Lippen und zwinkerte ihm zu. »Schhhh«, sagte sie. »Ist schon okay. Es ist vorbei. Sie brauchen sich keine Sorgen mehr zu machen.«

Sie nahm den Finger von ihren Lippen und strich mit ihrer Hand über die seine. Mit feuchtem, elektrisierenden Atem hauchte sie ihm ins Ohr: »Wenn Sie mir schnell alles verraten, was Sie wissen, wird es für Sie nicht so schmerzhaft werden.«

Bald schwieg.

Xia gab dem Offizier ein Zeichen. Der nickte brüsk und dirigierte Bald mit vorgehaltener Waffe in Richtung des Platzes. Die Gebäude links und rechts von ihnen waren etwa fünfzig Yards entfernt. Ihre hölzernen Fassaden waren mit weißer und roter Farbe bemalt, und die gebogenen Dächer erstrahlten in einem leuchtenden Gelb. Auf den Dächern thronten Statuetten, von denen alle in südwestliche Richtungen blickten.

Direkt vor ihnen befand sich das größere Bauwerk. Als sie sich ihm bis auf vierzig Yards genähert hatten, war Bald in der Lage, mehr Details zu erkennen. Es war makellos weiß gestrichen, mit einem achteckigen Dach, das an der höchsten Stelle sechzig Yards in die Höhe ragte. Zwei Treppenaufgänge führten zu dem Haupteingang hinauf, der aus einer fünf Yards hohen Doppeltür bestand. Bronzestatuen uralter chinesischer Krieger bewachten beide Seiten des Eingangs.

»Was ist das für ein Ort?«, wollte Bald wissen.

»Die Li-Fen Chuen Gedenkhalle«, antwortete Xia. »Ich könnte Ihnen jetzt etwas über seine glorreiche Geschichte erzählen. Oder ich könnte Ihnen einfach nur sagen, dass das der Ort ist, wo Sie sterben werden.«

Xia führte Bald die Stufen hinauf. Hinter ihm folgte der Offizier, wachsam, mit seiner Neunmillimeter in der Hand. Bald zählte die Treppenstufen. Insgesamt dreißig. Der Offizier schob die schwere Tür auf, die dabei laut in ihren Angeln ächzte.

Auf ein Zeichen hin reichte der Offizier Xia seine Norinco und ging wieder die Stufen hinab. Xia führte Bald in die Haupthalle. Es war schummrig darin und er brauchte ein paar Augenblicke, bis sich seine Augen an das Dämmerlicht gewöhnt hatten.

Xia schob die Tür zu, die sich hinter ihnen scheinbar endgültig schloss. Eine zwanzig Yards große Bronzestatue dominierte das Zentrum der Halle. Ein Mann in traditioneller chinesischer Tracht, der auf einem Thron saß. Die Wände bestanden aus klobigen, glänzenden Ziegeln, die mit Schriftzeichen in Mandarin verziert waren. Riesige Steinsäulen stützten das Dach, in dessen spinnwebenartiger Vertäfelung ein Motiv eingraviert worden war. In leuchtenden Farben waren Drachen, Elefanten und anderer Kram zu sehen.

»Gibt's hier einen Imbiss?«, fragte Bald.

Xia ignorierte ihn. Sie führte ihn weiter in die Halle hinein, an den Statuen vorbei. Die hintere Wand war fünfzig Yards vom Eingangstor entfernt, und in deren Mitte befand sich eine kleine hölzerne Tür. Xia öffnete sie, als sie diese erreichten. Grelles Licht fiel aus der Türöffnung und blendete Bald für einen kurzen Moment. Künstliches Licht. Er blinzelte ein paar Mal. Steinerne Stufen schienen auf irgendeine Art Vorplatz zu führen, wahrscheinlich mit Zypressen, Steinstatuen und sorgfältig gepflegtem Rasen.

Doch stattdessen führten die Stufen eine hell beleuchtete Treppe hinunter. Xia stieß die Norinco in Balds Rücken und zwang ihn weiter. Er vergaß, wie viele Stufen sie hinab gestiegen waren, aber er wusste, dass sie von dem Gebäude wegführten. Die Luft wurde zunehmend abgestandener und feuchter, und als sie den Fuß der Treppe endlich erreicht hatten, schien es ihm, als würden sie sich weit unter der Erde befinden. Vor ihnen war eine einzelne Stahltür, mit einem Tastenfeld daneben und einer einzelnen, hell leuchtenden Lampe darüber. Xia tippte eine vierstellige Zahlenkombination ein. Mit einem Zischen schwang die schwere Tür auf. Sie schob Bald hindurch. Er konnte nicht viel erkennen, außer ein paar entfernten Lichtern, weit oben, wie Sterne.

Es folgten noch ein paar weitere Stufen, und dann öffnete sich vor ihnen ein riesiges, weitläufiges Gelände, so groß wie acht Fußballfelder. Er sah Menschen in weißen Mänteln, die stirnrunzelnd vor langen Reihen aus Computerbildschirmen saßen, Ingenieure, die Metallkomponenten an Werkbänken zusammenfügten, und Bürokraten der kommunistischen Partei mit schwarzen Anzügen und ebenso schwarzen Haaren, die mit ernster Miene verschiedene Hightech-Waffen zur Kenntnis nahmen. An der weit entfernten Wand gegenüber erspähte er Regale mit Waffen. Er vermutete, dass es sich dabei um Prototypen handeln musste, denn keines der Designs kam ihm auch nur entfernt bekannt vor. Und mit Waffen kannte Bald sich aus. Es gab gedrungene Sturmgewehre, die wie die Köpfe von Delfinen geformt waren, Pistolen mit beweglichen Läufen und Maschinengewehre mit unzähligen Antennen. Eines der Sturmgewehre verfügte über sechsunddreißig Läufe, die am vorderen Ende modulartig zusammenführten, und deren gesamtes Konstrukt kaum größer als ein gebundenes Buch war.

»Verdammt, wo sind wir hier?«, fragte Bald.

»Willkommen in unserer unterirdischen Stadt«, sagte Xia.

Kapitel 49

17:20 Uhr

Ein großer, stählerner Lift überragte das Zentrum des Bunkers. Seine Größe ließ Rückschlüsse darauf zu, dass er zur Beförderung schwerer Lasten konzipiert worden war: Maschinen, Bauteile, sogar komplette Fahrzeuge. Eine einfache Schiebetür mit einem Metallgitter befand sich davor, und darüber führten eine ganze Reihe von Kabeln in ein Getriebegehäuse und Motorensystem. Demnach hatte man den Lift gebaut, um nach unten zu fahren, nicht nach oben. Der Lift wurde von Hand mit einem Knopf an einer Schalttafel rechts der Tür bedient.

»Projekt 779«, sagte Xia und führte Bald zu dem Lift. »Das ist der offizielle Name für diese Stadt. Sie wurde in den Sechzigerjahren erbaut, als die kommunistische Partei den Befehl gab, hunderte unterirdischer Städte zu errichten, um uns vor Atomangriffen aus dem Westen schützen zu können. Es gibt Einkaufszentren und Fabriken in diesen Städten, außerdem Gärten, Wohnhäuser und Schulen. Es gibt hier alles, was Menschen zum Überleben brauchen.«

Bald sah noch immer sehnsüchtig zu den Waffenregalen.

»Gefällt Ihnen, was Sie da sehen?«, fragte Xia. Sie deutete auf das Gewehr mit den dreiundsechzig Läufen. »Dieses da feuert hunderttausend Schuss in der Minute ab.«

»Haben Sie die Technik hier selbst entwickelt?« Bald versuchte, die Plauderei am Laufen zu halten, während er weiterhin darüber nachdachte, wie er von diesem verfluchten Ort entkommen konnte. Aber es schien kein Schlupfloch zu geben.

Xia lachte. »Eine amerikanische Firma hat das getan. Wir machten ihnen ein großzügiges Angebot, neue Designs für uns zu entwickeln. Sie lehnten ab. Also hat unser Team der *National Knowledge Infrastructure* die Technologie gestohlen. Und wir entwickeln hier nicht nur Gewehre. Wir haben Hochgeschwindigkeitssysteme, mit denen sich ballistische Flugkörper aufhalten lassen. Weltraumwaffen.«

Mit überraschender Kraft schob sie Bald in den Lift hinein. Er verspürte den unbändigen Drang, die Schlampe zu verprügeln, aber mit seinen auf dem Rücken gefesselten Händen war er machtlos. Xia betrat nach ihm den Lift. Die Tür surrte und glitt zu. Jetzt waren sie in einer sechs Quadratmeter großen Plattform eingeschlossen. Die Kabine wurde von bernsteinfarbenen Lampen an den Metallwänden erhellt, und ein großes gelbes Schild wies mit Illustrationen auf die Gefahren hin, die einem drohten, wenn man den Lift ohne Helm benutzte. Xia drückte auf einen roten Knopf, und ein Ruck ging durch den Lift. Zahnräder klickten und schepperten. Ein Motor erwachte zum Leben. Dann wickelten sich die Stahlseile ab.

Der Lift rumpelte in die Tiefe. Der Lärm, den er verursachte, hallte schneller als der Lift selbst in die Tiefe und dröhnte als Echo in Balds Ohren. Er versuchte herauszufinden, wie tief hinab sie fuhren. Die meisten Fahrstühle legten um die hundertfünfzig Yards in der Minute zurück. Frachtaufzüge aber waren sehr viel langsamer, wegen des hohen Gewichts, das sie transportieren mussten. Die Zugkraft ging zulasten der Geschwindigkeit. Sie legten nicht mehr als hundert Yards in der Minute zurück.

Bald bemerkte, dass seine rechte Hand zitterte. Er umklammerte sie mit der Linken, fühlte das Zucken in seinem Handgelenk. Der Zeiger auf seiner Alkoholstoppuhr näherte sich der Drei-Stunden-Grenze. Die Migräne kündigte sich bereits im Hinterkopf an. Dann hörte er Xias Stimme über seine Gedanken hinweg.

»Mögen Sie chinesische Frauen?«

»Kommt drauf an«, antwortete Bald.

»Worauf?«

»Ob sie eine Waffe auf meinen verdammten Schädel richtet oder nicht.«

Xia kicherte wie ein Schulmädchen, das zum ersten Mal einen Schwanz sah. »Wie ich hörte, verprügeln Sie gern Ihre Frauen.« Sie wischte sich mit der Hand über ihr Gesicht und sagte: »Ich denke, Sie werden merken, dass Sie noch nie eine Frau wie mich getroffen haben.«

Bald schnaufte verächtlich. »Wo bringen Sie mich hin? Zu Ihrer heimlichen Dildo-Sammlung?«

»Ich habe Ihre Akte gelesen«, sagte Xia und überging seine Bemerkung. »Der chinesische Geheimdienst hat von jedem eine Akte, der für die westlichen Geheimdienste gearbeitet hat. CIA, MI5, MI6, FBI. Die meisten dieser Akten sind dünn. So etwa.« Sie hielt ihren Daumen und ihren Zeigefinger etwa einen Zentimeter weit auseinander. »Ihre Akte aber sieht so aus.« Sie vergrößerte die Lücke auf zweieinhalb Zentimeter.

»Was soll ich sagen? Ich gebe eine gute Bettlektüre ab.«

Xia sah ihn an. »Man hat Sie in dieses Land geschickt, um mich umzubringen. Und Sie glauben, ich sei der einzige Schläfer, der es geschafft hat, Technologie aus Ihrem Land zu schmuggeln.«

»Also gibt es noch ein paar mehr. Na und? Früher oder später werden wir alle geschnappt haben.«

»Einige tausend. Vor zehn Jahren entschied das chinesische Militär, dass es seine Waffensysteme erneuern muss.«

Unsichtbare Bohrer begannen, Löcher in Balds Schläfen zu bohren. Die Migräne kam zurück. Er rotzte auf den Boden.

»Die Neunziger waren eine gute Zeit, um diese Mission auszuführen«, sagte Xia. »China wurde offener. Beijing lockerte die Reisebestimmungen, und wir wussten, dass die Europäer diese Geste erwidern würden. Wir schickten tausende unserer hellsten Köpfe aus, um in den wichtigsten Industriezweigen zu arbeiten, bei den wichtigsten Firmen. Kommunikationstechnik, Weltraumforschung, in der Verteidigung, Chemiefirmen, der Schwerindustrie.«

»Um was zu tun? Den ganzen Scheiß zu stehlen?«

Xia verzog die Lippen. »Wenn Sie es so ausdrücken wollen – ja.«

Bald tat so, als würde er gähnen. »Ich weiß nicht, warum Sie mir diesen ganzen Kram erzählen. Ich bin mit einem Diplomatenvisum hier, um ein paar Kontakte zu treffen. Das ist alles. Mehr weiß ich nicht.«

»Sie haben einen Soldaten getötet. Sie sind hier, um auch mich zu töten. Ich weiß alles.«

»Dieser Wichser ist zuerst auf mich losgegangen. Wie ich bereits sagte, es war Notwehr. Und mein Diplomatenvisum sichert mir Immunität zu.«

Xia lächelte breit. »Aber nicht hier unten.«

Eine Minute. Einhundert Yards.

»Wir sind fast da«, sagte Xia.

»Wo bringen Sie mich hin?«

»An einen Ort, an dem Sie weiterhin Probleme mit Ihrer Telefonverbindung haben werden. Aber ich denke, Sie werden es aufregend finden.« Mit einem noch breiteren Grinsen fügte sie hinzu: »Dies ist das große Projekt, bei dem Sie uns geholfen haben.«

Klang. Etwas über hundert Yards. Rechnete man den Abstieg vom Hof in den Bunker dazu, waren sie jetzt verdammt tief unter der Erde.

Xia öffnete die Tür, und vor ihnen tat sich ein langer Korridor auf. Xia und Bald traten aus dem Fahrstuhl. Über ihnen warfen Halogenlampen ein gelbliches Licht auf schmutzige Fliesen an den Wänden, die wie alte Zähne aussahen. Der Boden bestand aus Linoleum, in dem sich nasse Pfützen sammelten. Vier rostbedeckte Kraftstoffleitungen schlängelten sich an der Decke entlang. Bald hörte das entfernte Rattern eines Generators. Zerrissene Poster, die den Vorsitzenden Mao und heldenhafte Arbeiter der kommunistischen Partei zeigten, lösten sich von den Wänden ab. Bald kniff die

Augen zusammen. Dieser Teil der unterirdischen Stadt hatte wenig mit dem futuristischen, teuren Aufbau zu tun, den er in dem Hauptteil des Bunkers gesehen hatte. Hier unten gab es keine hochentwickelten Computer oder Wissenschaftler. Der Korridor schien sich unendlich weit in die Ferne zu graben.

Sie passierten eine Reihe von Metalltüren an beiden Seiten, die mit gelben Schildern markiert und mit Überwachungskameras versehen waren. Bald spähte in ein paar der offenen Türen hinein und sah Schlafsäle mit metallenen Doppelstockbetten. Niemand befand sich darin.

»Die tatsächliche Stadt ist mehr als fünfundachtzig Quadratkilometer groß«, sagte Xia. »Was Sie hier vor sich sehen, ist nur ein kleiner Teil. Das meiste davon ist mittlerweile gesperrt, aber nach dem Kalten Krieg entschied die Partei, dass wir diese Städte nutzen sollten, um unsere Arbeit fortzuführen, ohne dass unsere Feinde uns dabei bespitzeln können.«

»Verstecken Sie hier unten auch Atombomben?«, fragte Bald.

Xia lachte. »Früher einmal, ja. Aber heutzutage nicht mehr. Wir forschen.«

»Wonach?«

»Neue Waffen. Sehen Sie, der wahre Weg zur Macht kann nur durch Technologie erreicht werden. Innovationen. Wissenschaft. Deshalb war der Westen im zwanzigsten Jahrhundert mächtiger als wir. Aber von nun an werden sich die Dinge ändern.«

Sie waren dreihundert Yards weit den Gang entlang gelaufen, als Xia plötzlich vor einer nicht gekennzeichneten Tür anhielt. Sie drehte sich nach rechts und zog ihren Sicherheitspass durch ein Kartenlesegerät. Bald spürte, wie sich ihm der Magen umdrehte. Schweiß rann ihm den Rücken hinunter und sammelte sich an seinem Anus. Die Luft war dünn und abgestanden. Er sah nach oben und erblickte Belüftungsöffnungen in regelmäßigen Abständen an der Decke. Der Kartenleser blinkte grün auf, die Tür wurde entriegelt. Xia zog sie auf und schob Bald hinein. Der Türrahmen war zu klein für ihn, und er musste den Kopf einziehen, als er hineinlief.

Der Raum war einfach gehalten. In der Mitte stand ein Metalltisch mit zwei Metallstühlen. Ein Spiegel bedeckte eine der Wände. An der Decke hing eine Neonröhre und flutete den Raum mit grellem Licht. Das war eine Art von Vernehmungsraum. Bald hätte darauf wetten können, dass man von der anderen Seite durch den Spiegel hindurch sehen konnte, und dass die Wände schalldicht isoliert waren. Aber zumindest konnte er keine Folterinstrumente erkennen. Vielleicht prügelten sie ja nur die Scheiße aus ihm heraus und versuchten ihn einzuschüchtern.

»Setzen Sie sich«, sagte Xia. Ein Befehl, keine freundliche Aufforderung.

Bald setzte sich auf einen der Stühle. Xia ließ die Tür angelehnt und nahm auf dem anderen Stuhl Platz. Dann folgte Schweigen. Sie starrte Bald kalt über den Tisch hinweg an. Eine Fliege surrte unsichtbar im Raum herum, brummte hin und her. Bald fragte sich, wie sie hier heruntergekommen sein mochte.

Dann hörte die Fliege auf, herum zu surren. Xia hatte mit einem lauten Knall mit ihrer flachen Hand auf die Tischplatte geschlagen. Sie ließ sie ein paar Sekunden an Ort und Stelle, während sie den Blick nicht von Bald abwandte. Dann hob sie schließlich ihre Hand und offenbarte das erschlagene Insekt.

Sie studierte ihre Handfläche, dann sagte sie: »Sie sollten in Jinchun jemanden treffen.« Bald schwieg. »Sie beide sollten mich aufhalten, die Pläne für den Smart Dust zu übergeben.«

Bald schwieg weiter.

»Ich habe ebenfalls einen Freund«, fuhr Xia. »Er ist auf dem Weg zu uns. Ein Spezialist. Ich weiß, wozu er fähig ist, und wenn Sie klug sind, dann verraten Sie mir, wo Ihr Freund gerade steckt. Dann werde ich meinem vielleicht sagen, dass er es schnell hinter sich bringen soll.«

Bald lachte innerlich. Ein schwaches, ironisches Lachen.

Er lachte, weil Xia hinter Mallory her war, aber es sich so anhörte, als hätte sie keine Ahnung, dass man den Kerl bereits umgelegt hatte.

»Das kann ich Ihnen verraten, kein Problem«, sagte Bald.

»Gut. Wo kann ich ihn finden?«

»Versuchen Sie es mal im Leichenschauhaus.«

Xias ausdruckslose Miene begann an den Rändern ein wenig zu bröckeln. Sie schnaubte, dann stand sie auf und trat zur Tür.

Bald spürte, wie ihm die Angst in die Eingeweide kroch.

»Das ist die Wahrheit«, sagte er. »Ich wollte mich mit ihm treffen. Aber er war bereits tot, als ich eintraf. Jemand hat ihn umgebracht. Das ist alles, Herrgott noch mal.« Seine Arme, die noch immer auf seinem Rücken zusammengebunden waren, begannen zu schmerzen. Er atmete tief ein und spürte, wie die Schmerzen in seinem Schulterblatt und seinem Brustkorb es ihm jetzt heimzahlten.

»Sie lügen«, sagte Xia. Sie drückte auf einen Summer, der wütend losschrillte. »Wir wissen, dass Ihr Partner noch am Leben ist. Und Sie werden mir verraten, wo ich ihn finde.« Sie machte eine Pause. Die Tür öffnete sich. »Ich komme später wieder«, sagte sie und schlüpfte in den Korridor hinaus.

Eine Sekunde später sah Bald einen Umriss im Türrahmen lehnen. Er kaute Kaugummi. In seinem Hundertdollar-Anzug, den zerknitterten Hosen und dem ausgewaschenen weißen Hemd sah er aus wie ein Gebrauchtwagenhändler. Der rechte Arm seines Jacketts hing lose herunter, und um seinen rechten Oberarm war eine Bandage gewickelt.

In der Hand hielt er einen rostigen Werkzeugkoffer aus Metall. Der Amerikaner.

Kapitel 50

18:17 Uhr

»Sie hätten auf mich hören sollen«, sagte der Amerikaner, als er den Raum betrat. »Drüben in Clearwater. Das war ein guter Rat von mir, und obendrein umsonst. Jepp.« Mit einem Ruck und einem lauten Scheppern hievte er den Werkzeugkoffer auf den Tisch. »Sie hätten wieder zurück nach Schottland gehen sollen.«

»Dachte, ich sehe mir ein bisschen die Welt an«, antwortete Bald.

Der Amerikaner kicherte. »Und wie ist es Ihnen dabei bislang so ergangen?«

Seine Stimme war kratzig und stumpf, wie der ungeschärfte Teil eines Feuersteins. »Ich meine, jeder andere hätte den Wink verstanden, nach dem, was in den Staaten passiert ist, wissen Sie? Jeder andere hätte seine Taschen gepackt. Einen Schlussstrich unter die Sache gezogen. Wäre nach Hause gegangen und hätte seine Alte gevögelt. Aber Sie? Sie sind wie Scheiße, die einem am Schuh kleben bleibt.«

Der Amerikaner räusperte sich und lief im Raum herum, um einen besseren Blick auf Bald werfen zu können. Sein Humpeln schien seit Florida noch schlimmer geworden zu sein. Die Schusswunde in seinem Arm war da sicherlich auch nicht sonderlich zuträglich.

»Aber Hand aufs Herz«, sagte er. »Sie könnten mir gar nicht egaler sein. Nach zwanzig Jahren in dem Geschäft kann ich sagen, dass Arschlöcher wie Sie auf zweierlei Art enden. Entweder ballern sie sich das Hirn raus, oder sie trinken sich vorzeitig ins Grab. Beides soll mir recht sein. Aber da ist eine Sache, über die ich mir immer noch den Kopf zerbreche.«

»Sie sind sich nicht sicher, ob Sie auf Frauen oder Männer stehen?«

Mitleidig schüttelte der Amerikaner den Kopf und sagte: »Wieso tun Sie das?«

Bald antwortete ihm nicht.

Der Amerikaner fuhr fort: »Wer wie Sie so verbissen versucht, uns aufzuhalten, muss geistig zurückgeblieben sein, oder?«

»Ich wollte einfach nur reich und flach gelegt werden«, sagte Bald.

Der Amerikaner stieß ein bellendes Lachen hervor, dass sich anhörte, als würde er an einem Sack voller rostiger Nägel ersticken. Er klopfte Bald auf die Schulter und sagte: »Dazu kann ich nur Amen sagen, mein alter Freund.« Er grinste. »Das war übrigens meine Idee.«

»Was war Ihre Idee?«, fragte Bald.

»Sie hier herunterbringen zu lassen. Xia war der Ansicht, die nötigen Informationen auch da oben aus Ihnen herausquetschen zu können. An der Oberfläche. Aber ich sagte ihr, auf keinen Fall. Der Kerl ist nicht einfach nur gut, er ist außerdem völlig durchgeknallt. Um aus einem Typen wie Ihnen etwas herauszubekommen, müssen wir schon schwerere Geschütze auffahren.«

»Wir? Ich dachte, Sie arbeiten für die Agency?«

»Tue ich auch.«

Hauser brachte sein Gesicht dicht an Bald heran, und ein Lächeln zeichnete sich darauf ab. Es sah nicht so aus, als würde er oft lächeln. Er hatte das harte, verwitterte Aussehen von jemandem, der ein Leben im Freien geführt hatte. Nicht diese gekünstelte Fassade eines Menschen, der sein Leben im Fitnessstudio verbrachte und Tofu-Salat aß.

»Heilige Jungfrau Maria, Sie wissen es nicht, oder? Also, Sie müssen wirklich so dumm wie ein Scheißesandwich ohne Brot sein.«

Bald wandte sich von ihm ab. Hauser stakste herum und sah ihm wieder in die Augen. »Die Agency hat Ihnen eine Falle gestellt.

Scheiße, Sie hatten wirklich keine Ahnung? Die haben Sie an der Nase herumgeführt, Bruder. Die ganzen Arschkriecher bei der Firma.«

Bald gab darauf keine Antwort. Er war zu sehr damit beschäftigt, die Migräne zu unterdrücken. Der Druck baute sich langsam wieder zwischen seinen Ohren auf. Er konnte Hauser kaum verstehen.

»Wir holten die Firma mit ins Boot, damit sie uns half, den Schläfer zu erledigen. Wir hatten nur eine Bedingung: Der Schütze musste von uns ausgewählt sein. Ihr Mann Land händigte uns Ihre Akte aus. Ich hab über die ganze verdammte Scheiße gelesen, in der Sie mit drin steckten. Heilige Jungfrau Maria! Drogenschmuggel. Waffenhandel. Körperverletzung. Mord. Alkoholsucht. PTBS. Sie sind schon echt eine Marke, John.«

»Wie geht's eigentlich Ihrem verdammten Arm?«, fragte Bald.

Hauser ignorierte ihn und fuhr fort. »Bei all den Leichen, die Sie im Keller hatten, war uns klar, dass wir Sie kontrollieren könnten. Dann mussten wir nur noch dafür sorgen, dass sie es vermasseln. Wobei ich sagen muss, dass es da kaum Hilfe von unserer Seite aus brauchte. Wie es aussieht, haben Sie das auch prima allein hinbekommen.«

»Wenn Sie nur meine Telefonnummer wollten, hätten sie auch einfach fragen können«, sagte Bald. Seine Stimme klang brüchig, sein Kopf schien auseinanderbrechen zu wollen. Er war am Ende.

»Was ist mit Xia?«, fragte er.

»Was soll mit ihr sein?«

»Sie arbeitet für die chinesische Regierung. Sie ist der Feind.«

»Die Regeln haben sich geändert, mein Freund. Sie sollten sich mal auf den neuesten Stand bringen.«

»Und Rachel?«

»Die Schlampe ist Ihr Problem.«

Hauser lief zu dem Tisch zurück und öffnete die Werkzeugkiste. Auf jeder Seite hoben sich drei gefächerte Ablagen aus der Kiste. Er kramte zwischen den Werkzeugen herum, bevor er eine Blechschere aus dem obersten Fach zog. Er hielt sie ins Licht und kontrollierte, ob sie noch funktionierte. Die Schere war eines der leistungsfähigeren Modelle mit längerem Hebel, damit man mit ihr dickere, widerstandsfähigere Materialien durchtrennen konnte. Wie Knöchel oder Fingerknochen. Vorsichtig legte Hauser die Schere wieder in die Werkzeugkiste.

Seine Finger zogen eine Rohrzange aus dem Koffer. Sie hatte einen roten Griff, war über dreißig Zentimeter lang und sah aus, als wäre sie aus Stahl oder Aluminium gemacht. Der verstellbare, mit Kerben versehene Kopf war mit rötlichem Rost bedeckt. Hauser studierte ihn einen Moment lang im grellen Licht und spielte an der Zange herum. Er schien nicht zufrieden zu sein, und ließ auch diese wieder in der Werkzeugkiste verschwinden.

Dann griff er in das große Hauptfach. Das ist besser, verriet sein Gesicht. Das ist das verdammte Werkzeug für den Job.

Das Gerät war schwer. Hauser hob es mit der linken Hand aus der Kiste und legte es vor Bald ab. Auf den ersten Blick sah es wie eine kabellose Bohrmaschine aus. Das Gehäuse bestand aus orangefarbener Plastik, und am unteren Ende befand sich ein Griff mit einem klobigen Abzugsmechanismus. Aber es ragte kein Bohrer aus dem vorderen Ende. Stattdessen fischte Hauser einen Streifen Zimmermannsnägel aus der Werkzeugkiste und lud den Bohrer damit. Mit der linken Hand nahm der dann das Werkzeug auf und wedelte damit vor Bald herum.

»'ne Idee, was das ist?«, fragte er.

Balds Gesicht verfinsterte sich. »Ein Bolzenschussgerät.«

Hauser streichelte über die Maschine. »Verdammt richtig. Und ein leistungsstarkes noch dazu. Der Antriebsmotor in diesem Baby kann einen Nagel durch einen Felsbrocken treiben. Was glauben Sie wohl, wird es mit Ihren Knien anrichten?«

Hauser begann, um Bald herumzulaufen.

»Xia hat Ihnen eine Frage gestellt. Ihr Partner. Wo ist er?«

»Wie ich bereits sagte – er ist tot.«

»Hören Sie auf zu lügen, oder ich sorge dafür, dass Sie wie Jesus am Kreuz enden.«

»Ich sage die Wahrheit. Ich habe den Kerl tot aufgefunden.«

Hauser wandte sich der Wand zu und zuckte mit den Achseln, als würde er ein Schauspiel für ein unsichtbares Publikum aufführen. »Und Sie erwarten, dass ich Ihnen diesen Unsinn glaube?«

»Glauben Sie doch, was Sie wollen«, sagte Bald. »Aber es stimmt.«

Schweigen.

Dann nickte Hauser. »Ich hatte gehofft, dass Sie das sagen.«

Er bewegte sich überraschend schnell. Sein rechter Arm schnellte über den Tisch, und seine Finger umklammerten Balds Kinn, während seine linke Hand gleichzeitig das Bolzenschussgerät an seine Wange hielt. Bald bereitete sich auf den Schuss vor. Aber er kam nicht. Noch nicht.

»Erwiesenermaßen verletzen sich jährlich über dreißigtausend Menschen mit einem Bolzenschussgerät selbst.« Hauser schwitzte stark. Aus seinen Nasenlöchern pfiff die Luft wie Dampf aus einer Espresso-Maschine. »Das ist beinahe die gleiche Anzahl wie die jener Menschen, die in Amerika durch Schusswaffen getötet werden. Deshalb sind die Nagelpistolen heutzutage mit Contact-Trip-Schaltern ausgestattet. Zuerst muss man den Kopf der Maschine gegen die Oberfläche drücken, in die der Nagel eindringen soll.« Er hielt inne, lächelte Bald an und sagte. »Und *dann* erst den Abzug drücken.«

Hauser betätigte den Schalter.

Der Nagel schlug so schnell durch ihn hindurch, dass Bald nicht einmal spürte, wie er in ihn eindrang. Eben noch war seine Wange intakt, einen Augenblick später hatte sich mit chirurgischer Präzision ein Nagel in sein Fleisch gebohrt, und jetzt konnte er spüren, wie die Spitze des Nagels an seinen Backenzähnen rieb, konnte das kalte Metall in sich schmecken. Hauser nahm das Bolzenschussgerät von seiner Wange. Es tat verflucht weh, aber zumindest gab es in der Wange keine lebenswichtigen Arterien. Die Wunde würde ihn nicht umbringen.

»Wie fanden Sie das, John? Fühlt sich das gut an? Wollen Sie passend dazu auf der anderen Seite auch einen haben?« Hauser beugte sich über den Tisch. Er presste den Kopf der Maschine an Balds linke Wange. »Oder wollen Sie mir vielleicht doch verraten, wo ich Ihren Partner finde?«

»Ich weiß es verdammt noch mal nicht.«

»In Ordnung«, sagte Hauser.

Er drückte den Abzug zur Hälfte durch.

»Warten Sie …«, sagte Bald.

Hauser ließ seinen Finger an der Stelle verweilen.

»… ich muss Ihnen etwas sagen.«

Hauser beugte sich näher an ihn heran.

Bald ließ seinen Kopf nach vorn schnellen und biss in Hausers rechtes Ohr. Seine Zähne knirschten durch zähen Knorpel und bissen das Ohrläppchen ab. Den Hautlappen spie er gegen die Wand. Hauser taumelte zur Tür, die Hand gegen sein verletztes Ohr gepresst, und fauchte leise vor sich hin. Er hielt das Bolzenschussgerät in die Höhe.

»In Ordnung, Sie Wichser. Ich soll Ihnen den Arsch aufreißen? Das können Sie haben.«

Hauser sah aus, als würde er Bald voller Löcher pumpen wollen, ob er nun an seine Informationen kam oder nicht.

»Wie fühlt sich das an?«, fragte Bald. »Wenn man seinen eigenen Leuten in den Rücken schießt?«

Hauser blickte Bald verwirrt an. Seine Hand hielt er immer noch an sein Ohr gepresst. Blut rann zwischen seinen Fingern hindurch und bildete rote Rinnsale bis hinunter auf seine weißen Ärmel.

»Wovon reden Sie da?«

»Ich rede von Ihnen und Xia. Ich rede davon, dass Sie Ihre Bosse bei der Agency hintergehen, um einen krummen Deal mit den Chinesen abzuschließen.«

Bald machte eine Pause. Hauser ließ die Nagelpistole sinken.

Bald fuhr fort: »Sie verraten Ihre eigenen Leute.«

Hauser nahm die Hand von seinem Ohr und deutete mit seinem Zeigefinger auf Bald. »Ich habe gelesen, was Sie in Serbien getan haben.«

»Das hier ist etwas anderes«, sagte Bald. »Sie sind hier draußen allein auf weiter Flur, machen krumme Geschäfte hinter dem Rücken der CIA. Verraten Ihr Land.«

Hauser schüttelte den Kopf und sagte: »Da liegen Sie falsch, *Hombre*. Das alles wurde von Typen weit über meiner Gehaltsklasse geplant.«

»Sie erwarten, dass ich glaube, dass der CIA mit den Ching-Chongs unter einer Decke steckt?«

Hauser funkelte Bald an und sagte: »Das geht weit über die CIA hinaus.«

Bald wollte etwas darauf antworten, aber Hauser schnitt ihm das Wort ab und stieß ihm die Nagelpistole gegen die Stirn. »Wissen Sie was, ich habe Ihren Scheiß satt. Das ist Ihre letzte Chance, mir zu sagen, wo ich Ihren Partner finden kann.«

Bald schwieg.

»Tja, selbst schuld«, sagte Hauser.

Das unnachgiebige *Klonk-Klonk* von Knöcheln, die gegen hartes Metall klopften, unterbrach ihn. Beide Männer sahen zur Tür. Widerwillig legte Hauser das Bolzenschussgerät auf dem Tisch ab und humpelte fluchend hinüber.

Er riss die Tür auf.

Kapitel 51

19:02 Uhr

Im Türrahmen war der ausgeblichene Korridor zu sehen. Hinter der Tür wartete niemand. Hauser zog die Tür komplett auf, blieb unsicher im Türrahmen stehen und versuchte herauszufinden, wer da eben angeklopft hatte. Dann machte er einen neugierigen Schritt hinaus. Blieb stehen. Sah nach rechts. Nichts.

Dann sah er nach links.

Ffftt.

Ein Geräusch wie aus dem Nichts, ein Hauch von einer Bewegung im Korridor, wie ein dunkler Blitz. Hausers Hand fuhr an seinen Hals, als hätte ihn eine Wespe gestochen. Als er die Hand wieder wegnahm, spritzte Blut hervor, und Bald sah einen schwarzen Bolzen, der direkt über dem Kragen aus dem Hals ragte. Der Yankee schien jeden Moment im Türrahmen zusammenzubrechen. Dann prallte eine schattenhafte Gestalt gegen ihn und schob ihn zurück in den Raum. Hauser stolperte, drehte sich benommen um die eigene Achse und stieß gegen den leeren Stuhl. Seine Beine gaben unter ihm nach, er sackte auf die Knie. Sein Kopf schlug gegen die Wand und hinterließ eine rot schimmernde Blutspur. Bald wendete seine Aufmerksamkeit wieder dem Umriss zu, der sich im flackernden Lichtschein der Tür abzeichnete.

Joe Gardner beugte sich über Hauser. Er packte den Schraubendreher, der in Hausers Hals steckte, und zog energisch daran. Die Finger seiner künstlichen Hand umklammerten fest den Griff. Die Venen und Muskeln in Hausers Hals knirschten. Schließlich schaffte es Gardner, den Schraubendreher herauszubekommen, und dann fing das Blut erst richtig an, aus der Wunde zu schießen. Fast bekam man den Eindruck, als würde literweise Blut aus Hausers Hals quellen. Gardner warf den Schraubendreher auf den Tisch. Muskelgewebe baumelte von dessen Spitze.

Bald beobachtete Gardner und Hauser. Der Yankee verabschiedete sich im Eiltempo zur anderen Seite. Auf allen vieren krabbelte er ins große Unbekannte. Ein feuchtes, flatterndes Geräusch drang aus seinem Mund. Jemand hatte ihm die Stromkabel zu seinen Augen durchtrennt und nun blinzelte er aus leeren, leblosen Augen.

Gardner ergriff als erstes das Wort. »Hat einen Schraubendreher im Hals, und trotzdem atmet der Wichser noch«, sagte er. Gardner trug einen dunkelblauen Arbeitsoverall, Kampfstiefel und einen Utensiliengurt mit verschiedenen Taschen. Er bemerkte den Nagel, der aus Balds Wange ragte.

»Wie es aussieht, bin ich gekommen, bevor die Party in vollem Gange war.«

»Ich hatte alles unter Kontrolle«, sagte Bald.

Gardner sah ihm in die Augen.

»Ich hab dir gerade dein beschissenes Leben gerettet, John. Du schuldest mir was.«

»Du vergisst die ganze Scheiße, aus der ich dich in der Vergangenheit gerettet habe. Ich würde sagen, wir sind quitt.«

Hauser tastete nutzlos nach dem Blut, das aus seinem Hals sprudelte. Dabei gab er alle möglichen seltsamen, kehligen Laute von sich.

Gardner suchte ihn ab. Im Schulterholster unter seiner Jacke trug er eine Pistole. Gardner zog sie heraus, schob den Schlitten zurück und überprüfte die Kammer. Eine FN Five-Seven.

»Wie hast du mich gefunden«, fragte Bald. »Hier unten?«

»Bin Xia gefolgt.«

Gardner richtete sich auf. In seiner Hand hielt er die Schlüssel für die Handschellen, die er soeben aus der Hosentasche von Hauser gefischt hatte.

»Was geht hier vor, Joe?«

»Land hat mich hergeschickt, du Idiot.«

Gardner sah Bald ungläubig an. »Hat Land es dir nicht erzählt? Er hatte für mich ein Treffen mit dir in Jinchun arrangiert. Er meinte, er könne es sich nicht leisten, dass die Mission den Bach runtergeht, und war der Meinung, zwei Blades seien besser als einer.«

»Blödsinn. Du wolltest mich bei der erstbesten Gelegenheit in Libyen erledigen.«

Gardner schüttelte energisch den Kopf. »Das war Bills Idee. Ich hatte nichts damit zu tun. Glaub mir, John. Ich würde niemals einen anderen Blade umbringen. Niemals.«

Bald sah Gardner in die Augen. Eigentlich waren sie grün, aber in diesem dunklen Loch schimmerten sie in einem Grauton. Sein Gefühl sagte ihm, dass Gardner die Wahrheit sagte; dass Joe Gardner ein Ja-Sager, aber im Grunde kein Lügner war.

»Land hat kein Wort darüber verloren, dass du bei dieser Mission mit an Bord bist«, sagte Bald. »Warum sollte er das vor mir verbergen? Und was ist mit der Opiumhöhle? Du warst darin, als das Haus ausbrannte.«

»Ich hab mich im Keller versteckt und gewartet, bis sich der Rauch verzog. Dann bin ich entkommen.« Gardner musterte den Schlüssel in seiner Handfläche. »Ich hab gesehen, was mit Bill passiert ist.«

Bald knirschte mit den Zähnen. »Fourie hat es nicht anders verdient.«

»Ich habe Land in dem Hotel getroffen. Wir haben geredet.«

»Irgendetwas stimmt hier nicht. Du verschweigst mir etwas.«

»Du kannst denken, was du willst. Wenn ich aber nicht hier wäre, wärest du am Arsch.«

Dann schoss es Bald durch den Kopf, wie ein Schlag ins Gesicht. »Xia. Diese chinesische Schlampe. Sie fragte nach einem Freund.«

Gardner blieb neben dem Tisch stehen.

»Ich dachte, sie spricht von Edgar Mallory.« Gardner zuckte mit den Achseln, als er das hörte. Nur dass *er* bei der Erwähnung des miesen Wichsers nicht das Gesicht verzog, dachte Bald. Sein Hass auf Gardner steigerte sich von Minute zu Minute. »Jemand hat eine *Do-It-Yourself*-Operation an Mallorys Schädel vorgenommen.«

Beide drehten sich zu Hauser um, der ein gurgelndes Geräusch von sich gab, so als wäre seine Luftröhre verstopft. Er würgte und versuchte etwas zu sagen, aber seine Stimme klang flüsternd, verunstaltet und keuchend. Bald verstand kein Wort davon.

»Zeit, zu verschwinden«, sagte Gardner. »Xia wird hier jeden Moment wieder aufkreuzen.«

»Nimm mir die Handschellen ab, Joe.«

Gardner sah Bald stirnrunzelnd an. »Ich bin es leid, dir ständig den Arsch zu retten. Ich könnte Xia einfach umbringen und allein verschwinden. Dann könnte ich die zwei Millionen für mich behalten, und du würdest aus meinem Leben verschwinden.«

Bald musste innerlich bei dem Gedanken schmunzeln, dass Land ihn um acht Millionen heruntergehandelt hatte. Das war für ihn der Beweis, für wie wertvoll die Firma Joe Gardner hielt.

»Sag mir einfach, was du willst«, forderte Bald ihn auf.

Gardner ließ den Handschellenschlüssel von seinem Mittelfinger baumeln, als wollte er versuchen ihn damit zu hypnotisieren.

»Weißt du, was ich wirklich will?«

»Sag schon.«

»Ich will, dass du dich so fühlst wie ich mich in London. Das Bewerbungsgespräch. Erinnerst du dich? Wie du mich erniedrigt hast und meintest, ich sei für den Job nicht geschaffen? Denn ich erinnere mich noch verdammt gut daran. Ich hab mich wie ein Stück Dreck gefühlt. Ich will, dass es dir genauso geht.«

Bald senkte den Kopf.

»Ich will, dass du zugibst, dass du ein nutzloses Stück Scheiße bist, John.«

Bald spürte, dass sein Kopf noch etwas tiefer sank.

»Sag es, John.«

»Ich bin ein nutzloses Stück Scheiße«, wiederholte Bald.

»Und dass du einen kleinen Schwanz hast.«

»Ich habe einen kleinen Schwanz.«

»Und dass Joe Gardner ein besserer Mensch ist.«

»Joe Gardner ist ein besserer Mensch als ich«, sagte Bald. Dann reckte er seinen Hals Gardner entgegen und sah ihn böse an. »Jetzt sind wir quitt.«

»Noch nicht ganz«, antwortete Gardner. »Außerdem teilen wir deine Gage neu auf.«

»Wir teilen gar nichts auf.«

Gardner zog den Schlüssel zurück und sagte: »Neunzig zu zehn. Für mich.«

»Du hältst dich für einen ach so schlauen Bastard. Aber du brauchst mich«, sagte Bald. »Hier wimmelt es nur so von übereifrigen Schlitzaugen in Uniform. Wenn du Xia umlegst, servieren die dir noch viel mehr als nur Reiskräcker. Es wird zwei Männer brauchen, um hier raus zu kommen.« Er sah den unentschlossenen Ausdruck in Gardners Gesicht und fuhr fort: »Wir kämpfen, Seite an Seite. Wie in alten Zeiten. Du weißt, dass es keinen Besseren als mich gibt, wenn man in der Klemme sitzt.«

»Neunzig zu zehn. Nimm es an, oder lass es bleiben.«

»Also schön.«

Gardner schloss die Handschellen auf. Bald spürte, wie das Blut in seine tauben Hände zurückschoss. Er zog sich den Nagel aus seiner Wange. Blut rann aus dem Loch. Gardner hielt etwas Abstand zu ihm, die Five-Seven fest umklammert. Bald kämpfte gegen den Drang an, ihn krankenhausreif zu prügeln. Doch die Stimme aus seinem Training in seinem Kopf sagte ihm: *Konzentriere dich auf die Mission. Töte Xia.*

Bald bewegte sich um den Tisch herum und kauerte sich neben Hauser auf den Boden. Der Amerikaner war still, aber noch am Leben. Seine Atmung war nur noch ein langsames Röcheln. Um ihn herum schwamm mehr Blut, als er noch in sich hatte. Eigentlich hätte er längst tot sein müssen. Der Krieger in Bald hatte Respekt vor dem Kampf, den Hausers Körper noch lieferte.

»Sag mir, wo ich Xia finden kann«, sagte er.

»Du Hurensohn.«

Bald packte ihn am Kinn.

»Ich weiß, dass es wehtut. Aber du musst dich konzentrieren. Gib mir einen Rendezvouspunkt, und wir verpassen dir eine Kugel zwischen die Augen. Bringen es zu Ende. Das ist das Beste, was ich dir anbieten kann.«

Hauser versuchte zu nicken. Sein Kopf wackelte herum, als würde er vor Kälte zittern. Er öffnete seine Lippen einen Spalt breit, sog schmerzhaft die Luft ein. Blut schäumte aus dem Loch in seinem Hals.

»Sie ist … gegangen«, flüsterte er kaum hörbar.

»Wohin?«

»Oberfläche …« Jedes Wort kostete Hauser mehr Kraft. »Um sich … mit den Generälen … zu treffen.«

Hauser japste nach Luft. Er verdrehte die Pupillen.

Gardner sah zu Tür hinaus und sagte: »Wir müssen verschwinden, John, und zwar jetzt. Bevor Xia entkommen kann. Sie ist diejenige mit dem Smart Dust.«

»Warte noch einen Moment«, sagte Bald. Er sah wieder zu Hauser. »Als du vorhin meintest, der Deal mit Xia ging weit über die Agency hinaus … wie weit nach oben reicht diese Scheiße? Bis ganz nach oben, bis an die Spitze?«

Hauser verschluckte sich an der Luft. »Pentagon … Verteidigungsministerium … Kongress … alle.«

»Und sie alle wollten die Chinesen mit unserer Technologie entkommen lassen? Wieso?«

»John.« Gardners Stimme wurde drängender.

»Schulden«, sagte Hauser. »Wir schulden China … zwei Trillionen. Das …«

Seine Stimme verwandelte sich in ein Gurgeln.

»Was meinst du mit *das?*«, fragte Bald.

»Ihnen den Smart Dust ... zu überlassen ... würde die Schulden beseitigen.«

Bald wandte sich an Gardner und deutete auf die Five-Seven an seiner Seite. »Gib mir das Teil.«

Gardner wippte auf den Füßen auf und ab. Sein Arm blieb, wo er war. »Ich mach das selbst.«

Bald zuckte mit den Achseln, als würde er sagen: *Wie du meinst.* Er stand auf und ging zur Tür, machte Platz für Gardner, damit er es zu Ende brachte. Hauser würgte sich die Seele aus dem Leib. Er hustete, sein Mund dekorierte den Boden mit einem Muster aus Blutstropfen. Gardner rührte sich nicht.

»Oh Gott, meine Zähne. So kalt ...«, stöhnte Hauser.

»Mach dem ein Ende«, sagte Bald.

Gardner ging in die Hocke und presste die Mündung des Laufs auf einen Punkt ungefähr in der Mitte zwischen beiden Augen. Mit dem Daumen entsicherte er die Waffe. Ein roter Punkt blinkte auf. Die Five-Seven war feuerbereit.

»Nun mach schon«, sagte Bald.

Hauser schloss die Augen.

»Diese verdammten ... *Schulden.*« Hauser quälte die letzten Worte wie Glassplitter hervor. Spuckte sie aus, zusammen mit viel Blut. »Nicht nur unsere ... eure auch ... die Schuld von uns allen.« Sein Kiefer bebte. Sein Gesicht wurde fahl. »Die Chinesen werden alles besitzen ... uns alle ... sie haben bereits gewonnen.«

»Wir müssen gehen«, sagte Bald.

»Uns alle«, wiederholte Hauser.

»Jetzt«, sagte Bald.

Gardner drückte ab.

Die Pistole blitzte blutrot auf.

Bald und Gardner sahen einander an. Ein schriller Alarm ging los. Bald bemerkte zwei Schemen, die in der Tür erschienen.

Kapitel 52

20:00 Uhr

Den beiden Wachmännern blieben nur zwei Sekunden auf dieser Welt, und sie verbrachten sie damit, neugierig Hauser oder vielmehr dessen Gehirn anzustarren, dass gerade frisch über der Wand hinter ihm verteilt worden war. Ihnen blieb noch genug Zeit zu realisieren, dass irgendetwas überhaupt nicht stimmte. Außerdem blieb ihnen noch genug Zeit, um Gardner zu bemerken, der die Five-Seven auf sie richtete. Nur zum Handeln blieb ihnen keine Zeit mehr, und auch Glück war ihnen nicht beschieden. Zwei entschlossene Doppelschüsse waren zu hören, vier *Ka-Racks*, die von den engen Metallwänden verstärkt widerhallten, und aus den Bäuchen beider Wachmänner schoss Blut. Gleichzeitig sackten sie zusammen. Unter ihnen breiteten sich zwei getrennte Blutflecke aus.

Bald sprang auf die Füße und schnappte sich die Norinco, die einer der Wachmänner aus seinem Holster gezogen hatte. Das Gewicht verriet ihm, dass sie geladen war. Er zog den Schlitten zurück. Und da war sie, schmiegte sich in die Kammer wie ein Goldnugget in die Erde: 9mm Ärger, die darauf warteten, ernsthaften Schaden bei jemandem anzurichten. Bald ließ den Schlitten los, der energisch zurückglitt. Gardner und er sahen sich an. Sie würden das Ding schaukeln, als Team, wie früher.

»Wohin jetzt?«, fragte Bald, der dabei zusah, wie die Bäuche der beiden toten Wachmänner in sich zusammensanken.

»Xias Treffen findet an der Oberfläche statt.«

»Um 21:30 Uhr, wie Land sagte.«

»Nein. Wir wissen jetzt, dass es jede Minute stattfinden kann.«

»Dann werden wir es verpassen.«

»Wir können eine Abkürzung nehmen. Xia abfangen, bevor sie es zu ihrem Treffen schafft.«

»Wie?«

»Auf die gleiche Art, wie ich hereingekommen bin. Die Wartungstreppen.«

»Wer hat dir denn davon erzählt?«

»Land«, lautete Gardners einfache Antwort.

Sie eilten aus dem Vernehmungsraum in den Korridor, und bogen dann nach links in Richtung des Lastenaufzugs ab. Jetzt, wo der Korridor in aggressives Rot getaucht war und der Alarm über ihre Köpfe hinweg schallte, sah die Route nicht mehr vertraut aus. Bald stürmte vorweg, bestimmte das Tempo. Gardner war direkt hinter ihm und hatte Mühe, an ihm dranzubleiben. Beide Männer hatten mittlerweile viel von der Fitness aus ihren Regimentsjahren eingebüßt. Als er noch jünger war, hätte Bald einen Zwanzig-Meilen-Lauf im Schlaf absolvieren können und vor dem Frühstück noch genügend Energie für einen Frontalangriff auf eine feindliche Stellung gehabt. Jetzt pfiff er bereits nach einigen lausigen Minuten auf dem letzten Loch. Nach zweihundert Yards erspähte Bald eine Reihe Metalltüren, etwa hundert Yards vor ihnen. Die Wartungstreppen, von denen Gardner gesprochen hatte, konnte er aber immer noch nicht sehen.

Unfreiwillig verlangsamte Bald sein Tempo. Zum einen, weil es mit seiner Fitness nicht weit her war. Aber auch, weil er seit dem Bowmore in Mallorys Büro nichts mehr getrunken hatte. Damit hatte er seit mehr als sechs Stunden keinen Tropfen Alkohol zu sich genommen, und jetzt spürte er, wie die Migräne wieder in seinem Hinterkopf scharrte und durchzubrechen versuchte, um alles gründlich zu vermasseln.

Jetzt bist du so weit gekommen, dachte er bei sich. *Zieh das durch. Lauf weiter, dann wirst du verdammt reich sein.*

Seine Lunge brannte, seine Ober- und Unterschenkelmuskeln waren geschwollen. All die in zwanzig Jahren Einsatz angesammelten Schmerzen kamen nun auf einmal zurück und verfolgten ihn. Schmerzen in seinem linken Knie, seinem rechten Knöchel, seinem Brustkorb und im Genick, und als neuesten Familienzuwachs die Schmerzen in seinem linken Schulterblatt. Zusammen formten sie eine Wand, die Bald mit jedem einzelnen Schritt neu durchbrechen musste.

London. Mexiko City. Clearwater. Tripolis. Jinchun. Bald war Zehntausende Meilen weit gereist, auf der Suche nach Xia und dem Smart Dust. Hier endete nun alles.

Irgendwo in den Tiefen seiner Muskelfasern fand Bald eine Extra-Reserve. Beide rannten nun, und Gardner schloss neben Bald auf, als würden sich die beiden Ex-Blades ein Wettrennen auf der Zielgeraden liefern. Balds Bewegungsabläufe wurden unregelmäßig, taumelnd, verzweifelt. Ihr schweres Keuchen hallte durch die Gänge. Beide zwangen ihre Körper, weiterzumachen.

Sie stürmten an den Schlafsälen vorbei. Gardner blieb stehen. Er zog eine der unbeschriebenen Metalltüren auf und schlüpfte hinein. Bald folgte ihm. Sie befanden sich jetzt in einem schmalen Treppenhaus mit einer Wendeltreppe, die sich, soweit Bald das erkennen konnte, nach oben schraubte. In dem Treppenhaus befanden sich weniger Lampen als in dem Korridor, und das rote Glimmen war hier um ein oder zwei Nuancen dunkler. Gardner begann, die Treppe hinaufzueilen. Bald, der ihm folgte, rief: »Bist du sicher, dass das eine Abkürzung ist? Xia wird den Aufzug nehmen.«

Je weiter sie nach oben kamen, umso gedämpfter wurde der Lärm des Alarms. Mittlerweile war es nur noch ein leises, zaghaftes Heulen. Zwischen langen Atemzügen stieß Gardner hervor: »Sie wird den Frachtaufzug nicht benutzen können. Ich habe den Alarm im Treppenhaus ausgelöst. Das deaktiviert automatisch den Lift. Sie wird die Treppen in den alten Zugangsschächten benutzt haben, die man gebaut hat, damit sich die Leute leichter zwischen den einzelnen Ebenen der Stadt bewegen können.«

»Und gibt es viele von diesen Schächten?«

»Das ist eine unterirdische Stadt – hier gibt es von allem viel. Aber wir können es zu ihr schaffen, bevor sie den Bunker erreicht.« Er sah sich nach Bald um und grinste. »So lange du noch durchhalten kannst, John.«

»Fit wie eh und je, Kumpel.«

Sie liefen immer weiter nach oben, so viele Runden, dass Bald die Orientierung verlor. Er wusste nicht, wie viele Treppen er schon hinter sich gebracht hatte, oder in welcher Zeit. Das Einzige, was er noch bewusst mitbekam, waren seine Atemgeräusche, das Pochen seines Herzens und der Schweiß, der ihm an der Brust und am Rücken hinunterrann.

Dann erreichten sie das obere Ende der Wendeltreppe. Bald sah, dass es hier keine Tür gab, sondern nur ein Metallgitter, das einige Yards über dem letzten Absatz an der Decke angebracht worden war. Gardner streckte sich nach dem Gitter aus und schob seine Finger durch die Metallstäbe. Dann stemmte er sich auf den Fußballen nach oben und das Metallgitter sprang ohne Widerspruch heraus. Gardner musste es auf seinem Weg nach unten gelöst haben. Gardner gab ihm ein Zeichen, ihm hinaufzuhelfen, und Bald hievte ihn an die Oberfläche. Dann zog Gardner Bald nach oben. Er kletterte in einen weiteren trostlosen, grellrot beleuchteten Korridor. Das musste der Maschinenraum der Stadt sein. Der Ort, der die ganze Anlage am Leben hielt. Fässer mit beißenden Chemikalien waren an den Seiten des Ganges aufgereiht, daneben hingen Feuerlöscher. Bald bemerkte freiliegende elektrische Kabel und Bleirohre, dick wie Baumstämme, mit verrosteten Handrädern.

Und dann sah er sie. Fünfundzwanzig Yards vor ihnen. Sie trug einen orangefarbenen Pelican-Koffer bei sich.

Sein erster Gedanke war, dass Xia ihn und Gardner gesehen haben musste, weil sie von ihnen fortrannte.

Sein zweiter Gedanke war: *Der Smart Dust.*

»Stop, Stop, bleiben Sie sofort stehen, verdammt!«

Xia ignorierte Bald und rannte noch schneller. Bald legte einen Zahn zu. Er atmete schwer, als hätte er soeben seine halbe Lunge gespendet. Er verfolgte Xia durch den Korridor und warf einen Blick zurück: Gardner war fünf Yards hinter ihm und legte die Five-Seven an. Bereit, eine Kugel abzufeuern.

»Ich sagte, Sie sollen verdammt noch mal anhalten und den Koffer hinstellen.«

Xia rannte weiter.

Dann ertönte das charakteristische *Ka-Rack*. Auf sechs Uhr. Im Laufen sah er, wie eine Flammenzunge aus der Mündung der Five-Seven schlug. Gardner hatte auf Xia gefeuert. Er hörte ihn rufen: »Bleiben Sie, wo Sie sind. Keine verdammte Bewegung.« Er sah sich nach Xia um. Zwei weitere *Ka-Racks* peitschten durch die Luft. Die Kugeln prallten von den Wänden ab und verschwanden in der Ferne.

Xia blieb stehen.

Bald war dreißig Yards hinter ihr.

»Geben Sie mir den Dust«, schrie er.

Xia antwortete nicht.

»Geben Sie ihn mir, oder ich verwandle Ihren Kopf in eine verdammte Nudelsuppe.«

»Lassen Sie mich gehen«, sagte sie. »Sie können den Smart Dust haben, aber nicht mich.«

»Sorry, Schätzchen«, sagte Bald. »Aber euch beide gibt's nur im Set.«

Plötzlich ertönte ein mechanisches Scheppern. Die roten Lichter verschwanden. Bald wurde in eine kränkliche, tiefe Dunkelheit geworfen. Irgendwo in der Ferne war das langsame Absterben eines Generators zu hören.

»Kannst du sie sehen?«, rief er.

»Nein. Du?«, gab Gardner zurück.

Keine Spur von der Schlampe, dachte Bald.

»Oh, Scheiße«, sagte Gardner.

Grelles Licht blendete Bald, unvermittelt und hart. Als wäre er von einem Schneeball aus Eis getroffen worden. Es lähmte ihn. Er kniff die Augen zu, konnte das Licht aber selbst mit geschlossenen Augenlidern nicht ausblenden. Er spürte, wie es ihm seinen siebten Sinn aus dem Schädel brannte. Dann hörte er aus der Ferne ein Brummen. Der Generator startete wieder.

Er öffnete seine Augen ein wenig.

Xia war verschwunden. Die Lampen am hinteren Teil des Korridors funktionierten nicht. Bald konnte etwa dreißig Yards weit sehen, dahinter lag die Dunkelheit, in der sie verschwunden war.

»Wo ist sie hin?«, rief er Gardner zu.

»Am Ende dieses Korridors gibt es einen Notaufzug.«

Dann bemerkte Bald den Pelican-Koffer. Er rannte auf ihn zu und kniete sich auf den Boden. Es war ein Storm-Modell. Sein Gehäuse aus Spritzguss bestand aus einem besonders widerstandsfähigen Kunstharz. Der Koffer verfügte über ein Druckventil an der Vorderseite, um Luft hinein und Wasser draußen zu lassen, sowie zwei Schnappverschlüssen links und rechts des Tragegriffs. Bald legte den Koffer flach auf den Boden und öffnete ihn.

Er war leer. Wie abwesend starrte er mehrere Sekunden auf das Wabenmuster im Inneren des Koffers und spürte, wie die Wut seinen Verstand zu vernebeln begann. Dann stand er auf. Gardner trat neben ihn und fragte: »John, was ist los?«

Bald antwortete ihm nicht. Er drehte sich um und stürmte los. Auf den Notaufzug zu. Er lief auf purem Adrenalin, und das Zeug war purer Kraftstoff für seine Beine. Gardner fiel immer weiter hinter ihm zurück. Bald war ihm in Sachen Fitness immer schon einen Tick voraus gewesen. Vierzig Yards vor ihm leuchteten und blinkten kleine Lampen an dem Lift. Vor dem Lichtschein zeichnete sich Xia ab. Sie war zwanzig Yards von dem Aufzug entfernt, der gleiche Abstand, der sie von Bald trennte. Bald rannte, so schnell er konnte. Die Luft brannte in seiner ausgedörrten Lunge wie Batteriesäure. Sein Adrenalin-Vorrat war beinahe aufgebraucht. Sein Körper bettelte darum, er möge *anhalten*, sein Verstand hingegen bestand darauf, dass er *verdammt noch mal weiterlief.* Xia lief zwölf Yards vor ihm, zehn Yards vom Aufzug entfernt. Er sah zurück. Gardner war weit hinter ihn zurückgefallen.

Scheiß drauf, dachte er. *Dann muss ich es eben allein zu Ende bringen.*

Noch acht Yards bis zu Xia.

Sechs bis zu dem Aufzug.

Dann betrat Xia den Lift. Die Kabine war nicht größer als eine Telefonzelle. Bald legte einen letzten verzweifelten Sprint ein, stürmte durch die offene Tür und ergriff Xia, bevor sie auf den Knopf drücken konnte. Seine ausgestreckte rechte Hand packte sie an der Schulter und wirbelte sie herum. Sie drehte sich einmal um die eigene Achse. Dann fiel Balds Blick auf ihre linke Hand. Sie war zur Faust geballt und auf ihn gerichtet. Er bemerkte einen Ring an ihrem Mittelfinger. An dem Ring war eine Messerklinge befestigt, die an ihrer Hand entlang in den Ärmel ihres Mao-Anzugs führte. Die Dolchspitze ragte ein paar Zentimeter über den Ring hinaus und sah bedrohlich spitz aus. Bald blieb genug Zeit, das zu registrieren, aber nicht genug, um der scharfen Klinge auszuweichen.

Sie drang in seine rechte Schulter ein und schnitt durch Gewebe und Muskeln. Bald tat, was alle geübten Kämpfer taten, und absorbierte den Schmerz, konzentrierte sich auf sein eigenes Spiel. Er grub seine Finger in Xias Schultern und stieß sie gegen die Metallwand des Aufzugs. Im Bruchteil einer Sekunde hieb er ihr mit der Handfläche gegen ihr Handgelenk und sie ließ den Dolch fallen. Xia versuchte, ihm mit dem Knie zwischen seine Beine zu treten, aber Bald war schneller und stampfte ihr auf die Zehen. Sie schrie. Ihre Schreie hallten von den Korridorwänden wider. Dann packte Bald sie an ihren glänzenden schwarzen Haaren und schmetterte ihren Kopf so lange gegen die Aufzugswand, bis er ihren Schädelknochen brechen hörte. Er warf sie auf den Boden. Sie trat nach ihm und schlug um sich, aber Bald hatte sie unter Kontrolle. Xia war jetzt in seiner Welt angekommen. Und sie würde herausfinden, was für ein dunkler Ort das war.

Ihr Gesicht gab ein befriedigendes Knacken von sich, als die Knochen in ihrer Nase wie feinstes chinesisches Porzellan zersplitterten. Bald ließ sie den Boden noch ein zweites Mal küssen und trieb ihren Kopf hinein. Ihre Beine hörten auf, sich aufzubäumen. Sie gab auf.

Aber Bald war noch nicht fertig.

Er rollte Xia auf den Rücken. Wollte die verdammte bösartige Schlampe erwürgen. Wollte ihr dabei zusehen, wenn sie ihren letzten Atemzug tat. Ein Knochensplitter aus ihrer Nase ragte aus dem Fleisch unter ihrem rechten Auge. Ihre Nasenlöcher waren zu kleinen nadelstichgroßen Öffnungen geschrumpft, wie Löcher in einem Reifen. Bald umklammerte ihr Genick mit beiden Händen. Presste seine Daumen auf den Knorpel an ihrem Hals. Xia bekam keine Luft mehr.

Dann tat sie etwas Seltsames.

Sie lächelte, ein verzerrtes, mutiertes Lächeln.

Bald lockerte seinen Griff etwas.

»Was ist so lustig?«, fragte er.

Ihr Lächeln ärgerte ihn. Nagte an ihm, an seiner Würde, an seinem Selbstwertgefühl.

Dieser ganze weite Weg, das Blutvergießen und der Schweiß, und alles, was er dafür von ihr bekam, war dieses beschissene Lächeln.

Xias Mund war ein Brei aus blutigem Zahnfleisch, aufgeplatzten Lippen und demolierten Zähnen. Ihre Nase war zertrümmert. Das Weiße in ihren Augen war blutunterlaufen. Ihre Wangen waren geschwollen und aufgerissen. Bald schüttelte sie und riss ihren Kopf nach oben. Blut quoll aus ihrem Hinterkopf und klatschte auf den Boden.

»Der Dust«, sagte Bald. »Geben Sie ihn mir.«

»Sie kommen zu spät«, sagte sie, mit einer Stimme, die sich mehr nach einem Würgen anhörte.

Bald packte ein Büschel ihrer Haare und zog so lange daran, bis er sie an den Haarwurzeln aus ihrer Kopfhaut riss. Ihre Reaktion darauf bestand aus einem Kichern, das aus ihrem zerstörten Mund mit seinem Friedhof aus abgebrochenen Zähnen drang. Blut schwappte ihr aus dem Mund und rann an ihrem Kinn hinab. Das Kichern wurde kehlig, und ihre Nase machte schlürfende Geräusch, wie bei einem Milchshake, den man durch einen Strohhalm trank.

Bald schlug ihr ins Gesicht, immer und immer wieder, bis seine Knöchel blutig und aufgeplatzt und ihr komplettes Gesicht bis zur Unkenntlichkeit verstümmelt war und ihr Kichern erstarb.

Hinter sich hörte er Schritte.

Bald wendete den Blick von Xia ab.

Gardner kam auf ihn zugerannt, die Five-Seven an seiner Seite. Seine Augen fielen kurz auf Xia. Dann blickte er Bald an. Die Waffe hielt er auf Hüfthöhe.

»Verdammt, John, was hast du getan?«

Bald schwieg.

»Wo ist der Dust?«

»Hat sie nicht gesagt.«

Gardners Gesicht verfinstere sich. »Scheiße, du hast sie umgebracht, bevor sie dir die Pläne für den Dust gegeben hat?«

Bald schwieg weiter.

»Du verdammter Idiot, John. Du hast gerade die Mission vermasselt.«

Kapitel 53

21:17 Uhr

»Wir müssen den Dust finden«, sagte Gardner.

»Der ist weg. Wir werden ihn nie finden. Und wenn wir es nicht können, kann es auch sonst keiner bei der Firma. Wir sagen Land einfach, dass wir die Pläne verbrannt haben. Bis er herausfindet, dass wir ihm eine Lüge verkauft haben, sind unsere Schecks eingelöst und wir haben uns aus dem Staub gemacht.«

Gardner aber hörte schon nicht mehr zu. Er dachte einen Moment lang nach, dann sah er Bald mit weit aufgerissenen Augen an und eilte in den Korridor zurück, weg von dem Aufzug.

»Joe? Was ist los, verdammt?«

»Folge mir einfach und tue, was ich dir sage.«

Nach einhundert Yards hielt Gardner an der Tür vor einem Lagerraum an. Er drehte den Türknauf und gab Bald ein Zeichen, hineinzugehen. Bald schüttelte den Kopf und zeigte an, dass er Gardner den Vortritt überließ. Gardner sah ihn verächtlich an und betrat den Raum. Bald folgte dicht hinter ihm. Er konnte nicht aufhören, darüber nachzudenken, wieso Land Gardner die Baupläne der unterirdischen Stadt anvertraut hat. Es gab eigentlich nur einen Grund, warum man ihn nicht mit diesen Informationen versorgt hatte, das wusste er: Weil er ein Einzelgänger war, ein Abtrünniger. Während Gardner hingegen ein Handlanger war, ein Lakai. Er steckte mit seinem Kopf ganz tief in Lands Hintern. Und das war ja auch nicht das erste Mal, dachte sich Bald. Er hatte auch schon in Rio, in Gibraltar und in Serbien Lands Befehle befolgt. Wie ein Dackel. Gardner hatte nicht einen Funken Unabhängigkeit in seinem Körper, und das machte Bald rasend.

Der Lagerraum war so winzig wie der Kleiderschrank eines Junggesellen. Es roch nach Desinfektionsmittel. An der Wand hingen Schilder mit Warnsymbolen. Es gab Metallregale, vollgestopft mit Reinigungsmitteln und Werkzeugen. Ein größeres Regal enthielt ein Dutzend Propangasflaschen.

Gardner grinste Bald an. »Propangas-Explosion«, sagte er.

»Du meinst …«

»Wir jagen die ganze Stadt in die Luft. Das ist der einzige Weg, dafür zu sorgen, dass der Dust auch wirklich zerstört wird. Es gibt hier einen Generator, der diesen verdammten Ort mit Strom versorgt, also muss es auch irgendwo eine Treibstoffzufuhr geben.«

»Wir könnten sie als Brandbeschleuniger benutzen.«

»Bei so viel Gas könnten wir die Stadt für immer unter Schutt und Asche begraben. Laut Xia war die Stadt ohnehin schon abgeschottet gewesen.«

»Haben die Chinesen nicht das Schießpulver erfunden?«, fragte Gardner. »Dann geben wir ihnen doch mal eine anständige Präsentation davon, nach Regiments-Art.«

Er begann, eine der Flaschen aus dem Regal zu heben. Die großen, grauen Gasflaschen waren vom ständigen Hin- und Herschieben verbeult und verrostet. Gardner stellte die erste Flasche aufrecht auf den Boden. Unterdessen war Bald in den Korridor zurückkehrt und hielt nach beiden Seiten Ausschau. Eine Minute später kam Gardner heraus und lief zu dem Feuerlöschschlauch, der an der Wand befestigt war. Mit dem Ellbogen zertrümmerte er die Glasscheibe, dann holte er den Schlauch heraus und zog ihn hinter sich her in den Lagerraum. Keine Spur von irgendwelchen Wachmännern. Bald spähte zur Tür hinein. Gardner vergewisserte sich, dass das Ventil an der Flasche verschlossen war, indem er es im Uhrzeigersinn drehte. Er entfernte den Schutzstopfen und befestigte das weibliche Ende des Feuerlöschschlauchs an dem Ventil.

»Hilf mir mal, John.«

Nach einem letzten prüfenden Blick in beide Richtungen entlang des Korridors entfernte Bald die Abdeckung von dem Luftschacht in der Wand, nahm das Ende des Schlauchs mit der Düse und klemmte es in das Loch. Bald wusste, dass eine geheime unterirdische Basis mit zwei Dingen versorgt werden musste: Atemluft und Energie. Die Lüftungsschlitze wurden von einem Belüftungssystem gespeist, das sich irgendwo entlang der Schächte befinden musste. Nun würden sie dafür sorgen, dass sich das Propangas in dem gesamten Komplex verteilte. Aber die Explosion der Gasflaschen allein würde nicht ausreichen, um die gesamte Stadt und damit auch den Smart Dust zu zerstören. Dafür mussten sie für eine größere Explosion sorgen. Das Propangas würde als Feuerzeug an einer Zündschnur fungieren; der auslösende Funke, der zu einem weitaus größeren Knall führen würde.

»Wie in den guten alten Zeiten, Kumpel«, sagte Gardner.

»Beste Kumpel«, sagte Bald. »Genau.«

Gardner drehte das Ventil gegen den Uhrzeigersinn. Ein kurzes Stottern und Sprudeln war zu hören, dann zischte das Gas mit hohem Druck in den Schlauch und strömte in den Luftschacht. Bald konnte das Gas riechen, das sich in der unterirdischen Stadt verteilte. Ein leiser, unsichtbarer Tod.

»Beeil' dich«, sagte er und sah auf seine Aquaracer. »Noch acht Minuten.«

»Uns bleibt noch genug Zeit. Ich werd die hier komplett leer machen. Hol den Brandbeschleuniger, damit wir die Sache ein für alle Mal zu Ende bringen können.«

»Verstanden.«

Bald verließ den Lagerraum und trug mit beiden Händen eine der Flaschen den Korridor hinunter. Er folgte der Spur der Kraftstoffleitungen über ihm. Sie führten ihn etwa einhundert Yards weit in den Gang hinein. Auf dem Weg schwoll der Lärm des Generators zu einem gewaltigen hämmernden Dröhnen an. Bald konnte einzelne Teile in dem Generator vibrieren und klappern hören. Er musste ganz in der Nähe sein. Nach weiteren fünfzig Yards bogen die Rohre nach recht ab. Bald folgte ihnen um eine Ecke herum, und stand schließlich vor dem Generator.

Er stellte die Flasche neben dem Lüftungsschlitz ab, der dem Generator am nächsten war. Am Generator standen vier Benzinfässer. Er schraubte die Verschlüsse von den Fässern und trat sie um. Zäher Dieseltreibstoff ergoss sich auf den Boden. Er rollte die Fässer herum, damit sich der Diesel auf einer großen Fläche verteilen konnte. Dann drehte er das Ventil an der Gasflasche auf und ließ den Inhalt in den Lüftungsschacht entweichen. Seine Augen begannen zu brennen. Die scharfen Dämpfe füllten seine Lunge, als hätte er Verdünnung geschnüffelt.

22:15 Uhr

Fünf Minuten, um ihren Scheiß auf die Reihe zu kriegen und in diesen verdammten Aufzug zu steigen.

Bald eilte den Korridor zurück. Er fand Gardner in einer kleinen Küche zwei Türen hinter dem Lagerraum. Gardner hatte den Inhalt der meisten Hängeschränke auf dem Boden verteilt. Teller, Essbesteck, Pfannen, Töpfe. Aus dem Durcheinander hatte er einen Toaster hervorgezogen. Bald sah einen dicken Stapel Akten neben dem Toaster auf dem Tisch liegen. Gardner steckte den Toaster an eine Steckdose an. Die letzte verbliebene Propangasflasche stellte er daneben. Das Ventil hatte er schon aufgeschraubt und die Flasche verströmte bereits ihren tödlichen Inhalt. Die Küche wirkte unheimlich. Aber es schien keinen Staub zu geben, obwohl der an einem Ort wie diesem, der seit der Erfindung der Internetpornografie nicht mehr benutzt worden war, zu vermuten gewesen wäre. Alles sah sauber und poliert aus. Gepflegt.

»Fertig«, ließ Bald Gardner wissen. »Da hinten steht genug Benzin, um Hiroshima dagegen wie einen Kindergeburtstag aussehen zu lassen.«

21:28 Uhr

»Zwei Minuten«, sagte Bald.

Gardner nickte. »Dann los.«

Die Akten waren beinahe zu dick für die Schlitze des Toasters, aber Gardner schaffte es irgendwie, sie hineinzustopfen. Bald musste zugeben, dass Gardners Idee mit dem Papier gar nicht so schlecht war. Die Akten würden eine gewisse Zeit brauchen, bevor sie tatsächlich Feuer fingen. Eine Minute vielleicht. In der Zeit würden sie sich mit dem Aufzug aus dem Staub machen, bevor das Feuer das Propangas in Brand setzte.

Das Lämpchen an dem Toaster leuchtete auf. Der Timer lief.

Sechzig Sekunden.

Gardner und Bald eilten hinaus in den Korridor. In halsbrecherischem Tempo rannten sie auf den Lift zu. Die Migräne begann bereits wieder, in Balds Kopf hochzukochen, aber das war jetzt nicht der Zeitpunkt, um einen Gang zurückzuschalten.

Vierzig Sekunden.

Sobald die Akten brannten, würde das Propangas Feuer fangen. Die Explosion würde sich durch die Gänge und in jeden Winkel der unterirdischen Stadt vorarbeiten, wo es Lüftungsschlitze gab. Bis hin zu dem Generator. Die erste Explosion des Gases würde dort dann eine zweite, weitaus verheerendere Explosion auslösen, wenn der Diesel als Brandbeschleuniger fungierte. Bald konnte die unbarmherzigen, alles versengenden Flammen förmlich vor sich sehen, wie sie sich durch die Stadt ausbreiteten und alles verbrannten, was sich ihnen in den Weg stellte.

Xia. Den Smart Dust. Die unterirdische Stadt.

Dreißig Sekunden.

Bald und Gardner rannten weiter, spornten sich gegenseitig an. Zwanzig Yards vor sich sahen sie den Notaufzug. Ein letzter Kraftakt. Jetzt oder nie. Bald holte das Letzte aus sich heraus, und zusammen erreichten sie den Lift zwanzig Sekunden vor der drohenden Explosion. Bald drückte auf den Knopf, der Mechanismus heulte auf, das Zugsystem ächzte, der Lift schüttelte sich aus seiner Starre, und dann wurden sie endlich hinauf gezogen. Weg von der riesigen selbst gebastelten Bombe unter ihren Füßen.

Fünfzehn Sekunden.

Dann waren es noch zehn Sekunden bis zur Partytime, und sie hatten erst zehn Yards zwischen sich und die Scheiße gebracht, und Bald versuchte, mit purer Willenskraft den Aufzug dazu zu bewegen, schneller zu fahren.

Fünf Sekunden.

Zwanzig Yards.

Drei. Zwei. Eins.

Dreißig Yards über dem unterirdischen Komplex.

BOOM!

Bald spürte die Explosion in den Knochen. Sie bebte durch seinen Körper, sendete Schockwellen durch seinen Kiefer und hallte in seiner Schulter wider, die er sich bei dem Kampf mit dem Straßenkehrer verletzt hatte. Der Schmerz schien die losen Bruchstücke in dem Knochen noch mehr auseinander zu schütteln, so wie Steine in einer Papiertüte. Nur mit dem Unterschied, dass sich jedes Rütteln so anfühlte, als würde jemand ein Messer in seine Schulter treiben. Dann wurde das erste *BOOM* von einem tiefen, donnerschlagähnlichen *Wuuusch* abgelöst. Im Hintergrund waren weitere Explosionen zu hören, als die restlichen Propangasflaschen explodierten und den Diesel in Brand setzten. Der Aufzug begann zu brummen. Bald verlor das Gleichgewicht. Er fiel auf den Boden und spürte, wie sich das Metall unter ihm aufheizte. Das *Wuuusch* kam näher, wie ein Sturm auf hoher See. Die Haut an Balds Fingern begann Blasen zu werfen. Seine Augenbrauen wurden versengt.

Bald spürte, wie sein Gehirn in seinem Schädel pulsierte. Der Rhythmus der Explosionen zitterte durch seinen Kieferknochen. Er rappelte sich vom Boden auf. Seine Haut war warm wie Teig. Giftige Dämpfe und Rauch quollen aus den Rändern der metallenen Kabine. Gardner war ebenfalls von den Beinen geholt worden. Die beiden Männer trauten sich nicht, einander anzusehen. Was, wenn die Explosion den Lift auseinanderriss?

Sie standen auf, warteten, und ließen die Explosionen mit ihren Knochen spielen. Ein knirschendes Geräusch war zu hören, als hätte sich etwas verklemmt und versuchte, sich loszureißen. Der Aufzug steckte fest. Drei sture Sekunden lang rüttelte die Kabine, dann hörte das Rütteln auf. Das Knirschen wich einem optimistischer klingenden Surren. Ein letzter Ruck, dann hatte sich der Aufzug losgerissen und fuhr weiter nach oben. Die Hitze drang noch immer durch den Boden. Jetzt warfen sich Bald und Gardner einen Blick zu.

Es war vollbracht.

Xia war tot.

Der Smart Dust war Geschichte.

Bald würde verdammt reich sein.

Der Lift erreichte die Bunker-Etage, als die Uhr auf 21:32 umschaltete. Gardner wickelte seine Hand mit dem Stoff aus seinem Overall ein und schob die Tür zurück. »Gut mitgedacht, Joe. Wir wollen ja nicht, dass du auch noch deine Wichshand verlierst.«

Als sie aus dem Aufzug in einen kleinen Raum traten, spürte Bald, wie ihm kühle Luft über das Gesicht strich. Gardner hievte die Tür vor ihnen auf, die in den Bunker führte. Die ganzen Typen in den weißen Mänteln und schwarzen Anzügen hatten bereits das Weite gesucht. Das Testgelände war verlassen. Das brachte Bald auf eine Idee, und er war nie jemand gewesen, der eine Gelegenheit ungenutzt verstreichen ließ. Er sprintete zu dem sechsunddreißigläufigen Maschinengewehr, hob es aus seiner Halterung, und war überrascht, wie leicht es war. Diese 36er musste wahrscheinlich aus irgendeiner hochentwickelten Karbonfaser gebaut worden sein. Das gleiche Zeug, dass sie auch in der Formel Eins verwendeten.

Etwas anderes erregte seine Aufmerksamkeit. Ein Granatwerfer, geformt wie eine aufgeblasene Tommy Gun, tiefschwarz, mit einer sechszylindrigen Kammer. Ein M32 Granatwerfer. Bald hob ihn an. Geradezu lächerlich leicht, nicht einmal vier Kilogramm. Am hinteren Ende der Waffe war ein optisches Zielsuchgerät angebracht worden. Die geladenen Granaten waren die hochexplosive 40mm-Ausführung mit einem Trefferradius von zehn Yards und einer Reichweite von mehr als drei Fußballfeldern. Bald schlang sich die M32 über die Schulter und beglückwünschte sich insgeheim dafür, diesen Schatz gefunden zu haben. Die M32 gab es bereits auf dem Markt, die 36er aber war bislang nur die Idee im Hinterkopf von irgendwelchen Entscheidern beim Verteidigungsministerium. Wenn sie draußen waren, würde er die 36er auf dem Schwarzmarkt verhökern, wo niemand Fragen stellte. Das sollte ihm noch ein feines Sümmchen einbringen – bestimmt einige Hunderttausend. Vielleicht sogar noch mehr, wenn er die Technik den Russen verkaufen würde, damit sie sie auseinandernehmen konnten. Auf die Weise könnte er sogar Millionen herausschlagen.

Gardner runzelte die Stirn, als er die M32 über Balds Schulter und die 36er in seiner Hand sah.

»Was ist das?«, fragte er.

Bald grinste. »Trinkgeld.«

Die Tür, die den Bunker mit der Treppe hinauf in die Gedenkhalle verband, stand offen. Wer immer als Letzter hinausgerannt war, hatte vergessen, sie hinter sich zu schließen. Jetzt folgte Bald Gardner, der die Stufen hinaufstieg. Eine kleine Tür zur Linken führte auf einen verschwenderisch dekorierten Platz. Dort, hinter einem Gewirr aus Ginkgobäumen, Fliedersträuchern und verwitterten Drachenstatuen, befand sich ein kunstvoll verziertes schmiedeeisernes Tor. Gardner zog das Tor auf, das in den Angeln quietschte wie ein altersschwaches Hüftgelenk.

Sie traten an der Rückseite aus der Halle. Die Nacht hatte die wenige Farbe aus dem Land gesaugt und alles in ein gräuliches Braun getaucht, wie bei einer verfaulenden Frucht. Der Himmel war von violetten und blauen Streifen durchzogen. Vollmond.

Keine Sterne. Bald mustere die Landschaft links von ihnen. Dort erstreckte sich über einige hundert Yards hinweg ein Stück Wüste. Dahinter mündete es in ein Ufer vor einem wie mit Leuchtstift gemaltem hellgelben Fluss.

Bald fragte sich, was für einen hochgiftigen Mist sie wohl in den Fluss geleitet hatten.

Der Fluss bahnte sich seinen Weg durch das Land, mal hierhin, mal dahin. Am breitesten war er an einer Stelle auf zehn Uhr, etwa hundertfünfzig Yards entfernt, und vielleicht halb so breit auf zwei Uhr. Hinter dem Fluss lagen fünfhundert Yards einsamer, hügeliger Steppe mit gelegentlichen Sträuchern und Felsen. Dieser Flecken Erde schien Bald der einsamste Platz auf der Welt zu sein. Das Gelände stieg langsam an, bis es in einen grünen Wald mündete. In der Ferne konnte Bald Bergketten wie Backenzähne, mit schimmernden schneebedeckten Gipfeln erkennen.

»Kasachstan«, sagte Gardner.

»Noch nie hab ich mich nach einem Drecksloch wie diesem so gesehnt. Wie weit ist es bis zu unserem Rendezvouspunkt?«

»Zwei Meilen hinter der Grenze. Kargol liegt am Fuß der Berge«, sagte Gardner mit Blick auf ein handliches GPS-Navigationsgerät, das er in der Tasche seines Overalls hatte. »Wir befinden uns genau eine Meile östlich der Grenze.«

»Ein Kinderspiel«, sagte Bald. »Wie fühlt es sich an, reich zu sein, Joe?«

Aber Gardner antwortete nicht. Etwas auf sechs Uhr hatte seine Aufmerksamkeit erregt. Bald folgte seinem Blick. Er sah zurück zu dem Platz, vierhundert Yards östlich von ihrer Position. Das Gelände war wie mit sirupartiger Dunkelheit übergossen, und für ein paar Sekunden war es Bald unmöglich zu erkennen, was Gardners Interesse geweckt hatte. Dann schälten sich langsam trübe Umrisse und grobe Formen aus der Dunkelheit, wie bei einem schlecht entwickelten Foto.

Und da sah Bald es auch.

Eine fein säuberliche Reihe von Lichtern glimmte vor dem Platz auf, in der Nähe der Stelle, an der Bald in dem Jetta der Polizei angekommen war, ein kurzes Stück vor der Gedenkhalle und ihrer jetzigen Position. Kleine weiße Lichter, wie Pillen. Zwanzig, dreißig von ihnen. Die Pillen-Lichter fuhren unglaublich schnell, hatten umgehend den Platz erreicht und bewegten sich auf die Gedenkhalle zu. Als sie noch dreihundert Yards von Bald und Gardner trennten, waren die Umrisse zu erkennen. Jeeps, Beijing BJ-212, mit Allradantrieb und Flecktarnfarbe. Sie sahen den althergebrachten Land Rover Defenders nicht unähnlich. Die BJ-212 strahlten wuchtigere, sehr viel langsamere Fahrzeuge an, die in das Gebiet südlich der Halle ausschwärmten. Die turbogeladenen Dieselmotoren dieser Fahrzeuge dröhnten und rumpelten, während ihre Ketten über das raue Gelände pflügten. Jedes der Fahrzeuge verfügte über ein Periskop, welches das Land vor ihm absuchte. Über der kleinen Luke an der Vorderseite der Außenhülle befand sich eine 12,7mm-Kanone, und jeweils daneben, vier 76mm Rauchgranatenwerfer. Typ 89, bewaffneter chinesischer Transportpanzer. Zwei Dutzend von ihnen in einer Reihe. Zweihundertfünfzig Yards von den beiden Agenten entfernt. Dann hielten die Panzer abrupt an.

Rampen wurden geöffnet, Soldaten strömten heraus.

»Oh Fuck«, sagte Bald. »Das sind aber eine ganze Menge.«

Kapitel 54

21:44 Uhr

Aus den Panzern stiegen noch mehr Soldaten aus. Bald ließ es schnell bleiben, sie zu zählen. Jeder Typ 89 bestand aus einer Zwei-Mann-Crew und konnte dreizehn weiteren Personen Platz bieten. Vierundzwanzig Panzer ergaben ein Maximum von dreihundertsechzig Paar Stiefeln am Boden. Dreihundertsechzig Soldaten nebst bewaffneter Unterstützung gegen zwei ehemalige Blades, von denen bei einem eine Migräne im Kopf surrte wie eine zornige Hornisse und dessen Schulter Mus war, und der andere nur noch eine gute Hand besaß.

Die Soldaten der Volksbefreiungsarmee wurden von den Scheinwerfern der BJ-212 beleuchtet. Bald sah, dass sie vierfarbige Waldtarn-Uniformen, Feldmützen und blank gewienerte Stiefeln trugen und mit Sturmgewehren ausgestattet waren. Bei zweihundert Yards Entfernung war es unmöglich, die Fabrikate auszumachen, aber Bald schätzte, dass es sich um QBZ-95 handeln würde. Die Volksbefreiungsarmee setzte nur auf eine Art von Waffe, ob es den Soldaten nun passte oder nicht. Das QBZ-95 wurde mit in China hergestellter 5.8x42mm-Munition geladen, das Magazin fasste dreißig Schuss. Die Waffe war bis zu einer Distanz von vierhundert Yards effektiv.

»Leck mich am Arsch«, sagte Bald.

Die Soldaten machten sich gar nicht erst die Mühe, sich in Gruppen aufzuteilen oder Bald und Gardner zu flankieren. Wenn man seinem Gegner so überlegen war, brauchte man sich um komplizierte taktische Manöver oder Zangenangriffe nicht mehr den Kopf zerbrechen. Man konnte die Schlacht einfach dadurch gewinnen, dass man direkt und mit schneller, überwältigender Truppenstärke den Gegner überrannte. Eine im Prinzip vernünftige Taktik, basierend auf gesunder Logik und nötiger Vorsicht. Nur zwei Männer – ein leichtes, sie zu überwältigen.

Aber diese beiden waren nicht einfach nur zwei Soldaten. Sie waren Ex-SAS, und das Regiment glich keiner anderen Militäreinheit der Welt. Regimentssoldaten waren darauf spezialisiert, es mit überwältigenden Truppenstärken oder Bewaffnung aufzunehmen. Sie waren in Guerilla-Taktiken trainiert, in den Regeln der Spionage und in Überlebensstrategien. Bald und Gardner, und auch andere Blades wie sie, hatten solchen Situationen öfter gegenüber gestanden, als sie zählen konnten.

Die beiden brachen nach Westen aus. Sie hielten auf den Fluss und die kasachische Grenze zu. Weg von der chinesischen Armee, den Panzern und den BJ-212. Weg von den aufblitzenden Waffen und den Scheinwerfern, die den Wüstenboden erhellten. Bald trieb seinen Körper an, doch seine Muskeln taten nicht mehr viel, sie waren tot. Zweihundert Yards hinter ihnen verfolgte sie eine kleine Armee. Hundert Yards vor ihnen lag der Fluss. Er schob die Schmerzen auf die einzige Art beiseite, die er kannte – indem er sich auf das Positive konzentrierte. *Begib dich zu dem Fluss*, sagte er sich. *Das ist dein erster Rendezvouspunkt. Vergiss alles andere. Sieh mal, es sind nur noch siebzig Yards bis zum Fluss – das ist verdammt noch mal gar nichts. Ein paar Schritte noch, dann bist du im Wasser.*

Doch da machten die 12,7mm-Kanonen Balds Optimismus einen Strich durch die Rechnung. Mehrere von ihnen eröffneten gleichzeitig das Feuer, und das sich wiederholende *Dummm-Dummm-Dummm* klang wie Kriegstrommeln. Bald sah über seine Schulter zurück. Faustgroße Erdklumpen wurden in die Luft katapultiert. Felsbrocken, so groß wie Fußbälle, flogen wie Münzen herum. Plötzlich stank die gesamte Welt nach Schießpulver. Die erste Salve war zu kurz geraten, und Bald und Gardner bis auf dreißig Yards an den Fluss heran. Bei zwanzig Yards wurde die zweite Salve abgegeben. Dieses Mal schlugen die 12.7mm-Geschosse näher bei ihnen ein. Bald konnte sie aus den Augenwinkeln sehen. Ein paar krachten unangenehme drei Yards neben ihm in die Erde. Die Panzer schossen sich auf sie ein, und es würde nur noch eine Sekunde dauern, bis sie genau auf Bald und Gardner zielten.

Fünfzehn Yards vor dem Fluss hörte Bald, wie der Boden hinter ihm explodierte, spürte, wie eine Hitzewelle gegen seinen Rücken und in sein Genick schlug. Er hörte das vielstimmige *Ka-Rack* von Sturmgewehrfeuer. Instinktiv zog Bald den Kopf ein und die Arme vor die Brust, um ein möglichst kleines Ziel abzugeben. Immer wieder blitzte der Nachthimmel von dem unablässigen Rattern des Gewehrfeuers auf. Bald wusste, dass er dieses Mal ganz tief in der Scheiße steckte. Zehn Yards trennten sie noch von dem Flusslauf, und sie spürten den heißen Atem der Geschosse im Nacken.

Kurz vor dem Fluss fiel das Gelände zwei Yards steil ab. Die Böschung bot Bald und Gardner kostbare Deckung vor den Schüssen, die unablässig hinter ihnen abgefeuert wurden. Aber sie würde sie nur so lange schützen, wie sie sich dahinter verbergen konnten und die Panzertruppen nicht herankamen. Gardner zog sich rückwärts laufend zu dem Fluss zurück, bis er die sich nähernden Soldaten und Fahrzeuge sehen konnte, während Bald das andere Ufer in Augenschein nahm. Kugeln pfiffen über ihre Köpfe hinweg und schlugen in die Erde.

»Wie ist die Lage?«, rief Bald.

»Neunzig Yards«, schrie Gardner zurück. »Kommen schnell auf uns zu – sehr schnell.«

Bald musterte den 36er Prototyp in seinen Händen. »Dann geben wir ihnen mal was, worüber sie sich den Kopf zerbrechen können. Ich werd die Mistkerle mit Kugeln eindecken.«

»Feuer und Bewegung«, bestätigte Gardner.

Bald deutete auf eine Mulde in dem hügeligen Land zwischen ihnen und der Grenze. Sie lag etwa hundert Yards auf der anderen

Seite des Flusses, insgesamt zweihundert Yards von ihnen entfernt. »Siehst du die Mulde dort hinten? Das ist unser nächster Rendezvouspunkt. Sobald ich das Feuer eröffne, machst du dich zu dem RV-Punkt auf. Dann gibst du mir Feuerschutz.«

»Dann solltest du mich mit irgendwas ausstatten«, sagte Gardner und blieb mit seinen Augen an der M32 hängen. »Mit der Five-Seven kann ich dir keinen Feuerschutz geben. Nicht gegen diese Arschlöcher.«

Gardner hatte recht. Der effektive Radius der FN Five-Seven lag bei fünfzig Yards. Bei allem, was darüber hinaus ging, hätte man auch genauso gut mit Wattebäuschen nach den bösen Jungs werfen können. Missmutig trennte sich Bald von der Waffe. Gardner steckte sich die Five-Seven in seinen Overall und überprüfte kurz die M32. Viel gab es da nicht zu überprüfen. Eine M32 abzufeuern war nicht viel schwerer als einen Computer zu bedienen – alles, was man tun musste, war Draufzeigen und Klicken.

Kugeln pfiffen und surrten über Bald hinweg, schossen als Lichtsplitter über das Ufer und bohrten sich auf der anderen Seite des Flusses in die Anhöhe. Damit bestätigte sich, was er ohnehin befürchtet hatte. Der ansteigende Boden an der kasachischen Grenze war der Schusslinie der Volksbefreiungsarmee-Soldaten ausgesetzt. Bevor sie sich also nach Kasachstan absetzen konnten, mussten sie die Soldaten loswerden, und zwar so, dass sie auch nicht mehr aufstanden. Die Mulde lag nur dreihundert Yards von der Grenze entfernt an einer Anhöhe. Bald schätzte, dass er und Gardner bei straffem Tempo wenigstens anderthalb Minuten brauchen würden, um kasachischen Boden zu erreichen.

Er rollte sich zurück auf den Bauch, hob den Kopf gerade weit genug über den Erdwall, um die Soldaten sehen zu können, die aus östlicher Richtung auf sie zukamen. Eine Gruppe von zehn Männern hatte sich nach vorn abgesetzt. Jetzt waren sie bis auf siebzig Yards heran, mit fest an die Schultern gepressten Kolben der QBZ-95er und Bald und Gardner im Visier der Nachtsichtgeräte. Leuchtspurmunition flirrte herum und tauchte die Wüste in rotes, gelbes und grünes Licht. Die Geschosse bohrten sich blindwütig vor Bald in die Erde und schleuderten ihm brennend heiße Erdklumpen ins Gesicht.

Er legte die 36er so an, dass ihr Lauf flach auf dem Rand der Böschung auflag. Die Waffe besaß ein Ringkorn an der Vorderseite und ein offenes Visier über dem Abzug, die beide so aussahen, als hätte man sie baugleich von einer QBZ-95 übernommen. Bald schien es, als wären beide nicht sauber aufeinander abgestimmt. Wahrscheinlich hatte sie irgendein Ingenieur aufgeschweißt. Bald benutzte die Visiere trotzdem, denn er dachte sich, dass ein schlechtes Visier immer noch besser war als gar keines, und versuchte, die Waffe so gut es ging auf die ersten zehn heranstürmenden Soldaten auszurichten. Ihr miserables Training verriet sie. Sie blieben zu dicht beieinander. In einem Feuergefecht war das ein verdammter Fehler. Wenn eine Kugel ihr Ziel verfehlte, konnte sie so einfach den Typen daneben treffen.

Bald zog langsam den Abzug zurück.

Die Soldaten waren fünfundfünfzig Yards vor ihm. Wenige Zentimeter vor seinem Gesicht schlugen Kugeln ein. Er drückte ab, aber nur für einen kurzen Moment.

Die 36er gab ein Geräusch wie eine angeworfene Kettensäge von sich. Das Geräusch dauerte vielleicht eine halbe Sekunde an, dann verklang es. Die nächste halbe Sekunde wunderte sich Bald, ob die Waffe sich womöglich verklemmt hatte oder einen Fehlschuss abgegeben hatte, wie es bei Prototypen öfter vorkam. Er hatte weder einen Ruck in den Händen gespürt, noch irgendeine andere Art von Rückstoß beim Abfeuern. Doch dann sah er, wie Rauch aus den sechsunddreißig Läufen stieg, hob den Blick und sah die Gruppe der Soldaten zusammenbrechen. Neun von ihnen fielen in sich zusammen, mit zerplatzten Armen, Beinen und Köpfen, wie zersplittertes billiges Holz. Aus ihren Körpern troff alles Mögliche heraus – Eingeweide und innere Organe klatschten auf den Boden.

Der zehnte Mann stolperte weiter. Sein linker Arm war brutal am Ellbogen abgetrennt worden. Die Hälfte seines Schädels fehlte. Trotzdem schaffte er es irgendwie, ohne Kiefer zu schreien.

Von neun Uhr hörte Bald ein leises Ploppen. Gardner hatte eine der 40mm-Granaten aus der M36 abgegeben. Das Projektil beschrieb in der Luft einen Halbkreis und detonierte beim Aufprall. Rauch und Flammen stiegen aus dem Boden und schlossen ein Dutzend Soldaten ein, gefolgt von einem tosenden Wirbel aus geschmolzenem Metall und Granatsplittern, die Körperteil um Körperteil abtrennten. Die Soldaten starben nicht einfach nur, sie wurden zu Chop Suey verarbeitet.

Zwanzig weitere Männer stürmten an ihren gefallene Kameraden vorbei. Fünfzig Yards. Fünfundvierzig.

»Diese Bastarde geben einfach nicht auf«, knurrte Gardner. Er feuerte die zweite 40mm-Granate ab.

Plopp. Fffump. Schreie. Drei Geräusche, die Musik in Balds Ohren waren. Der Schuss hatte wenigstens sechs weitere Soldaten vaporisiert. »Beweg dich, Joe«, brüllte er.

Gardner zog sich von seiner Schussposition zurück und stürmte auf den Fluss zu. Er sprang ins Wasser und watete zur anderen Seite hinüber. Das Flussbett aber war schlammig und das Wasser hüfthoch, und Gardner kam nur mühsam voran. Die M32 und seine Five-Seven hielt er sich über den Kopf, damit kein Wasser in die Kammern eindringen konnte. Bevor er wieder trockenes Land erreichte, lagen noch hundert Yards vor ihm. Hundert Yards, die ihn zu einem leichten Ziel für die Kugeln machten, hundert Sekunden, in denen er sich eine Kugel in den Rücken einfangen konnte. Wenn er jemals aus dieser Scheiße hier herauskommen wollte, musste Bald dafür sorgen, dass Gardner am Leben blieb. Er wirbelte wieder zu den Soldaten herum, die auf die Böschung zurannten, zielte auf die zwanzig Männer, die auf ihn zuhielten, vierzig Yards weit entfernt, vorbei an den abgerissenen Körperteilen und Klumpen verbrannten Fleisches am Boden, und dabei wild auf ihn schossen.

Er tippte erneut den Abzug der 36er an. Wieder ein kurzes Schnarren. Wieder eine Rauchwolke. Die Geschosse durchbrachen die Linie der Soldaten, rissen Gliedmaßen von Körpern, schlugen faustgroße Löcher in Brustkörbe und verwandelten Kniescheiben in weißen Staub. Alle zwanzig Soldaten gingen zu Boden. Zweiundvierzig KIAs, keine Überlebenden. Bald war von der Mannstoppwirkung der 36er begeistert.

Sieben weitere Soldaten hatten sich zu einer schmalen Linie hinter ihren Kameraden formiert, in der Hoffnung, dass diese die Wucht der Treffer abfangen würden. Aber die Geschosse der 36er hatten, nachdem sie durch die erste Reihe von Gegnern gepeitscht waren, nichts von ihrer Kraft verloren. Sie bohrten sich durch Fleisch und Muskeln, traten auf der anderen Seite wieder aus und schlugen mit unverminderter Kraft in die Soldaten dahinter ein. Einer der Männer sank auf die Knie und brüllte wie ein angestochenes Schwein. Mehrere Geschosse waren in seinen Unterbauch eingeschlagen und hatten seinen Schwanz in eine Vagina verwandelt. Seine Eingeweide landeten noch vor ihm selbst auf dem Boden. Dann folgte der Rest nach. Ein anderer Mann hatte eine lange und breite Fleischwunde am Hals, die aussah wie ein aufgeschlitzter Reifen. Er umklammerte die Schultern eines Kameraden und bettelte stumm um Hilfe, während sein Blut in dessen Augen spritzte.

Neunundvierzig Gegner waren damit erledigt. *Vielleicht können wir es schaffen*, dachte Bald bei sich.

Auf zehn Uhr sah er fünfzehn Männer auf sich zustürmen. *Herr im Himmel*, dachte er, *das werden immer mehr*. Ein weiterer Frontalangriff. Die Soldaten waren jetzt so nah, dass er Details in ihren Gesichtern erkennen konnte. Aber für ihn sahen sie ohnehin alle gleich aus. Dann blitzte das Mündungsfeuer auf. Flammen schossen hinaus. Schießpulver verätzte die Luft. Vor zehn Minuten war die Nacht noch kühl gewesen. Jetzt war die Luft am Kochen. Kugeln pfiffen und heulten an Bald vorbei. Die Soldaten schossen aufs

Geratewohl. Eine gute Taktik, wenn man beabsichtigte, ein Ziel unter Beschuss zu nehmen, es festzunageln. Aber weniger gut, wenn man beabsichtigte, tatsächlich auch zu treffen.

Bald drückte ein weiteres Mal ab.

Rauch kräuselte aus der 36er. Die Kugeln mähten die fünfzehn Angreifer nieder. Körperteile regneten zu Boden. Gesichter, Hände und Füße wurden verbrannt, wie Fleisch, das zu lange auf einem Grill lag. Innereien und Testikel wurden eingeäschert. Aus neunundvierzig Soldaten wurden vierundsechzig. Eine weitere Gruppe von achtzehn Soldaten ging eilig in Deckung. Sie wollten lieber als Feiglinge gelten als in tausend kleine Stücke zerfetzt zu werden. Ihre Entfernung betrug etwa zwanzig Yards. Hinter ihnen bildete sich eine Linie aus weiteren fünfzig oder mehr Soldaten.

»John!«, rief Gardner hinter ihm.

Bald rollte sich auf den Rücken. Gardner hatte den Fluss durchquert und stieg auf der anderen Seite ans Ufer. Er erklomm die Anhöhe auf dem Weg zu der Mulde, erreichte den RV-Punkt und winkte Bald zu. *Beeil' dich, verdammt.*

Zuerst aber musste er den achtzehn Soldaten, die ihm am nächsten waren, noch die frohe Kunde mitteilen, entschied Bald. Zwischen ihnen und der nachfolgenden Gruppe klaffte eine Lücke von etwa vierzig Yards. Wenn er sie auslöschte, verschaffte ihm das ein Zeitfenster, um sich ebenfalls zu dem Rendezvouspunkt zu begeben. Bald ging wieder in Position, mit Blick auf die Wüste, auf die achtzehn Männer. Einer von ihnen, ein kleiner, gedrungener Kerl, gebaut wie ein Baumstumpf, war wieder auf den Beinen. An seiner Uniform prangte ein anderes Abzeichen als bei den anderen. Ein einzelner goldener Stern auf olivfarbenem Grund. *Ein Befehlshaber*, dachte Bald. Der Mann bellte Befehle an seine Untergebenen, woraufhin die achtzehn Soldaten ihre Männlichkeit wiederentdeckten und sich vom Boden aufrappelten. Sie waren gefährlich nahe, deshalb rannte Bald zu dem Fluss hinunter. Kugeln schlugen in das feuchte Erdreich am Ufer. Bald musste schnell feststellen, dass es keinen Unterschied machte, wie sehr er sich auch mühte, Tempo zu erzeugen: Das Flussbett war löchrig, das Wasser schlammig. Er kam sich vor, als würde er durch Treibsand waten. Heißes Blei klatschte in die Wasseroberfläche um ihn herum, und ließ faulige Fontänen aufspritzen.

»Gib mir verdammt noch mal Feuerschutz!«, schrie er Gardner zu.

Keine Antwort.

Was treibt er nur?

Bald spähte zurück. Die achtzehn Soldaten stürmten zum Fluss hinunter. Der Abstand zu ihnen schrumpfte mit jeder Sekunde, die verstrich. Die Hälfte der Männer hielt am Ufer an. Bald hatte bereits sechzig Yards durch den Fluss zurückgelegt, steckte bis zur Hüfte im Schlamm und kämpfte sich voran. Neun Soldaten eilten flussaufwärts zum engsten Punkt des Flusses, um ihn zu flankieren.

Bald stürmte die letzten verbliebenen Yards durch das Wasser und erreichte trockenes Land. *Plopp. Fffump. Schreie.* Eine dritte Ladung. Im Laufen blickte Bald auf drei Uhr, um zu sehen, wo die Granate landete. Sie war in die Gruppe der neun Volksbefreiungsarmee-Soldaten eingeschlagen, die sich nach Osten zu der schmalen Furt begeben hatten. Einer der Soldaten war wie durch ein Wunder noch auf den Beinen. Die Explosion hatte ihm einen Teil seines Schädels weggerissen.

Bald war unterdessen fünfzig Yards das Ufer hinaufgeeilt. Noch einmal fünfzig bis zu der Mulde. Gardner feuerte eine vierte Granate auf sechs Männer ab, die dicht beieinander ans Ufer hinabstiegen. *Plopp. Fffump. Schreie.* Bald verringerte den Abstand auf vierzig Yards. Dann dreißig. Die Kugeln schlugen nur so um ihn und Gardner herum ein, denn die Soldaten feuerten nun aus allen Rohren. Ein kreisförmiger heißer Schmerz traf Bald. Blut rann aus seinem Bein. Die Kugel hatte ihn hinten am Oberschenkel getroffen. Automatisch wurde er langsamer. Jedes Mal, wenn er seine Muskeln anspannen musste, schossen ihm die Schmerzen wie Blitze bis hinauf ins Gehirn. Er konnte hören und spüren, wie das Fleisch an der gefangenen Kugel rieb, und ihre Spitze sich in seine Muskeln bohrte. Ihm war schlecht. Gardner gab die fünfte Granate auf den Fluss ab.

Plopp. Fffump. Schreie.

Aber es waren zu viele.

Das letzte Gefecht, dachte Bald. *Aber ich nehme so viele von diesen Mistkerlen mit, wie ich kann.* Er legte den Finger um den Abzug der 36er. Sie waren dicht hinter ihm. Er musste sie in der nächsten Sekunde erwischen.

Klick.

Keine Munition mehr.

Jetzt bist du am Arsch, dachte Bald.

Dann bebte der Boden.

Eine Pause.

Und dann wieder. Felsbrocken bebten, die Erde zitterte. Aus dem Erdinneren drang ein undefinierbares Grollen. Bald sah über den Fluss hinweg zurück. Zu dem Platz. Die Köpfe der Soldaten hatten sich ebenfalls gedreht. Sie alle sahen, wie ein schwarzer und orangefarbener Pilz aus der Gedenkhalle stieg. Der Horizont flammte wie bei einem Feuerwerk auf und alle drei Gebäude auf dem Platz flogen in die Luft. Die seismische Wucht der Explosion überstieg alles, was das Propangas und der Dieselkraftstoff hätten anrichten können.

Die Chinesen mussten also auch Bomben in der unterirdischen Stadt aufbewahrt haben, dachte Bald. Kofferbomben, Sprengköpfe, experimentelle Bomben – was auch immer. Doch jetzt zählte nur, dass die Explosion ihm das Leben gerettet hatte.

Die Soldaten blieben regungslos stehen. Einige zogen sich zurück. Die anderen wussten nicht, was sie tun sollten. Bald taumelte in die Mulde. Gardner zog ihn hoch. Bald konnte die Energie der Explosion unter seinen Füßen spüren. Er konnte hören, wie die Schreie und das Gewehrfeuer der Soldaten von etwas viel Teuflischerem und Vernichtenderem übertönt wurden. Die Soldaten ließen sich am Ufer auf die Bäuche fallen, gleich neben der Stelle, wo er die 36er zurückgelassen hatte, und gaben Dreischusssalven auf ihn und Gardner ab. Bei einer Entfernung von hundertfünfzig Yards waren die Chancen auf einen Glückstreffer aber dünner als ein Schamhaar. Bald sah die Five-Seven neben Gardner liegen. Er schnappte sich die Halbautomatik und sprintete aus der Mulde heraus, die Augen starr auf die Grenze gerichtet. Dreihundert Yards bis zur Freiheit. Die Schüsse hinter ihnen verfehlten ihre Ziele immer mehr, schlugen lediglich kleine Krater in die Erde. Auf einem gelben Schild war eine Warnung in kyrillischen Schriftzeichen zu lesen, darunter die gleiche Warnung auf Chinesisch. Bald beherrschte keine der beiden Sprachen, aber die kasachische Flagge auf dem Schild verriet ihm, dass sie die Grenze erreicht hatten.

Die Schüsse der Soldaten verebbten zu einem leisen Rattern, wie Regentropfen, die gegen ein Fenster prasselten. Jetzt hatten sie den höchsten Punkt der Anhöhe erreicht und eilten über das Plateau. Hinter sich ließen sie brennende Erde und den Fluss zurück, der sich in gelben Matsch verwandelt hatte. Sie ließen einen Teppich aus toten Soldaten und die unterirdische Stadt zurück. Sie ließen Xia zurück, und den Smart Dust.

Sie ließen alles hinter sich zurück.

Die beiden schleppten sich eine ermüdende Meile voran. Bald war vor Durst beinahe im Fieberwahn. In seinem Hinterkopf flüsterte die Migräne ihm zu, Stimmen wie die Verrückten in einer Irrenanstalt. Staub wirbelte über den Wüstenboden. Bald war kurz davor, zusammenzubrechen. Seine Finger stanken nach Schießpulver. Er spürte die Kugel, die in seinem Oberschenkel steckte. Bis zur Hüfte klebte der kalte Schweiß an ihm, von der Hüfte abwärts war er durchnässt mit dem giftigen Wasser aus dem Fluss.

Aber er hatte die Five-Seven – und Gardner im Visier.

Er richtete die Pistole auf Gardners Kopf.

Spannte den Hahn.

Gardner erstarrte, drehte sich langsam zu ihm um.

»Jetzt sag nicht, dass du nicht damit gerechnet hast«, sagte Bald.

»Aber ich habe dir das Leben gerettet, John! Wir sind quitt!«

»Du bist ein noch größerer Idiot, als ich dachte.«

Gardner schloss die Augen. Schweißtropfen rannen ihm über seine blutbefleckten Augenlider. Er atmete tief durch, wie ein Politiker, der eine Rede einstudierte, und sagte: »Es gibt keinen verdammten Grund, das zu tun, John. Wir haben die Mission ausgeführt. Wir können unser Geld von Land holen und getrennte Wege gehen.«

Bald antwortete nicht. Gardner öffnete seine Augen wieder und trat ein paar Schritte vor. Speichel klebte ihm am Mund. Seine Augen waren gerötet.

»Ich habe nur Befehle befolgt.«

»Genau das ist das Problem«, sagte Bald.

»Verdammt, ich hab dir heute den Arsch gerettet. Wenn ich nicht gewesen wäre, hätte Hauser dich fertiggemacht. Wir sind verdammt noch mal quitt.«

Bald schüttelte ruhig den Kopf.

»Wir beide werden erst dann quitt sein, wenn ich dich unter die Erde gebracht habe.«

Er presste den Lauf der Five-Seven an Gardners Stirn.

»Nein«, rief Gardner.

»Doch«, antwortete Bald.

Er krümmte seinen Finger um den Abzug. Gardner fing an, durchzudrehen.

»NEIN! Um Gottes willen. Tu es nicht, John, bitte … du elendes Arschloch … denk doch mal darüber nach, was du da tust, verdammt …«

Kapitel 55

Chinesisch-kasachische Grenze, 22:59 Uhr

Aber die Kugel kam nicht. Joe Gardner sah zu, wie Bald im Gras zusammenbrach und ihm die Five-Seven aus der Hand fiel. Bald hielt mit beiden Händen seinen Schädel umklammert, als versuchte er zu verhindern, dass er auseinanderbrach. Dabei kniff er die Augen zusammen und machte ein seltsames, stöhnendes Geräusch. Zuerst sank er auf die Knie, dann kippte er auf die Seite und rollte sich hin und her. Gardner hatte Gerüchte über Bald gehört. Darüber, dass er sich nie ganz von dem Kopfschuss im Kosovo erholt hatte. Gardner hatte das als dummes Gerede abgetan. Jeder, der Bald zum ersten Mal traf, bekam den Eindruck, dass er psychisch labil war. Doch jetzt konnte Gardner aus unmittelbarer Nähe beobachten, wie sehr die Wunde ihn in Mitleidenschaft gezogen hatte.

Der Schotte riss die Augen auf. Seine Lippen waren aufgesprungen. Seine Augen waren blutunterlaufen und seine Haut unter einer dicken Schicht klebrigen Schweißes wurde immer bleicher.

»Hilf mir«, brachte er mit heiserer Stimme hervor.

Gardner schwieg. Er beugte sich zu ihm hinab und sammelte die Five-Seven auf.

»Joe …«

Gardner richtete die Five-Seven auf Bald und drückte ab. Bald blinzelte. Aber nichts passierte. Dann überprüfte Gardner die Kammer und nahm das Magazin heraus. Weder in der Kammer noch im Magazin befanden sich Patronen. Gardner warf das leere Magazin weg, fischte ein volles aus seinem Gürtel und schob es von unten in den Griff der Five-Seven. Er wollte schon wieder aufstehen, als er merkte, dass Bald versuchte, ihm etwas zu sagen. Seine Lippen öffneten sich dabei kaum. Abgestandene, wortlose Luft drang zwischen ihnen hervor. Gardner beugte sich näher an ihn heran und lauschte.

»Ich brauch nur …«, sagte Bald, dann driftete seine Stimme davon. Er schluckte einmal schwer und fuhr fort: »Ich brauch nur … einen Drink.«

Gardner dachte nach. Ein kleiner Teil von ihm würde es sicher genießen, Bald zu erschießen. Aber der weitaus größere Teil von ihm wusste, dass es gegen alles verstoßen würde, wofür er je eingestanden hatte. Herrgott, wenn er jetzt den Abzug drückte, war er keinen Deut besser als Bald selbst.

Er tätschelte Bald kumpelhaft auf die Schulter, dann richtete er sich wieder auf.

»Bitte …«

Gardner warf einen letzten Blick auf John Bald. Jenen Mann, der einmal ein Held beim Regiment gewesen war, und sein Freund. Jetzt hatte er eine Kugel im Bein, Dämonen in seinem Kopf und starb am Arsch der Welt, in Kasachstan. In diesem Leben würde er niemals Frieden finden. Vielleicht im nächsten Leben.

»Nur ein verdammter Drink …«

Schweigend verabschiedete sich Gardner von Bald. Dann drehte er seinem Kameraden zum letzten Mal den Rücken zu und machte sich durch das schartige Feld davon. Er folgte den Koordinaten, die sein GPS-Navigator ihm anzeigte. Sie führten ihn zu einem Punkt in einer Talsenke. Bald schon wich die karge Steppe üppigem Gras, die Luft wurde frischer und am Himmel erschienen Sterne, die wie Diamanten glänzten. Gardner sah aber keine Anzeichen von Zivilisation. Das Tal schien vollständig unbewohnt zu sein. Die nächste Meile brachte er recht schnell hinter sich, und den Anzeigen auf seinem Navigator zufolge befand er sich nun fünfhundert Yards östlich von seinem Rendezvouspunkt. Er sah nach Westen, direkt vor sich. Ein furchiger Trampelpfad führte in das Tal hinab. Und neben dem Pfad parkte ein schwarzer Mercedes E-Klasse mit stark getönten Fenstern. Gardner schritt auf den Mercedes zu.

Als er sich dem Wagen näherte, öffnete sich die hintere Beifahrertür und die polierte Spitze eines Oxford-Halbschuhs schwang heraus, gefolgt von einem Bein in einer eleganten weißen Hose. Leo Land stellte seinen Fuß fest auf kasachischen Boden, streckte sich und nahm einen langen Zug aus seiner Montechristo. Mit übertriebenem Grinsen und federndem Gang kam er Gardner entgegen.

»Wo ist Bald?«, fragte er.

»Der ist im Arsch«, sagte Gardner.

Das Grinsen auf Lands Gesicht wurde noch eine Spur breiter.

»Gut gemacht«, sagte er. »Wirklich gut gemacht. Ich wusste, dass wir uns letztlich auf Sie verlassen können, Joe. Und die Firma wird sich dafür erkenntlich zeigen. Darauf können Sie zählen.«

Land griff in die Innentasche seines weißen Jacketts.

»So sagen wir in Whitehall Dankeschön.«

Stolz hielt er Gardner einen eselsohrigen Scheck entgegen. Neben dem Wort ›Zahlungsempfänger‹ hatte Land in krakeligen Großbuchstaben ›JOE GARDNER‹ eingetragen. In der zweiten Zeile stand ›ZWEI MILLIONEN PFUND‹, die dritte Zeile war durchgestrichen.

»Watts and Co.«, las Gardner. Von denen hatte er noch nie etwas gehört.

»Geben Sie nicht alles auf einmal aus«, sagte Land.

Gardner schaute den Scheck an, faltete ihn in der Mitte zusammen und steckte ihn sich in die linke Brusttasche seines Overalls.

Dann sagte Land: »Bevor Sie sich vom Acker machen, habe ich noch ein kleines Geschenk für Sie.«

»Und das wäre?«, fragte Gardner. *John Bald ist tot, und ich bin stinkreich*, dachte er. *Wie viel großartiger kann dieser Abend noch werden?* Dann sah er, wie Land auf irgendetwas in fünfzig Yards Entfernung deutete.

»Sehen Sie diese Felsformation da drüben?«, fragte er.

Gardner kniff die Augen zusammen. »Ja, die sehe ich.«

»Jetzt sehen Sie mal genauer hin.«

Gardner konnte einen Umriss ausmachen, der neben den Felsen hockte. Eine Frau. Er erkannte sie sofort wieder, aus dem Hotel in Libyen. Rachel Kravets. Gardner starrte Rachel unbehaglich an, sie starrte ausdruckslos zurück, und er fragte sich, was das Ganze zu bedeuten hatte.

Land trat hinter Gardner und gab ihm einen beruhigenden Klaps auf den Rücken.

»Es tut mir leid, dass es auf diese Weise enden muss, Joe«, sagte er. Dann kicherte er. »Also, eigentlich tut es mir überhaupt nicht leid. Für mich fügt sich alles ganz wunderbar zusammen. Nur für Sie nicht.«

Gardner spürte, wie Land seine Hand von seinem Rücken nahm. Aus den Augenwinkeln sah er, wie Land zu dem Mercedes zurückspazierte. Der Motor ging an. Aber Gardner blieb einfach stehen und starrte Rachel an. Er sah zu, wie sie nach einem Objekt griff, das auf den Felsbrocken lag. Die charakteristische Form eines Gewehrlaufs schimmerte im Mondlicht.

Er sah, wie sie mit dem Scharfschützengewehr auf seinen Kopf zielte.

– E N D E –

LUZIFER

VERLAG